Leap
Year

라임(e-) Leap Year

초판 1쇄 찍은 날 | 2014년 10월 13일
초판 1쇄 펴낸 날 | 2014년 10월 20일

지은이 | 정미림
펴낸이 | 예경원

편집 | 유경화

펴낸곳 | 예원북스
등록번호 | 제396-2012-000132호
등록일자 | 2012. 7. 25
YRN | 제1-0082호

주소 | 경기도 고양시 일산동구 무궁화로 8-28 삼성메르헨하우스 712호 (우) 410-837
전화 | 031-819-9431 팩스 | 031-817-9432
http://cafe.naver.com/yewonromance
E-mail | yewonbooks@naver.com

ISBN 979-11-5630-156-1 03810

Leap
Year

YEWONBOOKS ROMANCE STORY

정미림 장편 소설

|||||CONTENTS|||||

프롤로그

남자는, 미래가 상상하던 그 이상이었다.

처음부터 그를 위해 만든 것처럼 딱 맞아떨어지는 핏이며 몸에 착착 달라붙는 라인이 갑자기 잠적해 버린 전 모델 놈보다 오백만 배쯤은 더 환상적이었다.

"눈이 참 근사해요."

진심 어린 칭찬에도 숨소리 하나 흐트러지지 않는 거만함에 박수를!

시건방시기 짝이 없는 턱 선과 커튼이 드리워진 것처럼 풍성하고 긴 속눈썹, 게다가 그 속에 감춰진 눈빛은 단순한 아름다움을 넘어서 예술적인 감흥까지 불러일으켰다. 무엇보다 미래를 사로잡은 남자의 눈빛, 깊고 짙은 홍채와 그 속에서 뿜어져 나오는 묘한 분위기는 깊은 눈빛 밑바닥까지 알고 싶게 하는 마력을 뿜어내고 있었다.

보면 볼수록 예술적 감각을 불러일으키는 비주얼이야. 혼잣말을 중얼거린 미래가 흐뭇하게 미소 지었다. 남자는 '십 점 만점에 십 점!'이라는 노래가 절로 흥얼거려지는 훌륭한 비주얼의 소유자였다.

"지금 기분 어때요?"

"……별롭니다."

"에고. 애석해라. 그래도 잘할 수 있죠?"

"……."

용기를 북돋아주기 위해 힘 있는 목소리로 물었지만 돌아온 것은 침묵. 그는 이곳에 온 내내 가면을 쓴 것처럼 무표정을 고수하고 있는 중이었다.

무슨 생각을 하는지 말을 좀 해봐요.

흐뭇함을 자아내는 머리통 크기만큼이나 그 안에 든 뇌도 훌륭할까? 남자가 멀건 얼굴로 무슨 생각을 하고 있는지 미래는 정말 궁금했다.

"내가 말한 순서, 기억이 안 나요?"

남자는 여전히 입을 꼭 다물고 있다. 애석하게도 그의 기억력은 작고 아름다운 머리통을 따라가지 못하는 모양이다.

'휴우. 그래. 내가 이해한다. 처음이니까 얼마나 긴장이 되겠니.'

미래는 마음을 비운 채 다시 설명을 시작했다.

"1번은요. 스쳐 가는……."

"오홀! songs! 대박이다!"

갑자기 튀어나온, 모호한 성정체성에다 사이코 기질까지 다분한 동창 박수훈이 요사스러운 웃음을 지으며 미래의 앞에 서 있는 모델의 아래위를 훑었다.

"어디서 구한 모델이야? 완전 끝내주는데."

"꺼져!"

"계집애. 여자애 말투가 그게 뭐니? 밀양 사시는 우리 할머니랑 다이다이 먹어도 되겠어. 반성 좀 해."

"훌륭하신 너희 할머니랑 맞장 뜨고 싶은 생각일랑 추호도 없으니까 정신 흐트러트리지 말고 제발 사라져라!"

"으흠. 지랄 맞은 성격 때문에 네 모델들 다 도망갔다고 동네방네 떠들썩하더니 이렇게 믿는 구석이 있으니까 시건방을 떨었구나. 근데 이렇게 죽여주는 뉴 페이스는 언제 준비한 거야?"

"닥쳐라!"

미래는 마네킹처럼 서 있는 남자에게서 눈을 떼지 않은 채 소리를 질렀다. 그녀의 목청에 놀랐는지 남자의 오른쪽 눈썹이 미세하게 흔들리고 있었다.

"댁한테 한 소리 아니에요. 품이 불편하진 않죠?"

미래는 수훈이에게 딱딱거린 사람이 맞나 싶게 부드러운 눈빛과 다정한 목소리로 모델의 의사를 물었다. 옆에서 수훈이 '가증스러운 년.'이라고 흥흥거리고 있었지만, 철저히 무시해 주는 센스를 발휘하며 오로지 모델에게만 정신을 집중시켰다.

"네."

아주 한참 만에야 남자가 고개를 끄덕였다. 작지만 선이 굵은 분명한 목소리. 나쁘지 않아.

"좋아요."

미래는 시원하게 웃으며, 자로 잰 듯 남자의 몸에 딱 맞는 셔츠에 이상이 없는지 확인을 했다.

"됐습니다."

흡족하게 고개를 끄덕인 뒤, 손에 모터라도 달린 사람처럼 재바른 손놀림으로 웃옷을 벗겼다.

"대박! 저 복근 좀 봐! 송미래! 너 제대로 한 건 했다. 대체 이런 보물은 어디서 파는 거야? 백화점 명품 코너 가면 있어?"

헬스장에서 억지로 만든 근육이 아닌, 자연 운동으로 다져진 남자의 잔 근육을 발견한 수훈이 두 눈을 빛내며 호들갑을 떨었다.

"박수훈. 게거품 닦아라."

"나쁜 년! 이 얼굴에, 이런 몸매를 가진 모델을 쓰다니. 아주 흥이 나셨지? 도대체가 천한 songs 주제에 이런 모델이 가당키나 한 거야? 흥, 옛말이 하나도 틀린 게 없어."

"뭘 거창하게 옛말씩이나 들먹여?"

"우리 할머니가 그러셨거든. 공부 잘하는 년들은 예쁜 년들 못 따라가고, 예쁜 년들은 복 많은 년들 못 따라간다고. 내가 볼 때, 넌 복 많은 년이야! 안 그럼 어디서 이런 모델을 만나."

"칭찬이지? 고맙다."

"야! 그러지 말고 지금이라도 내게 넘겨. 내가 아주 뻑이 가게 만들어놓을 테니까."

수훈이 게슴츠레한 눈으로 윙크를 하더니 혀까지 내밀어 입술을 핥았다.

"박수훈! 우리 학번들 중에 정신 나간 인간이 많다고 소문이 자자하긴 하지만, 내가 보기엔 네가 젤로 상또라이 같아! 그 야시시한 혓바닥 둘로 쫙 찢어놓기 전에 얼른 안 집어넣어? 그리고 그 눈깔! 그거 쪽 짜서 염색약으로 쓰기 전에 눈 똑바로 떠라."

"어머. 어머. 계집애. 쌍스러운 것 좀 봐! 이것 봐요. 얘가 이런다니까요. 그쪽은 전혀 몰랐죠? 거죽은 멀쩡하게 생긴 계집애가 말투는 완전 노가다판 십장과 맞먹는다니까. 우리 과 남자 애들, 저년 인물에 홀딱 반했다가 지랄 맞은 성격에 다 학을 뗀다니까."

수훈이 혀를 차며 기막혀했지만, 정작 이 소동의 주인공인 남자 모델은 눈썹 하나 까딱하지 않은 채 고개를 돌려 버렸다. 두 사람의 말장난이 상대할 가치도 없다는 듯.

"근데 자긴 사귀는 사람 있어요?"

수훈이 다시 남자 모델을 집적거렸다. 오늘 아주 작정을 하고 온 모양이다. 피곤해진 미래는 수훈을 째려보다 문득 그와 함께 붙어 다니던 영혼의 단짝이 없다는 것을 깨달았다.

"너 끌고 다니던 개새끼 어디다 묶어놨어?"

"우리 소피? 저어기, 경비실 옆에."

"그래? 이상하다. 조금 전에 무지하게 개 짖는 소리가 들리던데. 못 들었어?"

"정말? 난 못 들었는데."

"흐흠. 괜찮은지 모르겠네. 좀 전에 관리실 아저씨들이 저기 모여서 물 끓이는 것 같더라고……."

미래가 한쪽 입술을 쓰윽, 올리며 말했다.

"너 지금 개드립 치는 거지?"

설마, 하는 표정으로 수훈이 말했다. 하지만 이미 그의 눈빛은 이리저리 불안함에 흔들리고 있는 중이었다.

"글쎄, 과연 그럴까? 뭐 그렇게 생각하면 할 수 없고. 그런데 어디서 수육 삶는 것 같지 않아? 이상하네. 난 아까부터 구수한 고기 냄새가 나는 것 같더라고."

고개를 갸우뚱거리는 미래를 보며 수훈이 외마디 비명을 질렀다.

"안 돼에! 내 사랑 소피!"

뽀글뽀글 파마 가발은 엄청난 소음을 남긴 채 요란스럽게 자리를 떴다.

"미친놈 같죠? 맞아요. 미친놈! 우리끼리 원래 이러고 노니까 신경 쓰지 마세요."

시니컬한 미래의 말에 남자는 '흠!' 콧방귀를 뀌듯 숨을 토해냈다. 우습다는 말도, 재밌다는 말도, 유치하다는 말도 없이 앞만 보고 있는 이 남자…… 아무래도 생까는 기술이 도를 튼 절대 고수임이 틀림없었다.

"아까 어디까지 했죠?"

"1번, 스쳐 지나가는 그녀의 손을 잡는다. 2번, 십 초 정도 있다 손을 놓는다. 3번, 다시 걷는다."

"어쩜. 다 기억하고 있었네요?"

남자가 거만한 표정으로 고개를 끄덕였고 미래는 빙그레 미소를 지었다.

"다행이네요. 그럼 잠시 뒤에 봐요!"

전쟁 통 같은 대기실에 남자를 남겨놓은 뒤 미래는 근처 간이 화장실로 들어섰다.

남자 모델과 함께 도망친 여자 모델 대신 무대에 서야 했다. 대기실에서 갈아입어도 되지만 처음 보는 남자 앞에서 홀라당 옷을 벗을 만큼 강심장이지 않다.

미래는 탈의실 대용으로 사용하는 화장실 바닥에 비닐을 깐 뒤 조심스럽게 옷을 갈아입었다. 꽉 끼는 감이 있지만 견디기 힘들 정도는 아니다. 사라져 버린 여자 모델의 체형과 그리 차이가 나지 않아 천만다행이었다.

미래는 기다란 간이 거울 앞에 섰다. 드레스 밑단에 자잘하게 달려 있는 안개꽃이 침침한 형광등 불빛 아래에서도 화사하고 곱게 피어 있다.

'한 땀 한 땀 손바느질하길 잘했어.'

미래는 자잘한 꽃송이들을 만족스럽게 쓸어보았다.

"네 엄마가 좋아하던 꽃이었어."

드레스 밑단에 안개꽃을 달던 미래를 보며 강숙희 교수가 스쳐 지나가듯 말했다. 지난 8년 동안 수없이 보아왔던 강 교수의 애잔한 얼굴. 친한 친구였던 엄마를 이야기할 때의 강 교수는 지독히도 슬퍼 보였다.

"네 엄마는 나와 가장 친한 친구였어. 일가친척 하나 없는 너를 이대로 둘 순 없구나. 네가 홀로 설 수 있을 때까지 내가 돌보는 게 맞을 것 같다."

평소의 차갑고 냉정한 성격이라고는 믿어지지 않을 만큼 감성적이 되는 강 교수를 보며 세상에 혼자 버려진 것 같던 미래는 안도의 한숨을 내쉬고는 했었다.

"나만 믿어라. 불쌍한 것."

엄마가 돌아가신 뒤 강 교수는 미래의 보호자를 자청했다. 천애고아가 된 미래에게 아빠 엄마가 남긴 재산이라고는 아파트 한 채와 약간의 현금이 전부이며 돈이 떨어지면 집을 담보로 대출을 받아 살아가야 한다는 냉혹한 현실을 일깨워 준 사람도 강 교수였다.

벌이도 없는 주제에 혼자 살기에는 엄청나게 부담이 되는 고급아파트였지만, 아빠 엄마와의 추억이 고스란히 남아 있는 집을 떠나기 싫었다. 부모님의 손때가 곳곳에 묻어 있는 집까지 잃게 된다면 미래는 아마 견디지 못했을지도 몰랐다.

"송미래! 완전 대박! 먼저 모델보다 훨 나아!"

간이 탈의실을 들어서던 파트너 희수의 외침에 미래는 얼른 현실로 돌아왔다.

"정말?"

"완전!"

희수가 환하게 미소를 지으며 고개를 끄덕였다. 모델들의 부재가 자신의 책임인 양 눈이 통통 붓도록 울던 희수의 얼굴이 밝아보여 안심이 되었다.

"다 잘될 거라고 했잖아. 얼굴은 어때? 이대로 나가도 될까?"

"이왕 할 거 제대로 해야지. 얼굴이랑 머리, 조금만 손보자."

"OK!"

희수는 놀라울 정도로 짧은 시간에 화장과 헤어 손질을 마쳤다.

"화장이 진하긴 하지만 조명을 받기 위해서는 어쩔 수가 없어. 알지?"

튀는 것이라면 질색하는 미래에게 희수가 미안한 듯 덧붙였다.

"그럼. 장사 하루 이틀 하는 것도 아닌데."

"그래도 헤어스타일은 너랑 잘 맞는 것 같아 맘에 든다. 예쁘다. 우리 미래. 너한테는 정말이지 미안하고 고맙고 그래."

"그러지 마. 이게 어디 너 혼자만의 일이니? 우리의 일이지. 쇼 잘되면 너만 좋은 게 아니라 나도 좋아. 그래서 이러는 거야."

"알았어. 그래도 고마운 건 고마운 거야. 아무튼 떨지 말고 잘 해!"

중학교 때부터 단짝인 희수가 미래를 꼭 안아주었다.

"안 그래도 후들거려 죽것다. 다녀올게."

응원하는 희수를 뒤로하고 미래는 무대 뒤 대기실로 걸어갔다. 먼저 준비를 마치고 기다리던 남편 역의 성주님이 붉게 상기된 얼굴로 그녀를 반겼다.

"누나, 완전 예쁜데요."

"너도 완전 근사하다. 특히 그 흰 수염이."

법학과 새내기라고 했던가? 희수의 사촌 동생 경준이 늙은 성주님처럼 너털웃음을 지으며 팔을 내밀었다.

"그럼 가실까요?"

미래는 성주님과 함께 후끈 달아오른 무대에 올랐다. 조명과 음악이 한데 뒤엉켜 혼란스러운 패션쇼장은 한창 절정에 다다른 축제 같았다. 눈을 뜨기 힘들 만큼 어지러운 플래시 세례 속에서 그녀는 기사를 찾았다.

"이름이 뭐예요?"
"서현잽니다."
"현재? 우린 미래와 현재네요."

분위기를 좋게 하기 위해 건넨 농담에도 전혀 웃지 않던 서현재. 도무지 속을 알 수 없던 그는 태어나 처음 오른 무대의 엄청난 긴장감을 잘 견뎌내고 있을까? 어미 잃은 새끼 강아지처럼 바들바들 떨고 있는 건 아닐까? 미래는 걱정스러운 마음으로 그의 동선을 살폈다. 그녀보다 몇 분 일찍 무대에 오른 그는 긴 무대 저편으로 성큼성큼 걸어가고 있었다.

'다행이다!'

미래는 현재의 뒷모습을 보며 안도의 한숨을 내쉬었다.

그는, 서현재는 무사히 잘 버텨내고 있는 것 같았다. 그녀의 생각보다 훨씬 더 잘 적응하면서. 기사 옷을 입은 현재는 더 이상 좋을 수 없을 만큼 늠름하고 근사했다.

"저 모델, 정말 일반인 맞아요? 프로보다 훨씬 잘하는 것 같은데요."

경준마저 믿어지지 않는다는 듯 감탄을 했다.

"그러게. 정말 눈에 띈다."

"독보적이네요. 여자들 시선이 죄다 저기 몰려 있어. 카메라 플래시 터지는 거 봐요."

경준의 말이 맞았다. 수없이 많은 모델들 중에서도 그의 존재는 단연 독보적이었으며 좌중을 압도하는 강력한 카리스마마저 뿜어 내고 있었다.

"질투 나네. 대체 뭐 하는 놈이래요?"

"몰라."

"헉! 진짜?"

"응. 입 다물고 웃어!"

무대 끝까지 간 서현재가 턴을 하고 돌아섰다. 어둠 속에서도 기묘하게 반짝이는 그의 눈빛이 마주 오는 미래를 향해 있었다. 주위의 모든 것을 잿빛으로 태워 버릴 것처럼 강렬한 시선은 수없 이 많은 조명보다 더 뜨겁게 느껴졌다.

'왜 저런 눈으로 바라보는 거야?'

미래는 저도 모르게 고개를 돌렸다. 아무렇지도 않은 듯 자연스 러운 미소를 지었지만, 쿵쾅거리는 심장은 속도를 잃은 폭주 기관 차처럼 미친 듯이 달리고 있었다.

드럼 소리 때문이야!

예기치 않은 감정에 당황한 미래는 비정상적으로 뛰고 있는 맥 박을 의식하지 못한 사람처럼 자연스럽게 웃으며 시선을 옮겼다. 많은 사람들이 플래시를 터트리며 사진을 찍어대고 있었고 그 방 향의 대부분은 현재 쪽을 향해 있었다.

잘했어. 잘하고 있어. 조금만 더 견디면 돼.

미래는 벅찬 가슴을 진정시키며 옆에 있는 성주님과 보폭을 맞 춰 걸었다.

드디어 오늘의 하이라이트 시간이 되었다. 기사와 손을 잡고 10초 정도 머문 후, 각자의 길로 가면 마지막 쇼타임은 끝이 난다.

30M, 20M, 10M 무대 중앙이 가까워질수록 가슴이 더 힘차게 뛰기 시작했다. 흥분한 심장이 최고조에 달했을 때, 그녀와 반대로 스쳐 가던 기사 서현재가 그녀의 손을 잡았다. 딱딱하게 굳은 손은 잔뜩 힘이 들어가 있었다.

"긴장돼요? 걱정하지 말아요. 아주 잘하고 있으니까."

자신의 심장도 터질 것 같으면서 미래는 아무렇지 않은 척 부드럽게 웃었다. 무표정한 남자가 얼굴을 약간 움찔거렸다. 남자의 얼굴을 바라보는 중에도 미래는 십 초를 세고 있었다.

10…… 9…… 8…… 7…… 6…… 5…… 4…… 3…… 2…… 그리고 1.

약속한 십 초가 천천히 흘렀다.

"후우."

미래는 안도의 한숨을 내쉬며 남자에게서 손을 빼내려 했다. 그런데 뜻밖에도 남자가 미래의 손을 놓아주지 않는다. 미래는 꽉 잡힌 손과 무표정한 그의 얼굴을 번갈아 바라보았다.

무슨 생각으로 이러는 거야?

등이 축축하게 젖을 정도로 곤혹스러웠다. 미래는 어색하게 웃으며 다시 손을 빼냈다. 다행히 손이 자유로워졌다.

휴우. 너도 긴장했구나? 아무튼 다행이야.

그녀는 아무 일도 없었던 사람처럼 성주님과 함께 걸음을 옮겼다.

모든 것이 계획한 대로 술술 풀리고 있었다. 이제 턴을 하고 다시 무대를 벗어나면 끝이다. 그동안의 시간과 노력을 쏟아부은 것을 생각하면 허무한 생각이 들었지만, 무대에 서지 못할까 봐 걱정했던 오전에 비하면 그야말로 대성공을 한 셈이었다.

그래. 이만하면 됐어!

흡족한 생각이 든 미래는 자신의 허리에 손을 두른 성주님을 바라보며 소리 없이 미소를 지었다.

그때였다.

타의에 의해 몸이 돌려진 것은.

획, 몸이 돌아감과 동시에 남자의 거친 입술이 느껴졌다. 무슨 일인지 사태를 파악하기도 전이었다.

'서현재?'

이게 대체 무슨 일이야!

갑자기 날벼락을 맞은 듯 정신이 없었다. 미래는 자신을 꼭 껴안은 채 미친 듯이 입술을 훔치는 남자를 밀어내려 했지만 그는 아랑곳하지 않았다. 커다란 손바닥은 빡빡한 올무처럼 그녀의 머리통을 움켜쥐고 있었고 허리를 옭아맨 또 다른 팔은 굵은 나무통처럼 딱딱했다.

'미쳤어!'

미래는 숨이 넘어갈 듯 혼란스러운 중에도 제멋대로 움직이고 있는 남자의 입술을 생생하게 느낄 수 있었다.

아주 작고 미세한 움직임까지.

1. 전화위복이라고요?

3시간 전.

카페 창 너머로 보이는 하늘에서는 솜사탕처럼 생긴 구름 사이로 사금파리 같은 햇살이 쏟아지고 있었다.

"그 인간이 연락 두절이라고?"

사람이 너무 어이가 없으면 웃음이 나온다고 하더니, 미래가 피식 웃음을 흘리며 물었다.

"응. 그 일은…… 그 일이고 우리 모델은 서줘야 하지 않겠냐고…… 꼭 와야 한다고…… 애원이라도 해보려고 했는데 전화기도 꺼져 있었어."

성격 좋기로 소문난 희수가 웃음 대신 울음기 섞인 목소리로 대답했다. 마음고생이 얼마나 심했는지 미래의 오랜 친구는 하루 사이에 얼굴이 반쪽이 되어 있었다.

"패션쇼 당일 날, 모델이 토꼈단 말이네?"

"응."

고개를 숙인 희수가 영혼 없는 목소리로 대답했다.

"개 같은 놈."

냉수를 한 모금 삼킨 미래가 욕설을 내뱉었다. 뒤쪽에 앉아 있던 잘생긴 남학생들이 놀란 눈으로 힐끔거렸지만 개의치 않았다. 희수와 함께 석 달이 넘도록 준비한 작품을 무대에 올려보지도 못하게 생긴 마당에 이미지 따위가 무슨 소용이람.

"희수 넌 괜찮아?"

"나야 뭐……."

억지로 미소를 지으려던 희수가 결국 고개를 떨구고 말았다.

"미안! 내가 잘못했어. 남친이 잠적을 했는데 괜찮을 턱이 있겠니. 것도 모델 년이랑 바람피우다 들킨 놈이."

억지로 참고 있던 서러움을 건드려서일까? 폭발하기라도 하듯 희수가 울음을 터트렸다.

후우. 미래는 한숨을 내쉬었다. 자신이 아무리 화가 난들 희수만 하겠는가? 남자 친구의 배신만으로도 끔찍한 상황일 텐데 엎친데 덮친 격으로 모델마저 잃어버렸다. 게다가 파트너인 미래에게까지 폐를 끼치게 생겼는데 편할 턱이 있겠는가.

"진정해. 속상하겠지만 어쩌겠어. 이미 벌어진 일을."

"미칠 것 같아."

한참 만에야 눈물을 거둔 희수가 울먹이며 말했다.

"그렇겠지."

"이번 패션쇼가 얼마나 중요한지, 얼마나 많은 시간과 정성을 들였는지 내내 지켜봤었잖아. 그런데 어떻게 이럴 수가 있어?"

"개 같은 자식이라니까."

두 사람의 사정을 뻔히 알면서 도망쳐 버린 희수의 전 남자 친구는 정말이지 좋게 봐줄 수가 없는 인간이었다.

"미래야! 정말, 정말 미안해! 나 때문에 너까지……."

"네 잘못이 아니잖아. 그 인간이 덜 돼먹은 거지."

"미래 네 말을 들었어야 했는데. 형선이가 정말 그럴 줄 몰랐어."

미래는 다시 두 손으로 얼굴을 가리는 희수를 딱한 눈으로 바라보았다.

"언제 밥 한번 먹자. 희수 빼고."

"희수 빼고?"

"응. 너랑 나. 둘만!"

"김형선! 엿 먹어! 너 희수 울리면 나한테 죽어!"

"헉! 농담이었어. 발끈하긴."

어색하게 웃으며 자리를 뜨는 형선이 못 미더웠다. 너무 믿지 마라, 조심스레 경고를 했지만 사랑에 빠진 희수는 귀담아듣지 않았다.

제대로 된 인간이라면 여자 친구의 단짝에게 그렇게 치근대지 않았을 거라고. 그러니 그딴 인간과 헤어진 것은 차라리 잘된 일이라고 생각했지만, 미래는 사실대로 말해줄 수 없었다. 믿었던 남자 친구에게 배신당한 희수의 마음이 얼마나 아프고 힘들지 잘 아니까.

"어디서 그 인간이랑 똑같은 체격을 가진 모델을 찾지? 학교에 있는 애들 중에 그렇게 큰 애들이 있겠어?"

"찾아봐야지."

"여자 모델은 또 어떻게 해? 방학이라 다들 알바니, 연수니 학교에 남아 있는 애들이 있을까?"

마음 약한 희수가 또다시 눈물을 훔쳤다.

"아직 시간 있어. 우린 할 수 있을 거야. 그러니까 포기하지 말고 끝까지 찾아보자."

"흐흐흑. 정말 미안해! 그렇지 않아도 그 인간이 미워 죽겠는데 어떻게 할 방도도 없고. 힘들게 준비한 패션쇼도 망치게 생겼고. 정말이지 너 볼 면목이 없다."

"패션쇼를 왜 망쳐? 모델이야 다시 구하면 되지."

"당장 몇 시간 뒤면 쇼가 열릴 텐데 어디 가서 모델을 구하지? 구해지긴 할까? 부산에서 열리는 의상쇼 때문에 죄다 거기로 갔을 거야."

"어차피 처음 피팅도 내가 했으니까 여자 모델은…… 안 구해도 될 거야. 그냥 내가 설게. 문제는 남자 모델인데……. 넌 모델 라인이랑 모델 에이전시에 전화해 봐."

"돈…… 있어?"

"현금 서비스라도 받아야지."

"서비스씩이나? 차라리 상록 오빠에게 도움을 구하면……."

희수의 말에 도움이 필요하면 언제나 연락하라던 착하고 다정한 상록 오빠가 떠올랐지만 미래는 고개를 저었다.

"안 돼. 여태 신세도 많이 졌는데 더 이상 폐를 끼칠 순 없지. 모델료는 내가 알아서 할 테니까 넌 전화나 돌려봐."

"만약 있다고 해도 전문 모델이면 죄다 스몰 사이즈일 텐데. 수선할 시간이 있을까?"

희수의 말이 맞았다. 요즘 모델들은 하나같이 젓가락처럼 가늘어서 일반인의 몸에 맞춘 그녀들의 의상에 맞지 않을 것이 뻔했다.

"그래도 이렇게 포기할 순 없잖아. 혹시 체격 있는 애들이 있을지도 모르고. 난 체육관 쪽으로 찾아볼게."

"미안! 정말 미안. 나 때문에 너까지……."

"오희수! 지금 이럴 시간 없어. 사과할 시간에 얼른 알아보라고. 먼저 찾는 사람이 전화하기로 하자."

미래는 희수의 손을 꼭 잡아준 뒤 카페를 나섰다. 논문 대신 치러지는 패션쇼에 작품을 올리지 못하면 졸업은 꿈도 꾸지 말라고 강 교수님이 입버릇처럼 말씀하셨다.

지방에서 올라와 어렵게 공부하는 희수도 그렇지만 미래 입장에서도 유급은 절대 있을 수 없는 일이었다. 그럴 만한 시간적, 경제적 여유가 없었다. 꼭 이번 패션쇼를 무사히 마쳐야 하고, 패션쇼를 무사히 마치기 위해서는 무엇보다 옷에 맞는 모델을 찾아야 했다.

포기하지 말자고 큰소리치기는 했지만, 이 뜨거운 여름방학 중에 186의 키에 74킬로그램 정도의 남자를 찾는 것은 쉬운 일이 아니었다. 농구부, 배구부, 유도부를 시작으로 운동부를 샅샅이 뒤

졌지만 별다른 성과가 없었다. 혹시나 싶어 학교 운동장을 훑어보는데 희수에게서 전화가 왔다.

[아무래도 무리야. 애들이 다 젓가락 같아. 허리가 30 넘는 애들이 하나도 없어. 시간도 촉박한데 바지 3벌을 어떻게 수선하니?]

"정 안 되면 핀 침을 꽂더라도 최대한 비슷한 체격의 남자를 찾는 수밖에 없지 뭐."

통화를 끝내고 다시 학교 안을 헤집고 다녔다. 도서관, 체육관, 식당, 운동장까지 정신없이 다녔지만 비슷한 체격은 보이지 않았다. 키가 크면 호리호리하고, 체격이 맞으면 키 차이가 많이 났다.

온몸에 땀이 비 오듯이 흘러내렸지만 모델을 할 만한 사람은 보이지 않았다. 시간은 점점 가고 있었다. 이대로 가다간 정말 유급할지도 모른다는 불안감이 밀려왔다. 미래를 딸같이 여긴다 말씀하시는 강 교수님이지만 공과 사는 분명한 분이었다.

정말 못 찾는 거 아냐? 미래는 한숨을 내쉬며 편의점으로 들어섰다. 시원한 생수라도 마셔야 답답한 속이 풀릴 것 같았다.

"힘들다."

계산을 하고 힘없이 편의점을 나설 때였다. 자신들의 옷에 꼭 맞는 완벽한 체격을 가진 그가 나타난 것은.

길 건너 롯데리아를 나서는 남자의 뒷모습을 보며 미래는 입안 가득 머금었던 물을 뱉어냈다.

"잠시만요!"

소리를 지르며 미친 사람처럼 달리기 시작했다. 희수의 빌어먹을 남자 친구보다 훨씬 날씬하긴 했지만, 탄탄한 어깨와 다부진

골격을 봤을 때 분명 185는 넘어 보이는, 그들의 옷을 소화해 낼 수 있는 고마운 신체 사이즈의 소유자였다.

"저기요!"

"이것 봐요!"

귀에 꽂고 있는 이어폰 덕에 미래의 목소리가 들리지 않는 모양인지 성큼성큼 앞서 가는 남자의 걸음은 무척이나 빨랐다. 미래는 헉헉거리며 전력 질주를 한 끝에야 겨우 남자를 따라잡을 수 있었다.

"저기요!"

길을 걷다 옷자락을 붙잡힌 남자가 고개를 돌렸다. 남자의 눈길을 받는 순간, 미래는 저도 모르게 '와아!' 탄성을 내질렀다.

"저, 저기. 잠시만요!"

"뭡니까?"

남자는 급하게 뛰어오느라 가쁜 숨을 가다듬는 미래를 뚫어지게 쳐다보았다. 부푼 희망이 쏙 들어갈 정도로 차가운 눈초리였지만, 생김새는 부족함이 없는 완벽한 모델감이었다. 작품을 구상하고 옷을 만들며 수없이 그려보았던 남자 주인공과 딱 맞아떨어지는 비주얼.

우리 학교 학생인가? 이렇게 잘생긴 남자가 여태 어디에 숨어 있었지?

열정을 품고 있는 차갑고 아름다운 기사의 이미지로 안성맞춤인 남자를 보며 미래는 꿀꺽, 침을 삼켰다.

"부탁이 있어요."

"부탁?"

남자가 헛웃음을 흘렸다. 그림처럼 진한 눈썹 아래로 검은 눈빛이 보석처럼 반짝거린다. 흠잡을 데 없는, 아름답지만 단단하게 다문 입술선이 예술품에 버금간다. 미래는 떨리는 마음을 감춘 채 미소를 지으며 남자를 올려다보았다. 비록 몇 날 며칠 밤을 새우긴 했지만, 길을 걷다 남자들에게 대시도 곧잘 받은 전적이 있는 몸이시다.

"차비가 없어요?"

남자가 느릿한 음성으로 물었다.

"아뇨. 그런 거 아니에요. 차비가 아니라 시간 되시면……."

"아하. 시간!"

남자가 가볍게 고개를 끄덕이더니 단호하게 말을 이었다.

"없어요!"

"네?"

"시. 간. 없. 다. 고. 요."

한 음절 한 음절 똑똑 끊어 말한 남자가 미래의 손을 털어내더니 걸음을 옮기기 시작했다. 거절당한 와중에도 탄탄하게 각 잡힌 뒷모습이 눈에 들어오자 미래는 고개를 흔들었다.

"어휴. 속도 없는 년."

혼잣말을 중얼거리면서도 재빨리 남자를 쫓아야 했다. 생긴 것만큼이나 비싸게 구는 남자지만 이대로 포기할 순 없다. 한 학기가 걸린 일인데, 아니, 그보다 머릿속으로만 상상하던 기사의 실체를 이렇게 실물로 만나게 되었는데 쉽게 물러설 순 없었다. 미래는 앞서 가던 남자의 옷자락을 다시 잡았다.

"저기요. 제발 부탁이에요. 그쪽이 정말 필요해요. 전 의상디자인 학과 학생이구요, 오늘 패션쇼에 옷을 올려야 하는데 하필이면 개 같은…… 아니, 개가 아니라, 그러니까 저희 모델이 사라졌어요. 근데 그 그지 같은 자식이…… 아니, 그 모델이 그쪽이랑 사이즈가 정말 비슷해요. 사례는 충분히 할게요. 더도 말고 덜도 말고 딱 2시간 정도만 내주시면 되거든요."

미래의 말에 딱딱하게 굳어 있던 남자의 얼굴이 비로소 풀어졌다. 다소 재미난 표정까지 지으며 남자가 다시 물었다.

"그러니까 그쪽의 개 같은…… 이 아니라, 그냥 모델이 없어졌는데 나더러 그지 같은 자식…… 이 아니라, 그냥 모델 대신 모델을 서달라?"

멀쩡한 얼굴과 진지한 목소리로 미래의 말을 따라 하는 남자를 보며 미래는 열심히 고개를 끄덕였다. 또라이면 어떤가? 모델만 해준다면 그의 장단에 맞춰 머리 풀고 춤이라도 출 수 있었다.

"네."

희망이 보였다. 미래가 열심히 고개를 끄덕이자 남자가 피식 웃음을 터트리더니 귓가로 입술을 가져와 달콤한 목소리로 속삭였다.

"딴사람 알아봐요."

정말 미쳐 버린 걸까? 어이없게도 돌아서는 남자의 입술에 걸린 비웃음마저 마음에 들었다. 미래의 입장에서는 정말이지 놓칠 수 없는 모델이었다.

"저기요! 한 번만 도와주세요."

다시 소매를 잡고 늘어지자 여태 비웃음으로 일관하던 남자의 인상이 싸늘하게 변해 버렸다. 영화나 소설에서 눈빛으로 사람을 제압하는 경우를 간혹 보긴 했지만 실제로 당해보기는 처음이다. 남자의 깊고 서늘한 눈빛은 간담이 철렁 내려앉을 정도로 무서웠다. 하지만 그만큼 탐이 나기도 했다.

'정말 이런 분위기를 가진 사람이 존재하는구나.'

상상 속에서만 그려보던 분위기였다. 차갑고 뜨거운 열정을 가진 기사를 모티브로 만든 자신의 작품과 딱 맞아떨어지는 남자. 미래는 꼴깍, 침을 삼켰다.

"하, 한 번만 봐주시면 평생의 은인으로 생각할게요."

"그쪽 은인 되고 싶은 생각 없어요."

"제발이요. 그쪽 체격이어야 해요."

미래는 돌아서려는 남자의 팔을 잡고 절박한 심정으로 매달렸다.

"오늘 무대에 못 서면 친구랑 전 유급이에요. 모델료 따따불로 쳐드릴게요. 아니면 뭐 다른 거? 소개팅, 소개팅은 어때요?"

웬만하면 좀 들어주라. 제발.

미래는 애절한 눈빛으로 남자를 쳐다보았다.

분명 그 여자였다.

2605호에 사는 그 여자.

동하 놈이 첫눈에 반했다며 목을 매는 이웃사촌.

바로 옆집에 살면서 지난 3개월간 한 번도 마주치지 못했던 여자를 동하 녀석이 알고 있었다. 어떻게 저런 여자와 이웃에 살면서 모를 수가 있냐고 흥분하던 여동하. 놈의 휴대전화 속에 고이 저장되어 있던 여자는, 학교 내 여학생들의 우상인 동하를 시도 때도 없이 덜떨어진 등신으로 만드는 능력자였다.

"도와주세요."

동하의 표현을 빌리자면, '가만히 보고만 있어도 아침 햇살처럼 빛이 나는 여신'이 현재의 팔목을 잡고 매달렸다. 그녀의 가늘고 긴 손가락을 보며 현재는 참 '하얗다'는 생각을 했다.

"폰카에서도 이렇게 빛이 나는 미몬데 눈앞에서 직접 보면 얼마나 예쁘겠냐? 실감나겠지? 진짜…… 이 누나는 사람이 아닌 것 같아. 보고만 있어도 막 가슴이 뭉클해지는 게……. 서현재, 넌 정말 좋겠다. 이런 누나랑 옆집에 사는 건 완전 행운이야. 행운! 전생에 무슨 복을 쌓았기에."

"아주 지랄을 해라."

"지랄이라니 인마. 사나이 순정을 뭘로 보고. 후아! 하긴 너같이 운동에 미친 무식한 놈이 그런 로맨틱한 감정을 알 리가 있겠냐."

오매불망 그리워하는 누나를 향한 혼자만의 사랑을 키워 나가는 동하 놈이 알게 된다면 거품을 물고 쓰러지겠지만, 현재는 자신의 앞길을 막고 있는 이웃사촌에게 흥미가 느껴지기 시작했다. 그녀는 개새끼, 박기영이 딱 좋아하는 스타일이었다.

"실례인 건 아는데 잠시만 제 얘길 들어보시고……."

"실례인 걸 알면 안 하면 되죠."

버릇처럼 나온 차가운 말투에 여자는 잠시 멍한 얼굴이 되었다.

기가 죽었나? 생각하는 찰나 여자가 다시 말을 잇기 시작했다.

"……물론 그렇지만, 이쪽 사정이 너무 급하니까…… 그러니까 조금만 배려를 해주시면……."

동하의 여신은 보기 드물게 예쁜 여자였다. 쌍꺼풀이 진한 눈에 긴 속눈썹, 오똑한 코에 도톰하고 붉은 입술, 돌돌 말아 올려 무덤처럼 만든 머리카락 몇 줄이 희고 고운 목선 위로 빠져나와 흘러내리고 있었다.

"……해주시면?"

"정말 감사하겠다고요."

"그래서 그쪽이 원하는 게?"

"모델이 급하게 필요해요."

여자가 절박하게 말했다.

모델이라니……. 현재의 심중에 조금씩 싹트던 장난기가 싹 가셔 버렸다.

"모델?"

"네. 모델이요. 패션모델."

귀찮은 것은 질색이지만 모델을 구한다는 여자의 말에 현재는 잠시 망설였다. 모델이라……. 도와줘야 하나? 어린 시절, 자신을 세워놓고 옷을 입혔다 벗겼다 하며 행복해하던 엄마의 모습이 떠올랐다. 동하가 그토록 좋아하는 어신도 자신의 엄마처럼 패션을 전공하는 사람이었다.

"미안하지만, 딴사람 알아봐요."

흔들리는 마음과 달리 단칼에 잘라 말했다. 혹시라도 못 알아챌까, 표정만으로도 충분한 거절이 될 수 있는 차가운 눈빛도 잊지 않았다. '이제 됐겠지' 걸음을 옮기는데 여자가 다시 손목을 잡고 늘어진다.

"저기요! 한 번만 도와주세요."

난처해진 현재는 여자의 손을 떼어놓기 위해 팔을 들어 올렸다. 두 손이 딸려 올라와도 여자는 잡은 손을 놓지 않았다. 꽉 잡은 손 힘이 제법 야무지다.

"모델료 후하게 쳐드릴게요. 아니면 뭐 다른 거? 소개팅, 소개팅은 어때요?"

"싫다니까……."

그녀가 내민 미끼를 거절하려던 현재는 순간 마음을 바꾸었다.

"좋아요. 대신 내 부탁도 들어주는 걸로 샘샘 합시다."

현재의 대답에 여자의 얼굴이 환하게 밝아졌다. 웃는 얼굴이 참 예쁜 여자다.

"감사합니다. 정말 좋은 일 하시는 거예요. 죄송하지만 좀 급해서요. 실례하겠습니다."

고개를 조아리던 여자가 갑자기 현재의 손을 덥석 잡았다. 이건 뭐지? 정신을 차릴 새도 없이 미친 듯이 뛰기 시작하는 여자를 따라 현재도 덩달아 달리기 시작했다.

"이, 이봐요!"

"일단 뛰어요! 설명은 나중에."

영화에서나 나올 법한 일이었다. 처음 만난 여자와 손을 잡고 달리는 것은.

휙휙 스쳐 가는 사람들이 호기심 어린 표정으로 지켜보고 있었다. 꽉 잡은 그녀의 손을 충분히 뿌리칠 수 있었지만 그러지 않았다. 그녀와 함께 낯선 캠퍼스를 달리는 기분이 나쁘지 않았기 때문이다. 솔직히 말하면 꽤 괜찮은 기분이었다. 그녀는 마치 울타리를 사뿐히 뛰어넘으며 노니는 암사슴 같았다.

얼마쯤 달렸을까? 한국대학 운동장에 세워진 커다란 조명탑까지 제법 먼 거리를 단숨에 달려온 그녀가 그의 손을 놓아주었다.

"여기예요."

커다란 야외무대를 가리키며 그녀가 숨을 몰아쉬었다. 송골송골 맺힌 땀을 닦아내며 허리를 반쯤 굽혀 숨을 고르는 그녀의 뒤로 키가 작고 세련된 외모를 가진 여자가 달려오는 것이 보였다.

"이분이야?"

키 작은 친구의 질문에 동하의 여신이 고개를 끄덕였다.

"정말 감사합니다. 정말 고맙습니다."

여신의 친구가 눈물을 보이며 고맙다는 말을 반복했다.

"제가 해야 할 일은 뭡니까?"

머쓱해진 현재는 자신에게 쏠린 관심을 돌리려 별로 궁금하지도 않은 질문을 했다.

"아! 저희가 준비한 옷을 입고 여기 끝에서 저기 끝까지 쭉 걸어가시면 돼요. 런웨이라고 들어보셨죠? 모델들처럼 그냥 왔다 갔다 그것뿐이에요. 갈아입으실 옷은 총 3벌이구요."

눈물을 닦아낸 친구가 운동장에 세워진 간이 무대를 가리키며 설명했다. 그냥 옷만 입고 왔다 갔다 하면 되는 줄 알았는데 직접 본 무대는 생각보다 긴 거리였다. 젠장! 현재는 괜한 일에 휘말린 것은 아닐까 후회를 했다.

"음……."

"좀 길죠? 60미터인데, 처음 하시는 거라 그렇지 해보면 별거 아니에요. 게다가 모델분 다리가 워낙 길어서 다른 사람보다 더 빨리 끝날 거예요. 마스크도 워낙 좋으셔서 전문 모델보다 더 눈에 띄실 거고요. 혹시 많이 긴장되시면 말씀하세요. 우황청심환이라도 사올게요."

그의 기분이 변할까 봐 열심히 설명을 하는 친구의 목소리를 흘려들으며 현재는 고개를 끄덕였다.

매트 위에서 구르는 거에 비하면 아무것도 아니었지만, 종류가 다른 긴장감이 밀려오는 것은 사실이었다. 바로 옆에서 우왕좌왕하며 정신없이 뛰어다니는 사람들과 찰나의 순간에 옷을 입고 벗어대는 신공을 발휘하는 모델들이 흡사 전쟁통의 피난민들처럼 다급해 보였다. 왠지 모를 기류에 들떠 있는 사람들을 보니 시합 전의 흥분과 긴장감이 피부에 와 닿을 만큼 가깝게 느껴졌다. 5분쯤 지나자 사람들의 웅성거림과 발걸음이 더 빨라지더니 쇼의 시작을 알리는 안내 방송이 들려왔다.

"무대 보시겠어요?"

"봐도 돼요?"

"그럼요. 저희는 2부부터니까 다른 모델들 어떻게 하는지 보시면 도움도 될 거예요."

여자의 안내에 따라 현재는 관중석 옆에 서서 패션쇼를 지켜보았다. 60M 무대는 빨주노초파남보 무지갯빛 화려한 향연이었다. 오색찬란한 빛과 함께 심장박동에 맞추어 들리는 낮고 경쾌한 타악기의 리듬은 쉴 틈 없이 울려 퍼지고 있었고 시합을 앞둔 긴장감과는 또 다른 종류의 긴장감이 그의 아드레날린을 끓어오르게 만들었다.

둥둥둥!

심장의 두근거림과 한 박자를 이루던 북소리는 어느새 강렬한 함성으로 바뀌더니 다시 따스한 봄날에 나풀거리는 나비처럼 가벼워졌다. 쇼는 절제된 퍼포먼스 대신 풍부한 감성이 묻어나는 아름다운 서정시 같았다. 포근한 무대배경으로 인해 모델들의 나비 같은 의상이 더 부각되었고 그들의 생생한 표정까지 제대로 전달되는 살아 있는 쇼였다.

"저기요!"

언제 왔는지 상기된 얼굴의 동하의 여신이 그를 불렀다.

"네."

"피팅 한번 해볼게요."

현재는 말없이 여신의 뒤를 따랐다.

2부 중간쯤에 선보이게 될 여신과 그녀의 친구가 만든 옷은 모두 3벌. 하얀 셔츠와 쫄쫄이 같은 바지에 경악을 할 만큼 놀라긴 했지만, 불행 중 다행으로 셔츠의 길이가 길었다. 더구나 이것저것 갖다 붙이고 다는 바람에 시선이 많이 분산되는 효과를 줄 수 있을 것 같았다.

"중세 기사를 생각해서 만든 옷인데, 요즘 사람들 입는 박스 티에 가깝죠? 착용 느낌은 어때요?"

"괜찮습니다."

현재의 대답에 그녀가 안심한 듯 웃었다. 빈말이 아니라 색감이나 디자인이 단순하면서도 심플한 것이 까다로운 현재가 보기에도 양호한 편이었다. 만든 옷들을 보니 끈질긴 성격만큼 재능이 뛰어난 사람 같았다.

"허리 부분은 괜찮아요?"

옆구리에 얼굴을 박고 있던 동하의 여신이 입술에 핀을 꽂은 채 어물거리며 물었다. 볼그스름하게 상기된 작은 얼굴 위로 조금 전보다 더 많이 빠진 머리가 흘러내리고 있었다.

"괜찮습니다."

현재의 대답에 그녀가 고개를 끄덕이며 부드럽게 미소를 지었다. 두근두근……. 이상하게도 가슴이 뛰기 시작했다. 현재는 평소와 다른 심장의 요동을 무대 위로 오르기 전의 긴장이라 생각하며 마음을 가다듬었다.

"빈말이 아니라 옷발이 정말 죽여요."

실과 바늘을 들고 등 부분을 여미던 친구가 말했다.

"그런 소리 자주 듣는 편입니다."

농담기 하나 없는 말에 두 사람이 시선을 교환하는 것이 보였지만 없는 말을 한 것도 아니었으므로 현재는 개의치 않았다. 대기실은 전쟁통 같았고 여신과 그녀의 친구는 전쟁터에 나온 군인처럼 필사적으로 현재의 몸에 옷이 맞도록 열심히 손을 놀리고 있었다.

"운동선수예요?"

등 쪽에서 재빠르게 바느질을 하고 있던 그녀의 친구가 다시 물었다.

"왜요?"

"몸이 장난이 아닌 것 같아서. 셔츠 단추 몇 개쯤 끌러도 될 것 같아요."

"팬 서비스는 없습니다."

"푸핫!"

옆구리 쪽에 있던 동하의 여신이 쿡쿡거렸다. 허리 쪽에서 느껴지는 따뜻한 입김에 온몸이 긴장되더니 자르르 소름이 돋았다.

"그러고 보니 우리 이름도 모르네. 전 의상학과 4학년이고요, 이름은 송미래라고 합니다."

"전 오희수요!"

송미래. 송미래. 동하의 여신은 이름이 송미래였다.

미래라……. 이것도 우연일까?

"그쪽은 이름이 어떻게 돼요?"

"진짜, 이름이 뭐예요?"

생각에 잠긴 현재의 귓가에 송미래와 그녀의 친구 오희수의 씩씩한 음성이 들려왔다.

"서현재라고 합니다."

"어라! 이름이 현재예요?"

'현재와 미래, 우린 현재와 미랜데요?' 중얼거리던 송미래가 다시 웃음을 터트렸다. 가지런한 치아가 드러나는 붉은 입술이 부드러운 곡선을 그리며 벌어지자 왼쪽 볼에 귀여운 보조개가 잡혔다. 기사 딸린 외제차를 놔두고 굳이 버스를 타고 다니는 동하 놈이 이해가 될 것 같은 예쁜 웃음이었다.

"근데 우리 학교 학생 아니죠?"

미래의 물음에 현재의 가슴이 뜨끔거렸다.

"……네."

"그럴 줄 알았어요. 이렇게 잘생긴 분이 있었으면 학교에 소문이 자자했을 거예요."

부지런히 손을 놀리며 말하는 미래의 얼굴 위로 실밥이 날아와 앉았다. 현재는 저도 모르게 손을 뻗어 그녀의 얼굴 위에 묻은 실밥을 떼어주었다.

"아! 고맙습니다."

송미래의 화사한 미소에 가슴이 다시 쿵쾅거리기 시작했다. 현재는 헛기침을 터트리며 시선을 돌렸다.

"자아, 눈을 감으시고."

옷 손질을 끝내고 화장품을 챙겨온 미래의 말에 현재는 순순히 눈을 감았다. 피부 위로 느껴지는 부드러운 손의 감촉에 자꾸만 이상한 기분이 들었다.

"와우! 무슨 남자 피부가 이렇게 부드러워요?"

열심히 땀을 흘린 덕분에 그녀에게 칭찬을 받을 수 있었지만, 지금 현재의 입장에서는 그녀의 칭찬이 문제가 아니었다. 부드러운 손길과 얼굴 위로 부서지는 그녀의 숨결에 예고도 없이 반응하는 자신의 몸을 잠재우기 위해 애국가를 적어도 수십 번도 더 중얼거려야 했다.

"자! 1부 마지막 순서입니다. 10분 휴식 후, 2부 들어갈 거예요. 2부 팀들 준비하세요."

진행을 맡은 스태프의 지시에 송미래가 현재의 어깨 위로 두 손을 얹었다.

"긴장하지 말고 그냥 씩씩하게 걸어나가면 돼요. 현재 씨는 지금부터 차갑고 냉철한 기사예요. 우리 아까 학교 앞에서 처음 만났던 것처럼. '뭐 이런 듣보잡이 다 있어?' 라는 시선으로 무대 아래를 훑어주시면 돼요. 사실, 저 무지 쫄았었거든요."

그녀의 말에 현재는 피식 웃음을 터트렸다.

"나가서 무대를 한 바퀴 돌고 있으면 뒤로 성주와 그의 아내가 함께 등장할 거예요. 그럼 최대한 애틋한 눈빛으로 성주의 아내를 봐주세요."

"애틋하게?"

"네. 애틋하게."

"애틋한 눈빛은 어떤 겁니까?"

"그런 적 없었어요? 가지고 싶은데 가질 수 없는 그런 것들……."

"가지고 싶은데 가질 수 없는 것들?"

그녀의 말을 따라 하다 이하경 여사를 떠올렸다. 자신을 버리고 가버린, 가지고 싶지만 가질 수 없는 엄마…….

'픽' 시니컬한 웃음이 터져 나왔다.

"냉소적인 그런 웃음도 좋아요. 그 여자만 있으면 세상을 다 가진 것 같은데…… 그 여자가 없어서 아무것도 가진 것이 없는 지독히 가난한 사람이에요. 현재 씨는."

여자의 말이 현재의 귓가에 부드럽게 울려 퍼졌다. 어쩌면 이 여자도 알지 모른다는 생각이 들었다. 방금 그녀 입으로 말한 그런 가난을……. 뼛속까지 시린 외로움을. 아무 데도 기댈 데 없이 외롭고 허한 마음을 어쩌면 이 여자도 알지 모르겠다는 생각이 들자 현재의 마음 한구석이 찌릿거리기 시작했다.

"그 여자는 당신에게 세상 무엇과도 바꿀 수 없는 그런 사람이에요."

부드러운 그녀의 목소리에 현재는 가만히 고개를 끄덕였다.

"좋아요. 그런 눈빛. 진짜 냉소적인 기사 같아요. 강하지만 슬퍼 보이는 눈빛. 그런데 현재 씨, 앞으로는 그런 눈빛 안 했으면 좋겠다. 보는 사람 맘 아파요."

"마음이 아파요?"

"뭐랄까. 진짜 같아요. 연기가 아닌 것 같아."

정곡을 찌르는 그녀의 말에 뭐라고 할 말이 없어졌다. 현재는 여자의 눈을 가만히 들여다보았다. 송미래의 눈빛은 따뜻하고 편안했다. 굳이 말하지 않아도 외로웠던 과거를 고스란히 알아줄 것 같은 그런 여자가 자신을 바라보고 있었다.

"그럴 리가요."

그녀가 걸어놓은 마법 같은 분위기에서 빠져나오기 위해 아주 분명한 목소리로 말했다. 그 순간, 그녀가 양손을 뻗어 그의 머리를 잡았다. 가느다란 손이 귀와 옆머리를 야무지게 붙잡고 그와 시선을 마주쳤다. 귀 끝으로 느껴지는 그녀의 손가락 감촉에 묘한 흥분이 일어났다. 친구 놈들이 즐겨 보는 야동을 우연히 보게 될 때와는 전혀 다른 그런 흥분.

그의 혼란을 전혀 눈치채지 못한 그녀가 부드럽게 미소를 짓는다. 그 순간, 마법과도 같은 일이 일어나 버렸다. 그토록 시끄럽던 소음이, 벌 떼처럼 많은 사람들이 현재의 귓가에서, 눈앞에서 사라져 버린 것이다. 이 넓은 공간에 오직 자신과 송미래, 두 사람만 남아 있었다. 다른 것은 아무것도 눈에 들어오지 않았고 귀에 들리지 않았다. 현재는 길을 잃은 선박처럼 등대 같은 미래의 눈빛에 집중했다.

"그렇다면 정말 다행이고요. 자! 우리 기사님. 얼마나 근사한지 한번 볼게요."

그녀가 현재의 머리 위에서부터 발끝까지를 천천히 훑었다. 분명 눈빛으로 바라보는데도 부드러운 그녀의 손길이 온몸을 훑는 것처럼 뜨거워졌다.

"현재 씨는 성주의 아내를 사랑하는 기사예요. 성주의 아내와 기사님은 서로 첫사랑이었어요. 수줍게 시작된 소꿉친구, 예쁘고 씩씩하게 커가는 서로를 많이 사랑했지만, 그녀는 늙은 성주의 아내가 되어버렸어요. 사랑하지만 가질 순 없잖아요. 늙고 병든 성주에게로 보낼 수밖에 없어요."

그녀가 조용히 속삭였다. 설득력 있는 눈빛과 말투에 현재는 저도 모르게 고개를 끄덕였다. 그러다 문득, 그녀의 말이 정말인 것처럼 분노가 치밀어 오르기 시작했다.

"기사님은…… 마음이 찢어질 듯이 아플 거예요. 아! 그리고 무대 끝까지 와서 다시 돌아갈 때요. 성주의 아내와 스쳐 지나갈 거예요. 그때 여자의 손을 잡고 잠시 멈춰 서주세요. 그녀의 손이 생명을 이어갈 동아줄이라고 생각하고 아주 간절하게 잡아주세요. 10초 후, 그녀가 손을 빼고 성주와 함께 다시 워킹을 할 겁니다. 그럼 사랑하는 그녀와 성주의 뒷모습을 애절하게 봐주세요."

"아주…… 복잡하네요."

"미안해요. 이번 쇼가 주제가 있는 거라서."

그가 느릿하게 말하자 미리 준비라도 되어 있었던 것처럼 그녀가 재빨리 대답했다.

"자, 그럼 준비되셨어요?"

"네."

"그럼 조금 있다 봐요."

그의 대답을 들은 미래가 깊은 숨을 내쉬더니 친구와 함께 돌아가 버렸다.

낯선 공간, 낯선 사람들 사이에서 혼자 남은 현재는 멀어지는 미래를 바라보았다. 정신없이 왔다 갔다 하는 사람들 속에서 왠지 버림받은 느낌이 들었다. 함께 있을 때는 몰랐는데 그녀가 사라지자 괜히 긴장이 몰려온다.

'대체 어디를 가는 거야?'

그녀를 찾아 두리번거리는데 모자를 쓴 여자 스태프가 다가왔다.

"기사님! 이쪽으로 오세요."

친절한 스태프에 의해 무대 뒤 계단 위로 오른 현재는 커튼 뒤로 펼쳐진 곳에 서서 자신의 순서를 기다렸다. 막상 차례가 다가오자 긴장이 밀려오기 시작했다. 빽빽이 들어찬 의자와 그 뒤로 서 있는 사람들도 의식되고 긴 무대도 신경 쓰이기 시작했다.

야외라 그런지 오다가다 서서 구경하는 사람들도 많았다. 그들이 터트리는 플래시가 여기저기서 번쩍이자 긴장감은 최고치를 달리기 시작했다. 마침, 이번 순서가 끝이 났는지 사람들이 박수를 치며 환호성을 질러댔다.

"준비되셨어요?"

스태프의 질문에 현재는 고개를 끄덕였다.

"잠시 후 나갑니다!"

숨을 죄는 초조함이 몰려왔다. 옆에 없는 송미래의 빈자리는 더 크게 느껴졌다. 대체 어디에 있는 거야? 모델을 버리고 사라지다니. 주위를 두리번거리며 그녀를 찾으려다 시간이 주는 긴장감에 고개 돌리는 것조차 포기해 버렸다.

갑자기 웅장하던 음악이 부드럽고 잔잔하게 바뀌었다. 나비들의 황홀한 날갯짓이 무대 위에서 사라지고 갑자기 모든 조명이 꺼졌다. 1초, 2초, 3초, 4초…… 그리고 5초. 정확하게 5초가 흐른 후, 태양의 빛과도 같은 환한 빛이 무대 위를 강렬하게 비추었다.

"지금이요!"

스태프의 지시에 따라 현재는 걸음을 옮겼다. 성큼성큼 다리를 뻗을 때마다 무대 밑 사람들이 내지르는 감탄과 환호성이 들려왔다.

"헐! 대박!"

"어디 모델이야? 간지 죽이는데."

여자들의 감탄사가 터져 나왔지만, 현재는 동요하지 않고 계속 걸음을 옮겼다. 쭉 뻗은 무대의 마지막을 돌며 송미래가 가르쳐 준 대로 턴을 했다. 그리고 다시 걸음을 옮기려는데 천천히 걸어 나오는 성주와 그의 아내가 보였다.

'저 여자가 나의 첫사랑인가?'

현재는 순백색 드레스를 입은 여인을 보며 약간 고개를 숙였다. 늙은 성주의 어린 아내라……. 섬세한 크리스털이 달린 순백색의 드레스를 입은 그녀는 우아하고 아름다운 미소를 지으며 현재에게로 다가왔다. 조금씩 다가오는 자신의 첫사랑을 바라보던 현재의 심장이 쿵! 하고 내려앉았다.

송미래다!

조금 전과 달리 진한 화장을 하고 머리를 땋아 동그랗게 말아 올려 다른 사람처럼 보이기는 했지만, 성주의 아내는 분명 송미래 였다. 친구와 급하게 사라지더니 그새 화장을 하고 옷을 갈아입고 온 모양이다. 무대 위의 미래를 보며 현재는 동하가 왜 그녀를 여 신이라 불렀는지 알 수 있을 것 같았다.

세상 사람 같지 않는 묘한 분위기. 피부는 금방이라도 스르르 녹아버릴 것만 같은 순결한 눈처럼 새하얗고 눈부셨다. 쉴 새 없 이 뛰는 가슴, 그녀를 뭐라고 표현해야 할까? 숨이 막혀왔다. 공기 가 희박한 사람처럼 숨을 몰아쉬던 현재의 옆으로 그녀가 스쳐 지 나갔다. 이유도 모른 채 가슴이 터질 것만 같았다.

그는 자신도 모르게 손을 뻗어 첫사랑의 손을 잡았다. 손이 잡 힌 그녀는 금방이라도 눈물이 흘러내릴 것 같은 애잔한 표정으로 그를 바라보았다. 이 여자 왜 이렇게 예쁜 거야. 젠장. 저도 모르 게 욕설이 터져 나왔다.

'미안해요!'

굳어진 그의 얼굴이 긴장 때문이라고 생각한 미래가 입을 벌려 살며시 사과를 했다. 아무것도 모르는 늙은 성주는 관중석을 향해 손을 흔들며 간간이 자신의 젊고 예쁜 아내에게 미소를 지어 보이 고 있었다. 고약하게도 성주의 또 다른 손이 그녀의 허리 위에 올 라가 있는 것이 눈에 들어왔다. 우습게도 첫사랑의 허리에 둘린 늙은 성주의 손이 신경에 거슬렸다.

미친 거 아냐?

괜히 오버하는 자신이 우스워 정신을 차리려 애쓰는데, 멈춰 선 그녀를 재촉하는 성주 덕에 그녀의 손이 그의 손을 놓아버렸다.

약속된 상황이지만, 지독한 허전함이 밀려왔다. 분명 10초 정도 돌아보라는 가르침을 굳이 되새기지 않아도 몸이 저절로 그녀를 향해 돌아서 버렸다. 천천히 열까지 세면 된다고? 10초고 뭐고 간에 당장 달려가 그녀를 다시 데려오고 싶다.

'미친……'

스스로의 생각에 눈살을 찌푸리는 그의 시야로 미래의 허리를 꼭 감싸 안고 있는 성주의 손이 들어왔다. 젠장, 어디다 손을……. 현재는 자신도 모르게 걸음을 옮겼다. 바람처럼 다가가서 그녀의 어깨를 잡고 몸을 돌리자 화들짝 놀라는 눈동자가 보였다. 그 순간, 그녀에게 반해 정신 못 차리는 동하 녀석도, 그녀를 이용해 굴복시켜야 되는 박기영도 생각나지 않았다.

"이, 이게 대체……?"

당황해서 어쩔 줄 몰라 하는 성주 역할의 모델에게서 미래를 빼낸 뒤, 그녀를 당겨 안았다. 놀라 외마디 비명을 지르는 그녀의 입술 위로 자신의 입술을 덮어버렸다. 부드럽고 말캉한 입술이 닿자 미칠 것만 같은 감질 맛에 사로잡혔다. 분노한 성주에 의해 목이 달아나도 억울할 것 같지 않은 만족감이었다.

"왜? 왜 이래요?"

그의 품을 벗어나려고 버둥거린 그녀가 놀란 음성으로 물었다. 당혹감이 깃든 눈빛, 발그레 물든 볼, 탐스러운 입술이 동시에 그의 눈 안으로 들어왔다. 현재는 그녀의 주먹만 한 머리통을 양손으로 잡았다. 그리고 놀라 동그랗게 커진 그녀의 눈에 시선을 고정한 채 다시 입을 맞추었다. 세상에 이 여자 하나뿐이라는, 이 여자를 놓치면 죽을 것만 같다는 절박한 심정으로 그녀의 입술을 홈쳤다.

휘청, 놀란 그녀가 비틀거리는 것이 느껴졌다. 머리를 잡고 있던 양손 중 한 손을 그녀의 허리로 둘러 안정되게 안아주었다. 그녀의 입술은 달콤했고 부드러웠으며 감미로웠다. 현재는 온 세상에 둘만 남은 것 같은 기분이 들 정도로 열렬하게 그녀의 입술을 홈쳤다.

"와! 대박!"

삐이익!

예정에 없던 키스가 무대 연출의 일부라고 생각했는지 객석에서는 격려의 박수와 휘파람 소리가 터져 나왔다. 몽롱한 꿈에서 영영 깨지 못할 뻔한 현재를 관중들이 현실로 되돌려준 셈이었다.

"이봐! 미쳤어?"

겨우 정신을 차린 성주가 다가와 격하게 속삭였다. 성주는 잔뜩 화가 나 있었고 그녀의 허리에 둘린 현재의 손을 떼어내며 그녀를 자신의 옆으로 끌고 가려고 했다.

둘러메쳐 버릴까? 순간적인 갈등에 휩싸였지만, 현재는 인내심을 발휘했다.

"이거 놓으라고!"

성주의 독촉에 마지못해 그녀를 놓아줄 수밖에 없었다.

"이, 이……."

숨을 헐떡이며 현재를 노려보던 그녀가 손을 들어 올렸다. 짝! 날카로운 소리와 함께 뺨 위로 얼얼한 아픔이 느껴졌다. 그래도 후회는 되지 않았다.

"와아아아!"

모든 것이 쇼의 일부라고 생각한 관중석에서 우레와 같은 박수 소리가 들려왔다.

2. 열아홉이 어때서?

어이없게도 패션쇼는 대히트를 치며 끝이 났다. 파렴치한 서현재는 무대 위에 오른 그 누구보다 더 화려한 플래시 세례를 받았고 여성 관객들의 환호를 이끌어냈다.

"미래야! 저 모델 어디서 섭외했어?"

"송미래! 오늘 무대 완전 끝내주더라. 남자 모델 소속은 어디야? 우리 공유하자."

여기저기 앞을 가로막는 동창들을 피해가며 빠져나가는 미래의 앞에 현재를 유독 마음에 들어 했던 박수훈이 나타났다.

"야! 송미래. 너 키스신 일부러 넣은 거지? 대체 거기서 키스가 왜 필요한 거야?"

"꺼져라!"

"음란마귀 같은 년! 신성한 쇼를 제 사리사욕 채우는 데 쓰는 파렴치한!"

"죽을래?"

"나쁜 년! 저 모델 폰 번호 넘기고 가. 안 그럼 못 가!"

새침하게 말하며 자신의 휴대폰을 넘기는 수훈의 폰을 받아 든 미래가 11자리 숫자를 정성껏 입력한 후 수훈에게 넘겼다.

"됐지? 이제 비켜!"

"알았어. 가! 고마워!"

"천만에. 나중에 밥 한 번 사는 거다?"

"당근!"

미래는 만족스럽게 웃는 수훈을 빠르게 지나쳤다. 50미터쯤을 지났을까? 밤하늘을 가르는 수훈의 비명 소리가 들려왔다.

"아아악! 송미래. 이 사악한 년. 010-1818-1818번이 뭐야? 진짜 이 번호 맞아?"

궁금하면 걸어보던지. 미래는 피식, 웃음을 지으며 얼른 여자 탈의실로 뛰어들어 갔다.

"비켜요!"

의상을 갈아입고 탈의실을 나서던 미래는 자신의 앞을 막아선 키 큰 남자를 노려보았다. 멀쩡하게 잘생긴, 그것도 탁월하게 잘생긴 이 남자가 자신에게 달려들어 키스를 퍼부었다. 마치 정신 나간 사람처럼.

"비키라고 했어요."

다시 소리를 질렀지만, 남자는 꼼짝도 하지 않았다.

숨을 쉴 수도 없을 만큼 강렬한 힘이었다. 크고 강한, 단단한 그의 품에서 손가락 하나 움직일 수 없었다. 갑작스럽게 닥친 그 충격을 어떻게 표현해야 할까? 조금 전의 키스로 잔뜩 성이 나 있는 입술의 감각이 혀끝으로 생생하게 느껴졌다.

나쁜 새끼!

그는 아무리 좋게 보려 해도 인물이 아까운 미친놈이었다.

"저기, 서현재 씨. 미래야! 우리 여기서 이럴 게 아니라 어디 조용한 데 가서 얘기라도……"

현재와 함께 온 모양인지 희수가 안절부절못하며 두 사람 사이에 끼어들었지만, 별다른 성과를 얻을 수는 없었다.

"여태 이러고 살았어요?"

미래의 물음에 그가 눈썹을 찡긋거렸다.

"잘생겼다 칭찬하면 아무에게나 막 들이대요? 미안하지만, 댁 같은 스타일 난 싫어요. 아무리 잘생겨 처먹었어도 하는 짓이 개차반이면 별 볼일 없더라고요. 인간 자체가 말짱 황인 법이거든요."

화가 나 쏘아대는 미래를, 남자는 여전히 입을 다문 채 바라보기만 했다. 말없이 자신을 바라보는 남자의 눈동자 속, 짙은 홍채가 고요히 일렁이고 있었다. 어처구니없게도 그가 야속해하고 있다는 느낌을 받았다.

또라이!

미래는 혼잣말을 중얼거리며 그를 비켜 가려 했지만, 함께 몸을 틀어버린 그에게 또다시 앞이 막혀 버렸다. 미래는 짜증 섞인 눈초리로 그를 쏘아보았다.

"지금 뭐 하자는 거예요?"

"화가 풀리길 기다리는 중이에요."

구차하지는 않더라도 최소한의 변명은 할 줄 알았다. 것도 아니면 돈키호테 같은 행동에 어울리는 뜬금없는 대시 정도는 할 것이라 생각했었다. 그런데 이 남자……. 대체 무슨 말을 하고 싶어서 이러는 걸까?

"화가 풀려요? 차라리 남북통일이 되길 기다리는 게 빠를 거예요."

미래는 앞을 막아선 그를 밀치며 걸음을 옮겼다.

"잠시만."

그가 그녀를 불렀다. 아주 달콤하고 다정한 목소리로.

대체, 나한테 왜 이러는 거야?

복잡한 심경으로 그를 마주 보는데, 갑자기 그의 손이 미래의 입술로 다가왔다.

"입술이 많이 부었어요."

핏기가 남아 있는 그녀의 입술을 손가락으로 쓸어내며 서현재가 말했다. 거친 입맞춤의 여운이 고스란히 남아 있는 낮고 허스키한 목소리였다.

"미쳤어요?"

분노한 미래가 그의 손을 쳐냈다.

"아뇨. 멀쩡합니다."

아무 일도 없었다는 듯 태연하게 말하는 그를 보며, 미래는 참아왔던 분노를 폭발시키고야 말았다.

"야! 너 대체 몇 살이야? 몇 살이나 처먹었기에 이렇게 앞뒤 분간도 못하고 제멋대로야?"

"열아홉!"

현재의 대답에 미래는 잠시, 숨을 멈추었다. 몇 초의 시간이 흐르고 마치 얼음땡 놀이를 하는 사람처럼 굳어 있던 미래가 깊은 숨을 몰아쉬며 다시 물었다.

"몇 살?"

"열. 아. 홉!"

그녀가 잘못 듣기라도 할까 봐, 그가 아주 똑똑히 끊어서 말했다.

"열아홉?"

"응."

"너 지금 응이라 그랬니? 겨우 열아홉 주제에?"

어처구니없는 상황에 기가 막혔다. 미래는 자신이 잘못 들은 것은 아닐까 되물어보았다.

"그쪽에서 먼저 말을 놓으니까."

"헐! 내가 말 놓는다고, 열아홉 먹은 너도 말을 놔?"

뻔뻔한 그의 태도가 그녀의 분노를 더욱 타오르게 만들었다.

"응."

"넌 도대체 겁이 없는 거니? 아님, 정신이 없는 거니?"

"겁은 없고, 정신은 말짱해."

꼬박꼬박 말대답을 하는 그를 보며 미래는 헛웃음을 토해냈다. 지금은 이 아이와 말싸움하고 있을 때가 아니었다.

"그래서, 결론은 네가 아직 고등학교 졸업 전이란 말이지?"

"응."

"이런……. 개자식이."

있는 힘껏 뺨을 내려치려는데, 그에게 그만 손목이 잡혀 버렸다.

"이거 안 놔? 고딩 주제에 그런 짓을 저질렀단 말이야?"

"이제 곧 졸업이야. 그리고 키스와 나이가 무슨 상관인데?"

느릿하게 말하는, 조금도 미안한 기색이 없어 보이는 그에게 더 짜증이 났다. 미래는 그에게 잡힌 손을 털어내며 그를 노려보았다.

"무슨 상관이냐니? 왜 상관이 없어? 내가 미성년자랑 키스를 했다고. 그것도 이렇게 많은 사람들 앞에서. 휴. 됐다. 됐어. 이제 그만하자. 이제 그만 가."

"약속은 지키지."

미안한 기색 없는 서현재를 보며 미래는 미간을 찌푸렸다.

"약속이라니?"

"학교 앞에서 한 약속. 모델만 서주면 소개팅이니 뭐니, 내 요구 조건 다 들어준다고 한 약속."

"하! 소개팅? 그러니까 지금 소개팅을 시켜달라?"

"그거 말고, 내 소원 들어준다는 거. 기억하지?"

기억이 났다. 고등학생인 그에게 매달려 애걸복걸했던 자신의 모습이. 미래는 휴, 낮은 한숨을 내쉬며 고개를 끄덕였다.

"그래. 기억해. 원하는 게 뭐야?"

"그쪽이 내 여자 친구가 되어주면 좋겠어."

이게 미쳤나?

"지금 장난해?"

미래는 서현재의 얼굴을 뚫어져라 노려보았지만, 그는 농담이

아닌 듯했다. 잘생긴 입가에는 웃음기 하나 없었고, 깊은 눈빛은
더없이 진지했다.

"장난 아닌데."

"너…… 정말 가지가지 한다."

"원하는 건 뭐든 들어주기로 약속했잖아."

"너 정말 제정신이 아니구나? 네가 무슨 짓을 했는지 알기나
해? 너 성추행범으로 고소당할 수도 있어."

그녀의 말에 그의 얼굴이 딱딱하게 굳어졌다. 그래. 겁이 나지?
어디서 고딩 주제에 그렇게 까불어. 미래는 콧방귀를 내뀌며 그를
노려보았다.

"성추행? 내 마음을 담은 키스가 추행처럼 느껴졌어? 정말 당
신은 그렇게 느낀 거야? 내가 보기에 당신 반응, 나쁘지 않았어.
그리고 관객 반응도 좋기만 하던걸. 결과적으로는 더 잘된 일인
것 같은데."

겁을 먹은 줄 알았는데 그게 아니었나 보다. 단지 기분이 나빴
던 것이다. 그래서인지 어린 녀석이 조목조목 잘도 따지고 들었
다. 그것도 맞는 말로만.

"아니! 내 반응은 싫었어. 아주아주. 그리고 관객 반응이 뭐가
중요해? 내가 싫다는데."

"그래? 그럼……. 여기서 다시 한 번 더 해볼까? 정말 싫은지?"

그가 또다시 손을 뻗으려 하자, 미래는 펄쩍 뛰며 뒤로 물러났
다.

"이 상또라이! 건드리기만 해봐."

"깜짝 놀라게 한 건 미안하지만, 키스 자체는 사과하고 싶지 않

아. 특히 당신에게는. 내가 사과하는 순간에 내 키스는 실수가 될 거니까."

그는 시종일관 건방지고 자신만만했다.

"점입가경이다. 그만하자. 그만하고 가!"

"알았어. 오늘은 이만 갈게. 다시 연락해도 되지? 그리고 오늘, 당신 만나서 난 참 좋았어. 잠 안 오면 쓸데없는 생각하지 말고 우리 사이, 나에 대해 잘 생각해 봐."

"그럴 일 없어."

"장담하지 말고. 그럼 또 봐!"

돌아선 그가 미래의 눈앞에서 사라져 갔다.

'미친놈!'

미래는 혼잣말을 중얼거렸고 여태 숨도 못 쉬고 뒤에서 지켜보고 있던 희수는 신음 같은 긴 한숨을 토해냈다.

"우와! 쟤 정말 고딩 맞아? 카리스마가 장난 아니야. 완전 강적인데. 송미래! 너 괜찮아?"

"괜찮지 않음."

"너도 참 대단하다. 나 같음 가슴이 두근거려서 제대로 서 있지도 못했을 거야."

"아냐. 사실 나도 떨려서 죽는 줄 알았어."

희수는 자신의 오랜 친구인 미래를 유심히 바라보았다. 말과는 달리 낯선 고교생에게 키스 테러를 당한 사람치고는 지나치게 당당하고 차분하다.

미래는 항상 그랬다. 모두가 깜짝 놀라는 큰일이 닥쳐도 곧 냉정을 회복하고 해결책을 강구해 내고는 했다. 모델이 도망가고 아무런 대책이 없었던 오늘처럼.

애니메이션에서나 나올 법한 비주얼을 가진 모델을 대체 어디서 구해왔을까? 아마도 송미래였으니 가능한 일이었을 것이다.

남과 다른 성장 환경에서도 좌절하지 않고 씩씩하게 버텨내는, 참 씩씩하게 오늘까지 이른 사랑하는 친구의 흘러내린 머리카락을, 희수는 다정하게 귀 뒤로 넘겨주었다.

"나 때문에 무지 고생했어. 무대도 서고. 많이 피곤할 텐데 집까지 데려다 줄까?"

"아니. 그럴 필요 없어. 너도 엄청 고생했어. 맘도 몸도 피곤할 테니까 어서 집에 가. 오늘은 푹 쉬고 내일 얘기하자."

나 때문에 성공했다, 생색 비슷한 거라도 낼 법한데 도리어 자신을 위로해 주는 미래를 보며 희수는 생각했다. 아마도 자신이 남자였다면 조금 전의 그 고등학생처럼 미래에게 반해서 정신없이 들이댔을 것이라고.

"알았어. 미래 너도 조심해서 들어가. 오늘은 정말이지 꿈같은 일들이 너무 많이 일어난 것 같아."

"그러게. 내일은 좋은 일만 생길 거야!"

미래는, 제 어깨의 짐도 한가득이면서 자신을 걱정스레 바라보는 희수와 인사를 하고 헤어졌다.

희수의 말처럼 오늘은 영화 속의 한 장면 같은 일들이 줄줄이 일어난 날이었다. 바람이 난 남자 모델과 여자 모델이 함께 도망을 가지 않나, 어렵게 구한 새 모델은 예정에 없던 키스를 퍼붓지 않나, 키스를 퍼부은 새파랗게 어린 모델 놈이 알고 보니 고등학교 졸업 예정자다, 감히 사귀자고 덤비질 않나.

"버라이어티하네. 정말."

미래는 혼잣말을 중얼거리며 지하철 역사를 향해 걸어갔다. 무의식적으로 개찰구를 통과하고 기다리던 4호선 지하철에 올라탔다.

지난 3개월간, 하루에 3시간도 자지 못하고 작품을 준비해 왔다. 아르바이트하랴, 수업 들으랴, 옷 만들랴…… 이날이 오기만을 손꼽아 기다렸다. 그런데 모든 것이 끝난 이 순간, 기대했던 것만큼 홀가분하지는 않았다. 대신 엄청나게 허전함과 피곤만이 느껴질 뿐이었다. 어서 집으로 돌아가 깨끗이 씻은 뒤 눕고 싶은 생각뿐이었다.

미래가 집 앞에 도착한 순간, 가방 속의 휴대 전화기가 온몸을 떨어댔다. 혹시 서현재가 아닐까? 심장이 철렁, 내려앉는 기분으로 가방에서 전화기를 꺼내 들었다. 액정 속의 이름은…… 다행히 그가 아니다.

"상록 오빠!"

미래는 밝은 목소리로 전화를 받았다. 강 교수님의 아들이자, 자신과는 오래전부터 친남매처럼 지내온 상록은 운영하는 매장의 인테리어 공사로 미래의 졸업 패션쇼에 참석하지 못한 것을 내내 마음에 걸려 하고 있었다.

[쇼는 잘 마쳤어?]

전화기를 통해 상록의 다정한 목소리가 들려왔다.

"응. 덕분에 잘 마쳤어."

[다행이네. 내가 가봐야 했는데. 못 가봐서 미안.]

"아니야. 얼마나 바쁜지 잘 아는데 뭘. 난 지금 집에 도착."

[고생했다. 내일은 매장 나오지 말고 푹 쉬고. 잘 자!]

"응. 오빠도 잘 자!"

전화를 끊으며 미래는 생각했다. 지금 자신이 신경 써야 할 사람은 서현재가 아니라 상록 오빠라고. 착하고 다정한 이상록의 프러포즈에 대해 신중하게 고민을 해야 했다. 못돼먹은 서현재의 제안 같지도 않은 것을 생각할 때가 아니었다. 그가 말한 '현재와 미래에 대한 생각' 따위는 절대로 하지 않을 작정이다.

미래는 두 눈을 감고 착하고 다정한 상록 오빠를 떠올렸다. 부드럽고 감미로운 목소리로 웃음을 터트릴 때면 '참 멋지다.' 라는 생각이 저절로 드는 오빠. 새파랗게 어린 서현재와는 차원이 다른 따뜻함이 몸에 배인 오빠.

나이도 어린 게.

목소리만 깔아서는.

키는 왜 그렇게 멀대처럼 큰 거야.

그렇게 크니까 키스할 때 얼마나 불편…….

젠장! 생각은 미래의 의지대로 제어되지 않았다. 화려했던 패션쇼장과 아름다운 의상들이 눈앞에서 나풀거리면서 자꾸만 서현재를 향해 달려가고 있었다. 치명적이었던 서현재와의 입맞춤. 델 것만 같았던 그의 입술과 집요하게 파고들던 뜨거움이 자꾸만 미래의 마음을 흔들고 있었다.

"미쳤어."

미래는 이불을 머리끝까지 덮어쓰며 억지로 잠을 청했다. 내일이면 모든 것이 다 원래 자리로 돌아갈 것이라 생각하면서.

"새끼가 완전히 빠져서는…… 어제는 연습 빼먹고 어딜 싸돌아 다니다 온 거야?"

박경환 코치가 긴 막대기로 배를 쿡쿡 찌르며 느물거렸다.

"죄송합니다."

"그러니까 그 죄송할 짓이 뭐야? 똑바로 대답 안 해?"

"갑자기 일이 생겼습니다."

부동자세로 서서 별다른 변명을 하지 않는 현재를 보며 박 코치가 피식, 웃음을 흘렸다. 얼마 전, 녀석의 아버지가 체육관 수리비를 내놓았다며 기뻐하던 감독의 모습이 떠올라 배알이 꼬였다. 감독의 새 차도 녀석의 아버지가 뽑아준 거라는데. 이왕 풀 거면 코치인 자신에게도 베풀어야 하건만, 감독만 챙기는 녀석의 아버지가 못마땅했다.

하여튼 있는 인간들이 더해. 배려심이라고는 눈곱만큼도 없다니까. 가뜩이나 감독과 같은 나이에 코치가 된 것도 서러운 판에 선수의 아버지마저 자신을 무시하는 것 같아 박 코치의 기분은 두 배로 상해 버렸다.

"새끼. 다들 너한테 쩔쩔매지? 네 배경 듣고는 뭐 떨어지는 콩고물 없나 잘 보일라 그러시? 그래도 난 딜라. 난 그깟 돈이며 배정 따위 관심도 없는 사람이야. 그러니까 봐줄 거라 생각하지 마라."

"네. 저도 그게 좋습니다."

"좋아. 새끼. 엎드려라."

현재는 아무 말 없이 코치의 명령에 따랐다.

탁탁탁! 굵은 각목이 허벅지를 내려치는 아픔이 제법 매서웠지만, 입을 꾹 다물고 아픔을 참았다. 맞는 데는 이골이 났다고나 할까.

한참 훈련 중인 매트 위에서는 그의 유일한 친구, 동하 놈이 제가 맞는 것처럼 인상을 찌푸리고 있었다.

"새끼. 입 무거운 거 하나는 마음에 든다. 앞으로 똑바로 해! 시합 앞두고 있어서 봐줬다."

때릴 것 다 때린 박 코치가 생색을 내며 말했다.

"네. 감사합니다."

생각했던 것보다 가벼운 벌이 끝나자, 현재는 절뚝이며 동하의 옆으로 갔다.

"미쳤냐? 연습시간에 무단으로 땡땡이를 치다니. 그나마 너니까 몇 대로 끝났지, 우리 같으면 벌써 죽었을 거다."

"그럴 일이 있었다."

입을 꾹 다무는 현재를 보며 동하가 낮은 한숨을 내쉬었다.

"오늘 한국대 선배들과 단합회 있는 거 알지? 기영이 그 꼴도 보기 싫은 놈이 너랑 나는 꼭 참석하라더라. 새끼가 그래도 찔리긴 하나 보지."

1년 선배인 박기영.

아버지가 대한 유도회 부회장인 그는, 이번 국가대표 선발전에 나갈 예정이었고 막강한 라이벌인 현재는 선배에 대한 예우 차원에서 이번 선발전을 포기하라는 무언의 압력을 받고 있는 중이었다.

배경이 어마어마한 현재에게 아무도 직접적으로 말하는 사람은 없었다. 하지만 유도를 시작하자마자 발군의 실력을 보이며 나가는 대회마다 우승을 거머쥐는 현재가 나와주지 않기를……. 기영을 위시한 유도협회 관계자들은 한결같이 바라고 있었다. 그래서 현재 대신, 애꿎은 동기들이 하루 걸러 한 번씩 기합을 받고 있는 중이었다.

"참! 미인계는 어떻게 됐냐?"

기영이 국가대표 마크보다 더 좋아하는 여자. 아주 예쁘고 섹시한 여자를 소개시켜 주는 대신 선발전에 나가 당당하게 겨루는 건 어떨까? 장난처럼 말한 동하의 말을 정말 실천해 볼 생각이었다. 어제…… 무대에 서주기만 하면 소개팅이니, 뭐니 원하는 건 다 들어주겠다는 미래의 말에 동하의 제안이 제일 먼저 떠올랐으니까.

하지만 무대 위의 송미래를 보는 순간 마음이 바뀌었다. 그렇게 매력적인 여자를 기영에게 소개해 줄 순 없었다.

까짓 1년…… 기다리면 되지.

"그냥…… 내년에 출전하려고."

현재가 무표정한 얼굴로 대답했다.

지하철역을 빠져나오는 미래의 휴대 전화기가 요란하게 몸을 떨어댔다. 액정에 나타난 희수의 이름을 보며 미래는 반가운 목소리로 전화를 받았다.

"사랑하는 희수! 어쩐 일이야?"

[으윽. 미래야! 넌 괜찮아? 난 아무래도 몸살 났나 봐. 손가락 하나 까딱할 힘이 없어.]

"으. 그러게. 나도 여기저기 안 쑤시는 데가 없어. 휴우."

미래는 희수의 말에 적극 공감하며 한숨을 토해냈다. 희수의 말처럼 머리끝에서 발끝까지 어디 하나 멀쩡한 데가 없는 사람처럼 온몸이 욱신거렸다.

[그렇지? 온몸이 내 몸이 아닌 것 같지? 오늘 아침에는 화장실도 기어서 갔다는 슬픈 전설이……. 흑흑흑.]

전화기를 통해 들리는 희수의 목소리는 3일쯤 앓아누운 사람처럼 힘이 하나도 없었다. 하긴, 어제 희수는 심적으로나 육체적으로 엄청나게 힘든 하루를 보냈을 것이다.

"쯧쯧. 가엾은 것. 어서 일어나게 몸보신이라도 해야 할 텐데."

[그렇지? 미래야. 그래서 말인데 우리 찜질방이라도 가야 하지 않을까? 따뜻한 황토에 푹 지져야지. 어휴. 죽겠어.]

신음이 반쯤 섞여 있는 희수의 넋두리를 들으며 미래는 낮은 웃음을 토해냈다. 남자 친구의 배신으로 많이 힘들어할 줄 알았는데 의외로 목소리가 밝아 안심이다.

"어쩌지? 나 알바 가려고 나왔는데."

[헉! 오늘도 일하려고? 그러다 쓰러지면 어쩌려고.]

"너무 오래 빠졌잖아. 이러다 이슈에서 짤리면 큰일 나."

[설마, 상록 오빠가 널?]

"설마가 사람 잡는다잖아."

[설마는 사람을 잡아도 상록 오빠는 널 안 잡을 거야. 오빠가 널 얼마나 생각하는데. 우리 고3 때 자기 일도 바쁜데, 너 앉혀놓고

영어랑 수학 과외 시켜줄 때부터 '아! 세상에 이런 헌신적인 남자도 있구나.' 내가 그랬다니까.]

친구의 말에 미래는 불현듯 떠오른 옛날을 기억하며 작게 미소를 지었다. 정말, 상록은 그런 사람이었다. 자신의 시간과 마음을 다해 미래를 위해주는 고마운 사람이었다.

"그러니까, 그렇게 고마운 사람이니까 더 열심히 일해야지."

[하긴. 그렇기도 하네.]

옆에서 지켜본 희수 역시 순순히 동의할 정도로 상록은 미래에게 최선을 다하는 사람이었다. 그래서 항상 고맙고, 또 그만큼 미안한 사람이 바로 상록이었다.

복잡한 심경의 미래는 건너편 시야에 들어온 낯익은 건물을 보며 걸음을 멈추었다.

"오희수! 나, 가게 도착했어. 혼자 앓지 말고 병원 가서 주사 한 대 맞고 푹 쉬어. 내가 나중에 전화할게."

[알았어. 너도 너무 무리하지 말고 일찍 들어가!]

친구의 걱정스러운 목소리를 들으며 미래는 전화를 끊었다. 그리고 길 건너편에 있는 검은색 대리석 건물을 물끄러미 바라보았다. 지금은 반짝거리는 대리석으로 화려하게 치장이 되었지만, 불과 4년 전만 해도 아담한 하얀색의 단층 건물이었다.

'란&수' 라는 이름의 디자이너 숍이 있던 곳. 돌아가신 아빠 엄마가 운영하던 '란&수' 는 지금 '이슈' 라는 이름으로 새롭게 태어나 있었다.

벌써 3년이 되었나? 부모님이 돌아가시고 어렵게 운영되던 '란&수' 가 부도로 넘어갈 위기에 처하자 강 교수님은 자신의 아파트를 팔아 이곳을 지키겠다고 선언을 했다.

"그러실 필요 없어요. 가슴 아프지만, 어쩔 수 없는 일이잖아요."

"아니야. 이대로 이곳을 넘어가게 할 수는 없어. 내가 할 수 있어. 미래야! 넌 걱정하지 말고 내게 모든 일을 위임하겠다는 서명만 해주면 된단다."

미래는 자신 있게 장담하는 강 교수님을 믿고 서명을 해주었고, 교수님은 미래의 믿음을 성공적인 재기로 보답해 주었다. 이혼 위자료로 받은 집 한 채가 전부였던 강 교수님으로서는 엄청난 모험을 한 셈이었지만, 지금 이곳은 교수님이 직접 스카우트를 한 디자이너들이 저마다의 개성을 살려 섬세하고 감각적인 작품을 만들어내는 패션 매장으로 자리매김을 한 상태였다.

"우리 미래, 어서 성공해서 이곳을 물려받아야지. 시가보다 훨씬 싼 값에 넘겨줄 테니 아무 걱정하지 말고 열심히 노력해서 부모님의 뒤를 잇도록 하거라."

미래는 인자하게 말하며 부드럽게 웃음 짓는 강 교수님에게 정말 감사하는 마음을 가졌다. 언젠가는 꼭 이곳을 되찾으리라는 다짐을 하며 매일매일 열심히 노력을 했다. 하지만 처해 있는 현실과 이루고자 하는 꿈은 엄청난 갭이 생기기 마련인 법. 앞서 가는 패션 피플과 Celebrity들이 애용하는 화려한 꿈의 장소로 각광을 받고 있는 이슈를 보며 미래는 깊은 한숨을 내쉬었다.

언젠가는 이곳을 다시 찾을 수 있을까? 그러기 위해서는 성공을 해야 했지만, 매일매일 옷을 팔며 손님들을 상대해야 하는 미래의 처지에서 디자이너로서의 성공은 너무나 멀리 있는 꿈같은 이야기였다. 후유, 미래는 낮은 한숨을 내쉬며 이슈를 향해 발걸음을 옮겼다.

뜨거운 태양을 뒤로하고 매장 안으로 들어서는 순간, 싸한 냉기가 온몸을 휘감았다. 20분이 넘게 걸어온 미래는 천장에 달린 시스템 에어컨 밑으로 향했다. 한낮의 뜨거운 열기를 식혀주는 시원한 바람이 그녀의 머리 위로 단비처럼 쏟아졌다.

"으. 시원해!"

미래는 땀을 식히며 주위를 둘러보았다. 그녀가 패션쇼 준비로 바쁜 사이, 매장은 인테리어 공사를 새로 한다고 했었다. 이번 콘셉트는 상록이 직접 정했는데 전화상으로만 듣던 프랑스산 수입벽지와 이태리제 블랙 대리석 바닥, 일본의 유명 유리 공예가가 심혈을 기울여 만들었다는 천장의 화려한 유리 꽃들이 조명과 어우러져 몽환적인 기운을 뿜어내고 있었다.

"대박!"

미래는 눈이 돌아갈 정도로 화려한 실내 디자인을 훑어보았다. 점잖은 상록에게 이런 튀는 취향이 있었다니 의외였지만, 감각적인 '이슈'의 단골들은 마음에 들어 할 것이 분명했다.

"어서 와! 쇼는 잘했어?"

"아이고. 우리 막둥이 미래. 오늘 작살나게 예쁘다."

미래를 반기는 디자이너 이연두와 강현수의 목소리에 매장 안을 훑던 미래의 얼굴 위로 환한 미소가 번져 나왔다.

"두 분 선생님. 저 왔어요. 저 없는 동안 고생 많으셨죠? 오늘부터 진짜 열심히 일할게요!"

두 주먹을 불끈 쥐고 파이팅을 외치는 미래를 보며 두 사람은 약속이라도 한 듯, 흐뭇하게 미소를 지었다.

"아무렴. 그래야지. 우린 앞으로 너만 믿는다."

"근데, 송미래! 너 오늘까지 쉬는 거 아냐? 오늘부터 다시 일하려고? 이사님이 뭐라 그러실 텐데."

"놔둬! 미래가 일하려고 왔겠어? 이사님 보러 왔지."

"아! 그렇구나. 하기야, 그동안 못 봤으니 얼마나 보고 싶겠어. 벌써 일주일은 못 봤지 아마? 어디 보자. 눈에 진물이라도 난 거 아냐?"

"혹시 알아? 몰래 두 사람이 밤마다 만났을지."

연두와 현수가 주거니 받거니 농을 나누며 미래를 놀렸다.

부모님이 남겨주신 저축을 다 써갈 무렵, 강 교수님은 미래를 불렀다. 그리고 미래에게 이슈에서 일할 것을 권유했다.

"나와서 청소도 하고 일도 배워. 내 일당은 섭섭지 않게 쳐줄게."

강 교수님의 배려로 미래는 틈틈이 이곳에 나와 청소도 하고 심부름도 하며 일을 배워갔다. 미래로서는 생활비도 벌고 경험도 쌓을 수 있는 일석이조의 선택이었지만, 그 무엇보다 큰언니처럼 자상하고 다정한 연두와 미래에게 여러 가지 조언을 아끼지 않는 듬직한 현수 같은 사람을 만난 것이 가장 큰 선물인 것 같았다.

두 사람이 미래를 놀리기에 여념이 없을 때, 위층에서 중후하고 낮은 음성의 목소리가 들려왔다.

"송미래! 오늘은 쉬라니까 왜 왔어?"

이사실에 있다 미래의 목소리를 듣고 나온 상록이 눈살을 찌푸리며 아래를 내려다보고 있었다.

"푹 쉬었어요. 그동안 배려해 주신 것도 엄청나게 고마운데. 이젠 열심히 일해야죠."

"하여간 말은 죽어라 안 들어요."

상록은 어쩔 수 없다는 듯, 고개를 흔들었다.

강숙희 교수의 1남 1녀 중 장남이 되는 이상록은 경영학을 전공한 뒤, 학교 일과 패션 협회 일로 바쁜 강 교수님을 대신해 '이슈'를 운영하는 실질적인 운영자였다. 게다가 부드럽고 친절한 이미지와 패션의 흐름을 읽는 빼어난 안목으로 이슈를 연매출 수십억에 이르는 기업형 숍으로 만든 장본인이기도 했다.

"그게 또 송미래의 매력이기도 하죠, 이사님."

"맞아. 그래서 이사님도 미래를 좋아하는 거 아녜요?"

연두와 현수의 장난에 상록의 얼굴이 붉게 달아오르기 시작했다. 유난히 하얗고 매끈한 피부를 가진 상록은 조그마한 자극에도 피부가 금세 달아오르고는 했는데 그 사실을 아는 몇 안 되는 이들은 틈만 나면 상록을 놀려먹기에 바빴다.

"여러분! 명색이 제가 고용준데 그만 좀 하시죠. 그리고 송미래. 넌 말 좀 들어라. 얼굴이 반쪽이 되어가지고는."

걱정스레 말하는 상록을 보며 연두와 현수가 입술을 비죽거렸다.

"이사님은 미래만 예뻐하셔!"

"그러게. 저희도 좀 예뻐해 주세요, 이사님!"

"저야 뭐. 여기 계신 모든 분들을 사랑하고 감사히 여기고 있죠. 하하하."

상록은 사람들이 있건 없건 미래에 대한 호의를 숨기지 않는 편이었고 상록의 그런 솔직함이 미래에게는 조금 부담스럽기도 했지만, 한편으로는 힘이 되기도 했다.

"이럴 게 아니라 내 방 가서 커피나 한잔하자."

"좋지."

상록의 권유에 미래는 흔쾌히 이사실로 향했다.

"마셔!"

"고마워."

미래는 주인을 닮아 감각적인 방 한가운데, 멋스럽게 놓인 크림색 가죽 소파에 앉아 상록이 내려주는 커피를 받았다.

"열나는 거 같은데. 병원 안 가봐도 되는 거야?"

미래의 안색을 유심히 살피던 상록이 걱정스레 말했다. 그는 항상 그랬다. 습관처럼 미래를 살피고 미래를 걱정하는 고마운 사람이었다.

"아니. 열은 없어. 패션쇼 때문에 흥분해서 그런가 봐."

"미안하다. 내가 가서 챙겼어야 했는데."

"아휴. 오빠 오면 긴장돼서 더 못했을 거야. 안 오길 잘했어. 그리고 다른 애들도 가족들은 많이 안 불렀더라."

"난 가족 말고 애인으로 참석했을 거야."

상록이 싱긋 웃으며 말하자, 미래는 소리 없는 미소로 답했다.

친오빠처럼 편안하기만 하던 상록이 '좋아한다.' 고 대시를 해왔을 때는 솔직히 기쁜 마음이 컸었다. 그는 잘생기고, 다정하고 능력 있는…… 여자라면 누구나 다 좋아할 그런 타입의 남자였으니까.

"생각할 시간을 줘요."

라고 말하긴 했지만 상록의 관심과 배려가 싫지 않았다.

만약 상록이 패션쇼에 왔다면, 그곳에서 서현재와의 키스를 보고 뭐라고 했을까? 워낙 많은 사람들 앞에서 일어난 일이라, 어차피 누군가가 말을 흘릴 것이고 곧 알게 될 일이지만, 상록의 반응이 신경 쓰이는 것은 사실이었다.

"가족이든, 애인이든 눈코 뜰 새 없이 바쁜 마당에 장기 휴가까지 내준 것만으로도 눈물 나게 고마운걸. 더구나 어제는 중요한 일들이 많았다면서. 그러니까 오빠 마음만으로도 충분히 고마워."

"자식."

기특하게 말하는 미래의 머리를 상록이 부드럽게 쓰다듬어 주었다.

"참! 사진은? 사진 찍어 왔어?"

"응."

"어디? 한번 보자."

주저하던 미래는 주머니 속의 디지털 카메라를 꺼내 무대 위에 오르기 전에 찍어둔 여러 장의 사진을 보여주었다.

"무대에 섰었어? 그런 말 없었잖아?"

상록이 이마를 살짝 찌푸린 채 사진 속의 미래와 현실의 미래를 번갈아 바라보았다. 희수가 찍어준 사진 속에는 긴 드레스를 입은 미래가 찍혀 있었다. 부드럽게 미소 지으며 어딘가를 바라보는 미래의 모습은 깜짝 놀랄 만큼 아름다웠지만, 또 그만큼 낯설어 보이기도 했다.

"이상해? 갑자기 일이 생겨서······."

"아니. 무지하게 예뻐. 그런데 갑자기 무대에 설 일이 뭐였어?"

미래는 모델이 갑자기 사라져 버린 일과 대신 무대에 서야 했던 상황을 간단하게 설명했고, 이야기를 전해 듣는 상록의 얼굴은 점점 딱딱하게 굳어갔다.

"나에게 연락하지 그랬어."

"오빠도 인테리어 문제로 많이 바빴잖아. 한창 바쁠 때, 패션쇼 일로 편의를 많이 봐줬는데 더 이상 폐를 끼칠 순 없지."

미래의 말에 상록이 낮은 한숨을 내쉬었다.

"우리 사이에 폐라니 그게 무슨 말이야. 너 한 번만 더 그런 소리 하면 혼난다. 앞으로 그런 일이 있으면 언제든지 연락해. 네가 자꾸 예의 차리고 그러면 오빠 속상하다. 어제만 해도 그래. 갑자기 무대에 서느라 얼마나 당황스러웠겠어."

"알겠어. 고마워, 오빠."

상록은 부드럽고 따뜻했다. 지치고 외로울 때마다 상록의 위로는 미래에게 큰 힘이 되었다.

"그래. 그래야지. 그나저나 우리 미래 정말 예쁘다. 어깨 포인트 부분과 소매 부분이 각기 다르게 디자인이 되어 있네. 부드러운 실루엣을 잘 살렸어. 치마 밑단에 섬세한 꽃 레이스까지······. 예쁘다. 마음에 들어."

상록의 칭찬에 미래는 수줍은 미소를 지었다.

"정말이지? 사실은 오빠, 이 디자인을 실용적으로 바꿔서 S브랜드 공모전에 출품해 보려고 생각 중이야. 유학파도 있고 학생 공모전 수상자들도 있고, 기존 디자이너들이랑 여기저기서 뛰어난 작품들이 많이 나오긴 하겠지만, 경험 쌓는다 생각하고 최대한 많이 응모해 보려고."

"경험 쌓는 건 좋은 일이지. 미래라면 충분히 가능성이 있을 거야."

"고마워!"

미래가 환하게 웃으며 말했다.

열정을 쏟아부었던 패션쇼가 치러진 지 일주일이라는 시간이 흘렀다. 나쁘지 않았던 패션쇼의 반응을 생각하며 내심 기대를 하고 있던 취직은 생각처럼 쉽게 풀리지 않았다. 강 교수님이 추천서를 써주겠다 위로를 했지만, 면접을 보러 오라는 곳은 없었다.

잠깐 동안 품었던 취업의 희망은 금세 사라져 버리고 미래는 전과 같은 일상으로 돌아와야 했다.

휴무를 하루 앞둔 금요일, 하루 종일 손님들이 넘쳐 났고 미래는 눈코 뜰 새 없이 바쁜 시간을 보내야 했다. 다행히 마감시간이 다가오자 손님들도, 복작거리던 거리도 눈에 띄게 한산해졌다. 저녁 9시가 넘어가자 빗줄기가 창가를 두드리기 시작했다.

톡톡. 톡톡톡. 톡톡톡.

물방울들의 노크 소리에 미래는 창가로 다가갔다.

올해는 유난히 비가 많다. 비가 오니 패션쇼 도중 일어났던 일들이 아주 오래된 일처럼 아득하게 느껴졌다.

따귀를 맞고도 물러서지 않던 서현재는 지금쯤 무엇을 하고 있을까? 대체 왜 그랬을까? 순간적인 기분에 못 이겨서? 첫눈에 반했다는 말 따위는 믿지 않는다. 처음, 그가 얼마나 무미건조했는지 분명하게 기억하니까. 그는 분명 억지로 무대에 섰다. 그리고 무대를 즐기는 것 같지도 않았다. 그런 그가 역할에 몰입해 이성을 잃고 키스를 했다는 것은 있을 수 없는 일이었다.

"취향이 그쪽이었어?"

살그머니 다가온 연두가 장난스럽게 물었다. 생각에 잠겨 있느라 그녀가 옆으로 다가오는 것도 알지 못했다.

"네? 그쪽이라뇨?"

연두가 턱짓으로 가게 앞을 '우르르' 지나가는 고등학생들을 가리킨다. 농구공을 주거니 받거니 하며 장난을 치는 활기찬 모습에 생동감이 느껴져 좋았다.

"어린애들을 왜 그렇게 뚫어지게 보고 있어? 그렇게 좋아?"

"푸릇푸릇하니 좋잖아요."

"헐! 가만 보면 미래 너도 은근 엉큼해."

연두의 말에 매장 정리를 하던 몇몇 아르바이트생들이 웃음을 터트렸다.

미래는 이슈가 좋았다. 원 없이 만져 볼 수 있는 멋진 옷들과 계절과 유행을 앞서 가는 새로운 디자인의 옷들, 그리고 자신을 웃게 만들어주는 선량하고 따뜻한 동료들. 그 무엇보다 이곳의 기초를 닦은 부모님의 손길이 그대로 느껴지는 곳, 그래서인지 이곳에서의 미래는 항상 행복했다.

"자자! 벌써 아홉 시가 넘었습니다. 우리 마감합시다."

일층으로 내려온 상록의 지시에 미래를 비롯한 아르바이트생들이 재빠르게 정리에 들어갔다. 30분쯤 뒤, 매장은 말끔하게 정리가 되었다.

"오늘도 수고 많으셨습니다. 내일은 휴일이니까 푹 쉬시고요."

"이사님은 다음 주 출장이시죠? 그럼 언제 오시는 거예요?"

연두의 말에 상록이 고개를 끄덕였다.

"열흘쯤 뒤에 출근합니다."

"아쉬워요! 오시면 회식 한번 쏘세요."

"그럽시다. 그럼 열흘 뒤에 뵙겠습니다."

"그럼 수고하시고 잘 다녀오세요."

평소보다 더 요란스러운 인사를 마친 직원들이 우르르 빠져나가고 미래는 상록과 함께 매장의 문을 잠그고 나왔다.

"우동 먹을래?"

"그럴까?"

"너희 집 근처 포장마차로 가자."

상록과 미래는 두런두런 이야기를 나누며 미래의 아파트로 향했다.

이슈에서 아파트까지는 걸어서 15분 정도 걸리는 곳이었고 두 사람은 종종 미래의 아파트 근저 포장마차에서 우동 한 그릇과 김밥을 시켜놓고 이야기를 나누고는 했었다.

주황색 천막 지붕과 크리스마스트리를 엮어놓은 '오상 포차'의 이모님은 미래와 상록을 반갑게 맞아주었다. 지글지글 구워지는 꼼장어와 소주 한 병, 빨간 양념이 된 오징어 초무침 한 접시와 뜨끈한 계란탕을 시킨 상록이 미래의 잔을 채워주었다.

"짜식. 몸에 좋은 거 먹자니까."

"꼼장어가 얼마나 좋은데. 기력 회복에 최고야."

"그래. 많이 먹어라!"

상록이 부드럽게 미소 지으며 자신의 잔을 채웠다.

한 잔, 두 잔…… 투명한 액체가 상록의 커다란 입안으로 사라질 때마다 그의 눈빛도 점점 깊어진다. 가끔 보이는 우울한 그림자. 근심 걱정이라고는 없을 것 같은 상록 오빠의 우울은 대체 뭘까?

"기분이 안 좋아?"

미래가 조심스럽게 묻자 슬며시 고개를 흔드는 상록이다.

"안 좋을 일이 뭐가 있어. 어머니도 잘나가시고 사업도 잘되고."

"왠지 우울해 보여."

"아냐. 우울은 무슨……. 맛있냐?"

무슨 말을 하려던 걸까? 빨간 양념으로 버무려진 양파 속에서 보물찾기를 하듯 오징어를 찾는 미래를 보며 상록이 묻고 싶은 말 대신 얼버무렸다.

"응. 오빠는?"

"나도 맛있다. 술이 달아."

"치. 술꾼이네."

"후후. 그런가?"

"오빠! 요즘 싱숭생숭하지?"

미래의 말에 다섯 번째 술잔을 입으로 가져가려던 상록의 움직임이 멈춰졌다.

"싱숭생숭?"

"지금 오빠 얼굴이 무지 심란해 보이거든. 무슨 일인진 모르지만, 힘내세요."

무엇이 우스운지 상록이 작게 웃음을 터트렸다. 불안정한 웃음소리가 늦은 비로 인해 눅눅해진 공기 속으로 번져 간다.

"고맙네. 역시 우리 미래밖에 없어."

상록의 처진 눈가가 미래의 눈에는 꼭 울고 있는 것처럼 느껴졌다. 패션쇼 준비를 하느라 뜸한 사이 무슨 일이 있었나? 걱정하는 미래의 마음도 아랑곳하지 않고 상록이 다시 소주를 들이켠다. 쓴 액체를 단번에 삼킨 후유증으로 오른쪽 눈가에 굵은 주름이 나타났다 사라졌다.

"미안해."

플라스틱 탁자 위, 얼룩처럼 번져 있는 물기를 물끄러미 바라보던 상록이 들리지 않을 정도의 작은 목소리로 속삭였다.

"응?"

뜻 모를 말만 중얼거린 상록이 또다시 침묵 속으로 빠져들었다. 평소와 달리, 무슨 일이라도 생긴 것은 아닐까 걱정스러운 상록을 물끄러미 바라보던 미래가 자리에서 일어났다.

"국물 새로 받아올게요."

"응."

우동 그릇을 든 채 하얀 연기가 나는 찜통을 향해 가는 미래를 보며 상록은 깊은 한숨을 내쉬었다.

"미안하다, 미래야!"

혼잣말을 중얼거리며 다시 술잔으로 손을 뻗는데, 깊은 시름을 안고 있는 상록의 마음을 위로라도 하듯 예쁜 미소를 지으며 미래가 다가왔다.

"따끈한 국물 대령했습니다."

상록은 가만히 자신의 앞에 앉은 미래를 물끄러미 바라보았다.

"나는 네가 있어서 참 좋다."

"나도. 나도 오빠가 있어서 참 좋아. 오빠가 아주 행복했으면 좋겠어."

애교 섞인 미래의 말에 상록이 부드럽게 미소를 지었다. 부드럽고 온화한 그의 미소.

"따뜻하다."

"응?"

"눈빛. 네 눈빛이 참 따뜻하고 좋아."

상록의 말에 미래가 작게 웃음을 터트렸다.

"나도 오빠가 무지 좋아. 자. 이건 저의 애정의 표현입니다."

상록은 꼼장어 한 점을 내미는 미래를 보며 가슴 한 켠이 따끔거리는 것을 느꼈다.

"송미래."

상록은 아주 작은 목소리로 미래의 이름을 불러보았다.

"응."

"송미래!"

"왜?"

"우리 빨리 결혼하자."

"싱겁기는……."

입가를 올리며 미소 짓는 미래를 보며 상록은 어지럼증을 느꼈다.

오랜만에 한가한 시간을 즐기는 사이 조금씩 흩뿌리던 비가 그치고 기분 좋은 바람이 불기 시작했다. 미래와 상록은 12시가 조금 넘어 포장마차를 나섰다. 신비로울 만큼 청량해진 공기가 기분 좋게 맴돌았다. 검은 물이 든 아스팔트 위로 물 발자국을 새기는 사람처럼 장난스럽게 걸음을 옮기던 미래가 느닷없이 노래를 흥얼거리기 시작했다.

"어디선가 누군가에 무슨 일이 생기면~ 짜짜짜짜짜앙가 어엄청난 기운이~"

"어이쿠. 우리 송미래 취했구나?"

상록의 웃음소리가 반주로 곁들어지며 두 사람은 기분 좋게 거리를 걸었다.

3. 마음의 빈자리

「청담동에 좀 다녀가렴.」

현재는 세 번째 어머니의 문자를 뚫어지게 바라보았다.

이대로 지워 버리고 문자를 못 받았다고 해버릴까? 6시간을 고민하다 결국 본가에 들렀다. 소원하긴 했지만 그래도 명색이 엄마의 부르심인데 모르는 체하는 것은 도리가 아닌 것 같았다.

택시에서 내려선 현재는 커다랗게 솟아 있는 자신의 집을 바라보았다. 웅장하고 거대한 저택. 이곳에서 정말 행복한 시간을 보냈었다. 친엄마가 계셨던 그때는 아무런 걱정 근심이 없었다. 넓은 정원을 하루 종일 뛰어다니며 쉴 새 없이 웃음을 터트렸던 그때는…… 적어도 지금처럼 삭막한 곳은 아니었다.

"휴우."

현재는 낮은 한숨을 내쉬며 커다란 나무 대문을 열었다.

어린 시절 추억이 깃들어 있는 넓은 정원을 지나 새로 리모델링한 집 앞에 서 문을 두드렸다. 꽤 늦은 시간이었지만 집 안으로 들어서자 된장찌개 냄새가 희미하게 났다. 문득, 어린 시절 엄마가 해주시던 구수한 찌개 생각이 났다. 먹기 좋게 자른 두부를 밥 위에 얹어주며 '어서 먹어.'라며 다정하게 웃어주시던 엄마…… 오늘같이 흐린 날이면 꼭 껴안고 나지막하게 노래를 불러주던 엄마. 젠장!

"저 왔습니다."

현재는 소파에 앉아 책을 보고 있던 세 번째 어머니 박소희를 발견하고 고개를 숙였다.

"오랜만이구나."

"……네."

"날씨가 흐리던데. 밖에 비 오니?"

"아니요. 하지만 곧 올 것 같습니다."

"그렇구나. 밑반찬 좀 가져가라고 불렀다. 아줌마 통해서 가져다주려다가 이렇게라도 얼굴을 봐야지 싶어서."

"네."

사람 시켜 만든 반찬거리 가지고 할 도리를 다한 것처럼 미소 짓는 새어머니를 보며 현재는 가만히 고개를 숙였다.

"아버지는 아직 출장 중이시다. 알고 있지?"

"네. 뉴스에서 봤습니다."

"그랬구나. 요즘 회사가 많이 어려운가 보더라. 이럴 때 아들들이 든든하게 옆을 지켜주면 좋은데. 넌 아직 너무 어리고, 형들이라도 다시 불러들여야 하는 건 아닌지 모르겠다."

새어머니의 말에 현재는 별다른 대꾸를 할 수가 없었다.

"운동은…… 여전히 열심히 하고 있지?"

"네."

"이번 국대 선발전은 포기하기로 했다지? 한회 선배들에게 양 보하기로 했다면서?"

체육관은커녕, 운동에 관한 대화 한 번 한 적이 없는 새어머니 가 자신의 계획을 알고 있는 것이 놀라웠다.

"어떻게 아십니까?"

"막내아들인데 당연히 엄마가 신경 써야지. 이번은 포기하고, 그럼 내년 선발전에 나가보는 거니?"

"네."

새삼, 새어머니의 정보력에 놀라워하며 현재는 고개를 끄덕였 다.

"그렇구나. 네가 잘 알아서 하겠지. 오늘 자고 갈래?"

"아닙니다. 집에 가봐야죠."

"그럴래?"

현재는 무덤덤한 새어머니를 보며 입술 끝을 올렸다.

명색이 어머니와 아들이었지만, 정이라고는 하나도 느껴지지 않았다. 현재는 인간적인 감흥이 전혀 느껴지지 않는 대화를 어서 끝내고 싶은 마음밖에 없었다.

"아들들? 위로 둘은 외국에서 공부 중이고 막내는 아직. 뭘 신경 써. 어차피 같이 사는 것도 아닌데. 그냥 없는 척하며 살아야지. ……할 수 없잖아?"

친구와의 통화 내용을 듣지 않았다면 무척이나 헷갈릴 만한 친절이었지만, 다행히도 새어머니가 집에 들어온 지 얼마 되지 않아 그녀의 속내를 알게 되었다.

보기 싫은 아들들 앞에서도 아무렇지 않은 척, 감정 절제를 기막히게 잘하는 여인.

이십대 후반에 사법고시 합격을 하고 줄곧 검사 생활을 하다 마흔다섯에 대학 동창이자 짝사랑 상대였던 서재우 회장의 세 번째 부인이 된 그녀는 지난 5년간을 한결같이 반듯한 모습으로 살아왔다. 믿었던 남편이 습관적으로 바람을 피워도, 각각 자신의 어머니들을 빼닮은 까칠한 아들들이 눈엣가시처럼 미워도 눈살 하나 찌푸리지 않는 대단한 여인이었다.

"그럼 가보겠습니다."

"참! 어제는 왜 그런 곳에 간 거니?"

현관으로 나가려던 현재는 새어머니의 말에 걸음을 멈추었다.

"패션쇼를 말씀하시는 겁니까?"

"그래. 그곳. 아버지께서 아시면 싫어하실 거 뻔히 알면서 무대에 섰더구나."

선풍기마냥 쉬지 않고 바람을 피워대는 자신의 잘못은 생각도 못한 채 자신을 떠나 버린 두 번째 부인이 디자이너였던 때문인지 서재우 회장은 패션에 관계된 모든 것을 외면했다. 자신의 계열사 중의 하나인 패션 '반하'에 관한 관심 또한 마찬가지였다. 겉으로는 별반 다르지 않게 신경을 쓰는 것 같으면서도 중요한 사안만 보고 받는 형식으로 이끌어 오고 있었다. 한 가지 다행이라면 실질적인 운영을 맡은 사장과 이사들의 능력이 탁월하다는 것이다. 그래서인지 패션 '반하'는 서 회장의 계열사 중 손에 꼽히는 실적을 올리는 효자기업 중 하나였다.

서 회장의 귀에, 막내아들이 패션쇼에 섰다는 것이 들어가게 된다면 그가 어떻게 반응을 할지 보지 않아도 뻔한 일이다.

"어떻게 아셨습니까?"

"잊었나 보구나. 나도 그 학교 출신이야. 그 학교에 내 친구들이 좀 있지 않니."

"아……."

"멋진 쇼도 했다더구나."

새어머니의 말에 송미래와의 키스가 떠올랐다. 부드러운 입술과 바들거리던 가는 몸짓, 갑자기 송미래가 미친 듯이 보고 싶어졌다. 지금쯤이면 퇴근을 했으려나?

"재밌었습니다."

믿건 말건 현재는 진실을 말했고 새어머니는 고개를 끄덕였다.

"그래. 그랬겠지. 그래도 아버지에게는 비밀로 하자꾸나. 운동하는 것도 지독히 싫어하시는데 패션모델까지 했다는 걸 알면 아마 기함하실 거야."

서 회장을 아는 사람은, 그가 운동을 하는 막내아들을 골치 아파 하고 있다는 것을 다 알 정도였다. 조만간 서 회장의 귀에 들어갈 것이 뻔하건만, 새삼 생색을 내는 새어머니를 보며 현재는 정중하게 고개를 숙였다.

"주무십시오."

고맙다는 입에 발린 인사조차 하지 않는 셋째 아들을 보며 박소희는 피식, 미소를 지었다. 보면 볼수록 재미있는 애란 말이야. 하긴 이 집을 박차고 나간 제 어미를 닮았다면 평범할 리는 없겠지.

제 어머니를 찾기 위해 죽어라 운동을 하고 있는 것을 알고 있다. 그것도 하루 종일 매트에서 뒹구는 격렬한 운동을. 얼핏 듣기로는 돌아가신 현재의 외할아버지가 유도선수였다고 했다. 정 운동이 하고 싶으면 귀족스러운 승마나 사격을 하라는 남편의 권유를 뿌리친 것도 유도 경기를 좋아하는 제 엄마가 혹시라도 자신을 보지 않을까, 하는 막연한 기대감 때문이라는 것도 잘 알고 있었다. 제 아버지를 쏙 빼닮은 잘생긴 외모에 제 어머니의 성격을 고대로 빼닮은, 남편과 전혀 다른 성정을 지닌 막내아들. 그다지 살갑거나 친하지는 않아도 왠지 마음이 쓰이는 아들임에는 틀림없었다.

"그래. 연락하마."

나름 다정하게 인사를 하느라 건넨 말에 현재는 무미건조하게 고개를 숙인 뒤, 본가를 나섰다.

"자주 들르거라."

새어머니의 당부를 뒤로하고 현재는 집을 나섰다. 그 누구도 환영하지 않는 집. 누구도 잡지 않는 집을 덤덤히 나섰지만, 말로 표현할 수 없는 허전함이 긴 그림자처럼 그의 뒤를 따랐다.

3개월 전, 현재는 운동을 핑계 삼아 독립을 선언했다. 막내아들이 독립을 하겠다고 해도 서 회장은 굳이 반대하지 않았다. 첫 번째 부인과의 사이에서 태어난 두 아들이 미국으로 유학을 가겠다고 했을 때 말리지 않았던 것처럼.

어머니가 다르긴 하지만, 현재와 비교적 잘 지낸 쌍둥이 형들이 미국으로 떠났을 때 현재는 철저히 혼자가 되었다. 덩그러니 큰 집에서 마음 붙일 데가 없다는 것은 생각보다 훨씬 더 쓸쓸하고 외로운 일이었다.

엘리베이터에서 미래를 만나기 전까지, 동하 녀석은 현재의 독립을 반대하는 입장이었다. 혼자서 살림 살고 밥해 먹고 운동하면서 사는 것은 생각보다 쉬운 일이 아니라 걱정했었지만, 이웃사촌을 만나고 나서는 모든 생각들이 다 바뀌어 버렸다.

현재의 입장에서는 차라리 혼자가 나았다. 이기적이고 무신경한 아버지와 차가운 새어머니와 함께 있으면 한기가 들 것처럼 추웠으니까. 외롭다고 느낄 때면 동하가 와주었고, 잡생각이 들 때면 지쳐 쓰러질 때까지 힘든 훈련을 하며 지내왔다. 그래도 아주 가끔은 남들처럼 평범한 부모님이 갖고 싶을 때가 있었다.

본가에서 된장찌개 냄새를 맡아서일까? 아파트 상가를 지날 즈음 배가 고파왔다. 시계를 보니 10시가 훌쩍 넘어 있었다. 여태 문을 연 식당이 있으려나? 집에 가서 컵라면이나 먹어야겠다, 생각하며 아파트 입구를 들어서는데 이웃 주민인 송미래가 걸어가는 것이 보였다.

존재를 모를 때는 몰랐는데 알고 나니 이렇게도 만나지는구나. 반가운 마음에 달려가려다 눈앞에서 사라지라며 화를 내던 미래의 모습이 떠올랐다.

갑자기 나타나면 또 화내려나?

그냥 가야 하나?

망설이는데 머리 위로 후두둑 제법 굵은 빗줄기가 쏟아지기 시작했다.

젠장, 송미래. 비 맞겠다. 우산은 챙겨왔을까?

현재는 본능적으로 움직였다. 목표물을 향해 제멋대로 달려가는 자신의 발을 막을 도리가 없었다. 이러다 스토커로 오해받아도 할 수 없었다. 송미래가 비 맞으며 뛰어가는 모습을 그냥 보는 것보다는 나을 테니까.

뭐야? 다 큰 여자가 우산 하나 안 챙겨 다니고. 저 여자도 나처럼 챙겨줄 사람이 없나? 왠지 마음 한구석이 아려왔다. 현재는 셔츠 단추를 풀며 그녀에게로 성큼성큼 뛰어갔다.

"대머리 되고 싶어?"

"엄마야!"

갑작스레 머리 위로 덮이는 셔츠에 놀란 미래가 뒤로 물러서려다 휘청거렸다. 현재는 손을 뻗어 그녀의 어깨를 잡았다. 촉촉한 부드러움이, 놓고 싶지 않을 만큼의 따뜻함이 손끝에서부터 전해져 왔다.

"다 큰 여자가 우산도 없이 멍 때리고 다녀?"

"뭐야? 네가 어떻게 여기에 있어?"

송미래가 멍하니 그를 바라보았다. 오늘 그녀는 흰 티셔츠에 낡은 청바지를 입고 있다. 가슴 부분이 살짝 달라붙는 티셔츠와 날씬한 다리가 돋보이는 청바지는 그녀와 아주 잘 어울렸다. 어떻게 티셔츠와 청바지 하나만으로 이렇게 섹시할 수가 있는 건지. 내가 미쳤지. 이런 여자를 기영에게 넘겨주려 했다니. 사랑스러운 그녀의 모습에 감동하던 현재의 환상을 깨준 것은 미래에게서 나는 술냄새였다.

"술 마셨어?"

"술? 두 잔? 아니, 세 잔밖에 안 마셨어."

두 볼이 발그스름하게 열이 오른 미래가 이맛살을 찌푸리며 말했다.

"잘하는 짓이네. 다 큰 여자가 술 취해서 밤늦게 다니고."

현재는 손가락을 뻗어 달걀처럼 동그스름한 이마의 주름을 손으로 꾹꾹 눌렀다. 부드럽고 탱탱한 피부를 손가락 끝으로 느끼며 행복해하는데, 내리던 비가 더 거세지기 시작했다.

"안 되겠다. 뛰자!"

현재는 미래를 끌고 문 닫은 상가의 나무 테라스 지붕 안으로 몸을 피했다.

"헐!"

그에게 끌려오다시피 달려온 미래가 현재의 손을 털어낸다.

"헐?"

"너 혹시 나 미행했어? 너 스토커니?"

"이건 또 웬 근자감."

"근자감?"

"근거 없는 자존감. 나도 이 동네 살아."

갸우뚱, 미래의 고개가 15도쯤 기울어졌다.

"정말 이 동네 사는 거 맞아?"

"믿어봐!"

빙그레 웃으며 장난스럽게 말하는 현재를, 미래가 유심히 바라보았다.

볼그스름하게 달아오른 볼과 초롱거리는 눈동자가 비 오는 거리의 가로등처럼 반짝이고 있다. 젠장, 이 여자는 왜 이렇게 예쁜 거야? 현재는 두근거리는 마음을 진정시키며 미래의 머리 위로 덮인 자신의 셔츠를 바짝 여미어주었다.

"내가 그렇게 신뢰감이 안 생기는 비주얼은 아닌데. 우리 신뢰감이나 쌓을 겸 라면 먹으러 갈래?"

"뭐? 이 시간에 웬 라면이야?"

"이 시간에 한정식을 먹으러 갈 순 없잖아."

"하여간. 틈만 나면……. 말 돌리지 말고 대답해 봐. 대체 언제부터 날 미행한 거야? 우리 아파트는 어떻게 알았고?"

"우연이라니까. 정말 이 아파트 사는 거 맞아. 이러지 말고 우리 라면 먹으면서 얘기하자."

진실을 말했지만, 미래는 영 믿지 않는 눈치였다.

"그래. 라면을 자시던 한정식을 자시던 네 마음대로 하고 이거 가지고 얼른 가. 한 번만 더 쫓아오고 그럼 혼난다."

민소매 티셔츠만 입은 현재가 신경 쓰이는지 미래가 머리 위로 덮여져 있던 셔츠를 내밀었다.

"비 오는데 그냥 가지고 가. 집이 끝 동이잖아."

실수라고 느낄 새도 없이 그녀가 이맛살을 찌푸린다.

"끝 동? 네가 우리 집을 어떻게 알아?"

"아, 왜 몰라. 바로 옆에 사는구만."

한동안 미래의 움직임이 멈추었다. 놀란 듯, 숨을 들이켜는 미래를 보는 것도 흥미로웠다.

"정말? 그럼 너도 211동이야?"

"응."

"정말 네가 211동에 산단 말이지?"

새로운 사실을 발견한 그녀가 두 눈을 크게 뜨며 물었다. 술에 취하니까 훨씬 더 부드럽고 예쁜 눈빛이 되는구나. 현재는 고개를 끄덕이며 자신의 집 주소를 불렀다.

"211동 2606호. 정 못 믿겠으면 직접 확인해 봐."

"뭐야. 바로 옆집이네."

"그렇지."

"이럴 수가……. 우리가 이웃사촌이었단 말이야?"

"그렇다니까."

"진짜 웃긴다. 그럼 왜 여태 한 번도 못 봤지?"

"내가 밖으로 잘 안 돌아다니니까."

"풋! 나도. 나도 잘 안 나다녀."

독립하기를 잘했네. 현재는 피식, 웃음을 터트리는 미래를 보며 괜히 기분이 설레기 시작했다.

"라면 먹기 싫음 바래다줄까? 당분간 보지도 못할 건데."

현재의 말에 미래가 고개를 갸웃거렸다.

"어디 가?"

"오라. 이제야 내게 관심이 좀 생기는 거야?"

미래가 웃음을 터트렸다. 어이없는 웃음이건 뭐건 간에 그녀가 자신을 보고 웃어주었다는 것이 현재를 기쁘게 했다.

"아주 가지가지 한다. 어디 이사라도 가는 거야?"

미래가 풀어 내린 머리를 뒤로 쓸어 넘기며 물었다. 홍조 띤 얼굴에 동그랗게 뜬 두 눈이 가끔 술을 먹여야 되겠다는 생각이 들었다.

"아니. 이사는 아니고. 전지훈련. 원래 방학 중에 하는데 이번에는 10월에 큰 경기가 있어서. 좀 늦췄어. 올래? 네가 와주면 우승은 따 논 당상인데."

"시합?"

"응. 나 운동해. 유도."

"유도……?"

그녀가 앵무새처럼 그의 말을 따라 했다.

"응."

"아. 그랬구나. 어쩐지."

"나랑 잘 어울리지? 네가 와서 응원해 주면 우승할 자신 있어."

갑자기 그녀가 손을 뻗어 꿀밤을 먹였다.

"자꾸 까불래? 네가 뭐야? 누나. 누나라고 불러. 그리고 왜 말이 짧아? 틈만 나면 맞먹으려 들지?"

"사람이 일관성이 있어야지."

"까분다."

"내가 먼저 물었잖아. 시합 때 올 거야? 오면 누나라고 부르는 거 생각해 보고."

"못 가. 일하느라 바빠."

"시간 좀 내면 안 돼?"

"안 돼!"

"이웃사촌 간에 야박히게스리. 옷깃만 스쳐도 인연이라는데 사람이 정이 없어."

현재가 어린아이처럼 투덜거리자 미래가 푸, 웃음을 터트린다. 마음이 조금 열리는 걸까? 아주 실낱같은 희망이 생기는 것 같았다.

"어제까지 몰랐던 이웃사촌이 왜 이렇게 친하게 구실까?"

"그야. 네가 좋아졌으니까."

그의 말에 미래가 푸, 짧은 웃음을 토해냈다.

"내가 좋아?"

그녀가 물었다.

"응."

"왜? 내 어디가 좋아? 나에 대해서 얼마나 알고? 내가 뭘 좋아하고, 뭘 싫어하는지, 어떤 환경에서 어떻게 자랐는지 네가 알아?"

그녀가 조목조목 따져 가며 물었다.

"이름은 미래. 성은 송."

여기까지 말을 한 현재가 미래를 바짝 끌어당기자, 흠칫 긴장을 하는 것이 느껴졌지만, 현재는 모르는 체하며 그녀의 머리에 손을 뻗어 자신과의 키 차이를 재보았다.

"음. 나보다 20센티 정도 작으니까, 키는 대략 166쯤 되나?"

"68이야!"

"뭐가 몸무게가?"

그의 농담에 미래가 두 눈을 흘겼다.

"좋아. 몸무게 68의 송미래는 옷을 아주 잘 만들어. 머리는 어깨까지 오고, 짙은 쌍꺼풀이 무지 예쁘고. 모델이 사라지면 대신 모델을 할 만큼 근사하고 매력적이야. 동네 편의점에 라면 먹으러 가는 불쌍한 이웃사촌과 이렇게 두런두런 이야기도 나눠 주고. 나머지는 이제부터 하나씩 알아가면 되고. 또 뭐가 필요해?"

"헐!"

"더 할까? 비가 오면 눈빛이 은근 섹시해지고, 비에 젖은 머리카락은……."

"그만!"

쑥스러운지 미래가 현재의 말을 막았다.

"더 할 수 있는데."

"시끄럽고. 지금 시간이 몇 신데. 여태 저녁도 안 먹고 뭐 했어?"

"부모님 집에 다녀왔는데 마침 밥이 떨어졌데."

"뭐? 부모님 집? 여기 같이 사는 거 아니었어?"

"응. 독립한 지 3개월 됐어."

"따로 사는데 어머니가 운동하는 아들……."

갑자기 미래가 말을 멈췄다. 드러내 놓기 싫은 껄끄러운 주제를 괜히 들먹였나, 주저하며 얼버무리는데 현재가 대신 말을 이었다.

"왜 말을 하다 말아? 엄마가 운동하는 아들 밥도 안 챙겨주냐고? 우리 세 번째 엄마는 원래 밥 안 해. 가만 보면 못하는 것 같기도 하고. 우리 집 식사 시간은 7신데 그 시간 넘기면 국물도 없어. 원래 뼈대 있는 집안이 그렇거든."

황금빛 가로등 불 사이로 반짝이는 미래의 눈동자가 흔들리고 있었다. 자조적으로 웃고 있는 현재가 마음에 쓰이는 모양이었다.

"현명한 엄마시네. 엄마 말이 맞아. 잘 밤에 뭘 먹어. 내일 부어서 안 돼."

"난 왕뚜껑이랑 삼각 김밥 먹고 싶어."

"난 자고 싶어."

"어허. 우리 사이에 청산할 빚도 있는 걸로 아는데. 빚 청산은 편의점에서. 몰라?"

현재가 길 건너 편의점을 가리키며 말했다.

"그럼 전에 말한 그거. 이상한 제의. 그거 라면으로 퉁칠래?"

"이 사람이. 거래가 성사되려면 뭔가 엇비슷한 조건으로 제의를 해야지. 그냥 집에 가서 자. 난 혼자 쓸쓸히 먹을 테니."

그는 최대한 불쌍한 모양새로 어깨를 늘어뜨린 채 천천히 걸어갔다.

'하나, 둘, 셋!'

마음속으로 숫자를 세었다. 제발, 제발 불러주라! 주문을 외며.

"서현재! 같이 가자. 오늘 하루만 특별히 라면 친구 해준다."

오예! 기다리던 목소리가 들리자, 현재는 입가에 떠오른 미소를 얼른 지우고 그녀에게로 몸을 돌렸다.

야밤에 먹으면 엄청 붓는데. 혼자 투덜거리면서도 편의점으로 들어온 미래는 왕뚜껑과 남아 있는 삼각 김밥을 종류별로 사서 현재의 앞에 차례로 배열을 해주었다.

"이게 뭐야?"

"왕뚜껑과 삼각 김밥."

"그니까 두세 개만 사면 될 걸 왜 이렇게 많이 샀어?"

"다 먹어."

"이걸 어떻게 다 먹어?"

"원수 갚는 거야. 그날 내 옷 입고 무대에 서준 원수."

"뭐야? 이걸로 거래할 생각 없다 그랬는데."

"까불지 말고 먹어. 오늘 누나가 기분이 좋아서 한턱 쏘는 거니까. 그리고 그때 그 일…… 도 용서해 줄게. 이웃사촌이라니 앞으로 인사나 하며 지내자. 어서 먹어. 누나가 까줄까?"

양팔을 걷어붙인 미래가 삼각 김밥 중앙에 있는 빨간 줄을 조심스레 벗겨냈다.

"난 말이지. 꼭 3번 줄에서 김이 흐트러지더라."

마치 시험을 앞둔 사람처럼 진지하게 3번 비닐을 제거하는 미래의 모습을 현재는 감상하듯 바라보았다. 보고만 있어도 아련해지는…… 이런 기분을 뭐라고 표현해야 하는 걸까? 하루 종일 바라봐도 질릴 것 같지 않은 신비한 여자를 보며 현재는 깊은 숨을 들이마셨다.

"냄새 좋지?"

그의 행동을 오해한 미래가 피식 웃으며 삼각 김밥을 내밀었다.

"참 이상한 게, 당신 옆에 있으면 꼭 숲에 온 기분이 들어."

정말이었다. 그녀의 옆에 있으니 얼룩덜룩 햇살이 내려 비추는 커다란 나무들이 가득한 산길, 코끝을 스치는 풀잎 향기에 저절로 긴장이 풀리는 오솔길을 걷는 기분이 들었다. 걷다 지치면 커다란 나무 그늘에 앉아 한숨 편히 쉴 수 있는 포근함이 가득한 산속에 와 있는 기분.

"서현재!"

"응?"

"너에서 당신으로 비뀌었어? 자꾸 까불면 이웃사촌도 안 할 거야."

미래가 나무젓가락을 두 손으로 비벼 먼지를 털어낸 뒤 현재에게 건네주었다.

"그럼 정식으로 요청할게. 지난번 말했던 소원 말이야."

"……."

미래에게 손을 내밀어 악수를 청하며 현재는 진지하게 말했다.

"사촌 같은 친구 하자. 이웃사촌 친구."

"뭐라는 거야? 내가 너보다 4살이나 많거든. 누나라 불러. 그냥 이웃에 사는 누나 동생."

잠시 멍해 있던 미래가 정신을 차린 듯, 그의 손을 걷어냈다.

"촌스럽게. 왜 이래? 누나는 무슨. 그리고 언제는 내 소원 다 들어준다며?"

"소개팅시켜 준다 그랬지. 내가 언제 친구 돼준다 그랬어?"

"싫어? 그럼 전에 말한 대로 여자 친구를 하던가. 둘 중에 하나 선택해. 사이좋은 이웃사촌 친구냐, 아님 내 여자 친구냐. 난 후자가 좋지만. 전에 약속했으니까 발 뺄 생각하지 말고 둘 중에 하나만 선택하라고."

"너…… 참 웃기다."

"그래서? 여자 친구? 그냥 친구?"

"하 참!"

"여자 친구?"

"싫다니까."

"OK! 그럼 그냥 이웃사촌 친구! 거래 성립?"

그의 손을 한참 동안 바라보던 미래가 겨우 손을 내밀었다.

"좋아. 내가 약속한 것도 있고, 또 옆집에 산다니 내가 많이 봐줬다. 앞으로 친구 같은 동생이라 생각하지 뭐. 대신 꼭 누나라고 불러. 알았지?"

"그러지 뭐. 앞으로 잘 지내보자고."

현재가 손을 내밀었다.

"그래. 앞으로 좋은 이웃사촌이 되어보자."

그녀도 손을 내밀어 현재와 악수를 했다.

만족한 현재는 고개를 끄덕이며 라면으로 손을 뻗었다.

다음날, 퇴근을 하던 미래는 아파트 입구에 있는 편의점의 무지개 파라솔 밑에 앉아 컵라면을 먹고 있는 현재를 발견했다.

"뭐야? 전지훈련 간다며? 안 갔어?"

"어! 미래다!"

컵라면을 먹다 벌떡 일어나는 현재를 보며 미래는 미간을 찌푸렸다. 운동을 하는 아이가 이 늦은 시간에 컵라면을……. 하긴, 밥을 해줄 사람도 없겠구나.

"즉석밥 사서 밥을 먹어. 왜 자꾸 라면이야. 몸에도 안 좋을걸."

"우와! 지금 나 걱정해 주는 거야? 기분 좋다. 미래는 밥 먹었어? 같이 먹을래?"

"난 맛난 거 많이 먹었어."

"뭐 먹었는데?"

"배숙!"

내가 왜 이 아이랑 여기서 이런 대화를 나눠야 하나. 아이처럼 해맑게 웃는 현재를 보며 미래는 낮은 한숨을 내쉬었다.

"좋았겠다. 근데 미래, 몸보신한 얼굴이 왜 그냐?"

"내 얼굴이 어때서?"

"우중충해. 컵라면으로 때우는 나보다 더 기운이 없어 보여."

"화학조미료의 대왕이신 컵라면님을 드신 분이랑 어떻게 비교를 해. 아무리 몸에 좋은 음식을 먹어도 컵라면의 효력을 어찌 당하겠어."

"그런가? 그래서 내 얼굴이 이렇게 반들반들 공업용 윤기가 흐르나 보다."

현재가 어깨를 으쓱거리며 말했다.

"전지훈련은?"

"하루 연기됐어. 내일 아침에 출발! 그동안 나 보고 싶어도 참아."

"내일 훈련 가는 애가 라면을 먹어?"

"괜찮아."

"안 되겠다. 일어나자."

"응?"

"집에 가자. 김치찌개 끓여줄게."

자리에서 일어나는 미래를, 현재는 물끄러미 바라보기만 했다.

"왜? 김치찌개 싫어?"

"아니. 겁나 좋아."

현재가 고개를 숙이며 낮은 목소리로 중얼거렸다.

"근데 안 일어나고 뭐 해?"

"……너무 오랜만이야."

"뭐가?"

그의 행동이 이상했다. 미래는 의아한 눈길로 그를 바라봤고, 순간적으로 그가 눈가를 문지르며 자리에서 일어나는 것을 목격

했다. 이상한 기분에 가슴이 철렁 내려앉았다. 무슨 일이지? 내가
뭘 잘못했나? 마음이 쓰인 미래가 그에게 다가갔다.

"혀, 현재야."

이름을 불러도 현재는 상기된 얼굴로 아무 말 없이 그녀를 바라
보기만 할 뿐이었다.

"서현재, 너 왜 그래?"

걱정스레 묻자, 한참 동안 머뭇거리던 현재가 겨우 입을 열었
다.

"집에 가자는 말…… 너무 오랜만에 들어서……. 기분이 묘했
어."

애써 웃으려는 현재를 보며, 미래의 가슴 역시 뭉클해졌다. 도
대체…… 얘는 얼마나 외롭게 살아온 걸까?

"집에 가자는 말을 오랜만에 들었어?"

"응. 아주 어릴 때, 엄마가 해주셨거든. '현재야! 그만 놀고 집
에 가자. 가서 맛있는 간식 먹자!' 그때는 더 놀고 싶어서 짜증내
고 그랬었는데. 너무 어려서 그 말이 그렇게 좋은 말인지 몰랐었
어."

미래는 자신도 모르게 손을 내밀어 그녀의 손보다 두 배는 큰
그의 손을 꼭 잡아주었다.

"그 기분…… 나도 알아."

"당신도 가족이 없어?"

"옆에 있는 것이 너무나 당연해서 고마운 줄도 몰랐던 가족이
라는 존재들. 그 존재들이 없어지고 나서야 비로소 그들의 소중함
을 깨닫게 되는 거지."

그녀의 말에 현재가 고개를 끄덕였다. 처절하리만큼 깊은 외로움을 경험한 두 사람의 사이로 왠지 알 수 없는 끈끈함이 흐르고 있었다.

"어머니가 돌아가셨어?"

"교통사고. 아빠랑 한날한시에."

서현재의 눈빛이 흔들렸다. 그의 눈동자에 깃든 따뜻함, 동류를 만났다는 친밀감이 미래에게 고스란히 전해졌다.

"많이 힘들었겠다."

"벌써 7년 전인걸. 이제 많이 괜찮아졌어."

"한 번만 안아줘도 돼?"

"뭐?"

"아무 짓도 안 할게. 그냥 꼭 안아주고 싶어서 그래. 100% 아빠 같은 마음이야."

머뭇거리는 사이 그가 손을 뻗었다. 천천히 그의 품에 안기며 미래는 생각했다. 정말 아빠처럼 따뜻하다고. 현재의 품은 그렇게 따뜻하고 편안할 수가 없었다. 이러다 정말 버릇되겠네. 미래는 정신을 차리며 그의 품에서 벗어났다.

"이제 그만!"

손을 뻗어 다시 안으려는 현재를 보며 미래는 고개를 흔들었다.

"집에 가자! 가서 누나가 맛있는 밥해줄게."

꼭 안기는 대신, 미래는 현재의 손을 꼭 잡아주었다. 그리고 단단한 그의 손을 기분 좋게 흔들며 걸었다.

"맛없으면 죽는다."

"너야말로 한 그릇 더 달라 그럼 죽는다."

"풉!"

짧은 웃음을 터트린 현재는 그녀의 손을 절대 놓치지 않으려는 듯, 마주 잡은 손에 힘을 꼭 주었다.

"우리 말이야, 왠지 끝내주는 이웃사촌이 될 것 같지 않아?"

"글쎄. 너 하는 거 따라서 달라지겠지."

"나야 뭐, 처음부터 끝까지 완벽한 이웃이 될 준비가 되어 있지."

"헐! 만고의 네 생각이겠지."

"그런가? 아무튼 앞으로 여러모로 잘 부탁드립니다."

허리를 굽혀 꾸벅 인사를 하는 현재를 보며 미래는 소리 내어 웃음을 터트렸다. 현재는…… 왠지 내일이 기대되는 이웃사촌임에는 분명했다.

4. 이웃사촌, 현재와 미래

1년 후.

딩동!

현관벨이 울렸다.

모니터에 비친 서현재를 확인하며 미래는 한숨을 내쉬었다. 미안하지만, 오늘은 약속이 있단 말이야.

"토요일 오전부터 웬일이야?"

문을 열며 투덜거렸지만, 현재는 아랑곳하지 않고 두 팔을 활짝 벌렸다.

"우와! 무지하게 덥다. 삼복더위에 어떻게 지냈어? 우리 오랜만인데 뜨겁게 포옹 한 번 하자."

186이던 그의 키는 1년 사이 2센티가 더 커버렸고, 미소년같이 예쁜 얼굴선은 조금 더 짙어져 이제 정말 남자의 향기가 풍겨나기 시작했다. 하지만 개구쟁이 같은 성격은 여전해서 아직도 틈만 나면 스킨십을 시도하려는 불순한 남동생이었다.

"미쳤어? 뜨겁게 더운 날 뜨겁게 포옹을 하냐? 그리고 우리 못 본 지 고작 2주밖에 안 됐거든."

"정말? 정말 2주밖에 안 됐어? 두 달이 아니라?"

"헐! 너 7월 초에 전지훈련 갔고, 지금은 중순이고. 됐지?"

"난 왜 이렇게 오래된 것 같지? 2주가 내겐 2년 같았어. 훈련을 받는데 시간이 안 가서 완전 미치는 줄 알았다니까."

능청스럽게 웃으며 그녀를 안으려는 현재를 피해 미래는 몸을 뒤로 뺐다.

"또 까불지?"

"쯧쯧. 촌스럽기는. 인사야! 유럽식 인사!"

"야! 개처럼 질질 끌려 나가고 싶어?"

"헐! 네가 나를 끌어? 집채만 한 나를?"

그가 자신의 굵은 팔뚝을 자랑스럽게 들어 보이며 장난스럽게 말했다.

"머리채 잡고 끌면 돼. 한번 해볼까?"

미래의 말에 그가 쿨럭, 기침을 토해내며 허리를 반으로 굽혔다.

"아니! 아니! 잘못했어. 한국식으로 인사할게. 누님! 그동안 잘 지내셨습니까?"

"이그, 이 웬수. 훈련 마쳤으면 푹 쉬고 나중에 오지. 아침부터 왜 왔어?"

"불고기 전골은 어떻게 해?"

그가 해맑게 물었다.

"불고기 전골? 갑자기 전골은 왜? 누가 와?"

"동하 녀석이 먹고 싶대. 것도 송미래표 레시피로."

"동하가? 아! 동하 생일이 이맘때라고 했었나?"

고개를 갸웃거리는 미래를 보며 현재의 두 눈에 불끈, 힘이 들어갔다.

"뭐야? 네가 동하 생일을 왜 기억해?"

현재가 따지듯 물었고, 미래는 으이그, 꿀밤을 먹이며 주방으로 향했다.

"어라! 송미래! 너 왜 피해?"

그가 주방으로 따라 들어오며 끈질기게 물었다.

"내가 죄 지었냐? 피하긴 뭘 피해?"

"아, 딴소리하지 말고 묻는 말에 대답이나 해. 동하 생일은 왜 기억하냐니까?"

"야! 머리가 좋아서 저절로 기억이 나는 걸 어떻게 해?"

"헐! 거짓말. 너 지금 어장 관리하는 거지? 설마, 동하가 한순간 너한테 반했다고 지금까지 그런 줄로 아는 건 아니지? 아서라! 동하 녀석 여친 생겼어."

"알았어. 누가 뭐래?"

"그니까, 동하 녀석은 신경 쓰지 마. 넌 나만 신경 쓰면 돼. 알았지?"

"시끄럽고! 아침 안 먹었으면 이리 와서 밥이나 먹어."

"안 먹어!"

그가 꽥 소리를 질렀다.

처음, 그를 만났을 때 차갑고 과묵한 그를 보며 기겁을 한 적이
있었는데……. 어이없어 웃음을 터트리던 미래는 그의 절친한 친
구 동하의 말을 기억했다.

"안 믿으시겠지만, 현재와 그렇게 대화를 많이 나누는 사람은 누나
밖에 없을 거예요."

"설마?"

"저도 좀 놀랐어요. 현재가 누나에게 하는 거 보고. 그 녀석 그렇게
장난기가 많지 않아요. 도리어 너무 삭막한 편이거든요. 그런데 아마도
제가 오해했었나 봐요. 자식이 그동안 너무 외롭게 살았잖아요. 그래서
그 외로움이 몸에 배었나 봐요."

동하의 말에 가슴이 찌르르 아팠다.

"동하 신경 안 써. 너만 신경 쓰고 있다고. 그니까 이리 와서 밥
먹자!"

"정말이지?"

"맹세!"

언제 그랬냐는 듯, 식탁으로 다가오는 현재를 보며 미래는 피
식, 웃음을 터트렸다.

작년 이맘때였나?

운동을 한다는 애가 삼시 세끼를 라면으로 때우는 것을 보고 마
음이 흔들렸었다. 혼자서 해먹을 수 있는 카레나 김치 볶음밥 레
시피를 알려주겠다고 하자, 현재는 기회를 놓치지 않고 시간이 날

때마다 요리재료를 싸 들고 미래를 찾았다.

1년이라는 시간 동안, 미래는 자신이 아는 모든 요리의 레시피를 현재에게 전수했다. 김치 볶음밥과 카레, 된장찌개와 김치찌개 레시피까지 터득한 현재는 그 후로도 미래가 쉬는 날을 귀신처럼 알아내서는 툭 하면 요리 재료를 들고 와 만드는 방법을 묻는다는 핑계로 저녁을 먹고 갔다. 가족이 없다는 공통점을 발견한 두 사람은 정말 친남매처럼 가까워졌다. 아니, 미래는 친남매처럼, 현재는 애인처럼 지내자며 아직도 싸우고 있는 중이지만, 두 사람은 둘도 없는 단짝이 되어가고 있었다.

"불고기 만드는 법은 따로 프린트할 것도 없이 무지 쉬우니까 먹으면서 들어봐."

"응."

일주일 전에 담가 맛이 든 열무김치를 크게 베어 문, 그가 착한 아이처럼 고개를 끄덕였다.

"1. 당면을 물에 불리고. 2. 쇠고기 전골 양념 사서 고기 재고. 3. 쇠고기랑 당면이랑 양념장 넣고. 4. 부글부글 끓으면 양파랑 파 넣고. 5. 야채 숨 죽으면 먹으면 돼. 완전 쉽지?"

"헐. 그걸 어떻게 외워?"

"다시 설명해 줘? 1. 당면을 물에 불리고."

"당면은 얼마큼 불려야 해? 1분? 2분? 아님 5분? 물의 양은 어느 정도야? 1리터? 2리터? 5리터?"

최대한 간단하게 레시피를 설명했지만, 현재는 쉽게 물러서지 않았다.

"당면이 푹 잠길 정도로 물을 붓고 30분 이상 불려."

"고기와 양념장의 비율은? 쇠고기 전골 양념은 어디서 사? 식육점? 마트? 부글부글은 또 뭐야?"

"휴우. 그냥 내가 해줄게."

"완전 고맙지. 한 그릇 더!"

미래의 말에 그가 아무것도 모른다는 듯, 천진난만한 미소를 지으며 빈 그릇을 내밀었다. 얄미운 놈.

"밥값 내놓고 가."

"뽀뽀도 받아줘?"

"됐어. 그건 사양할게."

어제저녁에 먹다 남은 된장과 열무김치가 다인 식탁이었지만, 현재는 세상에서 가장 맛있는 음식을 먹는 사람처럼 식사를 마쳤다. 그 모습을 바라보는 미래마저 밥이 먹고 싶을 정도로 그는 미래가 만들어준 음식을 좋아했다.

식사를 마친 현재가 설거지를 하는 사이, 미래는 현재가 좋아하는 카페 모카를 내렸다. 작년 크리스마스 선물로 현재가 사준, 캡슐을 넣어 내리는 커피는 여러 종류의 커피를 골라 먹을 수 있는 장점이 있었다.

"나 없는 동안 심심했지?"

설거지를 마친 현재가 거실로 오며 물었다.

"전혀."

"우와! 여전히 시크!"

"잔말 말고 얼른 커피 마시고 가. 오늘 나 무지 바뻐."

"바빠? 나 오늘 시간 많은데, 같이 영화 보고 쇼핑도 하고 그럼 안 돼?"

"안 돼!"

"진짜?"

금세 풀이 죽는 현재를 보며 미래는 터져 나오는 웃음을 억지로 삼켰다. 그리고 냉정한 목소리로 말했다.

"불쌍한 척하지 말고 커피 마시고 얼른 가."

"알았어. 믿었던 송미래에게 버림이나 받고. 아아아! 우울하다! 오늘은 잠이나 자야지."

풀이 죽은 모습으로 커피를 훌쩍이는 현재를 보며 미래는 고개를 돌렸다. 어리광을 피우는 그를 보다 마음이 약해질 것 같았다.

"훈련 잘 마쳤냐고 안 물어봐?"

그가 여전히 우울한 톤으로 물었다.

"맞다! 훈련은 잘 마쳤어?"

"당근 잘했지. 딴 놈들은 훈련 마치고 다 놀러 가는데 나만 얼마나 뺑이를 돌리는지……. 역시 우승 후보는 괴로워. 아! 맞다. 잠시만."

현재가 벌떡 일어나 가방을 뒤적이더니 명품 로고가 박힌 조그만 갈색 쇼핑백을 내밀었다.

"이게 뭐야?"

"선물!"

"그니까, 선물 뭐?"

"지갑."

"지갑을 왜 또 사? 지난번 훈련 때도 지갑 사 왔었잖아."

"그땐 겨울이니까 겨울 지갑. 지금은 여름이니까 여름 지갑. 네가 잔소리할까 봐 인천공항 면세점에서 이월상품 싸게 샀어."

자신이 기뻐할 것을 기대하며 해맑게 웃는 현재를 보며 미래는 낮은 한숨을 내쉬었다.

"네가 주는 선물은…… 받기가 좀 그래, 현재야."

"왜? 내 선물이 맘에 안 들어?"

"그게 아니라, 너무 고가잖아. 보통 사람들은 이웃사촌에게 그런 비싼 선물 하지 않아."

"이런 난관이……."

그가 머리를 쓸어 올리며 씨익, 웃었다.

"지난 1년간, 너에게 수없이 많은 선물을 받았어."

"나만 준 건 아니잖아. 당신도 내게 많이 줬어. 옷도 만들어주고, 가방도 만들어주고. 밥도 주고 반찬도 주고."

"내가 해준 것은 단지 밥이잖아. 흔하디흔한 밥과 몇 가지 반찬, 간식이 전부였지만, 너는 네 용돈을 모조리 쏟아붓는 것 같아. 이런 건 부담스러워, 현재야."

"그 흔하디흔한 밥이 나에게는…… 돈으로 가치를 매길 수 없는 정이었어. 따뜻함이었어. 당신이 주는 관심이 내게는 전부야."

"현재야……."

"내 말 잘 들어봐. 일단, 당신은 내게 그냥 이웃사촌이 아니야. 내게는 둘도 없는 친구고, 내 마음을 설레게 하는 여자고, 그리고 함께 밥을 먹는 식구야. 이런 사람이 어떻게 그냥 이웃사촌이 될 수 있어. 그리고 두 번째, 나는 돈이 많아. 아마 내가 아는 내 친구 놈들 중에 젤로 많을걸. 그러니까 나는 이런 선물쯤 수십 개, 수백 개도 사줄 수 있어. 당신은 그냥 기분 좋게 받아주면 돼."

현재가 막힘없이 술술술 내뱉었지만, 미래는 선물을 쉽게 받을 수 없었다.

"네가 아무리 돈이 많아도 받는 나는 마음이 편치 않아. 그냥, 초콜릿이나 엽서. 이런 거면 받을게. 이건 본가 어머니 가져다 드려."

"허허."

현재가 씁쓸하게 미소 지으며 자리에서 일어났다.

"미안! 기분 상했어?"

"아니. 기분은 안 상했는데, 꼭 당신에게 버림받은 느낌이야. 이 선물…… 새어머니도 안 받으실 게 뻔하니까, 지금 내려가서 제일 처음 만나는 여자에게 줘버려야겠다."

이래도 받지 않겠냐는 듯, 그가 쇼핑백을 흔들었다.

지난 일 년간 현재에 대해 많은 것을 알게 되었다. 한다면 하고야 마는 고집까지. 미래는 낮은 한숨을 내쉬었다.

"휴우. 알았어. 이리 줘. 대신 담번에는 꼭 초콜릿이어야 해. 나 초콜릿 무지 좋아한단 말이야."

"진짜? 진작 말하지. 어떤 브랜드 거 좋아하는데?"

쇼핑백을 받으니 그의 얼굴이 단박에 밝아졌다.

"으이구. 다 좋아해."

"봐봐. 이렇게 기분 좋게 받으니까 얼마나 좋냐? 꼭 사람 애를 태워요."

기분이 좋아진 현재가 배시시 미소를 지었다. 환하게 웃는 그를 보며 미래도 함께 웃었다.

"그럼, 바쁘다고 했으니까 오늘은 이만 갈게."

"응. 나도 장 본 거 정리하고 저녁 준비해야 해."

"장 봤어? 누가 와?"

여태 싱글거리던 현재의 얼굴이 흐려졌다.

"응. 손님."

"그…… 사람?"

현재가 누구를 말하는지 알 것 같았다. 현재는 상록을 신뢰하지 않았다.

"그 사람은 너와 어울리지 않는 것 같아."

"질투하는 거지?"

"응. 질투하는 거 맞아. 질투도 섞여 있는데 그런데 그게 다가 아니야. 저 사람, 왠지 신뢰가 안 가."

"뭐야. 질투 맞구만. 언제 봤다고. 오빠는 내가 아는 사람 중에 제일 착한 사람이니까 걱정 마셔."

"제일 착한 사람? 당신한테 제일 착하게 구는 사람은 나지! 동하 자식, 내가 당신 앞에서 얼마나 착하게 구는지 알면 아마 깜짝 놀랄 거다."

상록의 이야기를 하며 발끈거리던 현재가 생각났다.

"아니. 상록 오빠 말고 희수."

"아! 희수 누나."

"응. 희수. 왜? 저녁에 무슨 일 있어?"

미래의 말에 그가 살짝, 고개를 끄덕였다.

"미역국 같이 먹자고!"

"웬 미역국? 어머나! 너 오늘 생일이니?"

화들짝 놀라는 미래를 보며 그가 고개를 흔들었다.

"아니."

"그런데 미역국은 왜?"

묻다 보니 그의 생일을 모른다는 것을 깨달았다. 그녀의 생일인 8월 16일 날, 그는 8월의 탄생석인 페리도트가 박힌 예쁜 목걸이를 사와서 생일을 축하해 주었는데. 미래는 그에게 미안해졌다.

"정말 생일 아냐?"

"응. 아냐."

"네 생일은 몇 월 며칠인데?"

"한 번 들으면 절대 안 잊어버릴 거야. 2월 29일."

"뭐야? 벌써 지나 버렸네. 진작 말을 하지. 잠깐만! 2월 29일?"

"응."

"어머나. 그럼 윤년에 태어난 거야? 그것도 2월에?"

"응."

"그럼 작년 생일은?"

"2013, 14년, 15년은 패스!"

"흐흐. 웃기다. 그럼 2012년 2월 29일에 생일상 받고 다음 생일상은 4년 뒤인 16년도에나 받을 수 있는 거잖아?"

"응."

"대박! 너 그거 알아? 스코틀랜드에는 '립 이어(leap year)'라고 윤년이 있는 해 2월 29일에 여자들이 프러포즈를 하면 남자들이 다 들어줘야 하는 전설이 있대."

"송미래가 하는 프러포즈라면 굳이 립 이어 아니라도 들어줄게."

생글거리는 그녀를 보며 그가 진지하게 말했다.

"흐흐흐. 고건 됐고, 그럼 오늘은 누구 생일이야? 국도 안 좋아하는 네가 그냥 미역국이 먹고 싶었을 리는 없고."

"우리 엄마."

그가 덤덤히 말했고, 미래는 할 말을 잃었다.

"아……. 어머니 생신?"

"응."

현재의 눈빛이 너무 슬퍼 보여 미래는 더 이상 웃을 수가 없었다.

"친엄마?"

"응. 어디에 있는지도 모르는 우리 친엄마. 우리 엄마가 내 생일 때면 직접 미역국이랑 소고기 전골을 끓여주셨거든. 엄마 생일이 되니까 이상하게 생각이 나서."

현재의 말에 미래도 돌아가신 엄마를 떠올렸다. 다정하고 사랑스러운 우리 엄마. 생일이 되면 딸이 좋아하는 음식들을 잔뜩 만들어주셨는데. 그리운 추억으로 인해 미래의 가슴이 먹먹해졌다.

"돌아가신 우리 엄마는 쑥갓 넣은 우럭 매운탕을 좋아하셨어. 내 생일에는 불고기랑 잡채랑 동그랑땡도 구워주셨는데."

"우리 엄마는 소고기 넣은 미역국."

"엄마가 아니라 네가 좋아하는 거 아냐?"

"들켰다."

"그래서…… 엄마 생신이라 아침부터 미역국이 생각났구나?"

"응. 엄마가 만들어주신 음식을 언제 한 번 다시 맛볼 수 있을까?"

"음. 엄마가 만드신 음식을 영영 못 먹어보는 건 나지. 너의 엄마는 살아 계시잖아. 언젠가는…… 맛볼 수 있을 거야. 꼭!"

씨익, 웃음 짓는 현재를 향해 미래는 손을 뻗었다.

"왜 이래? 지금 나 유혹하는 거야?"

"까불면 안 안아준다."

"아니. 안 까불게."

그가 스스로 그녀의 품에 안겨왔다. 따뜻하고 뭉클한 감정. 말하지 않아도 느낄 수 있는 서로를 향한 안쓰러움이 두 사람의 심장을 교류하고 있었다.

"착하다, 우리 현재."

미래는 오늘따라 꼼짝도 하지 않고 안겨 있는 그의 등을, 다독다독 한참을 그렇게 쓰다듬어 주었다.

그날 오후, 희수가 오랜만에 집으로 찾아왔다.

작년 말, 희수는 아르바이트를 하던 동대문 매장에 디자이너로 정식 출근을 하게 되었다. 경쟁이 심한 동대문 패션계에서 그녀의 참신한 디자인이 좋은 반응을 얻어 요즘 눈코 뜰 새 없이 바쁜 나날을 보내고 있었다.

"몸살 난 거 아냐? 얼굴이 안 좋네."

현관문으로 들어서는 희수의 얼굴이 피곤에 절어 있어 미래는 걱정스레 친구의 얼굴을 살폈다.

"내 얼굴이 이상하다면 그건, 엘리베이터에서 마주친 네 이웃사촌 서현재 때문이야."

이제 제법 직장인 티가 나는 희수가 소파에 무너지듯 주저앉으며 의미심장한 미소를 지었다.

"응?"

모르는 척 시치미를 떼어보았지만, 예리한 희수의 레이더를 피해갈 수는 없었다.

"글쎄 그 잘생긴 놈이 얼굴을 발그스레하게 붉힌 채 딴청을 피우는 거야. 평소 같으면 질투 어린 눈으로 쏘아보거나, 너랑 잘되게 해달라고 붙잡고 늘어졌을 놈이 오늘은 무슨 일인지 아주 얌전히 내 시선을 피해가더라니까."

미래는 취조하듯 묻는 희수의 눈을 피했지만, 미래에 관해서 모든 것을 알고 있다고 자부하는 친구는 호락호락 넘어가지 않았다.

"이거 이거 수상한데. 어떻게 된 거야? 요즘 걔랑 썸 타는 거야? 너 설마……? 하기야 열 번 찍어 안 넘어가는 나무 없다는 속담이 괜히 생겼겠니?"

"아니야!"

"가만있어 보자. 그럼 상록 오빠는? 오빠 버리고 걔랑 연애하는 건가? 아니지? 송미래! 어떻게 된 거야? 궁금해 죽겠으니까 솔직히 말해봐. 이실직고하면 목숨만은 살려주지."

"아니야. 아니고, 정말 아냐. 됐지?"

"그런데 걔 얼굴이 왜 그래? 너 덮치려고 하다가 실패한 건가?"

"못 살아! 전지훈련 마치고 선물 가져왔더라고. 그냥 얌전히 밥 먹고 갔어."

쿠션을 껴안고 비스듬히 앉아 있던 희수의 몸이 벌떡 튀어 올랐다.

"대에박! 선물이라니? 설마, 지난번처럼 그런 명품 선물을 안긴 건 아니지?"

"아니……. 그게 아니라."

현재가 사준 지갑을 보며 무척이나 부러워하던 희수의 모습이 기억났다. 미래는 미안한 마음에 얼버무리려 했지만, 이번에도 예리한 레이더에 걸려 버렸다.

"헉! 맞구나."

"……응."

"세상에나. 옆집에 명품 선물 사다 주는 그런 동생이 산단 말이지?"

"다음부터는 절대 안 받는다고 사 오지 말라 그랬어."

"미쳤어! 그런 소리를 왜 해? 선물 사 오는 사람 성의가 있지. 성의를 그렇게 무시하는 법이 어딨어? 담번엔 사주는 거 고이 받아서 나에게 넘겨! 휴우. 복도 많은 년. 명품 선물을 해주는 이웃이 연하의 꽃미남이라니……. 아하하하. 어허허허."

희수가 어울리지 않는 너털웃음을 토해냈다.

"웃음소리가 왜 그래?"

"부러움과 시기심이 반반쯤 섞인 웃음이라고 해두지. 기분이 복잡 미묘해."

"복잡 미묘?"

"어쩌면 옆집에 이사를 와도 현재 같은 애가 이사를 오니? 직장에는 든든한 상록 오빠가, 집에 오면 새파랗게 어린 꽃미남이……. 이거야말로 좌청룡 우백호 아냐? 둘 중에 누굴 선택해야 하는 걸까? 이래저래 계산을 해봐도 승부가 안 나지? 골치가 아프긴 하지만 그래도 남들은 꿈도 못 꿀 팔자니 참고 살아. 휴우."

희수가 한숨을 토해냈다.

"웬 한숨?"

"이래저래 계산기를 두드려 봐도 난 서현재에 한 표! 난 현재가 좋아. 젊지, 잘생겼지, 뭐 하는 집안인지는 모르지만 이런 비싼 집에 혼자 사는 거 보면 돈도 많은 것이 분명하고, 뭐니 뭐니 해도 그 뜨거운 열정. 송미래라면 아주 그냥 껌뻑 죽잖아. 세상 어디에 그런 일편단심이 있겠냐? 아무리 생각해 봐도 내가 내린 결론은 송미래가 남자 복이 많다는 거야."

입술 끝을 올리며 고개를 까딱까딱 흔드는 폼이 샘 많은 토끼처럼 보여 미래는 결국 웃음을 터트리고야 말았다.

"왜 웃어?"

"네 얼굴 보니까 정말 부러운 모양이야."

"그니까! 기억나? 우리 대학 다닐 때 계집애들 패션쇼 핑계로 유럽에 놀러들 많이 갔잖아. 너랑 나랑 좋겠다며 무지 부러워했고."

"그랬지."

"엉엉. 난 지금 네가 그때 걔들보다 더 부러워! 오천만 배나 더 부러워!"

대학시절, 학과 동기들은 방학이 되면 지방을 가듯, 유럽을 드나들었다. 몇백만 원이나 하는 가방을 유행 따라 구입하고 백화점에서 파는 몇십만 원짜리 트레이닝복을 색깔별로 사들이는, 일주일 치 점심값과 맞먹는 브런치를 아무렇지 않게 즐기는 동기들 틈에서 처지가 비슷한 미래와 희수는 서로에게 없어서는 안 될 친구이자 의지처였다. 서로의 모든 것을 다 알고 지내던 친구에게 자신과는 또 다른, 독특한 친구가 생겼다는 사실이 희수를 복잡하게 만드는 듯했다.

"쯧쯧. 할 수만 있다면 내 남자 복을 나눠 주고 싶네."

"착한 것! 그래서? 현재랑은 단지 그것뿐?"

희수의 질문에 이상하게도 찔끔, 심장에 예리한 신호가 왔지만 미래는 설마 하는 기분에 무시하기로 했다. 현재는 아직 어린 이웃 동생일 뿐이다.

"응."

"송미래! 너 눈빛이 계속 흔들리고 있어. 갈팡질팡, 어떻게 해야 할지 모르는 어린 강아지마냥. 네 마음을 너도 모르는 거야?"

"아니. 정확히 알고 있어."

"아닌데. 분명 수상한 냄새가 나는데."

"뭐가 수상해. 그냥 이웃에 사는 동생이니까…… 그러니까 잘 해주는 것뿐이야. 참! 떡볶이랑 어묵탕 먹자. 내가 준비해 났는데."

미래는 의미심장하게 노려보는 희수의 시선을 피해 자리에서 일어났다.

"흐흐. 곤란한 질문은 피하시겠다? 알았어. 내가 속아주지. 그런데 이걸 네가 다 만들었어?"

정말 다행스럽게도 희수는 음식으로 관심을 돌려주었다.

"그럼 당연하지."

의심스러운 듯, 냄비를 들여다보던 희수가 숟가락을 집어 오뎅

탕으로 뻗었다. 진한 멸치국물에 청량고추와 후추가 어우러진 국물 맛을 보더니 캬아, 감탄사를 뱉어낸다.

"으. 시원하다. 완전 바람직한 동생이랑 옆집에 사니까 음식 솜씨도 완전 느나 부다."

"야! 아니라니까."

미래는 아무렇지 않은 척 시치미를 떼보았지만, 희수는 믿는 것 같지 않았다.

"현재 보면 볼수록 괜찮지 않아?"

식탁을 차리던 희수가 물었다.

"응. 괜찮은 애야."

"가끔씩 성질도 부리고 그래?"

"음. 처음에 그랬잖아. 성격 완전 까칠하니. 그런데 지내면 지낼수록 재밌어. 자기 주관도 또렷하고. 고집도 있는 게 나름 괜찮은 애 같더라고."

"에고. 부러운 년! 내가 딱 봤을 때부터 느낌이 왔어. 애가 뭔가 있구나. 그런 거 있잖아. 눈빛이 깊고 심오한 게 고집도 있어 보이면서 진국인 느낌. 왠지 범상치 않더라니까."

디자인을 공부하다 보면 최신 트렌드를 위해 트렌디 드라마를 많이 보게 된다. 미래 같은 경우에는 인물들의 의상이나 배경에 신경을 쓰느라 스토리 라인을 놓치는 적이 낳시만, 희수는 스토리에 빠져 의상이나 배경을 놓치는 경우가 많았다. 로맨틱한 희수에게는 현재와의 사건이 소설 속의 한 장면 같을 수도 있겠구나, 미래는 생각했다.

"범상치 않은 느낌?"

"왜 있잖아. 사람의 의지를 뛰어넘는 그런 능력자. 이순신 장군이나 안중근 같은 뭔가 인간의 한계를 뛰어넘는 신념을 가진 사람들을 현실에서 만난다면 이런 눈빛이 아닐까? 하는 느낌. 현재에게서 그런 느낌을 받았어."

"한계를 뛰어넘는 의지력을 가진 남자? 너무 거창한 거 아냐?"

"오직 한 여자에게만 그 마음을 쏟아붓는 거야. 오직 한 여자만 사랑할 것 같은, 영화 속에 나오는 외골수인 거지."

"워워! 로맨티시스트! 너무 멀리 갔다. 이만 돌아와!"

"헤헤. 내 생각이 그렇다고. 아무튼 잘됐어. 난 걔가 마음에 들더라. 흐흐. 무지하게 잘생겼잖아."

실없이 웃는 희수를 보며 미래도 피식, 웃음을 터트렸다.

"알았어. 담에 꼭 같이 보자."

"그러게. 그나저나 이게 얼마 만이야. 우리 너무 바쁜 거 같지?"

졸업 전에는, 사회에 나가게 되면 아무리 바빠도 자주 만나서 얼굴 보고 밥 먹자고 약속을 했지만, 직장에 얽매다 보니 마음대로 되지 않았다. 오랜만에 만나서인지 아쉬운 만큼 반가움도 컸다.

"응. 무지 보고 싶었어. 회산 어때? 요즘도 그렇게 일이 많아?"

"우리야 여전하지 뭐. 내수는 줄었어도 요즘 중국 관광객들 땜에 정신없어."

희수가 두 눈을 반짝이며 고개를 끄덕였다.

오랜 고민 끝에, 희수는 자신이 원하던 대기업 대신 동대문에 있는 중소 업체를 선택했다. 국내에서 손꼽히는 좋은 대학을 나온 희수가 좌절하거나 자존심에 상처는 입지 않을까 걱정했지만, 아무래도 노파심이 앞선 모양이다. 회사 이야기를 할 때 희수에게서는 넘치는 활력이 느껴졌다.

"맞아. 우리 매장에도 중국 관광객들이 점점 늘고 있어."

"그렇지? 요즘 동대문에서도 중국을 겨냥한 디자인이 많이 나오고 있어."

"그러게. 동대문 쪽이 아무래도 유행에 가장 민감하니까."

"아! 맞다. 나 깜짝 놀랄 소식이 있는데. 알고 보니까 우리 사장님이 우리 학교 선배시더라고. 거기다 강 교수님이랑 동문이었대."

"진짜?"

"역시 세상은 좁아. 왜 그거 있잖아. 케빈 베이컨의 법칙인가? 여섯 사람만 통하면 모르는 사람이 없다는 말."

"응. 나도 들어본 적 있어."

희수가 갑자기 얼굴을 앞으로 당겨왔다.

"근데, 우리 사장님은 강 교수님 별로 안 좋아하는 눈치야. 아니! 싫어하는 게 틀림없어. 사장님 말로는 강 교수님이 얍삽하고 치사하대."

"설마."

"몰라. 말이 그래. 별로 상종하고 싶지 않은 사람들이라고."

"들?"

"강 교수님이랑 동생."

"아. 강영희 실장님."

"너도 알아?"

"숍에 가끔 오셔. 키 크고 우아하게 생긴 분. 근데 그분이 왜?"

통통하고 작은 강숙희 교수님과 키가 크고 서양적으로 생긴 강영희 실장님. 친자매인데도 닮은 곳이 없다며 직원들이 의아해하며 이야기를 나눈 적이 있었다.

"아주 오래전 얘긴데 대학 졸업하고 얼마 안 돼서, 강 교수님 동생이 연락이 왔더래. 보험 들라고. 언니와 달리 친절하고 싹싹해서 좋게 봤는데 보험 안 들어주니까 안면을 싹 바꾸더란다."

희수의 말에 미래는 강 실장을 떠올려 보았다. 아주 가끔이긴 하지만, 간식을 사다 주거나 힘내라, 격려도 해주는 괜찮은 분으로 기억하고 있었다.

"그런 분 아닌데."

"몰라. 우리 사장님 말씀이 그래. 패션 디자인하는 애들이 우리 때도 장난이 아니었지만, 그때도 엄청난 애들이 많았다고 하더라고."

"그때는 더했겠지."

"그러니까. 우리 사장님이랑 강 교수님은 워낙 가난해서 장학금으로 근근이 버티셨나 봐. 그래도 같이 고생한 친구라서 잘 지내고 싶었는데, 교수님이 잘되시더니 사람이 싹 변했다고. 개구리 올챙이 적 시절 모르는 대표적인 예라고 말씀하셨어."

희수의 말에 미래는 가끔씩 보이는 교수님의 차가운 웃음을 떠올렸다. 아주 가끔 서늘한 기분이 들 만큼 낯설게 느껴지는 교수님의 표정들이 있다. 뭔가 좋지 않은 기억이나 안 좋은 생각을 하시나 보다, 그렇게 생각했었다.

"이슈 오픈 때도 잘나가는 친구들만 불러서 많이 섭섭하셨대. 그때 이후로 마음이 돌아섰나 봐. 암튼 우리 사장님은 강 교수님

겁나 싫어하시는 게 틀림없어. 근데 말이지, 우리 사장님이 강 교수님이랑 동문이면 어머님과도 잘 아는 사이 아니었을까?"

희수의 말에 미래는 고개를 끄덕였다. 동문이면 그럴 테지. 항상 단짝 친구였다고 강조하시던 강 교수님을 통해 듣던 엄마의 대학 시절 이야기를 또 다른 사람이 알고 있다고 생각하니 기분이 묘해졌다.

"잘됐다. 언제 한 번 우리 회사 놀러 와. 사장님한테 인사도 하고 어머니 학창 시절 얘기도 듣고 그러자."

"응."

"너희는 어때? 이슈는 여전히 잘 돌아가지?"

"우리야 뭐……. 워낙 소문이 난 곳이니까. 그렇잖아도 주문이 하도 많아서 공장 쪽에서 불만이 많나 봐."

"이 불경기에도 강 교수님은 여전히 잘나가시는구나. 부럽다. 본인도 그렇고 아들도 그렇고. 상록 오빠랑은 잘 지내지?"

희수의 질문에 미래는, 그녀의 마음이 정해질 때까지 기다리겠다는 상록의 고백을 떠올렸다. 미래는 한숨 쉬듯 대답했다.

"그렇지 뭐."

"그 집안은 온 가족이 다 술술 잘 풀리네. 참! 오빠도 이제 서른둘이 다 됐네. 오빠가 결혼하자는 말 안 해?"

뭘 알고 하는 말일까? 미래는 친구를 빤히 바라보았다.

"결혼……?"

"오빠가 너 좋아하니까……. 어쩔 땐 오빠랑 너랑 잘됐으면 좋겠다 싶기도 했다가. 사실 오빠 하나만 보면 참 괜찮은데. 시어머니감으로 강 교수님은 좀 어려울 것 같아. 거기다 걔, 싸가지 작렬, 걔 이름이 뭐더라? 아무튼 그 망나니 계집애가 시누이가 된다고 생각하면 절대 반대하고 싶어. 어우! 맞다. 걔 한국 들어왔다며?"

희수의 말에 미래는 피식, 웃음을 터트렸다.

"응."

"어우. 걔 보면 솔직히 우리 사장님 말씀이 신뢰가 가긴 해. 강 교수님은 하나밖에 없는 딸을 어쩜 그렇게 싸가지가 없게 키울 수가 있니."

"상록 오빠 안 그렇잖아."

"그러니까. 딸은 엄마 닮는다잖아. 솔직히 나도 평소 강 교수님이 좀 차갑고 계산적이라고 느껴진 건 사실이었거든. 미래 널 잘 챙겨주시긴 하는 것 같은데……. 왜 그렇게 진심이 안 느껴지는지. 왠지 정이 안 가는 스타일 있잖아."

"너까지 왜 그래? 강 교수님이 잔정이 없긴 해도 공평하고 칼 같은 분이시잖아."

"그렇지. 그런데 왜 있는 집 자식들만 그렇게 추천서를 써주냔 말이지. 솔직히 성적은 다 별로였잖아. 들리는 소문으로는 실력도 하나 없는 송정미 개도 강 교수님이 추천서를 써줬다는 말이 있어."

"그거야 교수님 재량이니까."

"내 말이. 걔들이야 부모 잘 만나서 가만히 냅둬도 저절로 취직할 텐데 말이지. 솔직히 써주려면 제일 먼저 너부터 써줬어야 하는 거 아냐? 네가 유학을 안 다녀와서 그렇지 디자인 감각도 뛰어나고, 성적도 좋잖아. 근데 왜 넌 자기 숍에 잡아놓고 죄다 다른 애들 좋은 일만 시켜주냐 그거지."

"그게 어디 교수님 탓이야? 윗선에서 시켰다잖아."

"아무튼. 마음만 먹으면 너 하나 취직 못 시키겠니?"

"워! 워! 진정하셔, 오희수 양!"

"네 문제도 그래. 넌 작년부로 디자이너로 정식 취직된 거잖아? 그런데 왜 여태 옷 판매만 시키고 있대? 이슈에는 판매사원이 너밖에 없대?"

"그거야 일손이 딸리니까 내가 하는 거고. 사회 일이 내 마음대로 되는 게 아니잖아,"

"아무래도 뭔가 이상해. 말로는 널 딸처럼 여긴다 그러는데 하는 행동을 보면 아무래도 널 사랑하는 것 같지 않아. 이상해. 취직도 안 시켜주고 잡아놓고 판매사원이나 시키고 말이야."

"낼부터 판매 안 한다고 따져 볼까?"

"그래 볼까?"

장단을 맞춰가며 농담을 했지만, 두 사람 다 미래가 그러지 못할 것을 잘 알고 있었다.

"에고, 모르것다. 어떻게 되것지."

소파 위, 미래의 허벅지를 베고 벌렁 누운 희수가 갑자기 벌떡 몸을 일으켰다.

"참! 송미래. 이번에 반하패션에서 신인디자이너 공모전 하는 거 알아?"

"응. 얘긴 들었어."

철강으로 유명한 선우그룹의 계열사인 반하패션은 국내에서 손꼽히는 의류회사로서 소속 디자이너들에 대한 대우가 남다른 꿈의 직장 중의 한곳이었다.

"우리 거기 한번 응모해 볼까? 이번 공모전 수상자는 회사에서 팍팍 밀어주려나 봐. 반하패션에 취직은 물론이고 유학까지 보내준다 그러더라고. 그것도 프랑스랑 이태리로 보내준대."

희수의 말에 미래는 두 눈을 동그랗게 떴다.

"진짜?"

"그럼. 반하 같은 큰 기업에서 거짓말을 하겠니?"

"음. 알았어. 구미가 당기는데. 한번 알아보자."

미래의 말에 희수가 한껏 들뜬 목소리로 계획을 잡아가기 시작했다.

"알아볼 거 뭐 있어. 당장 시작하면 되지. 일단 기본 컨셉은 전화로 얘기하고 다음 주부터 일주일에 한 번씩, 만나서 밥도 먹고 디자인 의논도 하고. 어때?"

"나야 좋지!"

미래 역시 희수와 함께 공모전을 준비한다는 생각에 들뜨기 시작했다. 꼭 졸업 작품을 준비하던 1년 전으로 돌아간 기분이었다.

"그런데 우리에게도 기회가 올까? 요즘 잘나가는 유학파들이 너무 많아서 말이야."

"하긴. 유학 다녀온 애들이 세련되게 잘 만들기는 하지. 많이 보고 많이 만들어봤을 테니까."

덤덤한 미래의 말에 희수는 금세 풀이 죽어버렸다.

"부모 잘 만나서 호강하는 애들은 정말 부러워. 걔들이야 취업 걱정이 있겠어, 돈 걱정이 있겠어. 그냥 부모가 물려주신 재산으로 편하게 살면 되는 거지. 후우. 그렇지. 그래야 부가 대물림되고, 있는 것들은 자자손손 떵떵거리며 살고 그러지. 인도처럼 드러내 놓진 않아도 우리나라도 벌써 사회 계급이 생겼어."

희수가 한숨을 푹푹 내쉬며 말했다.

"예전에 수훈이가 그랬잖아. 공부 잘하는 년들은 예쁜 년들 못 따라가고, 예쁜 년들은 복 많은 년들 못 따라간다고. 사회 나와보니까 딱 맞아. 그 말이."

"그러게! 걔가 그런 말을 했네. 수훈이는 잘 지낸다고 그러지?"

졸업 패션쇼 내내 현재의 연락처를 묻던 수훈이를 떠올리며 미래가 물었다.

"몰라. 일본에서 디자인 공부는 안 하고 실컷 놀기만 했다던데. 이번에 귀국해서는 다큐멘터리를 찍는다나 뭐라나. 암튼 돈이 많으니 별짓을 다 해요."

희수가 부러움이 가득한 목소리로 대답했다.

졸업 작품전에서 현재에게 들이대며 자신의 모델이 되어달라 조르던 수훈은 이태리나 프랑스로 유학을 가는 친구들과 달리 일본으로 유학을 갔다. 그곳에서 실컷 놀고먹다 한국으로 돌아왔다는 소문이 파다하게 들리더니, 또 어느새 다큐멘터리 쪽으로 방향을 전환한 모양이었다.

"에잇! 짜증난다. 우리 소주 한잔할래?"

"소주는 없고 맥주는 있어."

미래는 냉장고에 있는 맥주를 꺼내주었다.

시골에 계신 부모님들에게는 세상 그 누구보다 자랑스러운 딸인 희수는 지독한 취업난을 뚫고 나갈 인맥도, 좋은 자리가 날 때까지 기다리며 견딜 재력도 없었다. 그래서 선택한 작은 회사를 좋아하면서도 부모님께 죄송해하는 희수의 마음을 미래는 어렴풋이나마 이해할 수 있을 것 같았다.

"자! 좀 더 나은 우리의 미래를 위하여!"

"위하여!"

조촐한 식탁에 앉아 파이팅을 외치는 희수와 잔을 부딪치며 미래는 정말 좀 더 나은 내일이 오기를 간절히 바랐다.

5. 따로 또 같이

희수와의 새로운 프로젝트로 전에 없이 바빠졌지만, 무엇인가를 기대하고 도전한다는 자체만으로도 미래의 생활에 활력이 넘치고 있었다. 출근과 공모전 준비를 번갈아 하느라 조금 피곤하기는 했지만, 전에 없이 컨디션이 좋은 하루하루를 보내고 있었다.

희수와 정기적인 만남이 있는 날, 약속한 카페로 나간 미래는 희수와 함께 앉아 있는 괴상한 헤어스타일의 남자를 보며 터져 나오는 웃음을 감추기 위해 일부러 인상을 잔뜩 찌푸렸다.

"뭐야? 박수훈! 네가 여긴 왜 왔어? 그 머린 또 뭐야? 폭탄 맞았니?"

"흥! 계집애. 내 헤어스타일이 부러우면 부럽다고 말을 하지 왜 시비니? 얄미운 계집애가 머리통은 겁나 작아. 재수 없게."

학과 동기, 박수훈이 캠코더를 들고 와 미래와 희수에게 번갈아가며 들이대기 시작했다.

"오희수! 저 괴상한 혹은 왜 달고 나온 거니?"

"너랑 나, 공모전 준비하는 과정을 다큐멘터리로 찍으시겠단
다. 역사에 길이 남을 위대한 다큐멘터리를 만들겠다나, 뭐라나."

"쯧쯧. 아주 지랄을 해요. 박수훈. 너 디자인은 아예 포기한 거
니?"

"포기가 아니라 아우르는 거지. 디자인의 역사를 남기는 거야.
코코 샤넬이나 디올처럼 그들의 기록을 영상으로 남겨놓으니 얼
마나 감동적이야. 나도 그런 시도를 해보려고 해. 혹시 알아? 너희
들이 나중에 유명한 디자이너가 되면 신인시절의 너희 모습을 담
아둔 내 작품이 겁나 호평을 받을지."

두 눈을 반짝이며 꿈을 꾸듯 말하는 수훈을 바라보던 미래와 희
수는 결국 참았던 웃음을 터트리고야 말았다.

"왜 웃어! 내 꿈을 비웃는 거야? 싸가지들!"

"아니. 아니. 넘 멋져서. 진짜 근사해."

"미래 말이 맞아. 박수훈! 너 넘 근사해. 완전 짱!"

수훈은 엄지손가락을 치켜세우는 미래와 희수를 보며 그제야
만족한 듯 고개를 끄덕였다.

"진작 그럴 것이지."

"근데 박수훈. 네가 멋져 보이는 것과 우릴 찍는 건 엄연히 다른
문제지. 우리 초상권은 누가 보장해 줄 거야?"

"맞아! 우리 출연료는? 사전 허락도 없이 막 찍어도 되는 거
야?"

두 사람의 공격에 수훈이 당황한 듯 머뭇거렸다.

"알았어. 그럼 얼굴은 모자이크로 해줄게. 됐어?"

"모자이크가 더 기분 나빠!"

"그럼 어쩌라고? 네깟 것들에게 출연료라도 줘?"

"헐! 네깟 것들?"

"네깟 것들이라니? 너 다큐 찍기 싫은 거지?"

동시에 소리를 지르는 미래와 희수를 보며 수훈이 낮은 한숨을 내쉬었다.

"좋아. 그럼 내 작업실을 대여하지. 너희 디자인 회의할 때마다 내 작업실을 빌려줄게. 이 계집애들! 더 이상은 양보 못해!"

빽 소리를 지르는 수훈을 보며 미래와 희수는 두 눈을 마주치며 다시 웃음을 터트렸다.

"나쁘지 않은 조건이네. 미래야, 어때?"

"나도 괜찮아. 찍는 걸 허락하마!"

두 사람의 대답에 수훈이 만족한 듯 고개를 끄덕였다.

"진작 그럴 것이지. 참! 송미래! 너 전에 그 모델, 그 모델 폰 번호도 좀 넘겨 봐. 걔도 좀 찍어둬야겠어. 나중에 겁나 유명한 모델이 될 것 같단 말이야."

"박수훈! 네가 아주 끝 간 데 모르고 설치지?"

"어머! 저년 질투하는 것 좀 봐! 너 그 어린 모델이랑 사귀냐?"

"이게 어디서? 야! 너 다큐고 뭐고 안 찍어줄 거야!"

"흥! 송미래! 미안하지만 넌 조연이야! 주연은 우리 희수라고. 희수 위주로 찍을 거니까, 나중에 네 분량이 많네, 작네, 우는 소리 하면 죽는다!"

"우리 희수? 이게 어디서 희수에게 들이대? 너 희수 좋아하냐?

절대 안 되니까 꿈 깨라!"

"송미래! 박수훈! 너희 둘 다 계속 싸울 거야? 일 안 해?"

티격태격, 말다툼을 벌이는 미래와 수훈을 보며 희수는 고개를 저었다.

아웅다웅 다투며 나누었던 인사가 끝나고 본격적으로 디자인을 연구하는 미래와 희수를 카메라에 담는 수훈의 얼굴도 점차 진지해지기 시작했다.

눈부신 햇살이 쏟아지는 정오 무렵, 오랜만에 여유로운 시간을 갖게 된 강 교수는 콧노래를 부르며 주방으로 들어섰다.

"아줌마! 오늘 메뉴는 뭐예요?"

"아유. 교수님 나오셨어요? 오늘은 콩나물국에 생선을 구우려고요."

"콩나물국에 생선이라고? 아유. 우리 아줌마 콩나물국 끓이는 솜씨는 최고지. 어쩜 그렇게 시원하게 끓여요? 뭔가 남다른 비법이라도 있어?"

강 교수의 칭찬에 주방에서 일하는 안 씨가 황송스러운 표정으로 고개를 저었다.

"남다른 비법이라뇨. 그냥 청양고추 넣고 깔끔하게 끓이려고 신경 쓰는 거밖에는 없어요."

"청양고추 넣고 깔끔하게? 그게 비법이었구나? 콩나물국 끓이는 건, 다음에 나도 한 번 도전해 봐야겠어."

"어유. 무슨 말씀을. 교수님같이 고운 분이 계셔야 할 곳은 주방이 아니라 학생들 앞이죠."

제법 말재간이 있는 안 씨가 강 교수의 비위를 맞춰가며 기분을 북돋아주었다.

"아줌마도 참……. 주스나 한 잔 줘요. 마시고 나가게."

안 씨의 아부가 싫지 않은 강 교수가 배시시 미소를 지으며 식탁에 앉았다.

"으흠흠흠흠~"

저절로 콧노래가 흘러나왔다. 요즘은 정말, 먹지 않아도 배가 부른 행복한 나날이었다. 숍의 성공적인 재기로 패션계에서의 그녀의 입지는 더 단단해졌고, 앞으로도 더욱더 탄력을 받을 예정이었다. 학과장님의 소개로 만나 재혼까지 하게 된 남편은 더없이 다정하고 부드러운 사람이었다. 게다가 의사인 남편은 선우그룹서 회장의 주치의였다. 덕분에 회장님의 사모님과 몇 번 인사를 하는 행운을 갖게 되었고 사모님께 선물해 드린 자신의 드레스를 아주 마음에 들어 한 덕에 사모님의 의상을 준비하는 명예를 거머쥐게 되었다.

어디 그뿐인가? 거기다 반하패션에서 주최하는 공모전의 자문위원이 되는 행운까지 얻었다.

"주스 어기 있어요."

"고마워요."

안 씨가 내온 주스를 한 모금 삼킨 강 교수가 여유롭게 인사를 했다.

더도 말고 덜도 말고 요즘만 같아라!

사업도 잘되고, 아들 상록도 점점 입지를 굳혀가고 있었다. 앞으로도 계속 이렇게만 가준다면 대한민국에서 손꼽히는 영향력을 가진 패션 디자이너가 될 것이라는 생각에 저절로 배가 불러왔다. 생각만으로도 더없이 행복해지는 강 교수였다.

"저 볼일 보러 나가요."

그녀가 주스를 다 마시고 일어날 즈음, 2층에서 내려오던 상록이 주방으로 얼굴을 들이밀며 말했다.

"출장 갔다 새벽에 들어와 놓고는 어딜 간다는 거니? 좀 더 쉬지 않고."

"미래 보러 가요. 다녀와서 쉴게요."

아들의 말에 강 교수의 얼굴 위로 못마땅한 기색이 드러났다.

"지극정성이구나."

"제가 잘해야죠."

"대체 걔는 무슨 복이라니. 너같이 멋진 남자가 이렇게 생각을 해주는데 고마운 줄도 모르고."

"어머니는…… 제가 뭐가 멋져요."

상록이 겸연쩍어하며 머리를 긁적였다.

"네가 어디가 어때서? 미래에 비하면 과분하다 못해 아주 넘치는구만. 아무튼, 얘가 주제도 모르고 배가 불렀어."

계속해서 미래를 탓하는 강 교수를 바라보던 상록이 인상을 찌푸리며 목소리를 낮추었다.

"어머니, 우리가 누리는 이 모든 것이 누구 때문인데 그런 말씀을 하세요?"

아들의 말에 강 교수의 얼굴이 딱딱하게 굳어갔다.

"넌 무슨 그런 소리를 하니? 우리가 누리는 것은 우리가 열심히 노력했기 때문이야. 앞으로는 그런 소리 하지도 말아라."

못마땅한 듯 중얼거리는 어머니를 보며 상록은 서둘러 집을 빠져나왔다. 점점 변해가는 어머니가 낯설게만 느껴졌다. 모든 사람은 자기 위주로 생각하게 된다. 그의 어머니도 그렇고 자신도 그랬다.

미래 덕분에 누리게 된, 처음에는 그저 신기하고 감사하던 모든 것이 어느 순간부터 당연하게 여겨지기 시작했다.

풍족한 삶과 품격 있는 생활들을 마치 처음부터 누려왔던 것처럼, 과거는 아예 잊어버린 것처럼 그렇게 생각되기 시작했다. 그가 그런 것처럼 어머니도 그렇게 된 것은 아닐까? 상록은 무거운 마음을 애써 떨쳐 내버리며 미래와의 약속 장소를 향해 차를 몰았다. 혼란스러운 그의 마음을 달래주기라도 하듯, 최고급 외제 승용차는 부드러운 승차감으로 그를 만족시키며 앞으로 나아갔다.

다행히 그가 먼저 약속장소에 도착했다. 카페테라스에 앉은 상록은 거리를 내려다보며 미래가 나타나기를 기다렸다.

운명적인 만남을 얘기하는 영화 속의 한 장면처럼, 신선한 바람이 불어오는 것과 동시에 미래의 모습이 보이기 시작했다. 한발 앞서 기을을 맞이하는 패션거리를 친친히 길어오는 미래를 보며 상록은 흐뭇한 미소를 지어 보였다.

하얀 티셔츠와 물 빠진 청바지를 입은 미래는 여전히 빛이 났다. 아니, 예전보다 더 아름다워졌다. 그래서 상록은 항상 불안했다. 언젠가 그가 누리는 이 모든 것들이 사실은 미래 자신의 것이었다는 것을 알게 되면 어떤 반응을 보일까? 모든 진실을 알게 된 미래가 그를 원망하고 미워하며 떠나 버릴지도 모른다는 생각이 들 때마다 가슴이 터질 것처럼 괴로웠다. 가슴속에 묻어둔 진실이 매일매일 상록을 짓눌렀다.

'정신 차려, 이상록! 미래가 사실을 알 리가 없잖아.'

점점 가까워지는 미래를 지켜보던 상록은 자꾸만 드는 불길한 기분을 날려 버리려 평소보다 더 밝게 웃으며 미래를 맞았다.

"인마! 너 다이어트하냐? 얼굴이 그게 뭐야?"

"고마워. 날씬해졌다는 칭찬이지?"

미래가 소리 없이 웃는다.

모처럼 쉬는 일요일, 집에서 쉬고 싶다는 미래를 상록은 억지로 불러냈다. 요즘 들어 점점 미래와의 거리가 멀어지는 느낌을 지울 수가 없었다. 시간이 지날수록 미래는 반짝반짝 빛이 나는데, 자신은 점점 시들어가는 느낌이 그를 불안하게 만들었다.

"그동안 잘 지냈냐?"

"그럼. 오빠도 얼굴이 환한 걸 보니, 아주 잘 지냈나 보다."

한 달에 반은 해외로 나가야 하는 출장이 문제였다. 사업이 점점 확장되고 한류의 영향으로 한국의 디자인까지 국제적인 주목을 받는 탓에 해외 판매에 눈을 돌린 이슈도 덩달아 바빠졌다. 그래서인지 좀처럼 미래와 함께 시간을 보낼 수가 없었다. 마음이 멀어지면 눈에서도 멀어진다고, 미래의 마음이 점점 멀게만 느껴지는 것을 상록은 참을 수가 없었다.

"출장은 잘 다녀왔어?"

"응. 덕분에. 넌 헤어스타일 바뀐 거 같다. 머리 손질했어?"

"와! 오빠 정말 귀신이네. 집에서 앞머리 조금 잘랐어."

상록은 미래의 긴 머리가 좋았다.

가만히 있어도 늘씬하고 예쁜 미래가 찰랑거리는 머리를 가지런히 묶고 다니다 보니 그를 위시한 남자들이 미래에게서 눈을 떼지 못한다. 정작 본인은 모르고 있지만.

"밥은 먹었어?"

"응. 아침에 가볍게 우유 한 잔 먹었어. 어제 넘 많이 먹어서 소화가 안 되더라고."

"어제?"

"요즘 시간 날 때마다 희수 만나거든. 어제는 오랜만에 쌈밥을 배불리 먹었어."

"그랬구나. 희수는 잘 있지? 둘이 뭐 배우러 다녀?"

"아니. 그럴 일이 있어."

별일 아니라며 웃는 미래를 보며 상록은 이유 없이 초조해졌다. 미래의 모든 것을 알고 싶지만, 미래는 자꾸만 비밀을 만들려고 한다. 어쩌면 이 모든 것들이 자신의 불안감이 만든 과장된 거리일 수도 있었다. 하지만 그런 허상을 만들어낼 정도로 상록은 미래와 가까워지고 싶었다.

"그래서, 어제 배불리 먹었다고 오늘은 굶은 거야?"

11시가 넘어가는 시계를 보며 그가 물었다.

"괜찮아. 배 안 고파."

"그러지 말고 같이 밥 먹자. 아! 우리 집 갈래? 오늘 저녁 메뉴가 갈비찜이랑 잡채라던데. 그거 점심때 해달라고 하자."

"오빠 집을?"

상록의 말에 미래는 난처해졌다.

어제저녁, 집으로 놀러 온 희수와 함께 현재를 위한, 아니, 정확하게는 현재 어머니를 위한 생일상을 차렸다. 미역국에 불고기, 겉절이와 과일을 배불리 먹고 나니 오늘은 별로 밥 생각이 없었다. 게다가, 상록과 그의 동생 리라와 함께 갈비찜을 먹을 상상을 하자 벌써부터 속이 거북해졌다.

"정말 배 안 고파."

미래가 작게 웃었다.

"그러지 말고 가자. 어머니도 너 요즘 고생이 많다고 따뜻한 집밥 한 번 먹여야 한다고 하시더라고."

거듭되는 상록의 제의를 더 이상 거절할 수가 없었다. 미래는 어쩔 수 없이 고개를 끄덕였고 상록은 미래의 마음이 변하기라도 할까 봐 재빨리 집으로 전화를 했다.

"어머니가 완전 환영한대. 너 얼른 데리고 오라고 하시네! 우리 어머니는 정말 너라면 꼼짝도 못하셔."

뿌듯함을 감추지 못한 상록이 자랑스럽게 말했다. 상록뿐만이 아니라 이슈에 근무하는 대부분의 사람들이 그렇게 말을 한다.

'강 교수님은 미래를 정말 예뻐하시나 봐.'

직원들에게 생전 따뜻한 눈길 한 번 보내는 법이 없는 분이 미래의 근황은 꼭 챙기고 관심을 기울였다. 이상하게도 예쁨을 받는 미래의 가슴에는 부담으로 와 닿는, 교수님의 그 특별한 사랑을 상록은 항상 과장되게 말하고는 했다.

"오빠 다음 주에 또 출장 가야 한다며? 이것저것 챙기느라 무지 바쁠 텐데. 괜히 나까지 가서 폐 끼치는 건 아닌지 몰라."

"인마! 너 그런 소리 하지 말라 그랬지?"

상록이 머리에 꿀밤을 먹이는 시늉을 하며 환하게 웃었다.

다음 주부터 열리는 파리 패션쇼에 참석차 프랑스로 떠나게 된 상록이 가기 전에 할 말이 있다며 만나자고 해서 나온 자리였다. 그런데 뜻하지 않게 교수님 집에서 밥까지 얻어먹게 생겼다.

「나 오늘 용돈 탔다. 내가 고기 사줄게. 기대해!」

아침에 온 현재의 문자메시지가 떠올랐다. 분명 훈련 마치자마자 달려올 텐데……. 잔뜩 기대하고 있을 현재가 마음에 걸렸지만, 미래는 별다른 내색 없이 상록의 차에 올랐다.

"참, 이거!"

차에 오른 상록이 뒷좌석으로 손을 뻗어 쇼핑백을 들어 올렸다.

"이게…… 뭐야?"

"지갑. 이태리에서 구입했어. 완전 따끈따끈한 신상. 어서 열어 봐!"

"으응."

주저하듯, 미래가 포장을 풀었다.

"예쁘네."

이태리에서 비싼 돈을 주고 구입한 명품 지갑을 물끄러미 내려다보며 미래가 어색하게 웃었다.

"맘에 들어?"

"응."

"앞으로 이거 들고 다녀."

"으응."

마지못해 고개를 끄덕이는 미래를 보며 상록의 얼굴에 실망스러운 기색이 보였다. 기뻐 비명을 지르지는 않더라도 최소한 놀라기라도 할 줄 알았을 텐데 뜨뜻미지근한 미래의 반응이 마음에 들지 않을 수도 있을 것이다.

"리미티드 에디션이야. 이거 사려고 2시간이 넘게 줄을 서야 했어."

칭찬을 바라는 아이처럼 상록이 계속 설명을 이어갔다.

"아이고. 그런 수고를."

미안함을 이기지 못해 멋쩍게 중얼거리는 미래를 보며 상록이 고개를 흔든다.

"수고는 무슨. 너에게 줄 생각을 하니까, 기분이 아주 좋았어."

교과서에 나오는 착한 남자 친구처럼 상록이 성실하게 대답을 했다.

휴, 미래는 자신의 손에 들린 지갑을 보며 낮은 한숨을 내쉬었다. 어쩌면, 서현재와 똑같은 디자인의 지갑을 사왔을까? 현재는 분명 면세점에서 세일하는 제품을 사왔다고 했는데. 상록은 갓 나온 따끈따끈한 신상이란다. 정직한 상록이 거짓말을 할 리는 없고, 비싼 신상을 사왔다고 하면 잔소리 들을 것이 틀림없다고 판단한 현재가 거짓말을 했을 확률이 높았다.

서현재! 어린것이 돈을 팍팍 쓰지? 집에 가서 보자.

미래는 혼잣말을 중얼거리며 가방을 꼭 움켜쥐었다. 가방 속에 얌전히 들어 있는 지갑이 밖으로 튀어나오는 것을 막기라도 하듯.

"참! 이번 출장은 어땠어?"

"이번 출장……? 완전 고난의 연속이었어. 출발 비행기 시간부터 연착이 되더니 파리 도착해서는 짐이 바뀌어서 고생하고, 호텔 예약 건도 잘못되어 있고. 아주 처음부터 끝까지 배배 꼬여서는……."

화제를 전환하기 위해 꺼낸 질문에 상록은 성실히 대답을 했다. 출장 이야기를 나누며 20분 정도를 더 달린 사이 드디어 강 교수님의 집이 눈앞에 나타났다.

몇 년 전, 조용히 재혼을 하신 강 교수님은 같은 학교의 교수이자 의사인 남편과 함께 근사한 정원이 딸린 대저택으로 이사를 했다.

"새로 이사한 집은 처음이지?"

"응."

상록의 물음에 미래는 고개를 끄덕였다.

"두 분이 노년을 보내시려고 아주 큰맘 먹고 지은 집이야. 나는…… 내 개인적인 바람은, 우리도…… 이곳에서 알콩달콩하게 함께 사는 거야."

상록이 기대에 찬 눈으로 미래를 바라보았다.

"오빠…… 난 아직……."

"알아. 그냥 내 바람이 그렇다는 거야. 난…… 네 마음이 확실히 정해질 때까지, 언제든 기다릴 준비가 되어 있어."

상록이 옅은 웃음을 지으며 점잖게 말했다.

"자, 여기서 이럴 게 아니라 어서 들어가자."

미래는 상록을 따라 드넓게 펼쳐진 잔디밭과 잘 가꾸어진 정원을 지나 거대한 저택 안으로 발을 들였다. 마치 초대받지 못한 파

티에 들어가는 것처럼 마음이 불편했지만, 함께한 상록은 아무것
도 눈치채지 못한 듯 신이 나 있었다.

"어머니! 미래 왔어요."

상록의 들뜬 목소리가 현관을 지나 주방까지 들려왔다.

"교수님! 아드님 오셨나 봐요."

뜨거운 열기가 가득한 주방에서 부산스럽게 음식을 담고 있던
도우미 안 씨가 강 교수의 눈치를 살피며 조심스레 언질을 주었
다. 아침에는 싱글벙글 웃으며 콧노래까지 흥얼거리더니 아들이
여자 친구와 함께 들어온다는 말에 인상을 잔뜩 찌푸리며 내내 뚱
해 있는 중이었다.

도무지 종잡을 수가 없는 저 변덕. 돈이 많고 많이 배웠다고 해
서 다 훌륭한 사람은 아니라는 것을 진작 알고 있었지만, 이 집 안
주인은 보통 사람들보다 좀 더 유별난 사람이었다.

"아줌마! 우리 식구 다 고혈압 만들고 싶어요?"

안 씨가 끓인 국을 맛본 강 교수가 날카로운 목소리로 물었다.

"네?"

뜬금없는 질문에 놀란 안 씨가 되묻자, 강 교수가 어이없다는
듯 코웃음을 쳤다.

"국이 짜잖아. 물 더 부어요."

"아, 네 죄송합니다."

안 씨가 냄비에 물을 반 컵 정도 더 붓자, 강 교수가 숟가락을
넣어 휘휘 젓더니 다시 간을 보다 인상을 찌푸렸다.

"아줌마! 지금 장난 쳐요?"

"네? 아직도 짜요? 물 더 부을까요?"

쩔쩔매는 안 씨를 보며 강 교수가 고개를 옆으로 돌리며 혀를 찼다. 사람을 무시하는 듯한 저 표정……. 안 씨가 제일 싫어하는 강 교수의 표정 중 하나이다.

"이 아줌마가 정말. 아줌마 바보예요? 그렇게 눈대중이 없어?"

"죄송합니다. 물 더 넣을게요."

"아휴. 답답해. 맛을 봐요. 보면 알잖아."

강 교수의 말에 안 씨가 급히 맛을 보았지만, 그녀의 입맛에는 아무런 이상이 없었다.

"저, 전 괜찮은 것 같은데."

"이게 괜찮아? 아줌마 정말 미각을 잃은 거 아냐? 이게 어떻게 괜찮아? 너무 싱겁잖아. 이렇게 엉망인 솜씨로 어떻게 남의 집에……. 휴! 됐어요. 그만둡시다. 밥이나 퍼요."

강 교수의 깔보는 눈초리에 무안해진 안 씨는 고개를 숙이며 뒤돌아섰다. 자주는 아니지만 한 번씩 터지는 저 성격! 직업소개소 사람들은 인품도 훌륭하고 보수도 후한 강 교수의 집에서 일을 하는 안 씨가 복이 많다고 말을 하지만, 그것은 강 교수를 잘 모르는 사람들의 말이었다.

겉으로는 다정하고 부드러운 것 같지만, 애석하게도 자신의 기분이 좋을 때만 착하게 구는 사람이었다. 기분이 나쁠 때면 입안에 칼이 달린 사람처럼 날카로운 말들을 쏟아댔다. 그런데 문제는 강 교수의 기분이 도무지 종잡을 수가 없는데다, 불행히도 기분이 좋은 날보다 나쁜 날이 월등히 많다는 것이 문제였다.

안 씨뿐만 아니라 운전을 하는 김 기사 역시 마찬가지였다. 이 집에서 아침을 맞이할 때마다 제일 먼저 살피는 것은 오늘의 날씨가 아니라 강 교수의 기분이어야 한다며 신세를 한탄하고는 했다.

"어머니! 미래 왔어요!"

또다시 들리는 상록의 목소리에 강 교수가 혀를 차는 소리가 들려왔다. 불똥이 자신에게 튀지는 않을까, 안 씨는 낮은 한숨을 내쉬며 숨을 죽여야 했다.

"모자란 팔푼이 같은 놈."

뒤돌아서서 밥을 푸고 있는 안 씨가 듣지 못하도록 강 교수가 낮은 목소리로 중얼거렸다. 배알도 없는 녀석. 미래는 가만히 있는데 저 혼자 좋아서 저러지. 어디 한군데 부족함이 없는 아들이 미래에게 왜 저렇게 쩔쩔매는지 도무지 이해가 되지 않았다.

하지만 어쩌겠는가? 급한 놈이 우물 판다고. 혹시라도 미래가 아들인 상록 말고 다른 놈과 눈이라도 맞게 된다면 십 년 불공이 도로아미타불이 되어버리는 것이다. 그러니 어쩔 수 없이 미래의 기분에 맞춰야 했다.

결혼만 해봐. 그냥…….

상상만으로도 즐거운지, 강 교수의 입술 끝이 심술궂게 올라감과 동시에 요란스럽게 현관문이 열리는 소리가 들려왔다.

"어머나! 왔구나!"

내내 떫은 감 씹은 표정이던 강 교수는 언제 그랬냐는 듯, 인자한 미소를 지어 보이며 아들과 미래를 맞았다.

"갑자기 찾아와서 죄송합니다."

미래가 허리를 굽히며 공손히 말했다.

"무슨 소릴. 우리 미래는 언제나 환영이지. 배고프지? 엄마가 너 주려고 갈비 재웠다."

"감사합니다, 교수님."

"우리끼리 있을 때는 그렇게 부르지 말라 그랬지? 집에서는 그냥 편하게 엄마라고 불러."

나이도 어린 아이가 사랑을 받으려면 먼저 예쁜 짓을 해야 하건만 얘는 어쩌면 이렇게 뻣뻣할까? 강 교수는 자신에게 거리를 두는 미래를 탐탁지 않은 눈으로 바라보았다. 제 엄마가 죽고 자신이 보호자가 된 지 벌써 8년이 되었건만, 여전히 거리를 두는 미래가 못마땅했다. 쯧쯧. 저렇게 융통성이 없으니 누군들 예뻐하겠어. 생각 같아서는 며느리고 뭐고 인연을 끊고 살았으면 했지만, 겉으로 티를 낼 수는 없었다. 자신은 끝까지 미래의 좋은 보호자가 되어야 했다.

"아이참, 어머니도. 수줍음 많은 미래가 엄마라는 말이 그렇게 쉽게 나오겠어요?"

평소에는 듬직하고 믿음직스럽다가도 미래의 앞에만 서면 팔푼이가 되는 아들이, 제 딴에는 위한답시고 미래의 편을 들었다. 멍청한 놈. 네가 그럴수록 미래와 내 사이는 더 나빠지는 거야. 강 교수는 한심하게 구는 아들에게 속으로 욕을 퍼부으면서도 겉으로는 다정한 엄마 미소를 지어 보였다.

"그런가? 부담 줘서 미안해, 미래야!"

"아니에요. 제가 너무 무뚝뚝해서. 죄송합니다."

"어머나. 네가 죄송할 게 뭐가 있어. 내가 잘 챙기지 못해서 네가 거리감을 느끼는 것을."

"거리감이라니요. 아니에요."

"아냐? 그럼 됐고. 항상 하는 말이지만, 난 너를 내 딸처럼 생각하고 있어. 그러니까 부담감 가지지 말고 친엄마처럼 대해줘. 알았지?"

차가운 눈빛과 달리 다정하게 미소 짓는 강 교수를 보며 미래는 가슴이 답답해져 오는 것을 느꼈다. 도대체 교수님의 속마음은 뭐예요? 정말 저를 그렇게 생각하시는 거예요? 솔직하게 묻고 싶었던 적이 한두 번이 아니었지만, 한없이 친절을 베푸는 강 교수님을 의심하는 듯한 질문을 대놓고 할 수도 없는 노릇이었다.

그때였다. 이층 계단에서 쿵쾅거리며 내려오던 발걸음 소리가 뚝 멈추더니 날카로운 목소리가 거실 전체를 울리기 시작했다.

"쟤는 왜 불렀어? 우리끼리만 식사하는 거 아냐?"

강 교수의 딸 리라가 인상을 잔뜩 찌푸리며 미래를 쏘아보았다.

"이리라! 너 언니에게 그게 무슨 말버릇이야!"

"리라야! 그럼 못 써. 어서 인사해."

강 교수와 상록이 동시에 소리쳤지만 눈썹 하나 까딱하지 않는 리라였다.

"피. 다들 송미래만 예뻐하지?"

리라가 입을 비죽이며 투덜거린다.

남들은 안하무인에다 버릇이 없다고 수군거리지만, 정작 강 교수는 한 번도 그런 생각을 하지 않는 듯했다. 그녀의 눈에 리라는 그저 애틋하고 귀여운 막내딸일 뿐이었다.

"저게. 버릇이 없어서. 미래야, 미안하다. 내가 대신 사과할게."

"이리라! 너 언니에게 그런 말 하면 못 써!"

미안해하는 상록과 달리 강 교수는 사랑이 듬뿍 담긴 눈빛으로 리라에게 눈총을 주었다. 그녀에게 리라는 사랑하는 딸이자, 자신이 누리지 못한 젊은 시절을 대신 누려주는 또 다른 자신이었다.

지긋지긋하게 가난하던 시절, 몸서리치게 싫었던 그 시절 코흘리개 라는 남들이 주는 옷만 받아 입었었다. 딸을 가진 친구들이 챙겨주는 옷과 신발, 그들이 웃으며 건네주는 가방과 인형들을 아무렇지 않은 듯, 소박하고 검소함을 가장하며 고맙게 웃으며 받아야 했었다.

착하지만 무능했던 전남편은 밤낮을 가리지 않고 미친 듯이 일을 해 박사과정을 밟는 그녀를 뒷바라지했지만, 그것이 전부였다. 그의 아내로 사는 동안 강숙희는 항상 비참하고 궁색했었다.

"쟤가 마음은 천사처럼 고운데, 괜히 투정 부리느라 그래. 알지?"

숙희의 말에 미래가 어색하게 웃었다.

아! 온몸으로 느껴지는 이 희열이란⋯⋯.

제까짓 게 웃지 않으면 어쩌겠어? 자식 교육 똑바로 시키라고 따지겠어? 숙희는 터져 나오는 만족감을 애써 감추며 우월한 눈으로 미래를 바라보았다. 이제는 사정이 달라졌다. 상황이 역전된 것이다. 이제 자신의 딸에게 물건을 물려주었던 팔자 좋은 딸들 중 하나였던 송미래는 자신이 주는 월급을 받으며, 자신의 지시와 명령에 따르고 있었다.

취직을 위한 추천서를 써주마, 약속해 놓고 지키지 않은 것도 이런 시간들을 조금 더 누리고 싶은 이기심 때문이었다.

"교수님! 식사 준비 다 되었습니다."

때마침 나타난 도우미 안 씨의 말에 그들은 다같이 식탁에 앉앉다.

밥을 먹는 내내 반찬이 짜다, 싱겁다, 냄새가 난다며 리라는 투덜거렸고, 상록은 미래를 배려하며 이것저것을 권했다.

"많이 먹어라, 미래."

아무 말 없이 밥을 먹던 강 교수가 미래의 앞으로 잡채 그릇을 밀어주며 말했다.

"네. 감사합니다."

미래는 작게 미소를 지으며 잡채를 향해 젓가락을 뻗었다.

"네 입맛에 맞춘다고 신경을 쓰긴 했다만……. 어떠니?"

"맛있어요."

"다행이구나."

강 교수가 고개를 끄덕였다.

"웃겨! 그럼 쟤 입맛에 맞춘다고 음식을 이렇게 싱겁게 했단 말이야? 짜증나서 증말."

리라가 미래를 노려보며 투덜거렸다.

"쯧쯧. 앞으로 새언니가 될 미래에게 그렇게 버릇없이 굴 거야?"

강 교수가 버릇없는 딸을 부드럽게 나무랐다.

"우리 상록이와 결혼하면 네가 많이 가르쳐 줘라. 알겠지? 잡채가 입에 맞니? 어째 잡채만 먹는구나. 아줌마! 여기 잡채 좀 더 줘요."

강 교수의 지시에 미래의 앞으로 수북이 쌓인 잡채 그릇이 다시 놓여졌다.

"많이 먹어라! 우리 미래."

"교수님도 어서 드세요."

"난 내가 먹는 것만 봐도 배가 불러."

식사를 하는 내내 강 교수의 시선이 미래를 따라다녔다.

"하여간, 우리 어머니는 미래라면 끔찍하셔."

"그럼. 난 솔직히 너보다 우리 미래가 더 믿음직하고 의지가 되는구나."

옆에 있던 상록의 말에 강 교수가 대답했다.

"흥! 두 사람만 그렇게 느끼지, 쟤는 안 그럴걸? 고마운 줄도 모르고 말이야. 너 솔직히 말해봐? 우리 집에 오는 거 싫지?"

리라의 말에 두 사람의 시선이 미래에게 쏠렸다. 정말 그런 건 아니지? 의아한 듯 쳐다보는 강 교수님과 설마 그럴 리가 없다는 듯 바라보는 상록, 그리고 시종일관 노려보는 리라까지. 미래로서는 얼굴이 달아오를 정도로 불편한 시간이었다.

"아니에요. 초대해 주셔서 정말 감사하게 생각하고 있어요."

미래의 대답에 강 교수가 만족한 얼굴로 고개를 끄덕였고 상록은 미래의 손을 꼭 잡아주었다.

불편해. 미래는 자신의 손을 꼭 잡은 상록의 손을 바라보며 그가 어서 손을 놓길 바랐다. 다행히, 억지로 손을 빼기 전에 그가 손을 놓아주었다.

"두 사람. 참 보기 좋구나! 엄마는 너희 두 사람이 어서 가정을 꾸렸으면 소원이 없겠다. 아들! 어서 좋은 소식을 들려다오."

강 교수의 말에 상록이 겸연쩍은 듯 헛기침을 했다.

언제나 이런 패턴이었다. 미래는 강 교수님의 집에서 식사를 하면 항상 소화제를 먹어야 했다.

"참! 이리라! 네 연애사업은 어떻게 돼가냐?"

화제를 전환하기 위해서인지 상록이 야채를 끼적거리던 리라에게 물었고, 대화의 주제가 자신으로 바뀌자 리라는 만족한 듯 순순히 대답을 했다.

"열심히 밑밥을 놓고 있어. 조금만 기다려 봐."

"글쎄다. 기다린다고 될까?"

"되지 왜 안 돼? 두고 봐! 내가 기필코 내 남친으로 만들고 말 테니."

"내가 보기에 그 친구는 하나도 관심이 없는데 너 혼자 그러는 거 아니냐?"

"웃겨! 아니거든!"

약 올리듯 말하는 오빠를 노려보던 리라가 자리를 박차고 일어나 밖으로 나가 버렸다.

"쯧쯧. 하나밖에 없는 동생 좀 그만 놀려먹어."

식사 예절이 엉망인 딸 대신, 아들을 나무라며 강 교수가 혀를 찼다.

"발끈 토라지는 게 귀여우면서도 재밌잖아요. 그런데 대체 어떤 놈이 우리 리라를 저렇게 애태우는 겁니까?"

"리라가 그럴 만한 집안의 아드님이야. 너도 다음에 인사라도 해두는 게 좋을 게다."

강 교수의 말에 상록이 고개를 끄덕였다.

"아주 대단한 집안의 아들인가 봐요."

"그래. 미래도 있으니 리라 얘기는 나중에 하자꾸나. 미래, 식사 마쳤으면 이만 일어날까?"

"네."

"그래. 그러자꾸나. 차는 거실에서 마시도록 하자. 내 긴히 할 얘기도 있고."

강 교수가 부드럽게 웃으며 미래를 바라보았다.

불편한 식사가 끝이 났다. 미래는 상록의 안내로 벽면 전체가 통유리로 되어 있는 커다란 거실로 자리를 옮겼다. 엄청나게 큰 크림색 가죽 소파가 라운드처럼 펼쳐져 있는 거실은 디자이너인 강 교수님의 뛰어난 감각처럼 세련되고 값비싼 가구들로 가득 차 있었다.

"미래야! 상록아! 이것 좀 봐라."

뒤늦게 거실로 나온 강 교수가 차와 함께 팸플릿을 내밀었다. 강이 내려다보이는 전망 좋은 아파트를 소개한 얇은 책자가 미래의 앞에 놓였다.

"이게 뭐예요?"

"뭐긴 뭐야. 마침 괜찮은 아파트가 났기에 너희랑 같이 가서 보려고 챙겨놨지."

가뜩이나 소화가 되자 않는 판국에 강 교수의 말은 정말 체할 듯이 미래의 가슴을 답답하게 만들었다.

"그게 무슨……."

"너희도 참! 언제까지 이렇게 연애만 할 거야. 이제 슬슬 결혼 얘기가 오갈 때가 되지 않았니?"

"어머니! 미래는 아직……."

상록이 미래의 눈치를 보며 강 교수를 만류했다.

"서로 호감 있겠다, 뭐가 문제야? 내 생각은 내년에 결혼식을 올렸으면 하는데."

"저흰 아직……."

"결혼이 너무 이르니? 그럼 약혼 먼저 하고 둘이 같이 유학을 가도 되고. 유학 마치고 돌아와서 이슈를 함께 꾸려가면 얼마나 좋아."

강 교수가 생글거리며 말했다.

도대체…… 이 상황은 뭐지?

미래는 난처해하며 상록을 바라보았다. 그에게 사귀자는 말을 듣기는 했지만, 자신은 아직 대답을 하지 않은 상태였다. 물론 결혼을 하게 된다면 상록과 할 가능성이 높았지만, 아무것도 확실한 것은 없었다.

지금 그녀는 자신만의 경력을 쌓고, 좀 더 나은 디자이너가 되겠다는 바람 외에는 그 어떤 꿈도 꾸지 않았다. 그런데 결혼이라니. 미래는 당황스러운 눈빛으로 상록을 바라봤고, '미안!' 이라며 중얼거리는 상록을 보며 낮은 한숨을 내쉬었다.

"내 생각은 그렇다. 미래 네가 공부를 더 하고 싶다면 상록이와 함께 유학을 가는 것도 나쁘지 않을 것 같아. 석사과정 밟으면서 충분히 결혼 생활을 할 수 있을 것이고, 상록이가 도우면 너 공부하는 것도 훨씬 더 나을 테니……."

강 교수가 계속 말을 이어갔다.

"엄마, 미래 부담 되게 왜 그래요?"

"너희가 헤어질 것도 아니고 어차피 남녀가 사귀다 보면 결혼도 해야 하고 그런데 괜히 미룰 필요가 뭐 있어? 미래 네 생각은 어떠니?"

"너무 갑작스러워서요. 저흰 아직 정식으로 사귀는 것도 아니고."

고집스럽게 밀어붙이는 강 교수에게 미래가 조심스레 의견을 말했다.

"어머나! 사귀는 게 뭐 별거니? 같이 밥 먹고, 영화 보고, 데이트하고. 이렇게 집에 와서 식사하고 그게 사귀는 거지. 안 그래? 아들?"

무안함에 어쩔 줄 몰라 하는 상록을 보며 강 교수가 부드럽게 말했지만, 그 눈빛은 적잖이 당황한 듯했다.

"그래도 결혼 얘기는 너무 이른 것 같아요. 조금 더 신중히 결정하고 싶습니다."

"물론 그래야지. 인륜지대사를 그렇게 쉽게 정할 수는 없을 테지. 그런데 미래, 설마 우리 상록이와 결혼하기 싫은 건 아니지?"

강 교수의 얼굴에 어색한 미소가 떠올랐다.

"너무 갑작스러워서……."

"미래 말이 맞아요. 어머니! 왜 그래요? 나도 놀랐는데, 미래는 얼마나 놀랐겠어요?"

"알았다. 그럼 빠른 시간 안에 결정 내서 알려다오."

딱딱하게 굳은 아들의 말에 강 교수가 겨우 한발 뒤로 물러섰다.

약 1시간 뒤, 강 교수의 집을 나서며 미래는 겨우 한숨을 내쉬었다.

"엄마 말, 너무 신경 쓰지 마! 원래 우리 엄마 스타일이 그렇잖아. 널 딸처럼 편하게 생각하시니까 그러는 거야."

집으로 데려다 주는 길에 상록이 미안한 듯 말했다.

"응."

"그래도 아주 신경을 쓰지 말란 말은 아니야. 나 파리에서 돌아오면 그때 대답해 줄래?"

"그럴게."

미래는 작게 한숨을 내쉬었다.

띵!

엘리베이터 문이 열렸다.

미래는 각진 네모 상자를 벗어나 긴 복도를 천천히 걸었다.

현재는 들어왔을까? 고기 먹으러 가자고 신이 나서 초인종을 누르다, 대답 없는 문을 원망스럽게 쳐다보며 어깨를 늘어뜨린 채 돌아섰겠지. 어쩌면 동하를 불러서 함께 나갔을지도 몰랐다.

누나에게 배신당했다며 투덜거리면서도 상추쌈을 싸서 맛있게 먹고 있을 현재를 떠올리며 걷던 미래가 우뚝, 걸음을 멈추어 섰다.

현재다!

서현재였다.

자신의 집 앞에 앉아 있는 커다란 형체의 주인공은 서현재가 틀림없었다. 두 눈을 꼭 감은 채 덩그러니 앉아 있는 현재의 머리가 물에 젖어 있다. 샤워를 하고 말리지도 않은 모양이다. 감기 걸리면 어쩌려고.

깨울까 하다 곤하게 자는 모습에 마음을 바꾸었다. 하얗고 뽀얀 현재의 얼굴을 한참 동안 바라보던 미래가 조심스레 손을 뻗었다. 매끄러운 피부를 살짝 만져 보고 싶었는데 불과 몇 센티를 남겨놓지 않고 그에게 손목이 잡혀 버렸다.

"왔어?"

그가 눈을 감은 채 속삭이듯 말했다.

"응."

"늦었네."

"응."

"저녁은?"

"먹었어. 너는?"

미래가 들리지 않을 만큼 작은 목소리로 속삭였다.

"나도."

짧게 말하며 그가 눈을 떴다. 웃고 있지만, 핼쑥해 보이는 얼굴과 맥없는 대답이 그가 거짓말을 하고 있다는 것을 말해주고 있었다.

"라면 끓여줄까?"

그녀의 말에 그가 고개를 흔들었다. 콩, 그녀의 어깨에 가볍게 이마를 걸친 그가 속삭이듯 말했다.

"얼굴 보니까 참 좋다."

"무슨 일 있었어?"

"아니. 아무 일도 없었어. 오늘은 피곤해서 일찍 자야겠다."

"그래. 가서 자."

"응. 잘 자!"

천천히 일어선 그가 자신의 집으로 걸어갔다. 느릿느릿, 다리를 끌며 걷는 모양새가 평소와 달리 부자연스러워 보였다. 또 기합을 받았나? 얼마나 다친 거지? 약이라도 들고 가야 하나 고민하던 미래는 그가 평소와 달리 한 번도 돌아보지 않고 가고 있다는 사실을 깨달았다.

……오늘은 정말 안 좋은 일이 있었나 보네. 현재를 불러 물어볼까 잠시 고민하던 미래는 곧 마음을 바꿔먹고 집으로 향했다. 미래 역시 현재 못지않게 너무나 피곤한 하루를 보냈기 때문이다.

집으로 돌아온 현재는 여기저기 피멍이 든 몸을 침대에 뉘었다. 온몸이 쑤시고 아프지 않은 곳이 없었지만, 그나마 다행인 것은 미래가 아무것도 눈치채지 못한 것이다.

얼굴을 보호하길 잘했어.

현재는 혼잣말을 중얼거렸다. 싸우는 와중에도 얼굴을 신경 썼다. 만약 얼굴에 멍이 들었다면 미래는 틀림없이 눈치를 챘을 것이다. 피 튀기는 혈전으로 호프집 하나가 박살이 났지만, 그의 배경과 만만치 않은 박기영의 집안 탓에 다행히 조용히 해결이 되었다.

그날 오후, 유도부 주장과 부주장, 박기영 선배와 동하, 현재 이렇게 다섯 명이 호프집에 모여 간단히 술을 마셨다. 내키지 않는 자리였지만, 선배들의 권유를 매번 거부할 수가 없었다.

"자식. 너 요즘 새로운 여자한테 작업 중이라며?"

부주장이 꺼낸 말이 문제의 시작이었다.

"후후. 소문 들으셨습니까? 조금만 기다려 주십시오. 조만간 인사시키겠습니다."

남자답게 잘생긴 기영이 호기롭게 말했다. 운동도 잘하지만, 여자 다루는 솜씨가 워낙 좋아 유도부 내의 연애상담을 도맡고 있는 기영이었기에, 어려움이 있는 연애 초보들은 선배나 후배 할 것 없이 다들 기영을 찾아 상담을 했다. 누구나 알아주는 유도 명문가 집안에 그런 능력까지 있다 보니, 기영은 남달리 거만한 성격의 소유자이기도 했다.

"뭐야? 박기영. 너 또 연애하냐?"

"연애는 아니고, 지금 썸 타는 중입니다."

"미친놈. 운동이나 열심히 하지."

주장이 재밌다는 듯 웃으며 끼어들었다.

"기영이 이놈, 요즘 올인하는 여자가 옷 만드는 여자라네."

"옷 만드는 여자가 아니라 디자이넙니다."

부주장의 말에 기영이 한입에 술을 털어 넣으며 말했다.

"자식, 능력도 좋지."

"놔둬라! 그러는 거 하루 이틀도 아니고. 그리고 모름지기 여자란 많으면 많을수록 좋은 거 아니냐?"

부러워하는 부주장을 보며 주장이 너그럽게 말했다.

"서현재. 여동하! 너희 둘은 사귀는 여자 없어? 둘 다 얼굴이 반반해서 여자깨나 울리겠구민."

"아직 없습니다."

"혼자 좋아하는 여자는 있습니다."

동하와 현재가 동시에 대답했다.

"우와! 서현재. 너처럼 생긴 놈도 짝사랑을 하는 거냐?"

"주장님, 모르는 말씀 마십시오. 여자는 얼굴로 꼬시는 게 아니라 힘과 기술로 꼬시는 겁니다."

기영이 자랑스럽게 말했다.

평소 자신의 연애담을 적나라하게 떠벌리고 다니며 잘난 체를 일삼는 기영을, 현재와 동하는 좋아하지 않았다. 기영은 틈만 나면 여태 사귀었던 여자들을 어떻게 꼬드겨 잠자리를 같이했고, 그후로 흥미를 잃은 여자들을 어떤 방식으로 떼어냈는지를 자랑 삼아 떠벌리곤 했었다. 저런 남자들은 여자들에게도 밥맛이겠지만, 남자들 세계에서도 상종하기 싫은 인간이었다.

"그런데 이번 여자는 녹록지가 않습니다."

"오호. 맘에 드는 여잘세. 그래서 포기하는 거냐?"

"아닙니다. 두고 보십시오! 제가 꼭 꼬시고 말 겁니다."

"그럼. 세라는? 걔랑은 완전 쫑 난 거냐?"

주장이 기영의 전 여자 친구를 들먹였다.

"세라가 누굽니까? 주장님께서 키우는 개 이름입니까?"

진짜 개 같은 인간. 딴에는 농담이라고 되도 않는 소리를 의기양양하게 지껄이는 기영을 현재는 무표정하게 쳐다보았다.

"어허. 엊그제까지만 해도 좋다고 지랄을 하더니. 하긴, 얼굴이랑 해 다니는 것 보면 순진한 앤 아닌 것 같더라."

"그래서 말입니다. 이번 여자는 완전 청순합니다. 그런데 몸매는 또 은근히 글래머입니다. 피부도 완전 예술이고 말입니다."

"오홀, 흔히 말하는 베이글녀? 완전 궁금해진다. 그 여자 일하는 곳이 어디냐? 가면 만날 수 있나?"

"네. 저도 옷 사러 가서 만났습니다. 학교 앞, 사거리에서 우체국 방향으로 쭉 가다 보면 이슈라고 유명 디자이너 숍이 있습니다. 거기에서 일합니다."

"그래? 이름이 뭐냐?"

"송미래. 송미랩니다. 혹시 가시면 제가 보내서 왔다고 하십시오. 그리고 제 칭찬도 좀 하시고요. 잘하면 DC도 해줄 겁니다."

"그 여자 이름이 송미래냐?"

"네. 이름도 기가 막히게 예쁘지 않습니까?"

기영의 말에 현재와 동하가 약속이라도 한 듯 벌떡 일어났다.

현재와 동하는 딱딱하게 굳은 얼굴로 기영을 노려보았고, 시시덕거리던 기영은 분위기가 심상치 않은 것을 느끼고 이맛살을 찌푸렸다.

"뭐야? 서현재, 여동하!"

"이것들이 선배 계시는데 버릇없이 왜 이래?"

주장과 부주장이 인상을 일그러뜨리며 현재와 동하를 노려보았다.

"죄송합니다, 선배님. 일단, 좀 패고 나서 말씀드리겠습니다. 용서하십시오."

현재의 말이 떨어지자마자, 동하가 테이블을 뒤집어엎었다.

"이 새끼들이 미쳤나?"

깜짝 놀란 기영이 빈격을 시작했다.

그들은 모두 유도 선수였다. 그것도 현역 국가대표 선수와 그에 못지않은 기량을 가진 현재와 동하의 싸움에 호프집은 순식간에 아수라장이 되어버렸다.

"악! 악! 이게 뭐야?"

호프집 안으로 의자와 테이블이 날아다녔다. 급기야 싸움을 말리려던 주장과 부주장까지 엉켜 붙는 바람에 패싸움이 되어버렸다.

정신없던 싸움은 출동한 경찰에 의해 끝이 났다.

미래를 들먹이던 기영의 위에 올라타 끝까지 주먹을 날리던 현재는 경찰봉으로 어깨를 몇 차례나 맞았지만 물러서지 않았고 급기야 비껴간 경찰봉이 현재의 팔로 떨어져 팔목에 금이 가버린 것도 모른 채 그렇게 광기를 부리고 있었다.

한밤중의 병원 응급실은 시장판처럼 소란스러웠다.

근처 주점에서 일어난 깡패들 간의 집단 패싸움 때문에 병원으로 실려온 덩치들이 여기저기 흩어져 치료를 받으며 거친 욕설과 비명을 질러대고 있었고 경찰과 의료진과 깡패들이 뒤섞인 가운데 병원 전체가 들썩거렸다. 그 소란의 와중에 현재와 동하도 섞여 치료를 받고 있었다.

"그러니까 얼마 뒤에 시합이 있으니 대충 치료해 달라?"

여기저기 뛰어다니며 응급 치료를 하던 레지던트 3년 차 의사가 현재의 아래위를 훑어보며 물었다.

"네."

무덤덤한 현재의 대답에 의사의 눈썹이 사정없이 이마 꼭대기를 향하기 시작했다.

"정신이 나갔어요? 영영 운동을 그만하고 싶은 겁니까?"

"그럴 리가요."

이 사람이 지금 장난을 치나. 다혈질인 의사는 현재의 느긋한 태도가 못마땅해 소리를 버럭 질렀다.

"제대로 정신이 박힌 사람이 이 꼴을 해가지고 시합에 나가겠단 말입니까?"

"치료…… 안 하실 겁니까?"

"말이 안 통하는 사람이구만."

성의 없는 현재의 태도에 어이가 없어진 박 선생은 뒤편에 서서 머리를 긁적이는 동하에게로 화살을 돌렸다.

"거긴 뭡니까? 어디가 부러졌습니까?"

"부러진 건 모르겠고 옆구리와 다리가…… 좀 아픕니다."

"내 참. 두 사람 다 제정신이 아니죠? 이봐요, 이 선생. 여기 두 환자 피 뽑고 사진부터 찍고 와요."

간호사에게 지시를 내린 뒤, 신경질적으로 자리를 뜨는 의사를 보며 동하는 두 눈을 감았다. 현재의 아버지가 알게 되면 이제 죽음이다. 자신이라도 말렸어야 했는데, 순간적으로 욱하는 기분을 참지 못해서 이런 사달이 일어나 버렸다.

"두 분 다 저 따라오세요."

의사와 달리 친절한 간호사가 두 사람을 불렀다.

피를 뽑고 사진을 찍은 후, 반 깁스를 한 동하가 현재를 살피며 물었다.

"안 아프냐?"

"난 견딜 만하다. 넌 괜찮냐?"

"나야 뭐. 몸 사려가면서 싸우잖냐."

"장하다."

"그렇지. 내가 너보다 영리하긴 하지."

현재가 다치지 않은 팔로 머리를 쓸어 넘기려다 얼굴을 찡그렸다. 그런 현재를 보며 웃음을 터트리던 동하 역시 밀려오는 통증으로 가슴을 부여잡으며 인상을 쓴다.

"숨이 탁탁 막히지?"

"그러네."

현재의 말에 동하가 씨익 미소를 지었다. 친구라서…… 현재라서…… 함께할 수 있어서 다행이다 싶었다.

잠시 훈훈한 기분에 취해 있던 두 사람의 사이를 냉랭한 목소리가 끼어들었다.

"이게…… 대체 무슨 일이니?"

소란 속에서도 뚜렷이 들리는 차가운 목소리에 현재와 동하는 뒤를 돌아보았다.

대체 누가 연락을 한 거지? 현재는 나직이 한숨을 뱉어내며 차가운 눈으로 쏘아보는 새어머니를 맞았다.

"어머니, 여길 어떻게……."

"내가 검사인 걸 잊었구나?"

"죄송합니다."

"아, 안녕하십니까? 어머니. 기억하실지 모르겠지만, 여동하라고 합니다."

"물론 기억하지. 그나저나 안부 인사를 받기에는 장소가 좀 그렇네."

동하의 인사에 건성으로 고개를 끄덕인 박소희가 현재에게 시선을 고정시켰다.

"호프집은 원상 복구와 위로금, 정신적 피해보상금으로 해결했다. 그런데…… 어쩌다 이런 거니?"

보통 엄마라면, 얼마나 다쳤니? 대체 어느 빌어먹을 놈의 새끼가 우리 아들을 이렇게 만들어놓은 거냐며 난리를 피워야 했건만, 현재의 새어머니는 미술관에 그림 감상하러 온 사람처럼 차분하고 평온해 보였다. 그녀의 평온함과 태연함에 주위의 소란이 점점 사라지는 느낌이 들 정도였다.

"좀 싸웠습니다."

"그러니까 그 이유가 뭐냐고."

이마를 살짝 찌푸리며 물어보는 박소희를 보며 동하가 나섰다.

"어머니, 그게 현재 잘못이 아니라……"

"사소한 시비였습니다. 걱정 끼쳐 드려 죄송합니다."

사정을 설명하려는 동하를 현재가 만류했다.

미래를 들먹이지 말라는 친구의 눈빛을 알아챈 동하가 입을 다물고 뒤로 물러났다.

현재는 어떻게 이런 어머니를 견디고 살까? 동하는 새삼 친구의 인내심에 경의를 표했다. 그런 동하를 박소희가 차가운 눈초리로 훑었다.

"따라오너라."

간단한 응급조치를 한 후, 현재는 새어머니와 함께 본가로 불려갔다.

"하필이면, 아버지 오시자마자 이런 일이 벌어지니."

서재 앞에서 잠시 머뭇거리는 기색을 보이던 박 여사가 낮은 한숨을 내쉬며 방문을 두드렸다.

"들어와!"

서 회장의 거친 목소리가 들려오자, 현재는 천천히 서재 안으로 들어갔다.

"미친놈! 지금 때가 어느 땐데 패싸움을 해?"

비웃음 가득한 목소리에 현재는 맥없이 웃음을 흘렸다. 그리고 보니 나에게는 새어머니 못지않은 막강한 아버지가 계셨구나. 따지고 보면 서 회장보다 새어머니가 훨씬 나은지도 모르겠다. 똑같이 차갑고 매정하지만, 최소한 친모는 아니니까.

"너 같은 놈은 맞아야 정신을 차리지."

뒤돌아서서 골프채를 고르는 서 회장을 보며 현재는 미소를 흘렸다.

"하라는 공부는 안 하고 유도네, 뭐네 설치다가 패션쇼에 올라? 별 이상한 짓을 다 하더니, 이젠 싸움질까지 하고 다니는구나. 출신이 천한 것은 어쩔 수가 없어."

"출신이 천해도 외모는 예쁘지 않습니까? 친어머니를 닮아서요."

유들거리는 현재를 노려보는 서 회장의 이마에 시퍼런 핏줄이 돋아났다.

"지 버릇 개 못 준다더니 버릇없는 것도 여전하고."

"사람이 갑자기 변하면 죽는다지 않습니까."

"네 새엄마 욕 먹이는 짓은 이제 그만하고 다녀라. 천한 피를 제대로 감출 수가 없다면 최소한 네 엄마 걱정시키는 사건을 일으키지 말아야 하지 않겠니?"

서 회장의 말에 현재는 터져 나오는 웃음을 참지 못하며 쿡쿡거렸다.

"자꾸 천한 출신이라고 하시는데 잘 아시겠지만, 반은 회장님 핍니다."

"입 닥쳐라! 어디서 말대꾸를……. 넌 너를 버리고 간 그 여자를 꼭 닮았구나."

현재의 생모 이하경은 신인 디자이너 시절, 후원단체의 회장인 서재우를 만나 사랑에 빠졌다. 첫 번째 아내와 헤어진 후 홀로 쌍둥이 아들을 키우던 서 회장은 가난하고 순진한 디자이너를 사로잡는 방법을 너무나 잘 알고 있었고 이하경은 신데렐라가 되어 행복한 미래를 꿈꾸었다. 그들의 결혼은 '신데렐라 탄생'이라는 기사 제목으로 세간의 이목을 모으며 화려하게 치러졌다.

행복한 시간은 아주 잠깐이었다. 아들 현재를 낳고, 서재우는 폭력적인 자신의 본성을 드러내기 시작했다. 이하경은 툭하면 시작되는 매질과 남편의 바람기를 견디지 못하고 결국 일본으로 도망을 쳤다.

서재우는 견딜 수가 없었다. 아내였던 여자가 자신을 버렸다는 사실이 수치스러웠다. 겉으로는 부정한 여자라, 자신이 버린 것이라는 소문이 돌았지만, 진실은 그가 버림을 받은 것이었다.

"미국을 가든 일본을 가든, 나가서 마약을 하든지 쌈박질을 하든지 네 마음대로 살아. 그때 어떻게 살든지 내 알바는 아니지만, 내 밑에 있는 동안은 쥐 죽은 듯 조용히 살아라."

골프채를 들고 아들을 향해 다가간 서 회장에게서 스르르 찬바람이 일었다.

퍽! 퍽!

살갗이 찢어지는 소리가 계속해서 들려왔다. 현재는 입술을 앙

다물고 한마디 비명도 지르지 않았다. 이제는 아버지를 뿌리칠 정도의 힘도 길렀지만, 반항도 하지 않았다.

똑똑!

누군가 노크를 하는 바람에 쉽게 끝날 것 같지 않던 매질은 싱겁게도 금세 끝이 나버렸다. 서 회장을 급하게 찾는 전화 때문이었다.

"운 좋은 줄 알아라."

서 회장은 아무 일도 없었던 사람처럼 호흡을 가다듬으며 몸을 돌렸고, 현재는 기다시피 본가를 벗어나 미래가 있는 자신의 집으로 돌아올 수 있었다.

자꾸만 마음이 약해지려 했다. 이제 와 새삼스러울 것도 없는데…… 이런 대우 한두 번 받아본 것도 아닌데…… 하지만 툭 건드리면 터져 나올, 뼛속까지 차오르는 외로움과 분노는 그를 산산조각 내버릴 것만 같은 비수가 되어 난도질하고 있었다.

외로웠다.

그리고 서러웠다.

현재는 숨을 쉴 수 없는 답답함에 깊은 한숨을 내쉬었다. 몰골이 말이 아니었지만, 그래도 미래가 보고 싶었다. 가슴속에 가득 차인 울분을, 터져 버릴 것만 같은 분노를 다스려야 했다. 그 모든 것들이 미래를 보는 순간 다 씻겨 나갈 것 같았다. 현재는 여기저기 만신창이가 된 몸으로 미래를 기다리고 또 기다렸다.

"괜찮아?"

한참 만에 나타난 미래의 걱정 어린 얼굴을 보는 순간, 이상하게도 마음이 편안해졌다.

"라면 끓여줄까?"

다정하게 묻는 그 목소리를 듣자 그제야 편히 잠이 들 수 있을 것 같았다.

"으으윽."

편히 누우려 했지만, 엉덩이가 부은 탓에 똑바로 누울 수가 없었다. 침대 위에 엎드린 현재는 두 눈을 감았다. 그때 그의 휴대전화기가 몸을 떨어 댔다. 누구지? 싶어 보니 조금 전에 헤어진 미래였다.

"응."

[자?]

낮은 미래의 목소리가 들려왔다. 우습게도 조금 전까지 그를 괴롭혔던 외로움이 순식간에 사라져 버렸다.

"아니."

[그럼 뭐 해?]

"전화 받고 있지."

피식, 작은 웃음소리가 들려왔다.

[자는데 깨운 거 아니지?]

"응. 아직 안 잤어. 넌? 왜 안 자? 잠이 안 와?"

[응.]

몸만 성하다면 당장이라도 달려가 맥주 한잔하자며 졸라댔겠지만, 오늘은 그럴 수가 없었다.

"오늘 무슨 일 있었어?"

[아니. 아무 일도 없었어.]

"그런데 목소리가 왜 그렇게 가라앉았어?"

[음. 서현재. 무슨 일은 나 말고 네가 있었던 거 아냐?]

전화기 너머로 들리는 미래의 목소리에 현재는 고개를 흔들었다. 마치 미래가 보고 있기라도 하는 것처럼.

"일은 무슨 일."

본가에 끌려가, 아버지에게 죽도록 맞고 널브러져 있다고 말을 할 수가 없었다.

[아무 일도 없는데 왜 그렇게 축 처졌어?]

"그냥 훈련이 너무 힘들었어."

[그렇구나. 그럼 다행이고. 이만 끊을까? 잘래?]

"저기, 송미래!"

[응?]

"우리 아파트 뒤에 산이 있잖아. 내가 그 산으로 오르는 계단을 세어봤는데 계단이 몇 개인 줄 알아?"

[계단?]

이마를 찡그리는 미래의 모습이 눈에 보일 듯 생생하게 떠올랐다. 현재는 낮게 웃었다.

[뒷산 계단 수는 왜 셌어?]

"그냥 궁금해서. 근데 백 개에서 딱 하나 모자라는 아흔아홉 개야."

[뭐야? 정말 세어본 거야?]

"응. 정확하게 99개. 98개도 아니고 100개도 아니고 왜 하필 99개일까? 나는 그게 궁금하네."

[푸하하하.]

미래의 밝은 웃음소리가 계속해서 들려온다. 청아한 방울 소리처럼 현재의 귓가로 울려 퍼지는 웃음소리가 꽉 막혀 있던 숨통을 틀어주었다. 후아. 현재는 비로소 깊은 숨을 쉴 수 있었다.

"사람들이 그 계단을 뭐라고 부르는지 알아?"

그가 물었다.

[구구 계단?]

"반쯤 맞혔다. 그 계단을 비둘기 계단이라고 부른대."

[비둘기 계단이라…… 구구거려서?]

"역시. 우리 미래는 센스가 충만해."

[이름 좋다. 비둘기 계단. 그런데 난 구구 계단이 더 좋아. 아흠. 근데 너 진짜 별일 없는 거 맞지?]

그녀의 목소리에 졸음이 가득했다.

"응."

[흐흠. 그럼, 현재야. 나 졸려서 그만 잘래. 너도 어서 자.]

"그래. 잘 자!"

전화를 끊으며 현재는 가슴까지 차오른 숨을 뱉어냈다.

처음, 억지로 무대 위에 섰을 때부터였나 보다. 성주의 아내가 되어 자신에게로 다가오는 미래를 놓치기 싫었다. 무엇인가에 홀린 미친놈처럼 그녀에게 키스를 하고 쫓아다녔다. 스스로 생각해도 이해가 되지 않는 그답지 않은 행동이었지만, 이성적으로 생각할 수가 없었다. 무작정 그녀가 좋았다.

품 안을 뒤적거리던 현재는 지갑 깊숙이 숨겨놓은 낡은 사진을 꺼내 들었다. 머리를 느슨하게 땋고 하얀 원피스를 입은 예쁜 엄마의 모습을 바라보았다. 문득…… 미래와 참 많이 닮았다는 자각을 하던 현재는, 서서히 잠 속으로 빠져들기 시작했다.

6. NOW?

창밖으로 보이는 파란 하늘에 하얀 길이 생겼다.

비행기가 그어놓은 외줄은 한 번 새겨지면 쉽사리 사라질 줄 모르는 마음 길과 달리 금방 지워져 버린다.

허무하게스리. 창을 닦고 있던 미래는 시리도록 푸른 하늘을 바라보며 낮은 한숨을 내쉬었다.

"가고 싶다. 파리."

"웃겨. 파리는 아무나 가는 줄 알아? 돈이 얼마나 많이 드는데."

카운터에 앉아 있던, 희수가 정말 싫어하는 리라기 기율을 들어다보며 새침하게 말했다.

"그러게. 돈이 없어서 못 간다. 지금 내 처지에 파리가 웬 말이니."

"하여간. 주제 파악 하나는 끝내준다니까. 잘하고 있어. 송미래! 못 오를 나무는 일찌감치 포기하는 게 낫지."

거울에서 손을 놓지 않은 리라가 두 볼에 공기를 집어넣고 도톰하게 부풀렸다 빼기를 반복하며 얼굴 마사지를 하고 있었다.

"우리 리라는 말을 해도 참 정감 있게 해."

"너 지금 나 놀리는 거지?"

"어휴. 놀리기는. 그냥 맘보를 조금만 더 곱게 쓰면 훨씬 더 예쁠 텐데. 이렇게 혼자 생각했을 뿐이야."

"흥! 엄마랑 오빠 있을 때는 착한 척하면서 나랑 있으면 막 대하지? 내가 다 알아. 너의 그 이중성, 언젠가는 다 까발려 버릴 거야."

리라가 그녀를 흘겨보며 말했다.

그래. 뒤로 호박씨 까는 것보다는 이렇게 대놓고 적대감을 드러내는 사람이 훨씬 편한 법이지. 미래는 리라의 말에 긍정의 미소를 싱긋, 지어 보였다.

"그래. 고맙다!"

"송미래! 너 솔직히 말해봐. 파리 가고 싶은 이유가 출장 간 우리 오빠 때문이지? 가서 우리 오빠 꼬시려고 그러는 거지? 흥! 꿈 깨셔! 우리 오빤 지금쯤 너 따위는 까맣게 잊어버리고 끝내주는 유럽 모델들과 즐거운 시간 보내는 중일 거야."

"쯧쯧. 넌 네 오빠를 그렇게 몰라? 네 오빠가 어디 그럴 사람이야? 그리고 내가 지금 파리에 가보고 싶은 이유는 오빠가 아니야. 물론 오빠도 보고 싶긴 하지만, 난 지금 파리가 더 보고 싶어. 지금 한창 패션쇼로 정신없을 거 아냐."

"아. 난 또 뭐라고. 그렇겠지. 파리는 지금 후끈 달아올라 있겠지."

이태리에서 유학하는 동안 파리를 옆 동네처럼 드나들었던 리라가 별거 아니라는 듯, 코웃음을 쳤다. 리라에게는 시답잖은 일이었을지 모르지만, 미래에게 파리 패션쇼는 간절한 소망과도 같은 것이었다. 화려한 색채와 신비하리만치 아름다운 디자인들이 가득한 곳. 수많은 패션 피플이 모여 예술을 논하며 즐기는 곳, 마음 같아서는 당장이라도 달려가고 싶은 곳이었지만, 현실이 그녀의 발목을 잡았다.

"휴. 이번에는 갈 수 있을 줄 알았는데……."

미래는 혼잣말을 중얼거렸다.

현재의 덕분인지 모르지만, 패션쇼가 끝나고 미래는 엄청난 관심과 함께 많은 면접 제의를 받았었다. 거기다 강 교수님이 추천서까지 써주겠다고 해서 취직이 쉽게 될 것이라 생각했지만, 집안도 스펙도 없는 미래가 최종 관문을 넘는다는 것은 생각처럼 쉬운 일이 아니었다.

동기들이 하나둘씩 취직이 되자 미래는 초조해졌고 의기소침해졌다. 그런 미래에게 교수님은 이슈에서 일을 더 배우지 않겠냐고 제의했다. 그래서 미래는 이슈의 막내 디자이너로 남기로 했다. 비록 지금은 판매와 매니저 일을 더 많이 하고 있지만, 언젠가는 꼭 자신의 이름으로 된 옷을 만들고 사람들에게 입혀보는 그날이 올 것을 기대하고 있었다.

"송미래!"

일을 돕겠다고 나와서는 하루 종일 거울만 들여다보던 리라가 드디어 거울을 내려놓으며 미래를 불렀다.

"왜?"

"나 커피 한 잔만. 보시다시피 손이 이래서."

리라가 손가락을 쫙 펴더니 네일 아트를 받은 손톱을 미래에게 보여주었다.

"니가 가져다 먹어!"

"손톱 다 망가지면 네가 책임질 거야?"

"어휴. 미래. 리라. 둘 다 그만해. 내가 가져다줄게."

마침 지나가던 연두가 두 사람을 보며 혀를 찼다.

"고마워요!"

"아니에요. 제가 갈게요."

턱을 쳐들고 버릇없이 대답하는 리라를 흘겨보며 미래는 얼른 일어나 탕비실로 향했다.

"진작 그럴 것이지."

혼잣말을 중얼거리는 리라를 보자, 얼마 전에 만났던 희수의 말을 떠올렸다.

"어휴! 그 싸가지는 비 오는 날 먼지 나도록 때리면서 키웠어야 하는데."

라며 열을 올리던 희수. 마음으로는 동의하는데 그 매를 과연 누가 드냔 말이지. 미래는 낮은 한숨을 내쉬며 커피를 내린 머그컵을 리라의 앞으로 가져갔다.

"여기 내려놔!"

리라가 카운터를 가리키며 말했다.

"고맙습니다, 언니."

"뭐?"

미래의 말에 리라의 눈썹이 하늘을 향하기 시작했다.

"따라 해봐. 고맙습니다, 언니."

"미쳤어? 커피 안 마셔."

"그래? 그럼 이거 버린다."

미래가 커피 잔을 들어 리라의 머리 위로 가져갔다.

"악! 너 지금 뭐 하는 짓이야?"

"커피로 머릴 헹구면 머릿결이 그렇게 부드럽다네."

"아악! 사람 살려! 여기 좀 봐! 송미래가 커피 테러를 하려고 해!"

리라가 소리를 질렀지만, 직원들은 두 사람의 실랑이를 혀를 차며 쳐다볼 뿐이었다.

"빨리 말 안 하지?"

커피를 쏟을 듯 위협을 하자 리라가 마지못해 미래의 말을 따라 했다.

"알았어. 알았다고. 말하면 될 거 아냐."

미래가 어서 하라는 듯, 턱을 내밀었다.

"고맙습니다, 언니. 됐어?"

"응. 아주 만족해."

미래가 커피를 리라의 앞에 놓아주었다.

"엄마에게 다 일러줄 거야."

"맘대로 해. 나도 네가 매장 나와서 영업 방해하는 거 다 일러줄 테니까."

"진짜 못돼 처먹었어. 내가 태어나서 너처럼 못된 년은 처음이야!"

"헉! 너 지금, 네 얘기하는 거지?"

"내가 이슈 물려받자마자 넌 바로 해고야!"

리라가 분한 듯 소리쳤고, 미래는 어이없는 웃음을 터트렸다.

"송미래! 오늘 나 어때?"

한동안 씩씩거리던 리라가 겨우 진정이 됐는지 다시 물어왔다. 교수님을 닮아 자그마한 키에 통통한 몸매의 소유자인 리라는 긴 키에 늘씬한 몸매를 가진 미래를 부러워했지만 절대 내색은 하지 않았다.

"귀여워."

"좀 성의 있게 보라니까."

리라가 짜증 섞인 목소리로 투덜거렸다.

"이리라! 넌 귀엽다고 해줘도 난리니. 정말 귀여워."

"진짜? 진심이지?"

"야! 너 다시 이태리 안 갈 거야?"

미래가 이슈에 정식 취직을 할 즈음, 이태리에서 유학 중이던 리라가 한국으로 들어왔다. 말도 통하지 않는 깐깐한 교수들과 동양인을 무시하는 학과 친구들 사이에서 더 이상 견딜 자신이 없다며 막무가내로 학업을 포기하겠다며 통곡을 하는 리라를 보며 강 교수님은 불같이 화를 냈다. 이 좁은 바닥에 강 교수의 딸이 유학을 포기하고 돌아왔다는 것이 소문나는 것이 시간문제였다. 호통과 어르고 달래기를 반복하며 돌려보내려 했지만, 리라의 고집을 꺾을 수는 없었다.

"나 정말 귀엽게 보이는 거 맞지?"

"일하는 데 방해하지 말고 이태리로 다시 돌아가. 남들은 가고 싶어도 못 가는 유학을……. 배가 불렀어. 정말."

샘플을 정리하는 미래의 등 뒤로 리라의 콧방귀 소리가 들려왔다.

"흥! 가고 싶으면 가면 되지. 왜 못 가?"

"쯧쯧."

"너 지금 나 질투하지? 우리 엄마가 그랬어. 남자들은 너처럼 키 크고 마른 여자보다 나처럼 작고 육감적인 여잘 좋아한다고."

"그럴지도."

"나우도 분명 나한테 관심이 있는 것 같은데 수줍어서 그런지 도통 티를 안 내."

금세 기분이 좋아진 리라가 거울을 보며 자신만만하게 중얼거렸다.

"나우?"

"왜 있잖아. 전에 말한. 걔."

리라의 말에 강 교수님 댁에서 식사를 하며 들었던 대단한 집안의 자제가 떠올랐다.

누군지 모르지만, 리라의 눈에 든 그 사람도 참 불쌍하네.

"아."

"아, 가 아니라니까. 걔가 바로 청담동 박 사모님 아들이야. 우리 엄마랑 이번에 콜라보레이션하기로 한 의류회사 있지? 반하라고. 그 집 막내아들이야."

"청담동 박 사모님이라면. 그 검사님?"

"응. 그분."

리라의 말에 언젠가 한 번 옷 심부름을 가본 적이 있는 집을 떠올렸다. 서울 시내에 이런 집도 있구나, 이런 사람들도 있구나, 별세계에 와 있는 기분이 들게 만들었던 어마어마한 집. 리라가 탐내는 남자의 집이 그 집이었구나.

"아이씨. 오늘 온다 그랬는데 왜 안 오는 거지?"

리라가 자신의 통통한 몸매를 손으로 훑으며 속삭였다.

행운을 빈다며 가볍게 돌아서려던 미래가 잠시 멈춰 섰다. 기가 막힌 기억이 떠올라서이다.

"이리라! 내가 궁금해서 그러는데, 전에 말한…… 네 운명의 남자는…… 그러니까 일본 사람이던가?"

지난해 여름, 열 살이 많은 일본 사람과 국제결혼을 하겠다며 온 집안을 발칵 뒤집어놓았던 리라를 기억하며 미래가 물었다.

"아이씨! 그 인간 얘긴 꺼내지도 마. 완전 골초에, 알코올 중독자 같은 새끼. 세상에 그 인간이 나를 버리고 나이 많은 유부녀에게 빠져서는."

"유부녀?"

"정확하게 말하면 이혼녀야. 애 하나 딸린 이혼녀."

"좋아 죽겠다며? 그 사람이랑 결혼 안 시켜주면 죽는다며. 그런데 그게 너 혼자 감정이었어?"

"아니라니까. 그 인간도 처음에는 나를 좋아하긴 했었어. 그런데 12년도에 일본으로 돌아간 그 인간이 동경에서 숍을 차렸는데, 거기 직원에게 반해 버렸대."

"쯧쯧. 어쩌다?"

"그 여자가 뭐라더라? 립 이어? 암튼, 4년 만에 돌아오는 지 아들 생일에 아들이 보고 싶다고 울고불고 난리가 났었나 봐. 술 취한 그 여자 위로하다가 사랑에 빠졌다고 미안하다고. 그 나쁜 새끼가!"

4년마다 돌아오는 생일이라고? 현재랑 생일이 같은 사람이 생각보다 많은가 봐. 재미있다고 생각하던 미래의 머릿속으로 번뜩, 한 가지 생각이 스쳐 갔다.

이혼녀에다 헤어진 아들이 2월 29일생이라…….

직업이 디자이너에다, 2월 29일에 태어난 아들을 가진 이혼녀가 얼마나 될까? 고개를 갸웃거리던 미래는 전 남자 친구가 동경에 숍을 차렸다는 리라의 말을 떠올렸다. 일본 사람인 건가?

"네 전 남친이 반했다는 그분, 아들 생일인데 왜 보고 싶다고 울어? 이혼해서 못 보는 건가? 혹시 그분 한국 사람 아니래?"

"아이. 그걸 내가 어떻게 알아? 그 얘긴 그만해. 짜증나게."

창밖을 보며 신경질을 부리는 리라를 보며 미래는 터져 나오는 한숨을 삼켜야 했다. 조금 전까지 사근사근 대답하는 것이 신기하다 했다. 어쩌면 기분이 저렇게 시시각각 바뀌는 걸까? 반듯한 강 교수님과 상록과는 전혀 다른 리라의 생활 스타일이 미래에게는 신기하기만 했다.

"그래. 그만하자. 헤어진 사람 얘긴 계속해서 뭘 하겠니."

"흥! 그 인간은 이제 생각하기도 싫어. 늙다리 주제에. 그에 반해 우리 나우는 얼마나 젊고 멋진지 몰라. 송미래 너도 나우 보면 깜짝 놀랄 거야. 비주얼이 정말 끝내주거든. 이태리 모델들 저리 가라야."

"뭐 하는 사람인데? 유학생?"

"아니. 여기서 운동해. 나보다 한 살 어리니까 대학교 1학년."

1학년이면 현재랑 똑같은 나이네. 그리고 보니 요 며칠간 현재를 보지 못했다. 전지훈련을 갔나? 큰 시합이 얼마 남지 않았다고 했었는데. 몸은 다 나았는지, 기분은 좀 좋아졌는지 궁금해졌다. 오늘 마치고 집으로 한 번 찾아가 봐야지. 현재를 생각하자 훈훈한 기분이 절로 든다.

"전공이 뭔데? 디자인 쪽이야?"

"몰라. 운동을 하긴 하는데, 체육학과 쪽인지 잘 모르겠어. 계집애들이 서로 견제하느라 나우에 대한 건 절대 알려주질 않아."

"응? 전공도 몰라? 서로 친한 거 아냐?"

"이제부터 친해져야지. 이태리에서 우연히 친구 블로그를 봤는데 나우랑 찍은 사진이 있는 거야. 나 유학 가기 전에도 정말 멋졌었는데 요즘 사진 보니까 완전 작살이더라고. 그래서 얼른 들어왔지. 집안 좋겠다, 인물 좋겠다. 누가 채가기 전에 얼른 꼬시려고."

그럼 그렇지. 인종차별 운운하며 눈물 바람을 짓지 않나, 생전 안 나오던 숍을 나올 때부터 이상하다 생각을 했었다. 너도 참 편하게 산다. 미래는 낮은 한숨을 쉬며 다시 물었다.

"걔도 네가 좋대?"

"그게 말이지. 분명 내게 관심이 있을 텐데, 나우가 그걸 티를 안 내."

"표현을 안 해? 근데 넌 걔가 네게 관심이 있는지 없는지 어떻게 알아?"

"내가 그렇게 둔한 줄 알아? 딱 보면 답이 나오잖아. 나우 처음

봤을 때부터 이상하게도 내게서 눈을 못 떼는 거야. 나도 그랬고. 내가 비틀거리면서 넘어질 뻔했는데, 잡아주면서 '괜찮아?' 이렇게 묻더라고. 관심 없는 여자한테 그렇게 친절을 베풀겠어? 나우랑 헤어지면서 돌아서는데 우린 백만 년쯤 전에 가슴 아픈 이별을 한 인연이 틀림없을 거라는 생각이 드는 거야. 오랜 시간 가슴속에 묻혀 있던, 사무치다 못해 녹아 없어졌던 열정이 스멀스멀 되살아나는 것을 분명히 느꼈거든."

느낌이 아니라 착각이겠지. 미래는 고개를 흔들었다.

"아서라. 내가 보기에는 아니야!"

"맞다니까. 드라마에서도 봐. 넘어질 뻔한 여잘 잡아주면서 눈 마주치고 그러다 사랑이 싹트잖아."

"드라마가 사람 다 버려놔."

"정말이라니까. 파리에 있는 우리 오빠를 걸고 맹세할 수 있어."

"아무것도 모르는 오빠를 거기다 끌어들여?"

자신의 일 년 연봉보다 비싼 가방을 똑바로 세워놓으며 미래가 말했다.

"네가 뭐라 그래도 우린 분명 인연이 틀림없어."

"그래. 무려 네 인연씩이나 되는 그 사람이 어떤 남잔지 진짜 보고 싶긴 하다."

모든 것을 다 떠나서 얼마나 근사한 사람이기에 까다로운 리라가 저리 야단인지 궁금하기도 했다.

"아이씨. 어제 관리라도 받고 오는 건데."

"예뻐, 예뻐. 오버하지 마."

몇십, 몇백만 원짜리 관리를 아무렇지도 않게 들먹이는 리라를 지나치며 미래가 중얼거렸다. 우습게도 미래 역시 부모님이 살아 계실 때에는 지금 리라가 누리는 모든 것들을 아주 당연히 누리고 살았었다. 방학 중에 유럽으로 배낭여행을 가고 대학교 3학년 2학기쯤에는 파리나 이태리로 유학을 떠날 것이며, 졸업을 하면 취직을 하고, 경력을 쌓다 나중이 되면 자신의 디자인 숍을 차릴 것이라 생각하며 계획을 짜던 때가 있었다. 하지만 인생사 새옹지마라는 고사성어처럼, 잘나가던 부모님의 사고로 미래는 한순간에 가난하고 불쌍한 고아가 되어버렸다.

끊임없이 시계를 힐끔거리던 리라가 열에 들뜬 목소리로 속삭였다.

"왔어!"

드디어 온 거야? 대체 어떻게 생겼기에…….

문이 열리며 막 들어서는 주황색 운동화를 보며 발이 아주 큰 사람이구나, 미래는 생각했다. 쭉 뻗은 다리에서 허리까지는 한참이나 걸릴 정도로 늘씬했고 듬직한 가슴과 어깨, 작은 얼굴은…… 얼굴은…… 리라가 운명이라 말한 남자의 생김새를 살피던 미래의 두 눈에 놀라움이 떠올랐다.

"운명…… 이라는 남자가 저 사람이야?"

미래의 얼빠진 표정에 리라가 의기양양한 미소를 지었다.

"간지 죽이지?"

"흐음."

"눈독 들이지 마. 내 거니까."

"그러니까, 저 사람이 나우? 저분이랑 네가 전생에 피눈물을 흘리며 헤어진 연인이 틀림없다는 그 사람이니?"

"그렇다니까. 우린 로미오와 줄리엣이 울고 갈 정도로 열렬한 사랑을 했을 거야. 온몸으로 깨달을 수 있어."

얄밉긴 하지만 리라의 사랑을 지지해 주고 싶었다. 하지만 저 손님은…… 서현재는 조금 충격적이다.

서현재. 나우. 그리고 보니 나우가 바로 '현재'였다. 그 이름도 유명한 청담동 박 여사님의 아들. 서현재! 네가 그렇게 당당한 이유가 있었구나.

그제야 이해가 되었다. 처음 서보는 무대 위에서 그가 왜 그렇게 자신만만했는지, 사람을 대할 때도 왜 그렇게 당당하고 거리낌이 없었는지. 태어나 자란 생활환경이 그를 그렇게 만들었을 것이다. 누구 앞에서도 주눅 들지 않고 당당하고 자신감이 넘치는 사람이 되도록. 정작 그가 얼마나 외로움을 많이 타는지, 사람의 손길을 얼마나 그리워하는지 절대 모르는 사람들은 그를 동경하겠지.

"어서 와! 나 기억하지? 이리라. 어른들 모임에서 우리 몇 번 봤었는데."

현재의 앞으로 달려간 리라가 수줍게 손을 내밀며 악수를 청했다.

저 손을 잡을까? 괜히 신경이 쓰인 미래는 현재의 일거수일투족을 자세히 살폈고, 리라의 손을 잡아주는 대신 두어 걸음 뒤로 물러서는 현재를 보며 나이스를 외쳤다.

"강 교수님 만나러 왔는데."

현재가 차갑게 말했다.

"연락 못 받았어? 엄마 세미나 가신다고. 나더러 접대하래서."

"아. 몰랐어."

시종일관 애교스러운 미소를 짓는 리라를 현재는 무심하게 지나치며 걸음을 옮겼다.

"어디 가?"

현재의 뒤를 쫓으며 미래와 눈이 마주친 리라가 약 오른 표정을 지었지만, 이내 안색을 바꾸고 다시 그의 옆에 섰다. 언제 폭발할지 모르는 다혈질 성격을 뻔히 알건만 화를 억누른 채 미소를 띠고 있는 리라를 보며 미래는 내심 걱정스러웠다.

"저기. 오늘 시간 한가해? 엄마가 너한테 진짜 미안하다고 꼭 맛있는 거 사주라고 카드 주고 가셨거든. 내가 한턱 쏠게."

옆으로 길게 찢어진 깊고 그윽한 눈매와 대리석을 깎아놓은 것처럼 반듯한 콧날, 고집스러운 입술 선, 붓으로 그린 듯 선명하고 단정한 현재 얼굴…… 에서 눈을 떼지 못하던 리라가 다시 말했다.

"뭘 좋아해? 한정식? 스테이크? 회 초밥?"

"생각 없어."

"그러지 말고 가자. 나도 너 기다리느라 굶었단 말이야."

"빵 사먹어."

냉정하게 말한 현재가 몸을 돌려 창가에 서 있는 미래를 바라보았다. 리라를 바라볼 때와 달리 다정하고 따뜻한 시선이었다. 미래의 얼굴이 화끈거릴 만큼.

"왠지 평생 한 여자만 사랑하겠구나. 이런 느낌이 드는 눈빛이잖아."

희수의 말이 기억났다.

미래는 마른침을 삼키며 현재를 바라보았다. 아파트에 혼자 산다고 해서 그냥 좀 사는 집 아들인가 했었는데 청담동 박 사모님의 아들이라니. 대한민국에서 손꼽히는, 절대 부를 가진 집안의 아들이 왜 운동을 하는 거지? 거기다 왜 우리 아파트에? 그러다 문득, 세 번째 엄마를 이야기할 때 현재가 짓던 자조적인 미소가 떠올랐다.

서현재. 너도 참 외롭구나. 자각하는 순간, 미래는 자신의 가슴 한쪽이 저려오는 것을 느꼈다.

"4일 만에 보네. 잘 지냈어?"

낮지만 다정한 목소리가 들려왔다. 잔잔하게 파동이 느껴지는 음성이 며칠 사이 더 깊어진 것 같았다.

"응. 너도 잘 지냈니?"

"그럼. 나야 매일매일 잘 지내지. 근데 어제저녁에 뭐 먹었어? 눈이 부었다."

서현재가 미래의 눈두덩을 바라보며 장난스럽게 웃었다.

"OH! MY GOD! 언니! 나우랑 아는…… 사이야?"

현재의 시선을 좇던 리라가 놀란 눈으로 미래를 바라보았다. 미래는 어색하게 고개를 끄덕였고 리라는 눈살을 찌푸리며 현재와 미래를 번갈아 바라보았다.

"점심은 먹었어?"

리라의 외침과는 아무런 관계가 없다는 듯, 현재가 미래에게 물었다.

"당연히 먹었지."

"난 못 먹었는데."

"리라랑 같이 가서 드셔."

"체할 일 있어?"

그가 피식 웃으며 중얼거렸다. 리라가 듣지 못하게 목소리를 죽인 것이겠지만, 낮은 목소리로 말하는 그의 모습에 미래의 가슴이 생각지도 못하게 떨리기 시작했다.

아무래도 내가 미쳤나 봐.

흔들리는 마음을 들키지 않으려 미래는 덤덤한 눈빛으로 그를 쳐다보았다. 순수하고 뜨거운 그의 시선을 마주하며 평정심을 계속 유지해 간다는 것은 결코 쉬운 일이 아니었다. 그의 앞에서 담담하기 위해서는 아주 많은 인내와 연기력이 필요했다.

"우리가 진짜 인연이긴 인연인가 보다. 이런 데서도 만나다니."

현재가 싱긋 웃으며 말했다.

"악연이겠지."

"음! 역시 쿨해. 그것도 매력이지만."

"볼일 보러 왔으면 얼른 보고 가."

두 눈에 쌍심지를 켜고 지켜보는 리라의 앞에서 그와 친밀한 대화를 나누기가 싫어 얼른 돌아가라고 하자, 현재가 이해한다는 듯 씨익 웃었다. 기특한 놈.

"당신 일하는 곳은 처음 와봤네."

"네가 리라랑 친군지 몰랐어."

"친구라기보다는 그냥 집안끼리 조금, 아주 조금 아는 사이."

"그건 네 생각이고."

"그런가?"

현재가 기분 좋게 웃음을 터트렸다.

1, 2층을 오르내리던 아르바이트생들이 그의 웃음소리를 듣고 시선을 집중시키기 시작했다.

당최 호기심을 유발하기 딱 좋은 그림이었다. 막무가내 이리라는 약이 올라 살쾡이 같은 눈으로 쏘아보고, 현재는 미래에게서 눈을 떼지 못하고, 미래는 혼자 딴청을 피우고 있으니 얼마나 재미있는 광경이겠는가? 당사자인 미래로서는 곤혹스러운 일이었지만.

"그런데 너 시합 얼마 안 남았다며? 이렇게 막 나다녀도 되는 거야?"

호프집 폭행사건으로 근신 중인 현재의 사정을 알 리 없는 미래가 걱정스럽게 물었다.

"그럼. 뭐가 걱정이야? 운동 잘하겠다. 잘생겼겠다."

"헐!"

"아! 잘됐다. 그렇잖아도 입을 옷이 없었는데. 온 김에 입을 옷 좀 골라주면 안 돼?"

"아! 그럼 리라에게……."

"어허! 이것 봐요, 송미래 씨. 손님이 부탁하는데 다른 사람에게 미루기나 하고 말이야. 장사 이렇게 할 겁니까?"

과장되게 이맛살을 찌푸리는 현재를 보며 미래는 피식, 웃음을 터트렸다.

"불성실 직원이라고 파출소에 고발 들어갑니다."

"헐! 완전 썰렁한 거 알지?"

"응. 그래서 안내를 할 거야? 말 거야?"

"이리 오시죠, 손님!"

"그럽시다."

미래의 안내를 받은 현재가 얄밉게 미소를 짓는다. 치사한 놈. 미래는 새로 입고된 티셔츠를 가리키며 기계적으로 설명을 시작했다.

"이번 시즌 새 상품들입니다. 소재가 아주 좋아요. 일반 원단과는 완전히 다른 감촉이죠? 색감도 좋고. 디자인도 잘 빠졌습니다. 손님과 잘 어울리기도 하고요."

"다른 건 없습니까?"

"티셔츠는 이것뿐이지만, 셔츠와 카디건 같은 남성 용품은 아주 많이 있죠."

"천천히 다 돌아봅시다. 시간도 많은데 아주 꼼꼼히 한번 살펴봐야겠어요."

어쩌라고? 미래는 능청스러운 현재를 물끄러미 바라보았다.

"농담이야. 이걸로 줘."

"네, 손님. 무슨 색으로 포장해 드릴까요?"

"하얀색, 검정색, 회색이요."

한 장에 몇십만 원씩 하는 티셔츠를 볼펜 고르듯 고른 현재가 한도 초과가 없는 신용카드를 내밀었다.

이럴 줄 알았으면 지갑 대신 가방을 사달라고 하는 건데.

미래는 여느 손님에게나 하듯, 예의를 갖춰 고개를 숙였고 현재는 재밌다는 듯, 미소를 지으며 그녀의 뒤를 따랐다.

"포장하는 동안 차 한잔하시면서 기다리시죠."

"그럽시다."

"차 대접은 내가 할게. 나우! 이쪽으로 와!"

가만히 서서 두 사람을 지켜보던 리라가 슬그머니 다가와 현재를 이끌었다. 얼굴 한가득 미소를 짓고 있지만, 딱딱하게 굳은 입매를 보니 현재가 가고 난 뒤 한참 동안 미래를 괴롭힐 것 같았다.

"미래랑 어떻게 아는 사이야? 친한 것 같던데."

VIP 손님이 오면 꺼내놓는 로열 앨버트 찻잔에 커피를 따르며 리라가 물었다.

"이웃사촌."

"이웃사촌? 송미래랑 이웃에 산다고?"

"송미래? 너보다 언니 아냐?"

그가 날카로운 눈빛으로 리라를 노려보자, 리라가 살그머니 시선을 돌렸다.

"응. 언니 맞아. 미래 언니. 우리끼리 워낙 친해서, 가끔 이름도 부르고 그래. 언니가 워낙 성격이 좋잖아. 맞지, 언니?"

리라가 태어나 처음 듣는 살가운 목소리로 미래에게 물었다.

"우리 미래가 성격이 좋긴 하지."

"미래? 너 진짜 웃기다. 나보고는 언니라 부르라 그래 놓고, 넌 왜 미래야?"

"우린 이웃사촌에다 친구거든."

"그런 게 어딨어? 누나! 너도 누나라고 불러."

짜증 섞인 리라의 목소리가 나지막하게 울려 퍼졌고 미래는 옷을 포장하면서 현재를 짧게 노려봤다. 뭐라고 했는데 저러는 거야?

차가 나오고, 마시는 동안에도 현재는 마치 첫사랑에 빠진 소년처럼 미래를 향한 눈빛을 거두지 않았다. 그가 뿜어내는 에너지에 숨이 막혀올 정도로.

옆집에서 보던 현재와 이렇게 고객으로 맞이하는 현재는 전혀 다른 사람 같았다. 가슴이 떨려 제대로 숨을 쉴 수도 없었지만, 미래는 아무렇지도 않은 척 다가가 쇼핑백을 내밀었다.

"손님. 오래 기다리셨습니다."

"저녁 시간에 같이 나갈 수 있어? 지난번 얘기한 거 상의도 할 겸."

지난번 얘기라니? 상의할 거는 또 뭐야? 대체 무슨 말을 하는 거야? 미래는 의아한 눈으로 현재를 바라보았고, 오른쪽 눈을 찡긋거리는 그를 보며 리라 때문에 핑곗거리를 만든 것이라는 걸 알 수 있었다.

"아. 죄송하지만 손님. 오늘은 선약이 있습니다."

"많이 바쁘구나. 알았어. 다음에 보면 되지."

"이용해 주셔서 감사합니다. 안녕히 가십시오."

의례적인 배웅에 현재가 고개를 끄덕이며 돌아섰다.

집안도 좋고 생긴 것도 멀쩡한 애가 왜 그렇게 힘든 운동을 한다고. 진짜 연구 대상이야. 미래는 미련 없이 문을 열고 나가는 현재를 배웅하고 다시 숍으로 들어섰다.

"야!"

탁! 소리와 함께 티슈박스가 미래의 머리로 날아왔다. 종이로 된 곽이었지만, 워낙 무방비 상태인데다 날아오는 가속에 머리가 떵하고 울렸다.

"이리라! 너 미쳤어?"

미래는 눈살을 찌푸리며 리라를 노려보았다.

"송미래! 너야말로 지금 뭐 하는 거야?"

백만 년 전의 인연을 들먹이며 들떠 있던 리라의 모습은 온데간데없고 잔뜩 화가 난 암고양이처럼 으르렁거리고 있었다.

"뭐라는 거니? 손님 배웅했잖아?"

"난 안중에도 없어? 어떻게 사람을 그렇게 무시할 수가 있어?"

막무가내로 구는 리라의 태도에 화가 치밀어 올랐지만, 미래는 깊은 심호흡을 하며 화를 억눌렀다.

"손님이 옷을 사러 왔어. 그런데 그분이 뜻하지 않게도 이웃사촌이야. 반가워서 인사를 했고. 대체 뭐가 문제야?"

"네…… 네가 서현재랑 웃으면서 나를 무시했잖아."

"너 무시한 적 없어. 옷 골라달래서 옷 골라주고 보냈을 뿐이야. 가게에 옷 사러 온 손님에게 옷을 안 팔아? 너야말로 매장에서 소란 피우지 말고 어서 들어가."

웃음기 하나 없는 냉랭한 미래를 보며 리라는 이를 악물었다.

"두고 봐. 내가 우리 엄마한테 다 일러줄 거야. 니가 우리 오빠도 모자라서 내가 맘에 두고 있는 나우까지 꼬셨다고."

리라가 악에 받친 소리를 지르며 사라졌다.

휴, 미치겠다.

정말! 미래는 두 눈을 질끈 감으며 물량창고로 향했다.

7. 참 좋다!

이영도 박사가 처음 강숙희 교수와 맞선을 보고 결혼을 결심했을 때 주변에서 말리는 이들이 많았다. 강 교수가 은근히 야심가라 이 박사의 재산을 보고 덤비는 것이라더라, 혹은 그가 건강을 책임지고 있는 서 회장과 줄을 대기 위한 것이라는 말들이 심심찮게 들려오고는 했었다.

하지만 이 박사로서는 전혀 꺼릴 것이 없었다. 그는 알려진 것처럼 그렇게 부자도 아니었고, 운영하는 병원은 벌써 몇 개월째 적자를 면치 못하고 있었다. 게다가 서 회장은 자신과의 인연 때문에 사업을 결정하는 그런 물렁한 사람이 아니었다.

결과적으로 주변의 염려를 무릅쓰고 한 결혼은 꽤나 성공적이었다. 아내인 강 교수가 운영하는 숍은 값이 꽤나 나가는 요지에 자리하고 있었고 매년 가파르게 성장하고 있는 추세였다. 이대로

라면 머지않아 대출을 다 갚을 수 있을 정도였고 땅값 또한 해마다 오르고 있었다. 그러므로 그의 재산을 보고 결혼을 했을 거라는 말은 전혀 근거가 없는 헛소문에 지나지 않았다.

아무튼, 그의 결혼 생활은 매일매일이 신기하고 흥미로운 일들로 가득했다. 여우같이 앙큼한 딸아이의 애교는 그중 단연 최고였는데, 오늘도 식탁에 앉아 그의 앞 접시에 조기를 발라주며 귀엽게 투정을 부리고 있었다.

"서 회장님 아들 말이에요. 언제 한 번 식사 초대해 주시면 안 돼요? 응? 아빠?"

"현재 말이냐?"

"네. 아빠랑 친하다면서요. 응? 우리 집에 놀러 오라 그래 주세요. 걔가 너무 잘나가니까 여기저기서 달라붙는 애들이 너무 많단 말이야. 응? 아빠!"

코맹맹이 소리로 칭얼대는 딸을 보며 그는 허허 웃음을 터트렸다. 딸 키우는 재미가 쏠쏠하다더니.

"초대까지는 좀 그렇고……. 마침, 오늘 진찰 받으러 오는 날이니, 병원에 한 번 나올 테냐?"

"꺄아아악!"

이 박사의 말에 딸아이가 환호성을 지르며 그의 품으로 안겨들었다.

"아니, 쟤가 아빠 식사하시는데……. 얼른 안 떨어져?"

옆에서 혀를 차는 아내를 말리며 그는 흐뭇하게 미소를 지었다. 일찍 아내를 여의고 평생 외롭게 살아온 그로서는 여우 같은 아내의 내조와 앙큼한 딸아이의 애교가 마냥 귀엽게만 느껴졌다.

현재는 진료 시간보다 10분 일찍 병원에 도착했다. 이 박사는 자신의 앞에 앉은 잘생긴 젊은이의 여기저기를 살피며 꼼꼼하게 검진을 했다. 잘하면 사위가 될지도 모르는데……. 이제부터 더 신경 써야겠어. 흐뭇한 마음에 이 박사는 현재를 보며 아버지 같은 인자한 미소를 지었다.

"하늘이 흐린 것이 꼭 비가 올 것 같지?"

"네."

"날이 궂으니 상처가 더 아프지 않나?"

"네. 맑은 날보다 훨씬 더 많이 쑤십니다."

"쯧쯧. 노인들이나 겪는 신경통을……. 어디 봄세. 아직도 성이 많이 나 있구만. 하긴 지난번 상처가 아직 아물기도 전에 또 충격을 가했으니……."

패싸움의 상처가 채 가시기도 전에 골프채로 맞은 타박상이 다시 생긴 현재의 허벅지를 보며 이영도 박사는 혀를 끌끌 찼다.

"이번엔 또 어쩌다…… 걸린 겐가? 쯧쯧. 우리 모두 회장님께 쉬쉬 하자고 약속했구만 누가……."

이 박사의 말에 현재는 쓴웃음을 지었다. 누구긴 누구겠는가? 아들의 장래를 지독히 걱정하는 새어머니지. 출장에서 돌아온 선물이 골프채 타작이라니. 참 독특한 선물이긴 하네. 현재는 아무 말 없이 미소를 지었다.

"휴. 앞으로 조심하게. 이러다 정말 큰일 나네."

지금까지 수없이 상처를 치료하면서도 별다른 내색을 하지 않던 이 박사였다.

오늘은 웬일이지? 현재는 쓴웃음을 지었다.

서 회장의 측근들 중, 그나마 이 박사님이 제일 양심적이라고 해야 할까? 서 회장의 주변인들은 알면서도 모르는 척. 보이면서도 안 보이는 척 연기하는 데는 선수들이었다. 밥줄이 날아갈까 두려워 장님에 벙어리를 자처하는 한심한 인간들.

"내 노파심에서 하는 말인데 회장님 뜻 거스르지 말고 잘 받들게. 다혈질이긴 해도 정도에 벗어나는 분은 아니시지 않나."

피멍이 든 엉덩이와 허벅지에 연고를 바르던 이 박사가 작은 목소리로 중얼거렸다.

"그렇게 생각하십니까?"

덤덤한 현재의 말투에 이 박사가 웃음을 터트렸다.

이 박사는 요즘 젊은 사람 같지 않게 과묵하고 진중한 현재가 마음에 들었다. 요즘 여자아이들은 여리고 계집애 같은 남자를 좋아한다고 하지만, 남자는 뭐니 뭐니 해도 눈앞의 현재처럼 믿음직하고 남자다워야 한다는 것이 그의 지론이었다.

"내가 서 회장님을 한번 만나볼까?"

"아닙니다. 괜찮습니다."

몽둥이로 겁을 주는 짓은, 요즘은 짐승에게도 하지 않는 짓이다. 서 회장이나 이 박사가 자랄 시기에나 통하던 교육 방식을 아직도 고집하는 서 회장은 이런 몽둥이찜질쯤은 현재 같은 아이에게 아무런 공포도 되지 않는다는 것을 모르는 듯했다. 아니, 알면서도 기분 전환을 위해 아들을 잡는 것일지도 몰랐다.

이 박사는 엉망이 된 현재의 근육들에 연고를 얇게 펴 바르며 낮은 한숨을 내쉬었다. 아무리 젊고 회복력이 남다른 운동선수라지만, 이렇게 심하게 구타를 한다면 언젠가는 큰 낭패를 볼 것이 뻔했다. 이번에도 뼈를 안 다쳐서 다행이었지만, 행여나 뼈라도 다쳤다면 어쩔 뻔했는가? 불행 중 다행이라면, 지난번 호프집 폭행사건으로 근신 중이라 그나마 훈련을 안 해도 된다는 것이었다. 따지고 보면 이것도 그렇게 기뻐할 일은 아니었지만.

"다 됐네. 고생했어. 차나 한잔하고 가지. 긴히 할 얘기도 있고."

"감사합니다."

현재가 옷을 여미며 이 박사가 권하는 자리에 앉았다. 보면 볼수록 탐이 나는 녀석. 의붓아들인 상록이 여성스럽고 섬세한 스타일이라면 현재는 선이 굵고 남자다운 녀석이었다.

"독립을 하고도 계속 이런 상태인가?"

이 박사의 물음에 현재는 아무런 대답 없이 씨익, 웃기만 했다. 영리한 녀석. 어떤 상태인지 안다고 해서 달라질 게 하나도 없는 마당에 굳이 말해서 무엇을 하겠는가? 아무리 봐도 괜찮단 말이야. 멀끔하게 잘생긴 건 둘째 치고라도, 막강한 집안과 엄청난 재력, 반듯하고 흐트러짐 없는 자세하며 두둑한 배짱까지 골고루 갖춘 보기 드문 녀석이었다.

무엇보다 상대를 압도하는 형형한 눈빛. '안광이 지배(紙背)를 뚫는다.' 라는 옛 속담이 절로 떠오르는 저 날카로운 눈빛 하나만으로도 보통내기가 아님을 알 수 있었다. 이런 눈빛을 가진 사내라면 굳이 운동이 아니라 무엇을 해도 성공을 할 놈들이었다.

"내가 괜한 것을 물었군. 그래, 요즘은 어떤가?"

"아주 좋습니다."

박사가 대답하기 쉬운 질문을 다시 했고 현재는 예의 바르게 대답했다.

"아주 좋아? 허허. 젊은 사람이 좋다니 나도 좋구만. 그래 뭐가 제일 좋은가? 사귀는 사람이라도 생겼나?"

"네. 좋아하는 사람은 있습니다."

"그렇겠지. 이렇게 멋진데 여자 친구가 없을 리는 없겠지? 어떤 집안의 자녀분이신가? 자네처럼 멋진 청년과 사귀는 아가씨는?"

으흠. 이 녀석도 우리 리라에게 마음이 있는 건가? 리라 혼자만 좋아하는 게 아니었나 보군. 기분이 좋아진 이 박사가 친근하게 물었다.

이 박사의 말에 현재의 눈가가 부드러워졌다.

"패션 디자인을 하고 있습니다. 아주 예쁘고 착한 여잡니다."

이 녀석이 정말 우리 리라와 연애를 하는 건가? 이 박사가 고개를 끄덕이며 내심 흡족해했다.

"혹시, 내가 아는 아가씬가?"

"글쎄요. 아마 보셨……."

현재가 대답을 하는 도중, 똑똑! 노크 소리가 들려왔다.

경쾌한 노크 소리가 들리더니 리라가 얼굴을 들이밀었다. 찰랑거리는 단발머리를 귀 뒤로 넘긴 V자형 얼굴의 리라가 눈동자를 반짝반짝 빛내며 그와 현재를 바라보고 있었다.

"네가 여긴 웬일이냐?"

이 박사가 현재 몰래 비밀스러운 윙크를 하며 딸을 맞았다.

"엄마 심부름 왔다가 손님이 오셨다기에 차 가져왔어요."

눈웃음이 가득한 리라가 애교스러운 목소리로 말했다. 처음, 아내로부터 리라가 현재를 마음에 두고 있다는 이야기를 전해 들었을 때만 해도 재밌겠다는 생각을 했었다. 하여간 요즘 녀석들 솔직한 건 못 당하겠단 말이야.

이 박사는 흥미로운 눈으로 딸과 현재를 바라보았지만, 두 눈을 반짝이며 기대에 찬 리라와 달리 현재는 별다른 반응이 없이 멀거니 앉아 있었다. 반응이 왜 이렇게 시큰둥하지? 의아한 생각이 들었지만, 이 박사는 아무런 내색도 하지 않은 체 인자한 미소를 지으며 딸을 반겼다.

"어허. 우리 딸, 정말 고맙구나. 현재 군, 어서 차 들게."

"감사합니다."

결이 거친 자기 잔에 담긴 녹차는 맑고 깨끗했다. 녹차 특유의 알싸한 향기가 소독 냄새로 가득한 진료실의 공기를 조금씩 흐트러트리고 있었다.

아무리 봐도 좋은 조합이란 말이야.

이 박사는 리라와 현재를 번갈아 보며 흐뭇한 미소를 지었다. 서 회장 집안과 사돈이 되는 것은 엄청난 신분 상승의 지름길이다. 자신이 운영하는 병원이긴 하지만 언제 채권단에 넘어갈지 모르는 불안한 처지였고 아내 역시 유명 숍을 경영하고는 있지만, 재벌 사모님들의 비위나 맞추며 옷을 파는 장사꾼이었다. 게다가 숍에 들어간 자금의 반 이상이 대출이었다. 서 회장네와 사돈이 되기만 한다면 이깟 병원쯤이야 열 개도 운영할 자금줄이 생기는 터였다.

서 회장의 과격한 성품 탓에 쥐고 있는 자료들이 적지 않았다. 굳이 그 자료들을 들추기보다 자연스럽게 리라와 현재가 사귀게 된다면 이보다 더 좋은 일이 어디에 있겠는가.

이 박사는 자꾸만 배어 나오려는 욕심 많은 미소를 알싸한 녹차와 함께 목 뒤로 삼켜 내렸다.

—박사님, 다음 환자분이 기다리십니다.

인터폰을 통해 들려오는 간호사의 목소리에 이 박사는 얼른 정신을 차렸다.

"이거 이거. 차 한잔할 시간도 없구만. 미안하이."

"아닙니다. 감사히 잘 마셨습니다."

"그래. 어서 가보게."

"아빠! 저도 이만 가볼게요."

눈치 빠른 리라도 자리에서 일어났다. 이 박사는 부디, 딸인 리라가 이 녀석을 무사히 사로잡기를 바라며 고개를 끄덕였다.

"그럼 다음에 뵙겠습니다."

"아빠, 나중에 봐요."

이 박사에게 손을 흔들며 진료실을 벗어난 리라는 앞서 가는 현재에게 쪼르르 달려가 그의 옆에 섰다. 다소 불편해 보이는 그를 향해 조심스럽게 손을 뻗자, 그가 빤히 쳐다본다.

"부축해 주려고."

"됐어."

"그럼 가방이라도 줘."

리라는 현재가 메고 있던 가방을 억지로 넘겨받았다. 왠지 그와 더 가까워진 기분이 드는 리라였다. 새아버지에게서 현재가 온다는 이야기를 전해 듣고는 일부러 병원으로 온 보람이 있었다.

"어쩌다 이렇게 다쳤어?"

"운동하다 보면 자주 다쳐."

"큰 시합 있다며?"

"응."

"응원하러 가도 돼?"

"지방에서 해. 너무 멀어."

"나들이 삼아 가보면 되지."

"뭐 하러."

"가서 응원하면 좋잖아. 이럴 게 아니라 우리 차 한잔하고 갈래? 어제는 너무 정신이 없어서."

"약속 있어."

현재가 차갑게 말했다. 리라는 자신과 거리를 두는 현재를 원망스럽게 바라보았다.

나한테 무슨 불만이 있나? 왜 이렇게 차가운 걸까?

이해가 되지 않았지만, 무표정한 그의 얼굴을 가만히 보고 있는 지금 이 순간도 설렘으로 가슴이 터져 버릴 것 같았다. 아마, 현재를 처음 만난 그 순간부터 그랬던 것 같았다.

"그럼 내가 약속장소까지 태워다 줄까?"

"괜찮아. 택시 타고 가면 돼. 그럼 가라."

"잠시만."

소매 끝을 잡는 리라를 보며 현재가 걸음을 멈추었다.

"왜?"

귀찮은 표정이 역력한 그의 얼굴을 보며 리라는 애교스럽게 미소를 지었다. 입술을 양쪽 끝으로 올리고 한껏 웃으면 한쪽 볼에만 있는 보조개가 도드라진다. 예전 남자 친구인 존이 예쁘다며 감탄을 금치 못했던 백만 불짜리 미소였다. 아니, 굳이 웃지 않고 그냥 무표정하게 있어도 길을 걷던 남자들이 뒤돌아볼 정도로 예쁜 얼굴인데 이상하게 현재는 반응이 없다. 그래서 리라는 현재가 더 마음에 들었다.

"미래, 아니, 미래 언니 말이야. 우리 엄마가 학비 대줘서 학교 다닌 건 알지? 사실은 우리 오빠랑……."

리라가 비밀을 얘기하듯 속삭였다.

대체 무슨 얘길 하고 싶은 거야? 리라를 노려보는 사이 하늘에서 빗방울이 후루룩 떨어지기 시작했다. 현재는 우산 없이 뛰어가는 여학생을 뚫어지게 바라보며 이맛살이 찌푸렸다.

"우산 있어?"

"우산? 아니. 너도 걱정하지 마. 내가 태워줄게."

"우산 없으면 됐어. 간다."

리라의 두 눈이 휘둥그레졌다.

"비가 이렇게 오는데 어딜 가려고? 현재야! 서현재!"

리라가 애타게 불렀지만, 이미 횡단보도를 건넌 현재는 달려오는 택시를 잡아타고 이내 사라져 버렸다.

"5일에서 8일까지는 밀라노 패션쇼가 있습니다. 15일은 주한 스위스 대사 사모님께서 주관하시는 자선 바자회에 초청받으셨고요, 20일은 유니세프에서 주최하는 어린이에게 새 희망을 이라는 행사에 참석하셔야 하고 24일은 양산보육원에 봉사활동이, 26일에는 여성 가족부에서 주관하는 미혼모를 위한 특별 바자회가 있으시고요."

"고맙구나. 미래가 없었으면 어쩔 뻔했니. 그나저나 이번 달에도 정신이 없겠네."

강 교수가 커피 잔을 우아하게 들어 올리며 말했다.

"너무 무리하시는 거 아네요? 혈압도 있으신데. 더구나 경남 양산은 너무 멀어요. 무리인 것 같아요."

미래는 걱정스러운 마음으로 강 교수의 스케줄 표를 들여다보았다.

"무슨 소리. 아무리 바빠도 봉사활동은 꼭 참석을 해야지. 내가 필요하다는데. 대신 미래 네가 많이 도와주면 되잖아."

강 교수는 미래가 내미는 찻잔을 받아 들며 온화하게 웃었다.

현재가 매장에 다녀갔다는 말을 리라에게 전해 듣지 못한 걸까?

"두고 봐. 내가 우리 엄마한테 다 일러줄 거야. 니가 우리 오빠도 모자라서 내가 맘에 두고 있는 나우까지 꼬셨다고."

강 교수님이 예정에 없던 매장 방문을 하셨기에 아마도 리라의 말을 듣고 물으러 온 것이라 생각했었다. 불같이 화를 내며 소리치던 리라가 가만히 있었을 리가 없었건만, 강 교수는 리라에 대해서는 아무런 말도 하지 않고 있었다.

미래는 샤넬풍의 감색 정장과 그에 어울리는 명품가방, 신발을 코디한 강 교수를 바라보았다. 아주 예전, 엄마와 함께 만났던 강 교수님은 수수하고 검소한 스타일이었다. 차분하지만 딱딱하고 어렵던 강 교수님은 지금 여기저기서 초청장이 날아드는 성공한 커리어 우먼이 되었다.

"강 교수님도 그 동생도 아주 상종 못할 사람이라고 하더라고."

희수 사장님이 했다는 말이 생각났다. 저분이 왜 그런 소리를 들을까? 강 교수를 바라보는 미래의 심경이 많이 복잡해졌다.

"머리가 지끈거리네. 혹시 두통약 있니?"

"네. 막내 시켜서 가지고 오라고 할게요. 그런데 건강 생각하셔서 스케줄을 조금 줄이시는 게 좋을 것 같아요. 개인 비서도 두시고."

"그래야 할까 봐. 그래도 내 걱정해 주는 건 우리 미래밖에 없네."

미래는 손으로 관자놀이를 꾹꾹 누르는 강 교수를 바라보다 그녀의 목에 걸린 다이아몬드 목걸이를 발견했다. 보석상에서 아빠와 함께 골랐던, 엄마에게 선물했던 목걸이와 똑같은 디자인이다.

"목걸이가…… 예뻐요."

순간, 강 교수가 흠칫거리는 느낌을 받았다. 무슨 일이지? 의아했지만, 곧이어 아무렇지도 않게 웃는 강 교수를 보며 미래는 자신이 잘못 본 것이라 생각했다.

"외국 나갔다가 예뻐서 샀어. 마음에 들어?"

"네. 예뻐요."

"그래. 고맙구나. 이제 그만 일어나야겠다. 오늘도 약속이 많네. 참, 엊그제 우리 리라가 성질 피우고 갔다며?"

강 교수가 자리에서 일어나며 가방을 챙겨 들었다.

"기분이 좀 안 좋았나 봐요."

역시, 알고 계셨구나. 조심스럽게 말하는 미래를 보며 강 교수는 얼굴을 찌푸렸다.

"쯧쯧. 예술을 하다 보니 감정선이 너무 예민해서는. 미래 네가 이해를 해라."

"아니에요, 교수님."

"그렇게 말해주니 고맙구나. 이번 이탈리아 대사관에서 주최하는 쇼에 리라가 만든 옷을 한 벌 올려볼까 하는데……. 네 생각은 어떠니?"

"이탈리아라면 리라가 공부를 한 곳이기도 하고, 그곳 흐름도 잘 알 테니 나쁘지 않을 것 같아요."

차분히 말하는 미래를 보며 강숙희는 살갑게 웃었다. 미래는 제법 영리한 아이였다. 말귀도 잘 알아듣고 행동도 재발랐다. 이만하면 생긴 것도 예쁘고 실력도 있고, 무엇보다 자신에게는 없어서는 안 될 아이이기도 했다. 하지만 아주 가끔 사람을 놀라게 하는 깜찍한 구석이 있는 아이다.

"그래? 네 생각이 그렇다니 한번 추진해 봐야겠다. 내가 너를 얼마나 믿고 있는지 알지? 넌 우리 리라와 같아. 내겐 딸이나 마찬가지지."

"네."

"그래. 그래야지. 참! 5층 창고가 엉망이던데 퇴근하기 전에 깨끗이 정리 좀 해놓고 가렴. 2층 옷 정리도 다시 해야겠더라. 다른 사람 시키지 말고 네가 해. 다른 애들이 하는 건, 영 마음에 안 들더구나. 내가 믿을 사람이 너밖에 없어. 부탁한다."

돌아서려던 강 교수가 몇 가지 지시를 내리고는 숍을 벗어났다. 아주 드문 경우이긴 하지만, 교수님이 다녀간 날은 하루 종일 정신이 없었다. 여기저기 청소할 거리며 새롭게 손을 봐야 할 인테리어 등을 지적해 주시고 가기 때문이다.

미래는 하루 종일 5층 창고에서 재고 정리에 매달렸고, 일을 마쳤을 즈음에는 퇴근시간이 다가오고 있었다. 퇴근하기 전 진한 커피 한 잔으로 지친 몸과 마음을 달래려는데 닫힌 출입문 너머로 익숙한 사람이 보였다.

"어쩐 일이야?"

반가운 마음에 저도 모르게 높은 소리가 나왔다.

"어쩐 일은. 보고 싶어서 왔지."

숍으로 현재가 들어서며 말했다. 달콤한 미소와 함께 미래의 앞으로 다가서는 현재를 보며 미래는 자신의 마음의 문도 함께 열리는 것을 느꼈다.

"왜 이렇게 젖었어? 우산 없어?"

"있어."

"근데 비를 맞았어?"

"시원하고 좋더라고. 이거 당신이 써."

흠뻑 젖은 현재가 접힌 우산을 내밀었다.

"우산이 있는데 이걸 그냥 들고 왔어? 비 맞으면서?"

"응."

아이처럼 해맑게 웃는 현재를 보며 미래의 가슴이 뭉클거렸다.

"너…… 바보니? 감기 걸리면 어쩌려고?"

"푸하하! 감기는 무슨. 그냥 비가 오니까 당신 생각이 나더라고. 틀림없이 우산 안 챙겨 갔을 텐데 싶어서. 당신 얼굴도 보고, 우산도 주고, 감시도 하고 겸사겸사."

그가 개구쟁이 같은 미소를 지었다.

"감시라니?"

"손님들 중에 당신한테 흑심 품고 집적거리는 놈은 없나, 괜한 걸로 트집잡고 못되게 구는 여자들은 없나 감시하러."

"헐. 완전 보디가드네."

"할까? 보디가드?"

"쯧쯧. 쓸데없는 소리 하지 말고 기다려 봐. 수건 가져다줄게. 우산 놔두고 비는 왜 맞니. 쓰고 오면 되지."

흠뻑 비를 맞고 온 현재를 뒤로하고 미래는 화장실로 향했다.

마음이…… 이상해.

뽀송뽀송 마른 수건을 건네자 그가 씨익 웃으며 수건을 받아 든다. 탈탈 머리를 털어내는 모습을 넋 놓고 바라보던 미래가 갑자기 생각이 난 듯 물었다.

"넌…… 운동은 언제 하니?"

"매일매일. 죽지 않을 만큼."

"죽지 않을 만큼? 난 한 번도 못 봤는데."

"유도를 길거리에서 하냐? 체육관에서 하지. 그러게 내가 한 번 보러 오라고 했잖아."

"알았어. 꼭 한 번 가볼게."

한동안 침묵이 흘렀다. 수건으로 머리를 말리는 현재를 가만히 바라보던 미래가 생각난 듯 다시 물었다.

"너 요즘 무슨 일 있지?"

"내가? 아니. 왜?"

"컨디션이 안 좋은 것 같아."

"아냐. 무지 바쁜데 짬짬이 시간 내서 당신 보러 오는 거야. 요즘도 열심히 체력 단련하고 죽을 만큼 열심히 운동하고 있어."

선배들에게 싸움 걸어서 왕따가 되긴 했지만, 운동을 포기하지는 않았다. 포기하고 싶어도…… 그럴 수가 없었다.

"죽을 만큼 열심히? 그렇게 열심히 하는 이유가 뭐야? 여기저기 다쳐 가면서까지."

미래의 물음에 현재는 한동안 생각에 잠겼다. 뭐라고 말을 해야 할까? 나를 버리고 간 엄마를 찾기 위해서? 폭력적인 아버지에게 인정받고 싶어서? 망설이는 그를 보며 미래가 부드럽게 웃어주었다.

"어라? 정말 특별한 이유가 있는 거야?"

"……"

대답 없는 그를 물끄러미 바라보던 미래가 고개를 끄덕였다.

"미안! 내가 괜한 걸 물었나 보다. 말하기 곤란하면 안 해도 돼."

"친엄마가…… 유일하게 챙겨보는 운동이 유도야. 외할아버지께서 유도 선수였거든."

그를 속 깊게 배려해 주는 미래를 위해 현재는 어렵게 입을 열었다.

"아……. 그랬구나. 국가대표가 되면 국제 경기도 많이 나갈 테고. 그럼 경기 중계도 하게 될 테니까……."

미래가 말끝을 흐리며 고개를 떨구었다.

왠지 그의 상처를 건드린 것 같아 미안해졌다. 먹먹한 가슴이 지끈거리며 통증이 밀려왔다. 그를 꼭 안고 괜찮아, 다 잘될 거야…… 라고 다독여 주고 싶었다.

"그렇게 힘들게 운동을 하면 시간 날 때마다 푹 쉬어야지. 이렇게 비 맞고 다녀도 돼?"

"잠시 외출 나왔어. 내일부터 또 합숙이거든."

"합숙?"

"응. 올해 말에 시합 있다고 그랬잖아."

"아. 전에 말하던 거."

"응. 올 수 있어?"

부모님은? 이라고 물으려던 미래는 '세 번째 새엄마는 밥을 해 주지 않는다.'라는 현재의 말을 떠올렸다. 11시가 넘어서 들어오는 아들에게 밥도 안 주는 새엄마가 현재의 시합을 보러 올까? 현재가 친엄마를 찾고 싶어하는 마음을 왠지 조금이나마 알 수 있을 것 같았다.

"별일 없으면 갈게."

"꼭 와! 그날은 오후 출근하면 되잖아. 꼭 와야 해. 우승하면 데이트하자. 출근 전까지 고이 모셔다 줄게."

끈질기게 요구하는 현재를 보며 미래는 피식, 웃음을 터트렸다.

"이렇게 농땡이 피우면서 우승할 자신은 있어?"

"그럼. 당신만 와준다면."

"너 솔직히 말해봐. 시합 나가면 매번 지지?"

"이거 왜 이러셔. 이래 봬도 우승 후보야! 우승이 확실시되는 아주 유망한 선수."

너스레를 떠는 현재를 보며 미래는 결국 웃음을 터트리다 싱긋, 따라 웃는 현재의 얼굴이 살짝 찌푸려지는 것을 보았다. 그러고 보니 왼쪽 볼이 조금 부은 것도 같았다.

"어디 아파?"

"아니. 왜?"

"얼굴이 부은 것 같아."

"아프다 그러면 올 거야?"

"정말 아픈 거야? 큰 시합 앞두고?"

미래의 말에 현재는 보이지 않는 곳만 골라서 때리는 아버지께 처음으로 감사한 마음이 들었다.

"지금 나 걱정해 주는 거지? 완전 기분 좋아지는데."

"정말 올 사람…… 없어?"

"없어."

그의 고집에 미래는 결국 한숨을 내쉬었다.

"그럼 꼭 가도록 할게."

"탁월한 선택이야!"

현재는 마음속으로 만세를 불렀다. 어차피 관심도 없을 테지만, 싸움에 관한 전후 사정도 듣지 않고 골프채로 사정없이 갈겨주시는 아버지와 문을 닫고 조용히 사라지는 새엄마를 굳이 경기장에서까지 보고 싶은 생각은 없었다.

"갑자기 막 힘이 솟아."

"확실한 건 아니야. 지금은 별다른 스케줄이 없지만 그때 가서 어떻게 바뀔지 모르니까."

"알았어. 그래도 노력은 해봐."

싱글거리며 고개를 뒤로 젖힌 현재가 오른쪽과 왼쪽을 번갈아가며 천천히 고개를 돌리다 미래와 시선이 마주쳤다. 현재의 짙은 눈썹이 깊은 눈매와 맞닿을 정도로 보기 좋게 휘어졌다. 쭉 뻗어 있는 반듯한 콧날 밑의 입술 끝이 한쪽으로 기울어지더니 장난스럽게 입을 연다.

"암만 봐도 잘생겼지? 사귀자는 제안 거절한 거 후회되지?"

"웃기시네. 이건 손님을 대하는 경건한 눈빛이라고나 할까."

미래는 아무렇지도 않은 척 애를 썼지만 비정상적으로 뛰고 있는 심장박동 소리를 들킬까 봐 겁이 났다.

"어쩜 그리 멋지냐?"

"웬만한 모델 저리 가라야. 그 포스 봐. 완전 쩔어."

패션쇼가 끝나고 현재를 묻던 동기들의 말이 생각났다. 그녀들의 수다처럼 현재에게는 남모를 특이한 분위기가 있다. 지나던 사람 누구나 돌아보게 만드는 강한 끌어당김. 그것이 그의 내면에서 나오는 힘인지 그가 가진 고유의 '기'인지 알 수는 없었지만, 아무튼 현재의 존재는 사람들의 눈길이 본능적으로 머물게 만들었다.

"그런 눈빛으로 봐줘서 좋긴 한데…… 아무 놈에게나 그런 눈빛 주면 큰일 난다."

"내 눈빛이 어떤데?"

"무방비로 보이잖아. 남자들의 사냥 욕구를 자극하는 새끼 토끼 같아."

"이렇게 큰 토끼 봤어?"

"그러게. 곰이라고 할 걸 잘못 말했나 후회 중."

현재가 두 손을 깍지 끼고 뒤로 넘겼다. 보기 좋은 근육의 움직임이 감탄이 날 정도로 아름답게 느껴졌다.

"밥은 먹었어?"

현재가 물었다.

"그럭저럭."

"그럭저럭은 뭐냐?"

"뭐, 그럭저럭 먹었단 말이지."

그의 행동을 눈으로 좇던 미래는 긴소매에 가려 있던 현재의 손목으로 시선을 고정시켰다. 손목을 감은 유난히 흰 붕대가 보인다.

"손 왜 그랬어? 다친 거니?"

"별거 아냐."

괜찮냐고, 어쩌다 다쳤냐고 미래가 미처 묻기도 전에 '따라랑!' 풍경 소리와 함께 인기척이 들려오더니 예쁘장한 여자 손님이 들어섰다.

"잠시만 기다려."

미래는 현재에게 양해를 구하고 손님에게 다가갔다.

"어서 오세요. 손님, 무엇을 도와드릴까요?"

"……그냥 둘러보려고요."

"네. 천천히 둘러보시고 언제든지 필요하시면 말씀하세요."

미래는 한 걸음 뒤로 물러서서 손님이 마음 편히 매장을 둘러볼

수 있도록 했다. 미래는 손님들을 대할 때, 스스로 규칙을 정해놓았다. 친절하나 지나치지 않게 솔직한 느낌과 평으로 서비스에 임할 것. 그리고 제각각 다른 손님들의 체형, 굴곡, 팔다리의 길이 등을 잘 파악해 장점은 살려주고 결점은 커버할 수 있는 옷들을 권하기 위해 노력했고, 매상을 올리기 위해 어울리지 않는 옷을 권하거나 판매하는 반칙을 하지 않았다. 그래서인지 미래를 찾는 단골들이 점차 늘어갔다.

"이건 어때요?"

귀여운 여자 손님이 20분이 넘도록 갈등하며 고른 옷은 실크 소재의 보라색 블라우스였다. 색이 화려해서 튀기는 하겠지만, 동그랗고 귀여운 얼굴에는 맞지 않는 스타일이다.

"100% 실크라 천도 좋고 디자인도 세련됐죠. 손님은 피부가 깨끗하고 맑아서 아무 옷이나 잘 어울리긴 하겠지만, 이 옷은 손님이 가지신 귀여운 장점을 잘 살리지 못할 것 같아요."

미래는 여자 손님에게 어울릴 만한 하얀색의 프릴 블라우스를 꺼냈다.

"이건 어떠세요? 손님은 얼굴이 귀엽고 깜찍한 스타일이시라 이런 귀여운 블라우스가 잘 어울리실 것 같은데요."

"예쁘긴 한데, 스물여덟 살이 입기에는 너무 어색하지 않을까요?"

"동안이시네요. 전혀 스물여덟 살로 보이지 않아요."

손님의 얼굴에 기분 좋은 미소가 떠올랐다.

"가만히 보면 잔주름이 자글자글해요."

"무슨 말씀을. 아주 탱탱하게 예쁘세요. 많이 봐야 스물 중반밖에 보이지 않는걸요."

"정말이요?"

"그럼요. 아주 어려 보이셔서 전혀 어색하지 않을 거예요. 일단 손님이 고른 블라우스와 이 옷을 번갈아 입어보세요. 제가 봐드릴게요."

"알았어요."

보라색 블라우스와 흰색, 그 외에 2벌을 더 고른 손님이 한 벌씩 갈아입고 나올 때마다 미래는 손님과 함께 꼼꼼히 점검했다. 이렇게 갈팡질팡하는 손님은 어렵게 옷을 골랐다고 해도 금방 교환하는 경우가 많기 때문에 처음부터 완전히 마음에 드는 것이 아니면 팔지 않는 것이 더 나았다. 다행히도 미래가 고른 블라우스를 갈아입은 후, 밖으로 나온 손님의 얼굴은 만족스러워 보였다. 하얀 블라우스는 그냥 눈으로 봤을 때보다 잘 어울렸다.

"프릴이 너무 화려해서 어색하고 이상할 줄 알았는데 막상 입어보니까 귀여운데요. 맘에 들어요. 이걸로 할게요."

손님은 커다란 전신 거울에 이리저리 비춰보며 흡족한 미소를 지었다.

"잘 선택하셨어요. 아주 화사하게 잘 어울리세요. 아 참, 이 옷은 하이 웨스트 스커트가 잘 어울릴 거예요. 손님이 입으시면 전지현처럼 날씬하면서도 귀여운 스타일이 되실 거예요."

"그래요? 스커트가 몇 개 있긴 한데, 이 블라우스에 어울릴 만한 것으로 골라봐 주시겠어요?"

"네. 손님. 제가 잘 어울리는 스커트를 골라 드릴게요. 이리로 오세요."

체격이 작고 날씬한 체형에는 하이 웨스트 디자인이 잘 어울린다. 미래가 골라준 스커트를 색깔별로 2벌 구매한 손님은 만족스러운 얼굴로 돌아갔다. 자신이 골라준 옷을 입고 행복해하는 손님들을 볼 때마다 미래도 덩달아 행복해진다.

마음에 드는 옷을 구입한 손님이 돌아가고 미래는 흐뭇한 표정으로 손님을 배웅했다.

"옷은 몸을 가리는 단순한 기능이나 추위와 더위로부터 몸을 보호하는 것뿐만이 아니라 그 사람을 가장 잘 나타내는 자아표현의 방식이야."

재봉틀 앞에 앉아 다정하게 설명을 하던 엄마의 말씀을 아직도 기억하고 있다.

"음⋯⋯. 멋진데."

손님이 흐트러뜨린 옷을 정리하는 미래의 옆으로 현재가 다가왔다.

"뭐가?"

"그냥 다."

"싱겁긴."

"판매 쪽도 잘 어울리기는 하지만, 그래도 나는 당신이 디자인한 옷들이 궁금해. 디자인도 계속하는 거지?"

"그럼. 내 꿈은 한 사람, 한 사람의 아름다움을 가장 잘 나타내는 옷을 만드는 거야. 비록 지금은 혼자서 만들고 있지만 언젠가는 내가 직접 디자인한 옷을 사람들에게 입힐 거야. 눈이 시리게 아름다운 저녁노을처럼 사람들에게 감동을 주는 옷. 그런 옷을."

　꿈을 꾸듯 말하는 미래를, 현재는 물끄러미 바라보았다. 그리고 생각했다.

　이 여자가 참 좋다.

8. 사랑의 또 다른 이름, 그리움

잘 차려진 식탁 앞에 앉은 이 박사는 리라의 빈자리를 보며 아내를 쳐다보았다.

"리라는 아직 안 일어났어요?"

"네. 몸이 좀 안 좋은가 봐요."

강 교수의 대답에 이 박사가 자리에서 일어났다.

"식사하시다 말고 왜 일어나세요?"

"집안에 의사 뒀다 뭘 하려고. 딸이 아프다는데 한 번 가봐야지."

"아이고. 유별나셔라. 여자애들 종종 아프고 그래요."

살갑게 웃으며 자신을 막는 강 교수를 보며 이 박사는 마지못해 자리에 앉았다. 어쩌면 서 회장님의 며느리가 될지도 모르는 아이니 각별히 신경 써서 살펴야 했다.

"어제 현재와 함께 있는데 아주 잘 어울립디다."

아내가 발라준 생선살을 맛있게 먹으며 이 박사가 말했다.

"어머나! 정말이요? 다행이네. 그쪽도 우리 리라에게 관심이 있어 보이던가요?"

"글쎄 그건 잘 모르겠고. 아무튼 둘이 서 있는데 아주 선남선녀 같더군요."

남편의 말에 강 교수는 함박웃음을 지었다. 리라의 말처럼 정말 잘돼가고 있는 걸까?

"상록이는 오늘 귀국하는 거 아니요?"

"네. 오늘 오후 비행기로 들어온다고 연락 왔어요. 들어오면 아버지 먼저 찾아뵙겠다고 그러네요."

"집에서 보면 되지 뭐 하러 병원까지 와요. 상록이에게 힘들 테니 집에 와서 푹 쉬라고 해요."

"상록이가 말을 들을지 모르겠어요. 부모 자식 간에도 워낙 예의를 차리는 애라."

"당신이 예절 교육을 잘 시켜서 그렇지."

아이들의 이야기를 나누며 이 박사와 강 교수는 편안한 아침식사를 즐겼다. 너무나 평범한 것 같지만 아무나 누리지 못하는 부부간의 식사 시간. 강 교수는 요즘 더없이 행복하고 만족스러웠다.

남편이 출근을 하자마자 강 교수는 리라의 방을 찾았다.

"이리라! 너 자니?"

문을 열자마자 술 냄새가 확 풍겨왔다.

"쯧쯧. 다 큰 아가씨가 방 안 가득히 술 냄새나 풀풀 풍기고. 아버지에게는 차마 술병이 났다고 말할 수가 없어서 아프다고 둘러댔다."

"아이참! 나 더 잘 거야! 어서 나가!"

이불 안으로 파고들며 리라가 끙끙, 신음 소리를 뱉어냈다.

"이리라! 너 안 일어나? 어제 어떻게 된 거야?"

"어제 뭘? 자꾸 왜 이래. 귀찮게?"

헝클어진 머리며, 퉁퉁 부은 딸의 얼굴을 보며 강 교수는 한숨을 뱉어냈다.

"계집애 정말. 너 자꾸 이렇게 관리 안 하고 이럴 거야? 이런 모습 보면 어느 남자가 좋다 그러겠어?"

"걱정 마! 난 나우에게 시집 갈 거니까."

"걔도 네가 좋대? 아버지 말씀으로는 어제 둘이 같이 나갔다며? 나가서 뭐 했어? 밥 먹고 술 마셨어?"

엄마의 말에 리라는 인상을 잔뜩 찌푸리며 짜증을 뱉어냈다.

"아이, 정말. 내가 알아서 할 테니까 어서 나가!"

다시 이불을 뒤집어쓰고 눕는 딸을 한심하게 바라보며 강 교수는 할 수 없이 뒤돌아섰다.

「오늘 귀국해! 마중 나와줄 거지?」

상록에게서 온 문자메시지를 보며 미래는 숨을 삼켰다. 오늘은 현재 역시 전지훈련을 마치고 돌아오는 날이었다.

「보고 싶다.」

「너무 보고 싶어서 미칠 것 같아.」

「나 지금 도망칠까? 도망치고 싶어!」

「도망치면 만나줄 거야?」

「드디어 내일이면 만나겠네. 우아! 진짜 진짜 보고 싶다. 송미래!」

그동안 현재에게서 온 메시지를 보았다.

이제는 정말 마음을 정리해야 할 때가 되었나 보다. 아니, 마음
은 진작 정리가 되었지만, 그것이 진심일까 혼란스러웠었다. 하지
만 자신의 눈앞에서, 자신만을 향해 있는 현재를 거부하기에는 너
무나 감정이 깊어져 버렸다.

「오늘 오는 거지? 만나자. 만나서 할 얘기 있어.」

현재에게 메시지를 보내고 출근 준비를 했다. 오늘은 평소보다
더 꼼꼼히 화장을 했다. 연한 볼터치와 특별한 날에만 하는 마스
카라까지 정성스레 펴 발랐다. 거기다 현재가 예쁘다고 칭찬해 준
하얀색 블라우스와 보라색 치마바지를 맞춰 입었다. 거울 속에 비
친 자신의 모습이 마음에 든 미래는 크게 심호흡을 하며 집을 나
섰다.

"언니! 언니이! 미래 언니!"

재고 정리를 하고 있는 미래의 귓가에 평소보다 훨씬 높은 막내
은영의 목소리가 들려왔다.

"숨넘어가겠다. 무슨 일이야?"

"서, 서현재 선수가 찾아왔어요."

볼이 발그스레하게 달아오른 은영이 두 눈을 빛내며 미래의 손
을 잡아끌었다.

"……현재가?"

"네. 서현재 선수요. 그 기가 막히게 잘생기고 멋지고 간지 나는 서현재요."

은영의 말에 미래는 고개를 갸웃거렸다.

"그런데 네가 현재를 어떻게 알아?"

"아휴, 언니. 저 현재 선수랑 같은 학교예요. 그런데 서현재 선수가 정말 이웃사촌이었어요?"

은영이 숨을 헐떡이며 물었다. 미래는 호기심 가득한 눈으로 바라보는 은영을 보며 긍정의 미소를 지었다.

"헉. 정말이구나. 언니이. 미리 말씀 좀 해주시지. 으으흥. 진짜 부러워요. 이럴 줄 알았으면 평소에 언니에게 잘 보일걸. 그럼 언니 집에도 놀러 가서 만났을지도 모르는데."

은영은 아이돌을 만나는 팬처럼 현재의 방문에 들떠 있었다.

"충분히 예쁘게 굴었어."

"힝힝. 그래도요~ 나중에 사인 받아주세요."

은영이 어깨를 흔들어대며 말했다. 평소에도 애교스러웠지만, 오늘따라 더 귀엽게 구는 은영이다.

"나머지 정리는 제가 할게요. 어서 가보세요. 편의점 앞에 있을 거예요. 매장에서 기다리라니까 굳이 밖에 있겠대요."

"고마워."

미래는 평소보다 더 공을 들여 손을 씻고 머리를 매만졌다.

그를 못 본 지 벌써 일주일이 흘렀다. 상처는 어떻게 됐는지, 어떻게 지냈는지 가슴이 쿵쾅거리며 설레었다.

밖으로 나오자 온통 햇살 천지였다. 찬란한 빛에 눈이 시려 잠시 눈을 감았다 뜨니 거짓말처럼 낯익은 뒷모습이 시야에 잡혔다. 커다란 느티나무 아래에서 통화를 하고 있는 현재의 등. 주인의 성격처럼 곧고 강한 등을 보고 있으려니 한 번도 표현해 보지 못했던 마음이 거짓말처럼 기지개를 켜며 일렁이고 있었다.

그가 좋아. 현재가 좋아.

환경이나 나이 따위가 무슨 상관인가? 미래는 그가 좋았다. 눈물이 날 만큼 좋았다. 눈이 시려서 차마 마음 놓고 쳐다볼 수 없을 정도로 그가 좋아졌다. 행복한 발걸음을 최대한 누리고 싶었던 미래는 속도를 줄여 천천히 그에게 다가갔다.

조심스럽게 다가간다고 했는데도, 옆으로 길게 드리워진 그림자가 천천히 움직이기 시작하더니 그의 얼굴이 보였다. 아쉬웠다. 조금 더 오래 무방비 상태의 그를 볼 수 있었는데.

"송미래다!"

현재가 빙그레 웃으며 말했다.

"응."

"진짜 송미래 맞지?"

"응. 나야!"

와락, 그가 손을 뻗어 그녀를 안았다. 숨을 쉴 수 없을 만큼 세게 껴안은 그가 그녀의 머리에 코를 묻으며 깊게 숨을 들이켰다.

"아. 이제 좀 살 것 같아. 숨도 못 쉬게 보고 싶었거든."

나도. 나도 그랬어. 마음속으로 중얼거린 미래는 그의 품에 안겨 배시시 미소를 지었다.

"좀 있다 한꺼번에 맞을게."

귓가에 들리는 속삭임에 무슨 소린가 싶어 고개를 들었다. 다가

오는 그의 입술. 부드럽고 조심스러운 입술이 그녀의 입을 막았다.

다정한 키스는…… 금세 격렬하게 변해갔다. 그에게 먹혀 버리는 것이 아닐까 겁이 날 정도로 강렬한 키스가 계속되었다.

빠앙빵! 지나가는 차가 장난스럽게 경적을 울려댔다.

그제야 정신을 차린 미래가 현재를 떼어놓았다.

"여기…… 직장 근처야."

달아오른 얼굴과 촉촉한 입술을 보며 현재가 다시 얼굴을 갖다 댔지만, 미래는 고개를 돌려 그의 입술을 피했다. 몇 번이나 키스를 시도하던 현재도 겨우 정신을 차린 듯, 그녀를 다시 꼭 껴안았다.

"휴우. 정말 그러네. 자! 이제 때려!"

낮은 한숨을 내쉰 그가 자신의 얼굴을 내밀었다.

피식, 웃음을 흘린 미래가 그의 뺨에 살짝 입술을 갖다 대자 그가 두 눈을 동그랗게 떴다.

"지금 뭐 한 거야?"

"밥은?"

"지금 밥이 문제야? 당신 금방 뭐 한 거냐고?"

"인사! 네가 좋아하는 유럽식 인사."

"헐! 뭐지? 이 기분은? 당신…… 지금 내게 무슨 짓을 한 거야? 새로 나온 고문법은 아니지?"

놀란 얼굴로 거듭 되묻는 현재를 보며 미래는 다정하게 웃었다.

"아냐. 그런 거. 밥 먹었어?"

"아니. 당신이랑 먹으려고 참았어."

"잘됐다. 나랑 먹자."

미래의 말에 현재는 홀린 듯 고개를 끄덕였다.

"그, 그래."

"조금 먼 데까지 가야 하는데 지금 갈 수 있어?"

"어. 난 괜찮은데 당신은? 매장 들어가 봐야 하는 거 아냐?"

"나도 반휴 냈어. 가자."

그녀가 손을 들어 택시를 잡았다.

"어딜 가는데?"

"따라오면 알아."

그녀가 이상하다.

택시 안, 미래의 옆에 얌전히 앉은 현재는 자꾸만 들뜨는 가슴을 억누르며 심호흡을 했다.

'그냥 단순히 밥 먹는 자리야. 들뜨지 마.'

스스로에게 수없이 되뇌었지만, 흥분은 쉬이 가라앉지 않았다. 한참을 달린 차가 외곽으로 빠지기 시작했다.

"다 왔어."

미래가 그의 허벅지를 살짝 치며 말했다. 무심하게 스치는 손에 현재의 다리 위로 오소소 소름이 돋았다.

"어딜 가는데?"

낮은 계곡의 입구에 선 현재가 물었다.

"우리 직원들 가끔 몸보신하는 곳 있어."

"그렇구나. 그런데 가방이 왜 이렇게 무거워? 벽돌 넣고 다니냐?"

미래의 가방을 뺏어 들며 현재가 말했다.

"그게 뭐가 무거워."

"이렇게 무거운 거 들고 다니면 키 안 큰다."

현재가 낮게 중얼거리자, 미래가 기분 좋게 웃음을 터트렸다.

다정한 웃음소리, 감미로운 분위기가 현재의 발걸음을 잡았다. 식당을 향해 부지런히 걸어가는 미래의 뒷모습에 울컥 뜨거운 무엇인가가 치밀어 올랐다.

왜 이렇게 설레는 거지?

설마 오늘 내 고백을 받아주는 건 아니겠지?

"미쳤어. 내가 지금 무슨 생각을 하는 거야?"

현재는 고개를 흔들며 위험한 상상에서 벗어났다. 생각만으로도 이렇게 행복한데 현실이 되면 아마 감당하지 못할는지도 모른다. 잠시나마 허황된 생각을 하는 현재를 꾸짖기라도 하듯 햇살이 더 강렬해졌다. 세상의 모든 빛이 그의 눈앞으로 몰려드는 것 같았다. 아찔한 현기증에 현재는 두 눈을 감았다.

"뭐 해?"

미래의 음성에 눈을 떴다.

그의 앞에 그녀가 서 있었다. 반쯤 몸을 돌리고 자신을 내려다보는 그녀가 그의 앞에 서 있었다. 그의 눈에 온통 미래만 보였다.

"다리 아파?"

다정한 미래의 목소리에 갑자기 목이 메어왔다. 그녀가 좋아 가슴이 터져 버릴 것만 같았다.

"현재야!"

"먼저 가. 따라갈게."

자신을 부르는 그녀의 목소리에 그는 겨우 대답을 할 수가 있었다.

"정말 괜찮은 거지?"

"햇살이 너무 눈부셔서 잠시 어지러웠어. 이제 괜찮아."

잠시 침묵이 이어졌다.

한 폭의 그림처럼 한참을 마주 보고 서 있는 두 사람의 주위로 신기루 같은 햇살이 퍼져 나가기 시작했다. 말없이 현재를 바라보던 미래가 다시 걷기 시작했고 그는 열심히 그녀의 뒤를 쫓았다.

금방 도착한 식당은 계곡을 내려다보며 식사를 할 수 있도록 여러 개의 평상을 펼쳐 놓은 곳이었다.

"닭 집이네."

"응. 간만에 몸보신 좀 하려고."

진지한 미래의 말에 현재가 웃음을 터트렸다.

"웃긴······."

미래가 쑥스럽게 중얼거렸다.

"근데 너 머리가 많이 길었다."

미래의 말에 현재가 고개를 끄덕였다.

침묵은 좋았다. 편안하고 나른한 충만감······. 함께 있으면 언제나 그렇듯이 평화롭고 여유로운 시간이었다.

"밥 나올 때까지 잠시 누워."

그녀가 자신의 허벅지를 두드리며 말했다.

"정말······ 오늘 무슨 날이야?"

그녀를 빤히 바라보며 현재가 물었다.

"싫어? 싫음 말고."

"누가 싫다 그랬어?"

그녀가 다리를 빼기 전에 현재가 얼른 드러누웠다. 가는 다리에 무리가 갈까 봐 힘을 적당히 빼자, 그녀가 그의 머리를 꾸욱 눌렀다.

"괜찮아. 편히 누워."

"다리 저리면 어떻게 해?"

"이 정도로 끄떡도 없어."

그녀의 말에 지그시 힘을 주자 그녀가 윽, 신음을 흘리며 그의 머리를 쿵 쥐어박았다.

행복한 웃음이 터져 나왔다. 눈을 감은 채 살랑거리는 그늘 바람에 몸을 맡긴 현재는 저도 모르게 웃고 있는 자신을 발견했다.

"아유. 아주 훤칠한 커플이 오셨네. 모델이신가 봐요?"

커다란 쟁반에 백숙을 가져온 주인이 연신 흐뭇한 웃음을 터트리며 물었다.

주인의 말에 눈길을 피하며 배시시 웃는 미래가 정말 예쁘게 보였다. 수줍게 물든 볼을 만져 보고 싶은 마음에 저도 모르게 손을 뻗을 뻔한 현재는 주먹을 꽉 움켜쥐었다.

정신 차리자! 서현재!

열을 식히기 위해 찬물을 벌컥벌컥 들이켰지만, 가슴속은 여전히 답답하다.

"목말랐구나?"

"응."

천진난만한 미래의 물음에 현재는 웃음을 삼키며 다시 잔 속에 물을 채웠다.

"이거 놔두고 물배 채우려고?"

인삼과 대추, 각종 한약재를 가득 넣은 통통한 토종닭을 바라보며 미래가 물었다.

"아니. 먹자! 보기만 해도 기력이 솟겠네."

"남기지 말고 다 먹어."

"당신도 많이 먹어."

닭다리를 뜯어 먹기 좋은 크기로 살을 바르고 뽀얀 국물과 함께 미래의 앞 접시에 담아주며 현재가 말했다.

"이 집 겉절이도 맛있어. 같이 먹어봐."

미래가 겉절이를 들어 현재의 앞 접시에 놓아주었다.

"맛있다."

미래가 올려준 겉절이와 살코기를 한입에 넣은 현재가 행복한 미소를 지었다.

주인장이 정성스럽게 끓여준 닭죽까지 맛있게 비운 두 사람은 기분 좋게 자리에서 일어났다.

식사를 마치고 집으로 돌아올 때까지 미래는 아무런 말도 하지 않았다. 현재는 두근거리는 심정을 애써 감추며 그녀와 보조를 맞추었다. 드디어 현관 앞에 선 미래가 걸음을 멈추었다.

"들어가!"

"당신 먼저 들어가. 그런데 그전에 나한테 할 말 있다 그러지 않았어?"

현재가 조심스레 물었다.

"응. 집에 들어가면 해줄게. 문자로."

"문자?"

"응. 문자로. 휴우. 안 되겠다. 나 먼저 들어갈게."

현재는 먼저 집으로 들어가 버린 미래를 멍하니 바라보다 자신의 집으로 들어왔다.

아무래도 착각을 했나 보다. 가방을 내려놓으며 현재는 생각했다. 자신의 고백을 받아주는 것이 아니라 거절하려고 그렇게 뜸을 드린 것인지도 몰랐다. 그러고 보니 미래가 자신을 위해 몸보신용 음식을 사준 것이 마음에 걸렸다.

맛있는 음식을 잔뜩 차려놓고 '많이 먹어.'라며 다정스럽게 말한 엄마는 다음날 그의 곁을 떠났었다. 그때의 기억이 자꾸 되살아나 현재는 불안한 마음으로 전화기를 바라보았다.

딩동! 드디어 문자가 왔다.

현재는 떨리는 마음으로 휴대 전화기를 들었다.

「우리 내일부터 사귀자!」

털썩, 다리에 힘이 풀린 현재는 바닥에 주저앉았다.

전화기가 떨어지는 줄도 몰랐다.

그저 세상을 다 가진…… 기분이 들 뿐이었다.

강 교수는 힘없이 집으로 들어서는 아들을 바라보며 쓴웃음을 지어야 했다. 지친 기색이 역력한 것이 출장이 많이 힘들었던 모양이다.

"고생했다. 원단 수입 문제는 성공적으로 잘 마쳤다면서? 너와 함께 갔던 고 부장이 매사에 사려 깊고 반듯한, 훌륭한 아드님을 두셨다고 칭찬하더라."

"아니에요. 고 부장님이 고생하셨죠 뭐."

"그런데 일 잘하고 온 사람 얼굴이 왜 그러니?"

"제 얼굴이 왜요?"

"기쁜 기색이 하나도 없잖아. 출장도 잘 다녀왔겠다, 원하는 성과도 얻었겠다, 오랜만에 집으로 돌아오는 녀석 얼굴이 환하지는 못할망정 완전히 똥 밟은 얼굴이야."

출장의 목적도 훌륭하게 달성했겠다, 오랫동안 골치를 썩였던 원단 수입 문제도 잘 마무리했으면 기뻐서 어쩔 줄 몰라야 할 녀석이 저렇게 지친 기색으로 서 있는 것을 보니 강 교수의 마음이 좋지 않았다.

"혹시 미래 때문이냐?"

"아니에요. 좀 피곤해서."

강 교수의 물음에 아들은 아니라고 했지만 흔들리는 눈빛이 사실을 말해주고 있었다. 미래 문제 맞구나. 여자 하나 어쩌지 못해서 저러나 싶어 한심하기도 하고, 안됐다는 생각도 드는 강 교수였다.

"왜? 미래 못 만났니?"

"네. 바쁘대요."

"쯧쯧. 그렇게 안 봤는데, 미래가 밀당을 하는가 보구나."

"밀당이라뇨? 미래는 그런 거 안 해요."

상록이 힘없는 목소리로 말했다.

"에고. 바보처럼 순진해서는. 그렇게 보고 싶으면 집 앞으로 찾아가 보든가. 가서 확실하게 네 마음을 고백하고 허락을 받아내. 미래…… 내년이면 스물다섯인 거 알지?"

강 교수의 말에 상록이 번쩍 고개를 들었다.

"아무래도 그래야겠네요."

사내자식이 마음이 저렇게 약해서야.

서둘러 집을 나서는 아들을 보며 강 교수는 혀를 쯧쯧거렸다.

「아파트 앞 카페야.」

미래는 상록의 문자메시지를 받고 그가 기다리는 장소로 나갔다.

마중을 나와달라는 그의 부탁을 거절하고 현재와 함께 시간을 보냈다. 그리고 현재에게 사귀자는 문자를 넣었다. 이제 자신의 마음이 정리가 된 것처럼 상록에게도 자신의 마음을 전해야 했다.

창가에 앉은 상록은 그녀를 초조하게 기다리고 있었다. 크게 심호흡을 한 미래는 상록에게로 천천히 다가갔다.

"오빠, 잘 다녀왔어?"

"응. 너는? 바쁜 일은 다 해결했고?"

상록이 웃으며 그녀를 반겼다.

"응! 교수님은 뵀어?"

"그럼. 집에 들러서 엄마 뵙고 그러고 왔지."

그가 착한 아들답게 말했다.

"잘했네. 밥은? 뭐 먹었어?"

"그렇지 않아도 출출한데 뭐 좀 먹을래?"

상록의 말에 미래는 고개를 흔들었다.

"난 밥 먹었어."

"그랬구나."

"오빠라도 먹을래? 같이 가줄게."

"아니. 집에 가서 먹지 뭐."

"출장은 어땠어?"

"그렇지 뭐."

별 의미 없는 대화들이 오갔다.

미래는 한참 만에야 가방 안에서 그가 건네준 명품 지갑과 선물들을 꺼내 들었다.

"이거!"

"이게……."

"미안하지만 받을 수가 없어."

"미래야!"

"나도 내 마음을 많이 생각해 봤는데, 오빠를 사랑하지 않는다는 결론을 내렸어. 오빠는 내게 정말 친오빠 같은 사람일 뿐이야."

차분하게 말하는 미래를 상록이 하얗게 질린 얼굴로 쳐다보았다. 마음이 아팠지만, 희망의 여지를 두지 않는 것이 그를 위한 길이라, 미래는 생각했다.

다음날은 다행히 휴무여서 이슈에 나가보지 않아도 되었다. 상록의 얼굴을 어떻게 봐야 하나 고민했던 미래에게는 그나마 다행스러운 일이었다.

미래는 아침 일찍 훈련을 나가느라 얼굴도 보지 못한 현재를 위해 우유와 요구르트를 챙겨 그의 집 문 앞에 나두고, 수훈의 작업실로 향했다. 이제 정말 공모전이 얼마 남지 않았으니 정신을 바짝 차려야 했다.

홍대에 위치한 수훈의 작업실은 반지하이긴 했지만, 편안하고 아늑한 공간이었다. 거기다 쇼핑이 취미인 수훈이 냉장고 가득가득 먹을거리들을 채워놓고 있어 희수와 둘이 작업하기에는 부족함이 없는 안성맞춤 공간이었다.

친구들과 함께 마실 커피를 사 들고 수훈의 작업실로 향하자, 먼저 온 희수가 미래를 반겼다.

"어서 와!"

"반가워!"

"수훈이는?"

"응. 화장실!"

"희수야!"

수훈이 없는 것을 확인한 미래는, 조심스레 희수를 불렀다. 현재와의 일을 그 누구보다 먼저 희수에게 알려야 할 것 같았다.

"응?"

"나…… 현재와 사귀기로 했어."

"헉! 드디어 마음을 결정한 거야?"

커피 메이커에 얼굴을 박고 있던 희수가 번쩍 얼굴을 들었다. 깜짝 놀란 듯 보이는 희수의 얼굴 위로 웃음이 번져 나고 있었다.

"응."

"잘했어. 현재 같은 애가 세상 어딨겠어. 잘했어, 송미래. 탁월한 선택이야!"

까아악! 희수가 비명을 지르며 미래를 꼭 껴안아주었다.

"내 생각도 그래."

"참, 상록 오빠는? 오빠에게도 말했어?"

포옹을 풀고 걱정스레 물어보는 희수에게 미래는 고개를 끄덕였다.

"오빠, 많이 실망했겠다. 그래도 네게 참 잘했는데."

"응."

"그래도…… 잘했어! 난 네 결정에 완전 찬성이야! 송미래와 서현재라. 완전 멋진 비주얼 커플이 탄생하겠어."

"야! 송미래. 이희수. 둘이서 뭐 하는 짓이야?"

화장실을 다녀오던 수훈이 아침 인사 대신, 인상을 잔뜩 찌푸리며 잔소리를 해댔다.

"쯧쯧. 우리 수훈이 불쌍해서 어쩌니? 닭 쫓던 개 지붕 쳐다보는 것처럼 이제 피눈물 쏟겠네."

"뭐가? 내가 왜 피눈물을 쏟아?"

다가오는 수훈을 보며 희수가 푸하하하, 웃음을 터트렸다.

"그럴 일이 있어. 그나저나 우리 수훈이, 일에 진척은 좀 있어?"

"생각을 해봐라. 모델들이 이렇게 구린데 잘 풀리겠냐? 하여간 꼭 구린 것들이 일도 구리게 해요. 이정미랑 구유경이 봐라. 부모 잘 만나서 졸업하자마자 유학 갔지. 공부 마치고 들어오면 청담동에 숍 하나 차리는 거야 불을 보듯 뻔한 일이지. 그러다 격에 맞는 남편 만나서 떵떵거리며 잘살 거 아니겠어? 쯧쯧. 그래서 옛말에 공부 잘하는 년은……."

"얼굴 예쁜 년 못 당하고, 얼굴 예쁜 년은 복 많은 년 못 당한다."

"얼굴 예쁜 년 못 당하고, 얼굴 예쁜 년은 복 많은 년 못 당한다."

"어머, 어머. 이것들이 아주 사람을 가지고 놀아요. 흥!"

미래와 희수가 주문을 외듯 수훈의 말을 받아치자, 수훈이 기가 막힌 듯 콧방귀를 뀌며 지하 작업실을 나섰다.

"어디 가?"

"배터리 챙기러 간다. 왜?"

빽 소리를 지르며 사라지는 수훈을 보며 미래와 희수는 참았던 웃음을 터트렸다.

다음날, 이슈로 출근을 한 미래는 당황스러운 일에 맞닥뜨려야 했다.

많이 실망했을 거라 생각은 했지만, 오랜만에 숍에 들른 강 교수는 미래를 철저히 외면했다. 예전처럼 안부를 묻지 않았고, 회의 시간에도 없는 사람 취급을 했다. 회의 도중, 복지관에 기부할 물품에 관한 의견을 나눌 때는 이런 말을 했다.

"그걸 왜 하나 싶어. 기껏 도와줘도 은혜를 모르는 사람이 태반 인데 말이야. 나중에 뒤통수나 치지 않으면 다행이지."

미래에게 시선을 고정시키며 쌀쌀맞게 말하는 바람에 직원들이 미래를 힐끔거렸다.

"자! 오늘 회의는 이것으로 마치도록 하죠. 커피와 샌드위치 드실 분 없으세요? 제가 쏘겠습니다."

상록이 급히 주의를 돌리는 바람에 민망함에는 벗어났지만, 미래는 정말 난처했다.

"송미래 씨는 저 좀 보고 나가세요."

강 교수의 말에 회의실을 빠져나가려던 사람들이 놀라 흠칫거렸다. 송미래 씨라니. 여태 한 번도 그런 호칭으로 부른 적이 없던 강 교수였다.

"뭣들 해요? 일 안 할 겁니까?"

서릿발 같은 강 교수의 말에 직원들이 서둘러 회의실을 빠져나가고 텅 빈 공간에는 강 교수와 미래, 두 사람만이 남게 되었다.

"이번 주 토요일 양산 봉사활동 있지? 거기 네가 좀 가줘야겠다."

시선을 마주치지 않으며 말하는 강 교수를 보며 미래는 낮은 한숨을 내쉬었다. 정말 단단히 화가 나셨구나.

"갈 수 있지?"

강 교수가 말했다.

싸늘한 표정이 전에 없이 차갑게 느껴졌지만, 어제저녁 상록을 그렇게 거절했으니 뭐라 할 말이 없었다. 어서 결혼을 했으면 좋겠다고, 네가 내 진짜 가족이 되면 좋겠다고 말하던 강 교수님이 얼마나 실망을 했을지 뻔한 일이었다.

"하필이면 그날 프랑스에서 손님이 오실 게 뭐니. 유학할 때 같이 공부하던 친구가 한국 방문하는 김에 날 보러 온다는구나. 공교롭게도 일정이 빠듯해서 그날 하루밖에 시간이 안 난다고 하니 어쩌겠니."

"저 교수님, 죄송하지만 다른 사람 보내시면 안 될까요?"

"왜? 가기 싫은 거니? 이젠 내 부탁도 듣기 싫어?"

강 교수가 쌀쌀맞게 물었다. 차가운 눈빛에 날 선 목소리, 정말 전에 없이 차가운 분위기였다.

"아니요. 그날 월차를 냈어요. 약속이 있어서."

미래가 주저하며 말했다.

"그래? 공교롭게도 같은 날 일이 생겼구나. 그 약속이 우리 이슈보다 더 중요한 일이니? 그렇다면 할 수 없고."

강 교수의 말에 미래는 입술을 깨물었다. 미래 역시 난감하기는 마찬가지였다. 그날은 희수와 함께 파주에서 열리는 유도 경기장을 찾기로 약속이 되어 있었기 때문이다. 진즉, 휴가를 빼놓고 희수와 같이 현재를 응원할 예정이었다. 인터넷을 통해 파주의 맛집도 알아보았다. 현재의 말처럼 그가 우승이라도 하면 함께 근사한 저녁도 먹을 예정이었다.

그런데 양산이라니. 멀어도 너무 멀었다.

"나도 갑자기 이런 부탁을 해서 마음이 안 좋긴 하다만, 워낙 멀리서 오는 친구라 그냥 보내기가 섭섭하구나. 이런 일 믿고 부탁할 사람이 너밖에 없어. 어째 휴가 취소는 안 되겠니?"

강 교수가 다시 물었다.

미래는 어쩔 수 없이 고개를 끄덕였다.

9. 운명을 가르는 찰나의 시간

파주 운정 실내 체육관.

—2분 20초.

거친 숨과 함께 날카로운 손톱이 어깨를 파고들었다. 살갗이 찢어지는 불쾌감에 짜증이 치솟았다. 앵앵거리는 모기 같은 놈. 현재는 치밀어 오르는 화를 억누르며 평정심을 회복하려 애썼다. 집중력을 흐트러뜨리려는 놈의 장난에 휘둘릴 순 없었다.

"씹새. 뭘 째려? 이쯤에서 기권하시지."

흰 도복 덕에 유난히 도드라지는 구릿빛 피부의 박기영이 숨을 헐떡이며 말했다. 노려보는 눈빛이 제법 매서운 것이, 지난번 호프집의 복수를 하기 위해 단단히 각오를 하고 나온 것 같았다.

"기권할 일 없습니다. 그런 소리 마시고 손톱 다듬을 시간에 기술이나 더 익히십시오."

기를 꺾기 위한 피식거림에 기영의 얼굴이 붉어졌다. 다행히도 고통을 애써 참고 있는 것을 눈치채지 못한 모양이다. 현재는 안도했다. 기영은 현재가 얼마나 힘들게 버티고 있는지 몰라야 했다. 조금이라도 빈틈을 보이는 순간 하이에나처럼 달려들어 숨통을 끊어놓을 놈이 기영이었다.

"서현재! 잘난 척하지 마라. 네놈은 오늘부로 끝이야!"

기영이 이를 악물며 중얼거렸다.

중학교 때부터였다. 1년 후배인 서현재가 기영의 앞길을 막은 것은. 원수 같은 놈 덕에 번번이 실패를 맛봐야 했다. 전생에 무슨 원한을 졌기에 꼭 4강에서 만나 결승행을 가로막는지.

작년에는 감독님의 설득 끝에 아래 기수들이 경기에 출전하지 않는 것으로 가까스로 국대 마크를 딸 수 있었지만, 올해는 사정이 달랐다. 편파판정이니 봐주기니 따위의 기사들이 너무 많이 쏟아졌기 때문이다.

현재 놈에 동하 놈까지. 올해는 글렀구나, 기영은 생각했다. 그런데 난공불락 같던 서현재가 부상을 당해 병원을 들락거린단 소식이 들려왔다. 자신에게 호감을 나타내는 병원의 간호사를 꼬드겨 그가 심한 타박상으로 물리치료를 받고 있다는 정보를 전해 들을 수 있었다.

기영은 만세를 불렀다. 살다 보니 이런 재수도 있구나! 어쩌면 기영을 불쌍하게 여긴 하늘의 배려일지도 몰랐다. 그는 이번 기회를 놓칠 수 없었다. 유도를 시작하고 처음으로 정정당당하게 결승

으로 오를 수 있는 기회를 놓치기 싫은 기영은 쉴 틈 없이 공격했
고 서현재는 죽을힘을 다해 방어를 해야 했다.

─1분 40초.

"서현재! 너 이러다 진짜 다리 못 쓰는 수가 생긴다."

현재의 도복 깃을 다부지게 부여잡은 기영이 귓가에서 속삭였
다. 꼬리가 살짝 말려 올라가 여유로워 보이는 입매와 달리 현재
를 노려보는 눈빛은 살쾡이처럼 매서웠다.

"닥치십시오!"

"건방진 새끼. 다음을 생각하라니까."

기영이 달콤하게 속삭였다. 애석하게도 그의 말은 허풍이 아니
었다. 한 발씩 내디딜 때마다 대퇴부를 타고 오는 통증은 현재의
숨을 턱턱 막히게 만들었다. 그래도 참을 수 있었다. 아니, 참아야
했다. 현재는 입술을 질끈 깨물며 정신을 차리려 애썼다.

[미안! 오늘 시간이 안 돼서 못 가보겠네. 시합 잘해라!]

올 줄 알았던 미래를 생각하자 심장이 울컥거리더니 또다시 고
통이 몰려왔다. 현재는 퉁퉁 부어오른 다리를 의식하지 않기 위해
눈에 힘을 주며 기영을 노려보았다.

"후회하지 마라. 아주 아작을 내줄 테니."

비웃음 섞인 미소와 함께 기영이 다가왔다. 이번에는 시간차 공
격이었다. 현재는 포기하지 않는 기영의 손과 발을 쳐내며 거친

숨을 토해냈다. 남들보다 빠른 반사 신경 덕에 여러 번의 고비를 간신히 넘겼지만, 조금이라도 방심했다면 벌써 바닥에 메다 꽂히고 말았을 것이다.

—30초.

작전타임이 다가오고 있었다. 현재는 정신을 집중하며 숫자를 세기 시작했다.

'9, 8, 7, 6, 5…….'

유효로 승기를 잡고 있던 기영의 입술 끝이 슬며시 올라가는 것을 보며 현재는 재빨리 손을 뻗어 그의 옷깃을 움켜쥐었다. 퉁퉁 부어올라 감각이 없는 오른쪽 다리에 힘을 주자 온몸의 신경들이 되살아난 듯 엄청난 파장이 밀려왔다.

허헉! 신음을 삼키기 위해 입술을 깨물자 비릿한 피 냄새가 목 뒤로 넘어가는 것이 느껴졌다.

"얍!"

기합을 넣으며 온몸의 힘을 끌어모으자, 기영의 눈빛이 급격히 흔들리기 시작했다. 눈 깜짝할 시간에 번쩍 들린 기영의 몸이 오른쪽부터 땅으로 떨어지고 있었다. 하나 둘 셋! 불과 몇 초 지나지 않은 찰나였지만, 모든 것이 슬로우 모션처럼 천천히 진행되었다.

콰앙!

기영의 등이 매트에 닿는 소리는 현재의 심장박동 소리만큼이나 크게 들렸고 바로 그 순간, 날카로운 휘슬이 경기장을 가로질렀다.

삐이이익!

"한판!"

벌떡, 일어난 심판들이 큰 소리를 외치며 깃발을 들어 올렸다. 용광로처럼 달아오른 열기가 갑자기 터져 나온 환호성과 함께 일시에 폭발했다.

헉헉, 현재는 참아왔던 숨을 몰아쉬며 옷매무새를 다듬었다. 이제 결승전만 남았다. 승리의 기쁨을 내려놓고 널브러진 기영과 예의를 갖춘 인사를 나눈 뒤, 벤치로 향했다. 실질적으로 결승전이나 다름없는 4강전 A조 우승자 서현재를 감독은 환한 얼굴로 맞아주었다.

"어깨는 어떠냐?"

"괜찮습니다."

이온 음료와 수건을 건네받은 현재가 거친 숨을 몰아쉬며 대답했다.

"발목은?"

"견딜 만합니다."

"그래. 그래. 들어가서 파스 바르고 응급 드레싱이라도 좀 하자."

"네."

현재가 무심하게 대답했다. 다분히 의도적인 기영의 공격으로 시합 전보다 더 부어오른 발목이 보이는데도 우직하게 견디는 녀석이 감독의 입장에서는 장하고 고맙기만 하다.

"여동하! 현재 부축 좀 하자."

"사람 차별하십니까? 저도 환잡니다."

벤치에 앉아 있던 동하가 못마땅한 듯 투덜거렸다.

"자랑이다. 멍청한 자식들! 명색이 불알친구란 놈들끼리 예선전에서 다리가 부러져라 싸우냐? 무식한 놈들!"

"그러게 말입니다. 인생이 불쌍해서 한 수 접어줬더니 은혜도 모르고 다리나 부러뜨리고 말입니다. 괜히 봐줬습니다."

깁스를 한 채 목발을 짚고 있던 동하가 툴툴거리며 다가왔다. 지독한 컨디션 난조 덕에 예선 탈락에다 다리 부상까지 당하긴 했지만, 현재와 동하는 우위를 다툴 수 없는 막강한 라이벌이었다.

"누가 누굴 봐줬다고?"

"내가 널 봐줬다. 새꺄!"

"미친놈! 나머지 다리도 아작 나서 휠체어를 타봐야 정신 차리지?"

"시끄럽고. 무식한 두 놈! 서로 의지해서 와라."

티격태격하긴 해도 누구보다 친한 두 사람을 바라보던 감독이 흐뭇한 표정을 감추며 대기실로 향했다.

"어이, 우승후보. 업힐래?"

"죽고 싶냐?"

"왜 떨리냐?"

"안 되겠다. 좀 더 맞자."

현재가 목발을 들고 다가오자 동하가 얼른 뒤로 물러났다. 남자가 봐도 가슴이 두근거릴 정도로 멋진 놈이, 웬만한 영화배우는 명함도 못 내밀 정도로 멀끔하게 생겨먹은 놈이 한눈팔지 않고 우직하게 유도에만 몰두하는 모습이 신기하리만치 멋졌다. 그래서 동하가 먼저 다가갔다. 친구 하자고. 그때부터 지금까지 쭉 현재를 좋아했다.

"괜찮냐?"

다리가 심각하게 부어오른 현재를 보며 동하가 걱정스레 물었다.

명색이 아버지라는 양반이 좀 살살 패시지. 시합을 앞둔 아들을 골프채로 패는 아버지를 두지 않아 다행이라고 해야 하나, 동하는 깊은 한숨을 내쉬며 현재를 부축했다.

"역시 하늘은 공평하신가 보다. 나만 이래서 어쩐지 손해 보는 느낌이다 했는데, 너도 깁스해야 하는 거 아니냐?"

"혹시 미래 봤어?"

"새끼! 미래 누나가 네 친구냐? 누나라 불러."

동하의 투덜거림에 현재가 씨익, 미소를 짓는다.

"아직도 화났냐? 인마! 인대가 늘어났으면 됐지. 뭘 그렇게 꽁해 있어."

"독한 놈! 난 금이 갔다."

"야! 고만하고 미래 혹시 왔을지 모르니까 한번 찾아봐라."

"사랑하는 친구 시합 중에 딴짓을 하라고? 아서라. 정신 흐트러진다."

"미친놈. 나쁜 놈, 독한 놈이라며?"

"내가 원래 인성이 좀 되잖냐. 그래서 원수를 사랑하는 사람이다. 내가."

"미친. 핸폰 줘봐."

"없어. 사물함에 놔두고 왔어."

동하는 괜히 주위를 두리번거리며 중얼거렸다. 자연스럽지 못

한 말투며 행동을 현재가 눈치채지는 않을까 전전긍긍하는 속내
는 바짝바짝 타들어가고 있는 중이다.

"혹시 무슨 일 생긴 거 아냐?"

"일은 무슨 일. 급한 일 처리하고 열나게 오고 있는 중일 거다."

"그렇겠지?"

"그럼."

"아무 일 없으면 다행이고."

"방금 산만 한 놈을 쓰러뜨리고 온 놈이 누나 때문에 저렇게 상
처받은 티를 팍팍 내다니……. 누나가 그렇게 좋냐?"

"티 나냐?"

"어이구. 죽어라, 새꺄!"

히죽거리는 현재를 보며 동하는 양심을 가책을 느껴야 했다. 예
선탈락이라 일찌감치 시합을 마치고 쉬고 있던 동하는, 자신을 오
경준이라고 밝힌 낯선 남자의 전화를 받았다.

[서현재 선수 친구 되시죠?]

"그렇습니다만, 무슨 일이십니까?"

[송미래. 미래 누나가 사고를 당했습니다.]

"뭐라고요? 미래 누나가 왜?"

[양산으로 향하는 차가 사고가 났습니다. 저희 누나랑 같이 타고 있
었는데 사고가 났어요. 서현재 선수에게 부산 *병원으로 빨리 와달라
고 전해주세요.]

전화를 끊고 동하는 한동안 깊은 고민에 빠져야 했다. 어떻게

알려야 하지? 뭐라고 해야 할까?

'현재야! 사실은…… 교통사고가 났어.'

미래 누나를 끔찍이도 좋아하는 녀석을 속여야 하니 죽을 맛이었다. 차라리 말해 버릴까? 고민하던 동하는 이내 마음을 다잡았다. 국대가 되기 위해 현재가 얼마나 힘들게 연습을 했는지 옆에서 고스란히 지켜보았다.

다친 다리로 얼마나 힘들게 여기까지 왔는데…….

태극 마크를 달기 위해 피땀을 흘린 현재의 매 시간을 옆에서 지켜보지 않았던가. 지독한 연습 벌레인 동하가 혀를 내두를 정도로 독하게 훈련을 하는 현재의 의도가 무엇인지, 누구를 위한 것인지 잘 알고 있었다. 동하는 절뚝거리며 걸어가는 친구를 보며 목구멍까지 올라왔던 사고 소식을 다시 삼켜 버렸다. 죽더라도 나중에, 국가대표가 된 현재의 손에 맞아 죽는 것이 나을 것이다.

'미안하다!'

"왜 그래?"

이상한 낌새를 느꼈는지 앞서 가던 현재가 뒤를 돌아보았다.

"뭐가?"

"왜 안 오고 서 있냐고. 다리 아프냐?"

현재가 미간을 찌푸리며 물었다.

"그래, 몰인정한 새꺄! 삭신이 쑤신다. 먼저 들어가. 화장실 갔다 갈 테니."

"눈물 닦으러 가냐? 손수건 주랴?"

"니 손수건으로 똥 닦으라고? 설산데."

"드런 새끼."

거친 말과는 달리 걱정스러운 눈빛으로 쳐다보는 현재를 피해 화장실로 향했다. 들어서기 전 슬쩍 훔쳐보니 현재에게 인사를 하러 온 후배 놈들이 보인다. 터놓지 못한 찝찝함을 떨쳐 내기라도 하듯 동하는 서둘러 화장실로 들어섰다.

"오늘 양산에서 난 버스 사고 소식 들었냐?"

"버스 사고?"

"지금 인터넷에서 난리야. 난 양산에 친척이 있어서 좀 전에 통화했거든. 정신이 없더라고. 버스 뒤가 다 날아갔나 봐. 죽은 사람도 엄청 있고……."

"헐! 진짜?"

화장실을 나서는 사람들이 나누는 대화에 동하는 주먹을 꽉 쥐었다. 설마……. 미래 누나에게 무슨 일이 있는 건 아니겠지? 덜컥 겁이 났다. 처음, 미래 누나를 발견한 사람은 동하 자신이었다. 현재의 아파트를 드나들 때마다 마주치는 여신 같은 누나에게 반해서 매일 아침 누나가 타는 버스를 따라 타며 누나를 훔쳐봤었다. 한때는 동하의 여신이었던 미래 누나. 활짝 웃는 모습이 예뻐서, 정말 예뻐서 현재만 아니었다면 골백번도 더 들이댔을 누나. 설마 많이 다친 건 아니겠지? 지금이라도 말을 해야 하나? 아냐. 아냐. 우승이 코앞인데……. 이번 시합에서 우승만 하면 국가대표가 되고 국가대표가 되면 국제 경기에 나가 시합을 할 수 있을 것이다. 방송에 노출되는 횟수가 많아질수록 일본 어디쯤에 계신다는 현재의 어머니도 현재를 알아볼 수 있을지 몰랐다.

"미안해요, 누나!"

한 번도 말하지 않았지만, 동하는 알고 있다. 현재가 얼마나 어머니를 그리워하고 있는지. 피를 토하고 **뼈**를 깎는 노력을 통해 여기까지 이른 현재의 희망을 꺾어버릴 수는 없었다.

"젠장!"

동하가 굳은 결심을 굳히며 화장실을 나서는데 김 감독이 그의 앞길을 가로막았다.

"여동하! 서현재 새끼, 화장실에 있어?"

조금 전까지 환하게 빛나던 감독의 얼굴이 까맣게 변해 있었다. 설마하는 불안한 마음에 가슴이 철렁 내려앉았다.

"무슨 말씀이십니까?"

"서현재. 그 새끼가 없어졌다. 너랑 화장실 간 거 아니었냐?"

"아닙니다."

"이 미친 새끼. 어디 간 거야?"

"제가 찾아보겠습니다."

동하는 금방이라도 무슨 사고를 낼 것처럼 두 눈을 이글거리는 감독을 진정시키며 대기실을 벗어났다.

사고 소식을 들은 건가? 어떻게 안 거지?

경황이 없기는 동하도 마찬가지였다.

혹시나 싶었던 화장실에도, 의무실에도 현재의 모습은 보이지 않았다. 선우그룹 서재우 회장의 막내아들이자, 한국 유도계의 기대주 서현재는 국가대표가 90%쯤 보장되는 결승전에 결국 나타나지 않았다.

❖

부산 *병원 207호실.

의식이 돌아왔지만, 쉽사리 눈이 떠지지 않는다. 아니, 뜰 수가 없었다. 온몸의 힘이라고는 하나도 남아 있지 않은 모양인지 눈꺼풀을 들어 올리기도 버거웠다.

미래는 아주 가까스로 낮은 신음을 토해냈다. 그때였다. 부드럽고 다정한 손길이 느껴진 것은. 누군가가 아주 조심스럽게 머리를 쓰다듬고 있었다. 코끝을 스치는 익숙한 냄새에 불안하던 마음이 조금씩 안정되기 시작했다.

포근하고 좋은 냄새…….

입술을 달싹거리려던 미래의 머릿속으로 급작스러운 기억이 떠올랐다.

"정말 미안하다. 그날 중요한 스케줄이 잡혀서. 네가 대신 양산보육원에 좀 다녀와 주겠니?"

강 교수님을 대신해서 갔던 양산의 자선활동. 손님들을 태우고 행사장까지 향하던 그 차량이 사고가 났다!

파주보다 부산과 가까운 양산이 더 좋다며 기뻐하던 희수와 함께 간식으로 가져간 맥시봉 소시지와 새우깡을 나눠 먹을 때까지만 해도 아주 좋았었다. 날씨도 좋고 창밖의 경치도 좋았다. 차도 막히지 않았고 오래간만에 야외로 나가는 기분도 좋았다.

경기장에 참석하지 못한다고 말하자 실망하던 현재가 마음에 걸리기는 했지만, 그가 우승을 할 것이라는 굳은 믿음이 있었다.

오랫동안 바라왔던 국가대표가 될 현재를 생각하자 뭉클한 감동으로 가슴이 떨려왔다. 모든 것이 다 좋았었다. 마주 오던 덤프트럭과 부딪치기 전까지는. 뼛속까지 떨리는 공포와 함께 가슴이 심하게 아프다고 느낀 순간 사고가 났다는 것을 알 수 있었다.

쾅쾅쾅 콰앙!

천지가 개벽하는 것 같은 엄청난 굉음과 함께 숨을 쉴 수조차 없는 극심한 고통이 밀려왔다. 머리부터 발끝까지 참을 수 없는 통증이 느껴졌다. 사람들의 비명 소리가 먼 곳에서 들리는 것처럼 아득해지고…… 그리고 의식을 잃었었다. 의식을 잃기 전, 미래는 강 교수의 제안을 거절할 걸 그랬다고…… 생각했다.

살아 있구나.

돌아온 기억과 함께 가슴 철렁한 안도감이 밀려왔다. 그리고 심장이 벌렁거리기 시작했다. 꿈인지 현실인지 분간하기 힘든 그녀를 현실로 이끈 것은 뼈를 에는 통증이었다. 의지와 상관없이 신음이 터져 나왔다. 대체 얼마나 다친 걸까? 몸을 움직이려다 저도 모르게 흐느낌이 터져 나왔다.

"흐흑!"

머리를 쓰다듬던 부드러운 손길이 멈추어졌다. 갑자기 상실감과 함께 허전함이 밀려온다.

"깼어? 링거 맞고 있어. 진통효과 있는 거래."

머리맡에서 걱정 가득한 현재의 목소리가 들려왔다.

현재?

서현재?

시합은?

'네가 왜 여길 와 있는 거야?'

궁금했지만, 사고로 멍해져 버린 머릿속 생각이 입 밖으로 나오지 않았다.

"사고…… 기억나? 당신이 탄 차가 사고가 났어. 당신은 여기서 반나절을 누워 있었어. 깨어났으니 이제 됐다."

현재가 안도의 한숨을 내쉬며 말했다.

"어, 어떻게……?"

네가 어떻게 여기 와 있냐고, 시합은 어떻게 되었냐고 묻고 싶었지만, 온몸을 두드려 맞은 것처럼 힘이 없는 미래의 입장에서는 역부족이었다.

"꼼지락거리는 거 보니까 살 만한가 보다? 괜히 설치다 덧나지 말고 얌전히 누워 있어."

엄한 목소리가 들려오더니 몇 초도 안 돼, 조심스런 음성이 따라왔다.

"혹시 화장실 가고 싶은 거야?"

현재의 목소리에 묻어 있는 당혹감에 피식, 터져 나오려던 웃음이 통증으로 바뀌었다. 묻기 힘든 말이었을 텐데…….

"간호사 후딱 데려올게."

"무, 물……."

간신히 목소리를 내어 물을 찾았다.

"아. 물!"

달그락거리는 소리가 나더니 조심스러운 손길이 머리를 부축해 상체를 들어주었다.

"아프면 말해."

숟가락으로 조금씩 물을 넣어주는 손놀림이 투박한 운동선수라고는 믿어지지 않을 정도로 부드럽고 조심스럽다. 촉촉하고 따뜻한 물이 입안으로 흘러들자 비로소 살 것 같았다. 후유, 미래는 만족스러운 한숨을 뱉어냈다.

"더 마실래?"

"아니."

"눈도 아파?"

"아니."

"그런데 왜 계속 감고 있어?"

그러고 보니 계속 눈을 감고 있었다. 왜 그랬을까? 미래는 조심스레 눈을 떠 보았다. 밝은 형광등 불빛에 눈이 시려 몇 번을 깜빡이다 고개를 돌려 익숙한 얼굴을 확인했다. 깊은 눈매와 반듯한 콧날, 고집스러운 입술 선. 서현재가 맞긴 맞구나.

"제대로 보이긴 하는 거야?"

현재가 미간을 찌푸리며 물었다. 한 번씩 웃을 때면 주위가 다 환해질 정도로 멋진데. 그래도 현재가 자신의 병상을 지키고 있다는 것을 깨닫는 순간, 이상하리만치 따뜻한 감동이 몰려왔다.

"내 말 들려?"

"자알 들려."

사포처럼 까끌까끌한 목소리가 흘러나왔다. 잠시 현재와 눈이 마주쳤다. 흔들림이 없는 깊고 깨끗한 홍채는 현재의 머리카락처럼 짙은 갈색을 띠고 있었다.

"이름."

고개를 돌린 현재가 취조하듯 물었다.

"뭐?"

"이름이 뭐냐고."

풋, 웃음이 터져 나왔다.

"미래. 송미래."

"내 이름은?"

"서. 현. 재."

한 자 한 자 힘주어 말했다.

"멀쩡하네."

"나…… 얼마나 다친 거야?"

"머린 괜찮아?"

"좀 아프긴 해."

"큰일 났다. 가뜩이나 못생긴 얼굴 팅팅 부어서는. 그 얼굴 이제 어쩔 거야?"

현재의 말에 덜컥 겁이 났다. 그리고 보니 얼굴이 따끔거리는 것 같기도 했다.

"얼굴에 상처 났어?"

"내 말은 원판도 안 좋은데 터질 것처럼 팅팅 부어서 어쩌냐는 말이지!"

"깜짝 놀랐잖아. 이상한 소리 하지 말고 간호사 좀 불러줘."

"기다려!"

현재가 병실을 나가자 따뜻한 온기도 함께 사라졌다. 왠지 모를 썰렁함이 느껴진다. 사람의 온기는 다 똑같을 텐데…… 왜 그런 느낌이 드는 걸까?

"환자분! 일어나셨어요?"

얼마 지나지 않아 간호사의 나긋나긋한 목소리가 들려왔다.

"머리가 아프시다고요?"

"네."

혈압과 맥박을 체크하던 간호사가 고개를 끄덕였다.

"혈압과 맥박은 정상이에요. 혹시 머리 말고 불편한 곳은 없으시죠?"

"네. 두통 말고는 괜찮아요. 그런데 혹시 환자 중에 오희수라는 사람은 없나요?"

파주 경기장 대신 해운대 가서 회나 한 접시 먹고 오자며 희수를 설득했었다. 현재의 경기를 못 봐서 섭섭하긴 하지만 바다와 회가 더 좋다며 기뻐하던 희수는 어떻게 되었을까? 아무 일 없겠지? 무사하겠지? 내내 마음에 걸렸던 희수에 대해 물어보았지만, 간호사는 고개를 흔들었다.

"글쎄요. 오늘 사고로 저희도 비상이라서요. 나중에 한번 확인해 보세요."

"얼굴이 많이 부어 보이는데 괜찮은 겁니까?"

어디서 확인하면 되냐고 물어보려던 질문이 간호사를 따라 들어온 현재에 의해 묻혀 버렸다.

"교통사고는 며칠 지나야 아픈 곳을 정확하게 알 수 있어요. 좀 있다 담당 샘 오시면 CT랑 초음파 검사한 결과 말씀해 주실 거예요. 불편한 곳 있으면 연락 주시고요."

지나치게 호의적인 간호사의 목소리가 멀어지고 한 박자쯤이 지난 뒤 현재의 나직한 한숨 소리가 들려왔다.

"여기까지 봉사활동 온 거야?"

화가 난 것일까? 차가운 목소리였다.

"응."

"당신이 숍 대표야? 왜 이 먼 곳을 당신이 와?"

마치 보호자처럼 구는 현재에게 교수님 대신 왔다는 말을 할 수가 없었다.

"희수 말이야. 같이 타고 있었는데. 괜찮을까?"

"버스 사고였어. 다친 사람들이 한둘이겠냐? 여기저기 병원으로 나눠졌으니까, 아마 다른 병원으로 갔겠지. 걱정하지 말고 더자. 아무 일 없을 거야."

"그렇겠지?"

"당연하지."

미래는 두 눈을 가늘게 뜬 채 현재를 바라보았다.

"야, 서현재. 근데 넌 여기까지 어떻게 왔어?"

"KTX."

"아 그렇구나."

"자꾸 말하지 마. 살 만하냐?"

흐릿한 눈꺼풀 위로 물수건이 얹혔다. 따뜻한 기운 덕인지 몽롱하던 머릿속이 조금씩 또렷해지고 있었다. 기분이 좋아진 미래가 힘없이 웃었다.

"누나한테 버릇없이. 그래도 따뜻해서 봐준다."

"웃음이 나오지?"

"어. 네가 이렇게 다정하게 나오니까 신기하면서 막 웃겨."

"꿈 깨셔. 일어나기만 하면 내 손에 죽었으니까."

은근한 목소리로 겁을 주는 현재의 미간에 작은 골이 세 개나

생겼다. 지렁이처럼 구부러지는 주름을 보자 괜히 웃음이 터져 나오려 했다. 어쩌면 아무 일도 일어나지 않은 것에 대한 안도의 미소였는지도 몰랐다.

"나중에 보자는 사람 하나도 안 무서워."

"웃지 마. 꼴 보기 싫으니까 나 없는 데서 웃어."

"웃는 것도 허락받고 웃어야 해?"

기가 막혀 웃음을 터트리며 흘러내린 머리칼을 치우기 위해 생각 없이 팔을 드는데 '아야!' 비명이 터져 나왔다.

"링거 꽂았잖아. 어쩌냐? 많이 아파?"

현재가 미간을 찌푸리며 이불 속으로 미래의 팔을 집어넣어 주었다. 오늘 현재는 아주아주 바람직하다. 무섭고 먹먹하던 기분이 좋아질 만큼.

"서현재!"

"왜?"

"고마워."

"알면 앞으로 잘해."

"고마운 김에 나 대신 희수 소식 꼭 알아봐 줘."

"알아볼 테니까 입 다물고 자."

현재의 목소리가 조금 더 낮아졌다. 미래는 두 눈을 감았다. 편안한 어둠이 포근하게 미래를 감쌌다. 못 볼 줄 알았던 현재를 다시 봐서 정말 좋았다. 평소보다 더 멋진 서현재. 이불을 다독거리는 조심스러운 손은 보호받고 있는 듯 든든한 느낌이 들게 했다.

"……서현재."

"왜?"

"고마워."

"거참, 말 많네."

투덜거리면서도 토닥토닥 이불을 다독이는 현재의 손길이 좋았다. 마음이 편안해진 미래는 서서히 몽롱함 속으로 빠져들었다.

머리가 깨질 것 같은 통증이 느껴진다. 얼마나 잠이 들었던 걸까? 미래는 두런두런 들려오는 대화 소리에 잠에서 깨어났다. 익숙하지 않은 공기 때문일까? 기분 좋게 잠이 들었던 것과는 달리 머리가 깨질 것 같은 두통이 밀려왔다. 뻑뻑한 눈꺼풀을 천천히 들어 올리자 캄캄한 창밖이 보인다. 벌써 밤이 되었나? 시간도 궁금하고 잠을 깨운 목소리의 주인공도 궁금했지만, 약 기운 때문인지 몸을 뒤척일 힘이 없었다. 미래는 할 수 없이 다시 눈을 감았다. 하나, 둘, 셋 심호흡을 하며 몸을 움직이려 할 때 날 선 목소리가 그녀의 뒤척임을 막았다.

"서류정리는 차질 없게 준비했지?"

"당연하지. 그나저나 애는 괜찮은 거야?"

낯선 목소리였다. 누구지? 몸을 돌리고 싶었지만 바위로 눌러 놓은 듯 움직여지지 않았다.

"모르지."

강 교수님? 날 선 교수님의 목소리였다. 구역질이 날 것 같은 두통이 밀려오는 차에 날이 선 강 교수의 목소리는 미래의 신경을 더욱더 자극했다.

"이런 말 하긴 뭣하지만, 죽은 사람도 많은데……."

속삭이듯 중얼거리는 목소리. 문득, 목소리의 주인공이 기억났다. 강 교수님의 동생인 강영희 실장님이었다.

"얘는 깨어나겠지?"

이번에는 강 교수님이었다.

"비교적 가벼운 부상이라니까."

"이대로 갔으면 좋겠다 싶기도 하고. 미치겠다. 정말. 그때 부도만 안 났어도."

강 교수님의 목소리가 흔들리고 있었다. 정말 교수님이 맞는 거야? 교수님이 이런 말을 할 리가 없잖아. 꿈을 꾸고 있는 것이 분명해. 미래는 기분 나쁜 악몽에서 빠져나오고 싶었지만, 미친 듯이 뛰는 심장과 서늘한 기운은 꿈이 아니라 현실이라는 것을 알려주고 있었다.

"혹시 우리 얘기 듣고 있는 건 아니겠지?"

"수면제 먹고 잠들었어. 의사도 그랬잖아. 내일 아침까지 푹 잘 거라고. 속도 편하지. 얄미운 계집애. 하여튼……. 찜찜한 애라니까. 불쌍하다고 여태 거두고 입히고 키운 게 어딘데 내 아들을 거절해. 그러니 이런 꼴을 당하지."

계속해서 들리는 날 선 목소리. 미래는 정말이지 이 모든 이야기들이 꿈속의 일이었으면 싶었다.

"언니도 참. 엄밀히 말하면 원망은 얘가 해야지. 언니 대신 봉사활동에 참여한 거라며?"

"돈도 안 되는 그깟 봉사활동 가서 뭐 하니? 어휴. 정말 큰일이다. 애 일어나자마자 보험 찾아보려고 할 텐데. 지 엄마 아빠 것까지 죄다 찾아내면 어쩌니?"

"걱정하지 마. 내가 있잖아."

"요즘 애들이 얼마나 영악한데. 인터넷 무슨 사이트 들어가면 알 수 있다며?"

"쟤는 모르잖아. 알았으면 여태 가만있었겠수?"

"암튼. 죽은 듯 가만히 있었으면 우리 상록이랑 결혼도 시켜주고 할 텐데. 꼭 이렇게…… 쯧쯧."

"언니, 냉정하게 생각해. 그래도 쟤 아니었으면 집은 날아가고 숍은 차릴 꿈도 못 꿨을 거 아냐. 그것뿐이우? 상록이 주식으로 손해 본 것도 쟤 앞으로 남겨진 보험금으로 다 메웠잖아. 공장도 쟤 아니었으면 어쩔 뻔했어?"

숨이 막혀왔다. 보험금이라니……. 그럼 엄마 아빠가 남긴 것은 아파트 한 채와 약간의 현금뿐이라고 한 말은 다 거짓말이었단 말인가? 미래는 터져 나오는 신음을 막기 위해 입술을 꼭 깨물었다.

"너도 참. 내가 강제로 그랬어? 쟤 엄마가 죽기 전에 부탁한 거잖아. 미래 잘 부탁한다고. 그리고 내가 쟤 돈을 좀 썼다 쳐도…… 아, 아니다. 넌 보험 처리나 잘해."

금세 수그러드는 강 교수에게 동생인 강 실장이 부드러운 목소리로 말했다.

"그렇잖아도 보험 때문에 할 얘기 있는데. 쟤 내년 되면 스물다섯이잖아. 언니가 관리하던 신탁도 다 넘겨줘야 하는 거 아냐?"

"상록이와 결혼만 하면 만사 오케이였는데. 정말 되는 일이 하나도 없어."

"지금 와서 그럼 뭐 해? 쟤가 싫다고 했다며?"

"그러니까 말이야. 신탁은 넘겨줘야지. 그런데 그 신탁 믿고 빌려 쓴 돈이 너무 많아. 너도 알다시피 요즘 경기가 꽤 어려웠잖아."

"그래도 될까? 나중에라도 쟤가 알면……."

"변호사랑 너만 입 다물면 쟤가 어떻게 아니. 일단 나가자. 나가서 얘기하자."

"참! 쟤랑 같이 갔던 애는? 걘 수술하고 치료받다가 오늘 오전에 죽었다며?"

"희수라고. 내 제자이긴 한데, 부모들이 촌구석에 살아. 보험이니 보상이니 아무것도 모르는 노인들이라 괜찮을 거야."

그들이 병실은 나서며 나누는 소리가 쥐 죽은 듯 조용한 병실 안으로 흘러들었고 미래는 혼자 남게 되었다.

희수가…… 죽었다.

내 친구 오희수가…….

내 사랑하는 친구 희수가 죽었대.

아무도 없을 때, 내 옆에 아무도 없을 때 나와 함께하던 내 친구가.

세상 유일한 가족이라 여겼던 내 친구가……. 이제는 내 옆에 없다고.

속상할 때마다 쥐고 다독여 주던 작고 보드랍던 손도, 낭랑하게 들리던 다정한 목소리도……. 다정하던 눈빛도 더 이상 볼 수가 없다는 거야.

고요한 침묵이 계속해서 흘렀다. 아무런 소리도 들리지 않는 공간 속에서 미래는 깊은 잠에 빠진 사람처럼 꼼짝도 하지 않고 눈을 감고 있었다. 심장이 터져 버릴 것만 같았다. 미쳐 돌아버릴 것 같은데도 눈물 한 방울 나지 않았다.

스물다섯 살을 코앞에 둔 어느 날, 미래는 가슴으로 불어오는 바람을 맞으며 죽은 사람처럼 미동 없이 누워 있었다.

10. 더 이상 혼자가 아니야

깜깜한 밤이 지나고 번한 새벽이 찾아왔다.

옆자리에서부터 부스럭거리는 움직임이 점점 커지더니 병원 전체가 다시 살아난 듯, 부산스럽게 움직여 대기 시작했다.

누군가 켜놓은 텔레비전에서 목소리 좋은 아나운서가 지난밤 사이 일어난 뉴스를 알려주고 있었다. 곧이어 이른 아침밥이 배달되고 병실 안은 맛있는 음식 냄새로 가득 찼다.

"어젠 누가 그렇게 코를 골아?"

"어머! 누구긴 누구예요. 그렇게 말하는 언니가 젤로 크게 골더만."

"무슨 소리! 내가 잘 때 얼마나 조신하게 자는데. 내가 얼마나 얌전하게 자는지 우리 신랑이 죽은 거 아니냐고 흔들어보고 그랬다니까."

"에이, 죽으라고 흔들었겠지."

"어머. 그런가?"

싱거운 농담들이 오가는 아침식사가 차분한 병실 공기를 활기차게 바꾸기 시작했다.

"아가씨는 밥 안 먹어?"

숟가락을 뜨다 마는 미래를 보며 옆자리 환자가 걱정스레 물었다.

"입맛이 없어서요."

미래가 힘없이 대답했다. 밤사이 계속되는 두통과 악몽으로 컨디션이 엉망이었다. 숨이 막혀 죽을 것만 같은 고통은 해가 떠도 계속되고 있었다. 할 수만 있다면 아무도 없는 곳에서 죽은 듯 자고 싶었다.

"쯧쯧. 원래 큰 사고 나면 잠도 잘 못 자고 밥도 잘 못 먹고 그래. 그 뭐시냐……. 그 트라…… 머시기가 오고 그런다며."

"언니, 트라머시기가 아니고, 트라우마!"

"그래. 트라우마. 그런데 아가씨는 가족이 없어? 엄마더러 죽이라도 좀 싸가지고 오라고 그래."

"언니! 그만하고 밥이나 먹어요!"

눈치 빠른 옆자리 환자가 앞자리의 여자를 보며 그만하라는 듯, 눈을 찡긋거렸다. 입원한 지 이틀, 남자 친구로 보이는 잘생긴 총각만 왔다 간 미래의 처지를 눈치챈 듯했다.

"식사들 하세요. 전 잠시 나갔다 올게요."

머리가 아파서 더 이상 병실에 있을 수가 없었다.

큰 충격으로 흠씬 두드려 맞은 듯한 몸이 비명을 지르며 제멋대로 삐걱거렸지만, 미래는 천천히 걸음을 옮겨 앞으로 나아갔다.

미래가 자신도 모르게 걸어온 곳은 병원 뒤쪽에 자리한 장례식장이었다. 현실을 마주할 용기가 없어 가까이 가지는 못했지만, 저곳 어딘가에 희수가 있다고 생각하니 가슴이 먹먹해지며 하염없이 눈물이 흘러나왔다. 수없이 후회를 했지만, 이미 돌이킬 수 없는 일이었다.

가자고 하지 말걸.

같이 가달라고 조르지 말걸.

흔쾌히 웃으며 함께하자던 희수의 얼굴이 떠올라 견딜 수가 없었다.

"희수야……. 미안해. 정말 미안해."

장례식장을 바라보며 한없이 눈물을 흘리던 미래는 점심이 한참 지나서야 병실로 돌아왔다. 온몸이 땀에 젖을 만큼 힘겨운 외출이었지만, 그래도 잠시마나 눈을 붙일 수가 있어 고마운 오후 시간이었다.

해가 질 무렵, 동하가 찾아왔다.

"누나! 몸은 좀 괜찮아요? 현재는…… 오늘 못 올 거래요."

대답 대신 문가를 살피는 미래를 보며 동하가 조심스레 말했다.

"현재, 무슨 일 있니?"

"아뇨. 그게 아니라……."

어제는 하루 종일 병실을 지켜주었던 현재가 나타나지 않으니, 미래 입장에서는 무슨 일이 생긴 건 아닐까 걱정스러울 것이다. 그런 미래를 위해 동하는 별일 아닌 듯 가볍게 말했다.

"훈련하다 좀 다쳤어요."

"미래에게는 비밀로 해줘."

"야! 말이 되는 소릴 해라. 네가 안 오는데 누나가 얼마나 궁금하겠어?"

"그러니까 의심하지 않게 둘러대. 나 우리 아버지에게 맞았다고 말하면 죽는다."

"휴우. 알았어. 훈련하다 다쳐서 못 왔다고 할게."

"그래. 걱정하지 않게 적당히 둘러대."

어젯밤, 동하를 찾아온 현재의 얼굴은 퉁퉁 부어 있었다.

미래가 약을 먹고 잠든 사이, 아버지가 보낸 경호원들에게 잡혀 서울로 끌려온 현재는 제대로 걷지 못할 정도로 맞은 듯 보였다. 그러면서도 온통 미래 누나를 걱정하는 녀석을 보며 동하는 한숨을 푹푹 내쉬었다.

"알았다. 이 징글징글한 놈아! 잘 둘러댈 테니 걱정하지 말고 몸이나 잘 챙겨라!"

안심을 시키고 내려온 참이지만, 미래의 얼굴을 보는 순간 사실대로 말하는 것이 낫지 않을까 하는 갈등이 생겼다.

'누나를 위해 현재가 얼마나 많은 것을 포기한지 알아요? 그러니 우리 현재 버리면 절대 안 됩니다.'

진실을 말한 뒤 그녀의 다짐을 받고 싶었다.

"어디가 아픈 거니?"

현재 못지않게 아파 보이는 미래가 걱정스레 물었다. 커다란 두 눈이 초점 없이 흔들리는 것을 보며 동하는 낮은 한숨을 내쉬었다.

아무래도 현재의 말대로 하는 게 낫겠어. 이 커플은 어찌 닮아도 이렇게 닮았을까? 좋아도 같이 좋고, 아파도 같이 아프니 이런 걸 천생연분이라고 해야 하나?

한때는 자신이 좋아했던 여자지만, 동하는 이제 정말 두 사람이 잘되길 바랐다. 몽룡과 춘향이를 돕는 오지랖 넓은 방자가 되어도 좋았다. 자신이 할 수 있는 한, 최선을 다해 이 가엾고 예쁜 한 쌍을 돕고 싶었다.

"시합하다 좀 다쳤어요."

"많이 다친 건 아니지?"

"네. 며칠이면 괜찮을 거예요."

사실, 동하의 말과는 달리 사태는 심각했다.

경기장을 박차고 나간 현재의 행동은 유도계를 발칵 뒤집어놓았다. 현재가 저지른 만행에 대한 징계가 끝나려면 며칠이 아니라 몇 달이 걸릴지도 모를 일이다. 부모님이 돌아가셨어도 정당한 절차를 밟고 기권을 해야 하는 마당에, 경기 중 갑자기 사라져 버렸으니 자존심 강한 유도계에 얼마나 타격을 주는 행동을 했는지 일반인들은 알 턱이 없었다. 게다가 협회장의 아들인 박기영이 앞길을 가로막는 눈엣가시 같은 서현재가 그런 행동을 했으니 가뜩이나 미운 털이 박혀 있는 현재를 처벌할 아주 좋은 빌미를 제공한 셈이었다.

솔직히 상식적으로는 영구 제명이 되어야 마땅할 잘못을 저질렀지만, 그래도 명색이 선우그룹의 막내아들 서현재였다. 집안도 빵빵하고 얼굴도 잘생긴 유망한 선수, 유도라는 스포츠의 인기를 단시간에 끌어올린 일등공신 서현재를 제명시킬 수는 없는 노릇이기에 협회 차원에서 일정 시간 봉사활동이라는 근신 처분을 내린 것이다.

문제는 기자들이었다. 경기장을 뛰쳐나간 서현재 선수가 선우그룹의 막내아들이라는 소문이 나자 스포츠기자들은 연일 현재의 이야기를 기사에 실어대고 있었다.

하루가 멀다 하고 신문에 오르내리는 막내아들을 폭력 성향이 강한 서 회장이 그냥 두고 볼 리가 없었다. 집안 망신은 혼자 다 시킨다며, 죽지 않을 만큼 현재를 때렸다.

불쌍한 자식…….

아들을 잡는 남편을 말릴 생각조차 하지 않던 현재의 새어머니는 마침 집을 방문한 주치의의 눈치가 보여 겨우 말리는 시늉을 했다고 한다.

"다행이네. 현재…… 몸조심하라고 전해줘."

미래가 힘없는 목소리로 말했다.

"나중에 만나면 누나가 직접 해줘요. 무지 좋아할 겁니다."

자신의 말에 작게 웃는 미래를 보며 동하는 왠지 모를 불길함을 느꼈지만, 그저 몸이 좋지 않아서 그러려니 넘겨 버렸다.

해가 질 무렵, 옆을 지키던 동하가 돌아가고 혼자 남겨진 미래는 멍한 표정으로 창밖만 바라보았다.

"아가씨, 괜찮아?"

옆자리의 환자가 걱정스레 물을 정도로 그녀는 맥을 놓고 있기가 일쑤였다. 그나마 낮은 그럭저럭 견딜 수가 있었다. 병실에 있는 사람들의 이야기를 들으며 간간이 웃기도 했다. 하지만 밤은 그렇지 않았다. 모두가 잠든 밤이 되면 뼈가 시릴 만큼 외로웠고, 가슴이 타들어갈 만큼 서러웠으며, 모골이 송연할 만큼 무서웠다.

희수의 발인이 있는 날 새벽, 미래는 아무도 몰래 병실을 빠져나갔다. 병원 뒤쪽에 마련되어 있는 장례식장으로 향하는 길은 외롭고 쓸쓸한 기분이 들었다. 이른 새벽이라 인적마저 드문 지하계단을 미래는 천천히 걸어 내려갔다. 아무리 아프고 힘이 들어도 사랑하는 친구의 마지막 길만은 꼭 배웅해야 할 것 같았다.

"우리 미래! 내가 가족이 되어줄 테니, 걱정 말고 앞으로는 나만 믿어!"

"우리, 우리 이름으로 된 브랜드를 꼭 개발하자."

밝은 희수의 목소리가 미래의 귓가를 내내 떠나지 않고 있었다.

조용한 가운데 거행된 발인식은 너무도 빨리 끝이 나버렸다.

"언니야! 언니야! 보고 싶다. 언니야!"

"아이고! 아이고! 내 딸 불쌍해서 우야노. 아이고! 불쌍한 내 새끼. 부모 잘못 만나서 고생만 했는데. 남들처럼 호강 한 번 못 시켜줬는데. 이렇게 가면 우야노. 우째 이렇게 허망하게 가노. 불쌍한 내 새끼. 원통해서 어짤꼬. 어짤꼬."

이제 중학생이 된 늦둥이 여동생이 언니를 찾으며 애타게 울고 있는 동안, 고향에서 올라온 늙고 왜소한 희수의 어머니는 가슴을 치며 통곡을 했다. 고된 농사일로 까맣게 타버린, 주름 가득한 얼굴 위로 투명한 눈물길이 마르지 않고 계속 이어졌다. 서 직은 몸에서 어떻게 저렇게 많은 눈물이 흘러내릴 수 있을까? 조그마한 노모는 온몸의 물을 다 쏟아내려는 듯 쉬지 않고 딸을 그리워하며 애통해했다.

"우리 엄마에게는 내가 남편이고 아들이고 애인이야."

시골에서 돌아온 날이면 희수는 항상 술을 마셨다. 홀로 남겨진 어머니께 죄송해하며 어린 동생을 돌보지 못한 죄책감에 힘들어했다.

"가난한 농사꾼 홀어머니를 둔 주제에 겁도 없이 디자인을 한다고 설쳤어. 미래야! 난 정말 꼭 성공해서 울 엄마랑 동생 호강시켜 줄 거야. 그렇게 될 거야!"

술에 취한 희수는 버릇처럼 그렇게 다짐을 했었다.
미래는 사랑하는 친구의 기억을 떠올리면서도 울부짖는 희수의 어머니를 안아드리지 못했다. 쉬지 않고 흘러내리는 눈물을 닦아드리지 못했다. 희수를 사지로 내몰았다는 죄책감으로 영정 사진조차 제대로 보지 못했다. 커다란 눈망울로 싱그럽게 웃고 있는 친구를 싣고 가는 영구차를 먼발치에서 훔쳐볼 뿐이었다. 작은 희수가 누워 있는 커다란 관.
할 수만 있다면 관을 부여잡고 통곡이라도 하고 싶었다.
"미안해. 정말 미안해."

멀어지는 친구를 떠나보내며 고개를 숙인인 채 숨죽여 울음을 삼키는 미래의 옆으로 인기척이 느껴졌다.

"……괜찮아요?"

고개를 들어보니 졸업 패션쇼에 함께 섰던 희수의 사촌동생 경준이 미래를 내려다보고 있었다. 1년 사이 더 남자다워진 경준 역시 착한 누나를 잃은 슬픔과 공허를 이기지 못한 듯 보였다.

"영구차에 있다 누나 발견하고 내렸어요. 누나에게 할 말이 있어서."

슬픔에 젖어 있는 경준이 낮은 목소리로 말했다.

"미, 미안해. 나 때문에……. 내가 가자 그래서……."

울먹이는 미래를 보며 경준이 깊은 한숨을 내쉬었다.

"누나 탓이 아니에요. 그냥 사고였는걸요. 누구에게나 일어날 수 있는 일이었어요. 그러지 말고 가서 저와 함께 가서 희수 누나에게 작별인사해요. 작은어머니께도."

"내가 무슨 낯으로 어머니를 뵙니."

경준은 죄인처럼 숨죽여 흐느끼는 미래를 딱한 눈으로 바라보았다.

"희수 누나…… 가기 전에…… 정신이 또렷했던 순간이 있었어요. 그때, 우리 모두 이제 됐다, 다행이다 안심했는데 희수 누나는 본인이 이렇게 될 걸 예감이라도 했나 봐요. 미래 누나가 보고 싶다고, 많이 보고 싶다고 했어요. 미래 누나에게는 자기가 가족이라고. 많이 외로워할 텐데 가봐야 하는데……. 그렇게 애태우다 다시 잠이 들었어요."

경준의 말에 미래는 참아왔던 울음을 터트렸다. 가슴 사무치는 그리움이 폭발할 것처럼 터져 나왔다.

"어떡하니. 어떡하면 좋아. 희수가 너무 보고 싶어. 너무너무 보고 싶어서 죽을 것 같아. 희수야, 희수야."

가족이 없는 자신에게 가족의 정을 가르쳐 줬던 친구. 언제나 미래의 편이 되어주었던 소중한 친구를 그리워하며 미래는 온몸을 쥐어짜듯 울어댔다. 제발 다시 한 번만 만날 수 있다면, 함께 웃으며 밥을 먹고 손을 잡고 그렇게 하루만 다시 보낼 수 있다면 얼마나 좋을까?

시간이 촉박하다는 기사의 재촉에 경준이 할 수 없이 떠나버리고, 미래는 다시 혼자가 되었다. 사랑하는 친구…… 희수를 떠나보내는 동안 비는 쉬지 않고 내렸다.

친구를 떠나보내고 다시 병실로 돌아온 미래는 죽은 듯이 잠을 잤다.

그동안 자지 못했던 시간까지 보충하려는 듯, 아주 깊은 잠이 들었다. 꿈속에서는 그 어떤 감정도 느끼지 못했다. 사랑도 배신도 죽음도 아픔까지도. 그저 아무것도 없는 평안만이 있을 뿐이었다.

이대로 영원히 잠이 들면 얼마나 좋을까?

평온한 안식을 바라던 미래는 저도 모르게 눈물을 흘렸다.

거울 속에 보이는, 퉁퉁 부은 자신의 얼굴을 바라보던 현재는 결국 집을 나서기로 마음을 먹었다. 얼굴이 엉망이었지만, 미래가 보고 싶어 참을 수가 없었다. 훈련하다 다쳤다고 둘러댔으니 앞으로 조심하라는 잔소리만 들으면 끝이 날 거라 생각했다.

"어디로 가는 게냐?"

서 회장의 서릿발 같은 호령에 현재는 현관으로 향하려던 걸음을 멈추고 몸을 돌렸다. 어젯밤에는 그렇게 인정사정없이 아들을 치더니, 오늘은 복지관 건립행사에 제일 큰 후원자 자격으로 참석을 하고 왔다는 도우미 아주머니의 말을 듣고는 코웃음을 흘렸었다.

"아들의 행선지까지 체크하시고, 한가하신가 봅니다."

"건방진 놈! 어디로 가는지 물었다."

"부산으로 갑니다."

"이런 미친놈. 고깟 여자아이 하나 때문에 해가 다 지는데 부산으로 달려가?"

서 회장이 못마땅한 듯, 아들을 노려보았다. 마음에 들지 않는 아들놈이 감정에 휘둘려서 갈팡질팡하는 모습에 또다시 분노가 치솟아 오르기 시작하는 모양이었다.

"네. 가서 보살펴야 합니다."

"네놈이 아주 돌았구나?"

현재는 자신을 노려보고 있는 아버지에게로 다가갔다. 아버지이기에, 그래도 자신이 태어나게 도와준 아버지이기에 참고 또 참았지만, 더 이상 이렇게 당하고만 있을 수는 없었다. 현재는 가방에서 꺼낸 진단서 뭉치를 아버지에게 내밀었다.

"이거 받으십시오."

"이게 뭐냐?"

서 회장이 눈살을 찌푸리며 아들이 내민 서류 봉투를 받아 들었다.

"그동안 모아두었던 진단서들입니다."

봉투 안에 들어 있던 서류를 확인하던 서 회장의 얼굴이 점점 굳어지기 시작했다.

"이걸 나에게 주는 목적이 뭐냐?"

"왜겠습니까?"

덤덤하게 말하는 아들을 서 회장이 날카로운 눈으로 쏘아보기 시작했다.

"이딴 걸로 날 협박할 셈이냐?"

"협박은 못해도 인간적이고 정의로운 사업가라는 아버지 명성에 흠집은 낼 수 있겠죠."

"네놈이 집안 망신을 단단히 시키고 싶은 게로구나?"

"마음대로 생각하셔도 좋습니다만, 저를 막으시면 아버지가 그렇게 싫어하시는 언론에 연일 오르내리시게 될 겁니다. 그것도 치사한 아들 폭행사건으로요."

"이런 불효막심한 놈. 이런 걸로 내가 겁이라도 먹을 줄 알았더냐?"

진단서를 박박 찢은 서 회장이 노기를 참지 못하고 손을 높이 쳐들었지만, 현재도 가만히 있지 않았다. 서 회장보다 빨리 움직여 아버지의 손목을 잡은 현재가 깊은 눈으로 아버지를 쏘아보았다.

"그동안, 힘이 없어서 아버지께 맞고 있었던 게 아닙니다."

덤덤한 목소리로 말하는 아들을 서 회장이 찌푸린 얼굴로 바라보았다.

"그럼 네놈이 나를 봐주기라도 했다는 게냐?"

"아버지시니……. 그래도 제 아버지시니까요. 그런데 이제 맞을 수가 없습니다. 제가 맞으면 저보다 더 아파하는 사람이 있거든요."

"고얀 놈! 이거 놔라!"

서 회장이 아들의 팔을 떨쳐 냈고 이번에는 현재도 순순히 아버지의 팔을 풀어드렸다.

"죄송합니다. 다녀와서 맞겠습니다."

어리석은 놈.

감정에 휘둘리는 멍청한 놈.

저런 모자란 놈을 놔두고 가버린 매정한 여자가 생각나자 서 회장의 분노는 더 깊어지기 시작했다.

남편을 떠나서, 저를 꼭 빼닮은 아들을 떠나서 잘살고 있다는 소식이 들려올 때마다 화가 치밀어 올라 아들을 잡았었다. 그런 아들이 이제는 자신을 막아서고 있다.

서 회장은 아들에게 잡힌 팔목이 아직도 시큰거리는 것을 느끼며, 그 여자를 꼭 빼닮은 아들이 현관문을 나서 어둑한 정원을 걸어나가는 것을 오랫동안 바라보았다.

왠지…… 가슴이 뭉클거리는 뒷모습이었다.

"자?"

익숙한 속삭임과 따뜻한 온기.

얼핏, 자신의 얼굴에 와 닿는 부드러운 손길에 미래는 번쩍 눈을 떴다. 그리고 자신을 물끄러미 내려다보고 있는 현재와 시선을 마주쳤다.

"깼어? 바보같이 자면서 왜 울었어?"

현재가 미래의 눈물을 닦아주며 속삭였다.

"현재?"

"으응."

"어떻게 된 거야? 여긴 어떻게?"

사랑스러운 아가처럼 입을 오물거리며 자신을 바라보는 미래를 향해 현재가 빙그레 미소를 지었다.

"보고 싶어서 왔지."

"지금 몇 시야?"

"열두 시."

현재가 속삭이듯 대답했다.

열두 시라고? 이 밤에 어떻게 여길? 꿈은 아니지? 믿어지지 않아 자리에서 일어나려고 버둥거리자 그가 그녀의 몸을 부드럽게 다독여 주었다.

"쉿! 다른 사람들 깨. 일어나지 말고 그냥 누워 있어."

"나가자!"

미래는 자신을 부축하는 현재의 손을 꼭 잡고 병실을 벗어났다. 형광등이 켜져 있는 고요한 복도를 지나 텅 비어 있는 휴게실로 자리를 옮긴 두 사람은 창가 옆 테이블에 자리를 잡고 앉았다.

"이리로 와!"

맞은편에 앉은 미래를 당기며 현재가 자신의 옆자리를 두드렸다. 수줍게 웃은 미래가 그의 옆에 다소곳이 앉자 그가 어깨 위로 팔을 둘렀다. 그의 듬직한 품에 머리를 기댄 미래는 안도의 한숨을 내쉬었다. 하루 동안 힘들었던 마음이 조금은, 아주 조금쯤은 위로가 되는 것 같았다.

"하루 종일…… 외롭고 힘들고 슬펐어. 그런데 널 보니 이제 괜찮은 거 같아."

"송미래 옆에는 내가 있는데 왜 그런 생각을 했어?"

미래의 이마에 살짝 입을 맞추며 현재가 말했다.

"오늘이…… 희수의 발인 날이었거든. 희수가 떠나고, 세상에 혼자 남겨진 것 같았어. 아빠 엄마 돌아가셨을 때처럼 무서웠어."

미래가 작은 목소리로 속삭였다.

"응. 못 와봐서 미안해."

그가 미래의 머리를 쓰다듬으며 부드럽게 말했다.

"알고 있었어?"

"흠……. 할 수 있으면 네가 퇴원할 때까지 몰랐으면 했어."

"그랬구나. 희수……. 많이 아팠을까?"

"감각이 없었을 거야. 목뼈와 신경을 다쳤다고 들었거든. 고통을 느끼지 못했을 거야."

"그나마…… 다행이네."

울컥, 눈물이 쏟아지려 했다.

"응."

"이젠…… 편안하겠지?"

"응. 그럴 거야. 우리 희수 씨 몫까지 열심히 살자."

"그래야지."

"울지 말고."

그의 목소리가 너무 다정해서 도리어 눈물이 났다.

"으응."

"외로워하지도 마. 송미래 옆에는 항상 서현재가 있으니까."

"그럴게. 대신 너도 그래야 해. 외로워하지도 말고 슬퍼하지도 말고. 서현재 옆에는 송미래가 있으니까."

"당연하지. 아. 보고 싶어 죽는 줄 알았는데, 당신 얼굴 보니 이제야 좀 살 것 같다."

현재가 중얼거리며 입술을 천천히 가져왔다. 부드럽게 입맞춤을 하는 현재의 얼굴로 손을 뻗으려던 미래가 갑자기 머리를 뒤로 뺐다.

"왜?"

"서현재! 어떻게 된 거야? 얼굴은 왜 그래?"

미래가 눈살을 찌푸렸다.

"별거 아냐."

"별거 아니긴. 시합하다 다쳤다더니 얼굴을 다친 거야? 대체 어떻게 이렇게……. 너 혹시 얼굴로 떨어진 거야? 그래서 얼굴이 이렇게 부었어?"

속상해하며 물었건만, 현재는 큭큭 웃음을 터트리다 콜록콜록 기침을 했다.

"왜 웃어? 조심 좀 하지. 이게 뭐야? 예쁜 얼굴 다 망가지겠다."

"사내자식 보고 예쁘다가 뭐야?"

"예쁜 건 남자건 여자건 상관없잖아. 이제 다치지 마. 속상해."

미래에게 시합의 결과, 이기고 지는 것은 의미가 없었다. 그녀에게는 현재가 많이 다쳤다는 것만이 중요한 문제였다.

"내 걱정하지 말라니까."

"어떻게 걱정을 안 해. 사랑하는……."

부끄러운 듯 말을 멈추는 미래를 보며 현재가 환하게 웃었다.

"사랑하는? 계속해 봐. 듣기 좋다."

"아, 됐고. 몸조리나 잘해. 이게 뭐야? 믿음직스럽지 못하게 다치기나 하고."

"난 괜찮다니까. 내 걱정 말고 당신 몸조리나 잘해."

"난 많이 좋아졌어. 특별한 외상도 없고. 좀 있음 퇴원해도 된대."

"응. 얘기 들었어. 그래도 후유증 있을 수 있으니까 조심해야 해."

현재가 손을 뻗어 미래를 다시 잡아당겼다. 미래는 못 이기는 척 그의 옆에 자리를 잡았지만, 이번에는 그에게 부담을 주지 않기 위해 주의를 기울였다.

"서현재!"

"응?"

"네가 먼저 말 안 꺼내서 여태 못 물어봤는데……. 시합은 어떻게 됐어?"

조심스레 불어보는 미래를 보며 현재가 씨익, 미소를 지었다.

"다 잘됐어."

"정말?"

환하게 웃는 미래를 보며 현재가 고개를 끄덕였다.

"응."

"와아! 이제 엄마 찾는 건 시간문제네?"

"응. 이제 곧 찾을 수 있을 거야."

"잘됐다. 나도 어서 뵙고 싶어."

"응. 우리 같이 찾아뵙자. 너에게도 좋은 엄마가 되어주실 거야. 참! 죽 싸왔는데 줄까?"

그가 미래의 머리를 조심스레 쓸어주었다. 이틀 동안 얼굴도 내비치지 않고 내버려 둔 죄(?)를 만회하려는 듯 다정하고 부드러운 손길이었다.

"아니. 안 먹을래."

"그러지 말고 사온 성의를 봐서라도 좀 먹어라. 얼굴이 아주 반쪽이야. 내가 먹여줄까?"

그가 애처롭게 말하자 미래는 마지못해 고개를 끄덕였다.

"죽은 어디서 났어?"

"내가 끓이고 싶지만, 아시다시피 솜씨가 없어서 그냥 샀어. 당신 이거 먹는 거 보고 다시 병원 가서 치료 잘 받을게. 그래서 얼른 나을게. 됐지?"

"알았어. 죽 줘. 먹을게."

미래가 그제야 빙그레 웃었다.

"잠시만. 죽 먹기 전에……."

미래를 사랑스럽게 바라보던 현재가 손을 뻗어 그녀의 얼굴을 당겼다. 따뜻하고 부드러운 키스. 미래가 낮은 한숨을 토해냈다.

"나 퇴원하면…… 우리 하루 종일 데이트하면서 같이 있자."

미래의 속삭임에 현재의 두 팔에 힘이 더해졌다. 현재의 품에

포옥 안긴 미래는 비로소 영혼의 안식을 찾은 듯 두 눈을 감았다. 이대로 시간이 멈춰 버렸으면……. 흔하디흔한 드라마 속의 대사가 피부에 와 닿는 특별한 순간이었다.

11. 그대를 위한······.

．

입원 나흘째 되는 날, 드디어 강 교수 일행이 들이닥쳤다.

그동안 바쁜 일을 처리하느라 내려와 보지 못했다며 시치미를 떼는 그들을 향해 미래는 겨우 고개를 끄덕일 수가 있었다.

'흥분하면 안 돼.'

'냉정해져야 해.'

'흥분해서 해결되는 것은 아무것도 없어.'

'이성적으로 판단해야 해.'

병상에 누워 있는 동안 수없이 다짐했다.

하루에도 수백 번, 수천 번을 외며 스스로를 세뇌시켰다. 침착해야 한다고. 흥분해서는 아무것도 해결할 수 없다고. 그렇게 외고 또 왼 뒤에야 미래는 강 교수의 가족들을 마주할 수 있었다.

"바쁘실 텐데 뭐 하러 오셨어요."

자동적으로 인사가 나왔다. 무수한 반복으로 인한 결과는 아주 만족스러웠다.

"그걸 말이라고 하니. 딸이 다쳤는데 엄마가 당연히 와봐야지."

"정말 이만한 게 어디야……. 정말 다행이다."

화사한 하늘색 투피스를 입고 나타난 강 교수의 울먹임도, 걱정 가득한 눈빛으로 미래의 손을 잡고 다독여 주는 상록과도 아무런 문제 없이 잘 넘어갈 수 있었으니까.

"송미래! 넌 정말 운 좋은 줄 알아. 그날 사고로……."

"이리라! 너 조용히 해!"

철없는 리라를 막아선 상록의 위선적인 마음씀씀이에 영혼 없는 미소를 보낼 수 있을 정도로 여유가 생기기도 했다.

"피. 오빠는 만날 나만 뭐라 그래."

"내가 언제……."

"솔직히 말해서 오빠 나보다 송미래 걱정을 더 하잖아. 엄마랑 오빠, 송미래 걱정 얼마나 했어? 잠도 제대로 못 자고 끙끙 앓았잖아. 둘 다 밥도 제대로 못 먹고. 정말 내가 주워온 딸이고 송미래가 진짜 딸 아냐?"

"이리라! 너 이리 나와. 미래 너 때문에 혈압 오르겠다."

상록이 리라를 데리고 나가 버리자, 강 교수는 토닥토닥, 미래의 손을 토닥거리며 '휴' 하고 한숨을 내쉬었다.

"네가 잘못됐으면 정말이지 나는 살 수 없었을 거야. 너를 보내는 게 아닌데. 미안하다. 미안해! 내가 정말 미안하구나."

"……."

강 교수의 죄책감 어린 얼굴을 바라보며 미래는 숨을 삼켰다.

'교수님이 잘못한 건, 봉사활동에 저를 대신 보내서 다치게 한 게 아니에요. 정말 잘못한 일은 엄마와 아빠의 유언을 제대로 전달하지 않은 거잖아요. 거짓말을 하고 재산을 가로챈 거잖아요. 저를 이용하기 위해 거짓으로 사랑을 연기한 거잖아요.'

천연덕스럽게 눈물 연기를 하는 강 교수에게 뭐라고 말을 해야 할지, 미래는 강 교수에 대한 감정을 드러내지 않기 위해 애써야 했다.

"미래야! 너 정말 괜찮은 거지?"

아무 말 없이 자신만 쳐다보는 미래를 보며 고개를 갸웃거리던 강 교수는 혈압을 재기 위해 들어온 간호사에게 눈물이 그렁한 눈으로 묻기도 했다.

"우리 애가 왜 이렇게 멍한 표정으로 나를 볼까요?"

"얼마 전에 친구분 장례식장 다녀오신 뒤로 이러세요. 사고 충격도 컸을 거고……. 아직은 멍하니 현실감각이 없을 거예요. 시간이 지나면 괜찮아질 테니까 너무 걱정하지 마세요."

미래의 무감각한 반응을 사고의 후유증이라 생각한 강 교수의 얼굴에 일순 안도감이 내비치는가 싶더니 곧 하늘을 원망하는 안타까운 목소리가 들려왔다.

"흐흑. 불쌍한 것. 어쩜 하늘도 무심하시지. 이렇게 착한 아이 인생이 왜 이렇게 고난이 많은지. 미래야! 사랑하는 내 딸! 너는 아무 걱정 마라. 입원비며 치료비는 내가 다 알아서 할 테니. 지금은 다른 데 신경 쓰지 말고 치료에만 전념해."

4인용 병실에 있는 환자들과 보호자들, 문병을 온 모든 사람들이 자리한 가운데 강 교수는 명품 손수건으로 눈물을 훔치며 목석처럼 딱딱한 미래를 꼬옥 안아주었다.

"담당 선생님과 상의했는데, 병원을 서울로 옮기는 건 어떨까? 그래야 내가 왔다 갔다 하며 너를 돌보지. 너도 여기 혼자 있으면 외롭지 않겠니? 먹는 것도 소홀할 테고."

남들이 보면 정말 좋은 엄마처럼, 간절히 말하는 강 교수를 보며 미래는 고개를 끄덕였다. 서울로 가면 현재와도 가까워질 테니 나쁘지 않은 제의였다.

"그래. 잘 생각했다. 그럼 선생님께 말해서 오늘 당장 옮기도록 하자꾸나."

결정을 내린 강 교수는 상록과 함께 일사천리로 움직였다. 담당의를 만나서 진단서를 확인하고 서울로 옮겨갈 병원에 연락해 입원치료를 받을 수 있도록 신경을 썼다.

오후 3시경, 미래는 앰뷸런스로 서울의 병원까지 이송이 되었고 상록은 내내 미래의 옆을 지켰다.

"많이 힘들지?"

"조금."

다정하게 속삭이는 상록을 보며 미래는 힘없이 미소를 지었다.

"멀미는? 괜찮아?"

"좀 힘들긴 해."

별다른 말이 없는 미래를 보며 상록은 멀미를 걱정했고, 미래는 차라리 다행이다 싶어 응이라고 대답을 했다. 이제 눈을 감고 있어도 상록은 멀미 때문이라 생각을 할 것이다.

앰뷸런스는 저녁 8시가 넘어서야 병원에 도착을 했다. 이미 예약해 놓은 병실로 미래는 신속히 인도가 되었고, 그곳에서 수면

링거를 맞고 다시 잠이 들 수가 있었다. 몽롱한 의식 가운데에서도 그들과 마주하지 않아 다행이라는 생각을 했다.

그날 저녁, 연락을 받은 현재가 제일 먼저 병실로 찾아와 주었다. 서울로 병원을 옮긴 뒤, 가장 좋은 점은 매일 현재를 볼 수 있게 됐다는 것이었다.

다음날은 오전부터 수훈이 찾아왔다.

"엉엉엉. 가슴이 아파서 장례식장에도 참석하지 못했어. 난 정말 겁쟁인가 봐."

평소 정신 나간 것처럼 굴던 수훈은 어린아이처럼 울음을 터트렸다. 하는 짓이 하도 괴상해 생각 없이 막 사는 친구 줄로만 알았는데 그는 의외로 정 많고 겁도 많은 따뜻한 친구였다.

"우리 희수 가여워서 어떻게 해. 우리 착한 희수. 매일 구박만 했는데. 미안해서 어쩌니, 미래야!"

너무 무서워서 희수의 마지막을 지키지 못했다며 눈이 퉁퉁 붓도록 우는 수훈을 보며 미래도 눈물을 터트렸다. 매일 아옹다옹 싸웠지만, 그래도 꽤 깊은 정이 든 모양이었다.

수훈이 덕분에 눈물을 많이 흘린 까닭인지, 그날 밤은 일찍 잠이 들었다. 자정 무렵, 미래는 머리맡에서 느껴지는 기척에 살며시 눈을 떴다.

"왔어?"

옆 환자들이 깰까 봐, 조심스럽게 중얼거리자 현재가 가만히 고개를 끄덕였다.

"나가자!"

소리 없이 손을 잡고 병실 밖으로 나온 두 사람은, 부산에서처럼 아무도 없는 휴게실에서 다정하게 이야기를 나누었다.

"몸이 계속 안 좋아?"

나아지지 않는 미래의 안색을 걱정하는 현재의 물음에 미래는 휴, 작은 한숨을 내쉬었다.

"희수 씨 때문에 그래?"

"응. 이것저것 생각이 많아."

"희수 씨 말고 다른 고민도 있는 거야?"

"아니."

"송미래!"

그가 미래의 두 볼을 잡고 가만히 들여다보며 속삭였다.

"괜찮다면 당신의 고민을 알고 싶어. 당신이 그랬잖아. 우리 사이에 비밀은 없었으면 좋겠다고."

그가 걱정 가득한 눈으로 미래를 바라보며 말했다.

어떻게 해야 할까? 그렇지 않아도 팍팍한 삶을 사는 현재에게 복잡하기만 한 내 처지를 알려줘야 하나?

"입장을 바꿔 생각해 봐. 내가 걱정하고 고민하고 있으면 당신 심정은 어떻겠어? 응?"

부드러운 현재의 말에, 오랫동안 고민하던 미래는 자신이 들은 이야기를 현재에게 덤덤히 밝혔다. 얘기하는 중간중간, 강 교수의 뻔뻔함과 파렴치한 행동을 떠올리며 치밀어 오르는 분노를 삼켜야 했지만, 더 이상 혼자가 아니라는 생각에 적지 않은 안도감을 느낄 수 있었다.

미래의 말을 들은 현재 역시 강 교수의 만행에 분노하며 울분을 터트렸지만, 차분하고 이성적으로 해결을 해야 한다는 미래의 말에 동의하며 그녀의 계획을 들어주었다.

"내가 어떻게 도와줘야 할까?"

"그냥…… 옆에 있어만 줘. 절대 떨어지지 말고. 내 옆에 꼭 있어줘."

"그건, 내가 하고 싶은 부탁이고."

두런두런 이야기를 나누다 보니 살벌한 이 세상에 오롯이 내 편이 생겼다는 든든함이 미래를 감동시켰다. 외롭고 쓸쓸한 삶에 더이상 혼자가 아니라는 생각은 미래에게 큰 위로를 주었다.

두 사람은 휴게실에서 함께 새벽을 맞았다. 또다시 돌아가야 하는 현재가 무거운 발걸음을 옮긴 뒤, 혼자 남은 미래는 외롭게 병실로 돌아와야 했다.

다음날은 강 교수가 찾아왔다. 서울로 옮긴 뒤, 그녀는 이틀에 한 번꼴로 병실을 찾았다. 올 때마다 김치며 밑반찬, 과일들을 싸왔는데 그녀의 가식적인 헌신은 병실의 환자들과 보호자들까지 감탄할 정도의 지극정성이었다.

"많이 먹어라. 먹기 싫어도 먹어야 해. 꼭꼭 씹어서."

억지로 내미는 음식들은 모래알처럼 사각거렸지만, 미래는 아무런 내색하지 않고 강 교수가 주는 음식들을 받아먹었다.

"옳지. 옳지. 아이고, 우리 미래. 먹는 것 좀 봐. 어쩜 이렇게 예쁠까."

강 교수는 보통의 어머니가 하는 것처럼 애를 태우며 아주 조금이라도 미래가 먹는 모습을 봐야 집으로 돌아갔다. 그렇게 강 교수가 다녀간 날이면 미래는 항상 소화제를 먹어야 했다. 가슴에 큰 돌덩이가 얹힌 것처럼 답답해서 견딜 수가 없었다.

"많이 바쁘실 텐데 이제 안 오셔도 돼요. 특별히 다친 곳도 없고, 혼자 다닐 수도 있는걸요. 담당 선생님 오시면 빨리 퇴원하고 싶다고 말씀드리려고요."

"그런 소리 마라. 교통사고 후유증이 얼마나 무서운 건데. 의사가 이제 퇴원해도 된다고 말할 때까지 그냥 있어."

강 교수가 걱정스레 말했다.

어쩌면 저렇게 천연덕스러울 수가 있을까?

처음에는 그녀의 거짓말에 화가 났었다. 자신을 속이고 호의호식했던 그녀의 가족들을 생각하면 분노가 치밀어 올랐다. 그리고 조금 안정이 되자, 이제는 배신감이 미래를 괴롭게 했다. 미래를 사랑하는 것처럼, 미래를 끔찍이 생각하는 것처럼 잘해주던 그 모든 것들이 사실은 부모님이 남겨놓은 재산을 가로채기 위한 연극이었다고 생각하니 소름이 끼쳐 왔다. 사람이 싫었다. 무서웠다. 어쩌면 그런 마음으로 사람을 대할 수가 있었을까? 미래는 여전히 강 교수가 진저리 쳐질 정도로 싫었지만, 적어도 겉으로 강 교수를 향해 고맙다는 말을 할 만큼 차분해질 수 있었다.

"몸조리 잘하고 있어라. 내 이틀쯤 다시 들르마. 혹시 먹고 싶은 거나, 필요한 거라도 있니?"

"스케치북과 연필이요."

미래가 기다렸다는 듯이 대답하자 살짝 얼굴을 찌푸리던 강 교수의 표정이 금세 변하더니 그 누구보다 더 기뻐하는 듯 밝은 목소리로 물었다.

"아이고, 기특한 것. 디자인을 하려고 그러는구나?"

"네. 반하패션에서 주최하는 공모전에 참가해 보려고요."

"그래. 그래야지. 현실이 아무리 힘들어도 안주하면 안 되지! 우리 미래 아주 장하구나! 암! 디자이너는 감이 안 떨어지게 계속 노력해야 하는 법이지. 상록이에게 시켜서 오늘 당장 가져다주도록 하마. 그것 말고 더 필요한 건 없니?"

"그것만 있으면 돼요."

"오냐! 그럼 푹 쉬거라."

세상에 둘도 없는 보호자 행세를 한 강 교수가 돌아가고, 미래는 탈진할 것 같은 심정으로 침대에 몸을 눕혔다.

"조금 전에 그분, 엄마 친구라고 그랬지? 유명한 교수님이라며?"

"네."

이틀에 한 번꼴로 찾아오는 강 교수를 향해 옆자리에 누워 있던 30대 환자가 물었다.

"아가씨는 부모님이 안 계시고?"

"……네."

"어려서 부모님 잃은 건 안됐지만, 그래도 아가씨는 참 운이 좋은 편이야. 엄마 대신 저렇게 걱정해 주고 아껴주는 지인들이 있으니 얼마나 좋아."

혜옥이라고 자신의 이름을 밝힌 그녀가 부러운 듯 중얼거렸다.

헤어 디자이너 출신인 혜옥은 골목길을 빠져나오다 교통사고를 당했다고 했다. 별다른 외상은 없었지만, 깨진 유리가 발목에 박혀 빼내는 수술을 한 뒤 회복 중에 있었다.

"그렇게 보이세요?"

"말이라고. 엄청 부러워. 나도 아가씨처럼 친정 엄마가 일찍 돌아가셨는데, 우리 엄마는 외동이라 살뜰하게 보살펴 주는 이모나 삼촌도 없고. 저 교수님처럼 친한 친구도 없었거든. 아가씨는 아직 결혼을 안 해서 그렇지 결혼해 봐. 친정 쪽으로 기댈 데가 없으면 서러울 때가 얼마나 많은데. 세상에 혼자 남겨진 것 같아. 우리 신랑 봐라. 입원할 때 한 번 오고는 그걸로 끝이다. 친정이 없으면 남편도 무시해요. 에휴. 내 팔자야."

"쯧쯧. 아직 어려서 남편한테 뭘 바라고 그러지? 남자들한테 뭘 그렇게 기대하면 안 돼. 나처럼 마음을 비워."

마주 보는 침대에 누운 50대 왕언니가 끼어들었다. 의자에 올라 높은 곳에 있는 물건을 꺼내다 떨어진 그녀는 척추뼈에 금이 가는 바람에 허리에 복대를 하고 누워 있었다.

"그나저나 아가씨. 저 교수님 아들이라는, 오빠라는 그 사람이 아가씨 애인이야? 사람이 아주 성실하고 착하게 생겼더라고. 아휴. 완전 부러워."

4인실의 또 다른 환자인 40대 여자도 수다에 참여했다. 교통사고 환자로 약간 꾀병기가 있어 보이는 그녀는 음식점을 경영하고 있다고 했다.

"아냐! 아가씨 애인은 지난번에 왔던 그 학생 아냐? 키 크고 등치 좋던. 아가씨, 자는 동안 얼굴도 닦아주고 손발도 닦아주고 그랬던 잘생긴 학생."

"아니라니까. 눈치를 보니까 딱 이 총각이야."

"그 어려 보이는 학생이 애인이라니까."

"아이. 언니도. 그 학생이 애인이면 어떻게 그렇게 따문따문 와요. 애인이라면 오늘 온 총각처럼 자주 와야지."

"그러고 보니 그러네. 미래 학생! 그 잘생긴 학생은 안 와? 진짜 애인 아냐?"

마주 보고 있던 두 명의 환자들이 미래의 애인에 대해 설전을 벌였다. 당사자인 미래는 정작 아무 말도 하지 않은 채 그들의 대화를 들으며 그저 미소만 짓고 있었다.

"아닐걸. 내가 보기에는 두 사람 다 아냐."

옆자리 혜옥의 말에 모두의 시선이 그녀에게 쏠렸다.

"뭐야? 혜옥 씬 뭐 아는 거라도 있어?"

"후후. 난 봤지. 어젯밤에 온 남자는 누구야?"

혜옥의 말에 미래가 움찔 놀라자 그녀가 미소를 지었다.

"호호. 깜짝 놀라는 거 보니까 그 사람이 애인이구나?"

"뭐야? 남자가 또 있었어?"

"어제, 한 12시쯤 됐나? 잠이 안 와서 바람 좀 쐬고 들어오는데, 키가 아주 큰 남자가 복도에서 왔다 갔다 하고 있는 거예요."

50대 왕언니가 호기심 어린 목소리로 묻자, 혜옥이 의미심장하게 웃으며 대답했다.

"어머나 세상에. 그래서?"

"난 전에 미래 학생 찾아왔던 그 남학생인 줄 알고 '여기서 뭐 하냐고, 미래 학생 보러 왔으면 조심해서 들어가 보라'고 했는데, 가만 보니까 전에 그 학생이 아니데요. 그 학생보다 훨씬 더 잘생겼더라고요. 어찌나 잘생겼던지 보는 순간, 숨이 확 막히더라니까요."

"정말? 미래 학생 찾아온 남자가 그렇게 잘생겼어? 숨이 확 막힐 정도로?"

"난 처음에 연예인이 온 줄 알았잖아. 아주 조인성이 뺨을 치게 생겼어요. 아무튼 그 잘생긴 학생이 살금살금 들어와서는 미래 학생을 아주 한참을 들여다보던데요. 나는 자는 체하고 있었거든요. 그런데 어쩜, 나이도 어린 학생이 가만히 바라보기만 하는 거예요. 아무것도 안 하고 아무 말도 없이 그저 지그시 바라보기만 해. 아주 사랑이 가득한 모습이었어요."

"어쩜, 에구 애틋해라. 야밤에 영화를 찍었구만. 나를 좀 깨우지."

"그러게. 나도 좀 깨우지."

"아이. 그때 어떻게 깨워. 아무튼 그 학생이 사랑스럽게 바라보기만 하기에 저는 미래 학생 깨우기 싫어서 그런가 보다, 그냥 모른 체하고 있었죠. 그런데 조금 있다 미래 학생이 깨더니 둘이 나가 버리데."

"뭐야? 그럼 미래 학생 진짜 애인은 어젯밤에 왔던 그 사람인 거야?"

"미래 학생, 정말 그런 거야?"

"그럼 그 오빠는? 대체 누가 진짜 애인이야?"

세 명의 언니 환자들이 흥미진진한 수다를 마치고 미래를 바라보았다.

"설마 다 사귀는 건 아니지?"

"왜 능력 되면 다 사귀어도 되지."

병실 안이 온통 미래의 연애에 관한 이야기로 소란스러워졌다.

친절하고 유쾌한 병실의 언니들 덕에 병원 생활은 힘들지 않았다. 그렇게 3주가 흐르자 시큰거리던 허리도, 깨질 듯 아프던 머리도 점차 나아지고 있었다. 육체적 치료가 끝이 날 무렵, 퇴원과 함께 정신과 치료도 받아보지 않겠냐는 담당의의 소견을 들었다. 조심스레 치료를 권하는 의사에게 미래는 천천히 고개를 끄덕였다.

❖

퇴원을 하는 날, 급한 일이 있으니 집에서 보자고 연락한 현재 대신, 그의 단짝 여동하가 병원으로 찾아와 두 개의 꽃다발을 건넸다.

"누나! 오늘 퇴원하신다면서요? 축하드려요."

"고마워. 그런데 꽃다발이 왜 두 개야?"

"하나는 현재 꺼! 하나는 제 꺼죠."

"아하."

향긋한 꽃향기를 맡으며 미래가 고개를 끄덕였다.

"이제 다 나으신 거예요?"

"응."

"그래도 너무 무리하면 안 되는 거 알죠?"

동하가 자상하게 말했다.

"당분간은 출근하지 마세요. 집에서 쉬시면서 경락 마사지도 좀 받아야 하고 물리치료도 계속해서 받으세요. 제 친구 녀석도 교통사고 후유증으로 무지 고생했거든요. 비 오고 날씨 흐리면 사고 난 자리가 계속 쑤시고 아프대요. 한 5년쯤 간다고 하든가? 아무튼, 이제부터 절대 무리하면 안 돼요."

"알았어."

"뭐 먹고 싶은 거 없어요?"

"없어."

"그러지 말고 말해봐요. 잘 먹어야 하는데."

동하가 걱정스러운 듯, 계속해서 물었다.

"으이구. 이 잔소리쟁이."

"다, 누나를 사랑해서 갖는 관심이죠."

"눈물 나게 고마워."

미래가 소리 없는 미소를 지으며 동하의 등을 두드려 주었다.

선이 굵으면서도 개구쟁이 같은 현재와 달리 잔소리 많은 동생 같은 동하 역시 그녀에게는 소중한 인연이 되었다.

"아, 현재 연락 받으셨죠? 현재 녀석, 요즘 짜증이 장난이 아니에요. 초딩놈들이 말을 죽어라 안 듣는다고. 짜식 근신 기간 내내 아주 죽……."

갑자기 말을 멈춘 동하의 얼굴에 당황한 기색이 역력했다.

"근신이라니? 초딩은 또 뭐야? 현재 국가대표 훈련 중인 거 아니었어?"

"아, 그게…… 아니라. 저기……. 현재 전화 못 받으셨어요?"

"급한 일이 있어서 못 온다고 했어. 집에서 보자고."

"아, 그럼 제가 잘못 알았나 봐요. 짐은 이것뿐이에요? 퇴원 수속은요?"

미래는 서둘러 수습하려는 동하의 팔목을 잡고 그의 눈을 지그시 바라보았다. 대체 무슨 일이기에 현재는 오지도 못하고 동하는 이렇게 시선을 피하는 걸까?

"말해봐."

단호함이 깃든 미래의 말에 동하가 고개를 저었다.

"아무것도 아니에요."

"아무것도 아닌데 왜 말을 못해?"

"별일 아닌데."

"그러니까 말해보라고."

머뭇거리던 동하가 한참을 망설이다 입을 열었다.

"저기……. 그러니까 그게……."

자꾸만 시선을 피하는 동하를 보자 미래는 덜컥 겁이 났다. 차라리 말을 하지 말라 그럴까? 왠지…… 자신과 관련된 무겁고 어려운 말일 것 같았다.

"현재 녀석 시합 결과 전에 말씀드렸었죠."

"응. 원하는 대로 됐다고 했잖아."

"그거…… 거짓말이에요."

"뭐야? 그럼 시합에 져놓고 이겼다고 속인 거야?"

미래는 눈살을 찌푸리며 동하의 대답을 기다렸다.

"네."

"시합에 진 게 뭐가 어때서? 나한테 말하기 부끄러워서?"

"현재가 누나 걱정할까 봐 거짓말한 거예요."

"대체 그게 무슨 말이야? 차근차근 말해봐."

"현재 자식, 결승전 앞두고 누나가 사고 났다는 소식을 우연히 들은 거예요."

"아니. 시합 중인 애가 그걸 어떻게 알아?"

충격을 받은 미래가 소리쳤다.

"일이 꼬이려고 그랬는지, 그날 시합 찾아온 사람 중에 누나 과 동기가 있었나 봐요. 별명이 사이코라던가? 암튼 그 사람이 현재 응원 왔다가, 누나 동창들이 보낸 사고 문자를 보고는 현재에게 알려줬다네요. 그 소식을 듣고 가만히 있을 현재가 아니잖아요. 자식이 미친놈처럼 결승전을 앞두고 경기장을 뛰쳐나갔어요."

"헉!"

미래가 입을 가리며 터져 나오는 비명을 막았다. 사이코라 면…… 박수훈? 그리고 보니 현재를 섭외하고 싶다며 연락처를 달 라며 조르던 박수훈이 생각났다. 수훈이가 경기장을 찾았구나. 수 훈이 입장에서는 호의를 베푸느라 알려준 것이리라.

"현재 녀석, 그 일로 근신 처분을 받았어요. 원래는 영구징계감 이긴 한데 현재 빽이 막강하다 보니까."

영구징계감이라니. 간담이 서늘해진 미래가 다급히 물었다.

"얼굴의 상처는? 훈련 중에 다친 거라며? 기합받은 거야?"

"아뇨. 그게 기합이 아니라……. 현재 아버님이……."

"아버지에게 맞은 거야?"

끄덕이는 동하를 보며 미래는 두 눈을 감았다. 얼굴에 멍이 든 게 어쩐지 이상하다는 생각이 들었다. 유도를 하는 사람이 꼭 권 투시합을 한 사람처럼 보였었다.

"어쩌면 사람을 그렇게 때릴 수가 있어? 그 아버지 제정신인 거 야?"

"현재 어머니가 아버지를 피해 도망친 이유도 아버지 폭력 때 문이었어요. 현재 자식……. 어릴 때부터 누구 하나 보호해 주는 사람 없이 혼자 컸어요. 그래서 겉으로는 까칠한 척하지만, 많이 외롭고 서러웠던 놈이에요."

미래는 소파에 주저앉았다. 가슴이 아파서 도저히 서 있을 수가 없었다.

"그래도 누나 만나고 많이 밝아졌어요. 잘 웃고, 행복해하는 모습을 보는 것이 넘 좋았어요."

"동하야!"

미래가 힘없는 목소리로 동하를 불렀다.

"네."

"현재……. 어머니를 찾고 싶어서 유도를 시작했다고 했지? 이제 어쩌면 좋니? 어떻게 해야 해?"

"현재에게는 세상 그 무엇보다, 자신의 어머니보다 미래 누나가 더 소중해진 거예요. 그러니까 누나가 어머니 몫까지 현재 많이 사랑해 주세요."

진심이 깃든 동하의 말에 미래는 신음을 흘렸다. 현재가 가여워서 견딜 수가 없었다. 가슴이 아팠다. 사는 게 어쩌면 이렇게 힘이 드는지……. 다른 사람들도 이렇게 어렵고 팍팍하게 살고 있는지 아무나 잡고 하소연하며 물어보고 싶었다.

"누나……. 힘내세요. 누나도 그렇고 현재도 다 잘될 거예요. 솔직히 현재 녀석이 미련해서 그렇지, 방법을 잘 찾아보면 유도 말고도 엄마 찾을 방법이 많을 거예요. 지금 가장 중요한 건, 우리가 더 이상 혼자가 아니라는 거니까. 우리에게는 서로가 있으니까. 누나에게는 현재도 있고 저도 있으니까……."

"동하야……."

"그러니까, 누나. 너무 슬퍼하지 마세요. 자, 그런 의미에서 우리 퇴원수속이나 같이 밟을까요?"

소리 없이 밝은 미소를 짓는 동하를 보며 미래는 힘없이 웃었다. 동하는 현재 못지않게 의지가 되는 동생이었다.

"너…… 꼭 오빠 같아."

"오빠라고 불러주면 고맙죠."

"으이구!"

미래는 손을 뻗어 환하게 웃는 동하를 따뜻하게 안아주었다.

동하와 함께한 퇴원 수속은 금방 끝이 났다. 마지막으로 그동안 정들었던 병실 언니들에게 작별을 한 미래는 동하와 함께 병원을 나섰다.

"현재는 지금 어디 있는 거니?"

"아. 본가에 갇혀 있어요. 억지로 나올 수도 있지만, 괜히 긁어 부스럼 만드는 건 아닌지 싶어서, 제가 못 오게 했어요."

"잘했어. 부모님 심기 건드려서 좋을 건 없지."

"흐흐. 나중에 아버지 해외 가시고 나면 젤 먼저 튀어올 거예요. 누나를 하루라도 안 보면 눈에 가시가 돋는다나 뭐라나. 자식 집에서 보면 겁나게 좋아할걸요."

이런저런 이야기를 나누는 사이 드디어 집에 도착을 할 수 있었다.

오랫동안 비어놓은 터라 걱정을 했지만, 막상 현관문을 여니 사람의 인기척이 느껴졌다. 그리고 보니 집 안도 깨끗이 정리가 되어 반질반질 윤이 나고 있었다.

"미래 학생? 수고 많으셨죠?"

따뜻한 온기의 주인공인, 앞치마를 두른 50대의 여인이 주방에서 나오며 미래를 반겨주었다.

"어떻게……?"

의아해하는 미래에게 낯선 여인이 다정하게 웃어주었다.

"반가워요. 현재 학생 집에 일해주러 다니는 아줌마예요. 아가
씨 많이 아프다고 현재 학생이 이 집으로 출근해 달라고 부탁하드
라고요. 아가씨 오면 불편하지 않도록 이것저것 도와주라고. 저는
금촌댁이에요."

금촌댁이라고 자신을 소개한 아주머니는 다정한 생김새처럼 정
이 많은 사람이었다.

"밥부터 먹고 씻어요. 병원 생활 오래했으니 얼마나 기운이 딸
릴 거야. 쯧쯧. 교통사고라면서요? 우리 딸도 운전해서 다니는데
내가 아주 걱정이 돼서 잠을 잘 못 자."

오랜 시간 정성을 다해 끓인 사골국을 식탁 위로 내려놓으며 금
촌댁 아주머니는 살갑게 수다를 떨었다.

"감사히 잘 먹겠습니다."

동하와 함께 아주머니가 차려준 저녁식사를 했다. 반질반질 윤
이 나는 청소 솜씨처럼 음식 솜씨도 아주 깔끔한 아주머니였다.
사람이 복작거리는 집……. 따뜻하고 훈훈한 느낌이었다.

"그럼, 오늘은 푹 쉬고 내일 봐요. 뭐 먹고 싶은 건 없어?"

금촌댁은 딸처럼 마음이 쓰이는 미래를 보며 애틋하게 물었다.

처음 이 집을 살펴달라는 현재 학생의 말을 듣고는 '얼마나 예
쁘기에 저렇게 멋진 애인을 뒀을까? 참 복도 많은 아가씨네.' 궁
금했었다. 그런데 막상 이 집에 와보니 사람의 흔적이라고는 느껴
지지 않는 삭막함 그 자체였다. 부모님이 안 계시나? 혼자 살고 있

나? 쯧쯧. 얼마나 외로울 거야. 이렇게 좋은 집에 살면 뭐 하누. 젊은 아가씨가 어쩌다 혼자 살고 있을까? 마음이 쓰이고 안타까웠다.

"사골국으로 충분해요. 정말 맛있게 잘 먹었습니다. 오랜만에 정말 몸보신한 것 같아요."

진심을 담아 인사를 하는 미래를 보며 마음 약한 금촌댁은 금세 감동을 받았다. 예쁜 아가씨가 상냥하기도 하지. 금촌댁은 이 젊은 아가씨가 점점 마음에 들기 시작했다.

"정말 다행이네요. 내일은 상큼하게 겉절이 해서 먹게 해줄게요. 그럼 내일 봐요."

뒷정리를 마친 금촌댁 아주머니가 돌아가시고, 이것저것 보살펴 준 동하 역시 집으로 돌아가자 훈훈했던 집 안은 다시 적막에 휩싸였다.

약을 먹고 자리에 누웠지만, 생각이 복잡해서인지 잠이 오지 않았다.

현재에게 전화를 해볼까, 아니지. 근신 중이라는데 꾹 참고 기다려야지. 갈등 중에 참기로 결정을 내린 미래는 침대에서 일어나 책상에 앉았다. 현재에게 전화를 하는 대신 희수와 함께 준비하던 공모전 자료들을 꺼내놓고 살펴보기 시작했다.

"자! 좀 더 나은 우리의 미래를 위하여!"

"위하여!"

소중한 희수를 생각하자 또다시 눈물이 차오른다. 희망에 부풀어 함께 계획했던 많은 꿈들을 이제는 혼자 해나가야 했다. 희수를 위해서라도 꼭 성공해야 해야지. 결심을 굳힌 미래는 눈물을 닦고 연필과 스케치북을 꺼내 들었다.

작업은 밤새 계속되었고, 어둠 속으로 번한 새벽이 밝아오고는 것을 확인한 미래는 잠시 눈을 붙이기 위해 침대에 들었다. 피곤으로 깊은 잠이 든 미래는 옆집에서 들리는 소란스러운 소리에 저도 모르게 눈을 떴다.

탕탕탕!

문 좀 열어봐!

날카로운 여자의 목소리가 들려왔다.

무슨 일이지? 현재가 왔나?

몽롱한 정신으로 현관으로 나가 문을 열려던 미래는, 문밖에서 들려오는 대화 소리에 잠시 움직임을 멈추었다.

"널 좋아해."

저절로 귀가 기울여지는 대화 내용. 누군가 현재에게 고백을 하러 온 모양이다. 당장이라도 달려가서 여자를 끌어내고 싶었지만, 현재의 반응이 궁금해졌다. 그래서 숨을 죽인 채 한 발 뒤로 물러났다.

"그래서?"

"오래전부터 널 좋아했다고."

아주 익숙한 목소리. 설마? 이리라? 미래는 고개를 갸웃거리며 귀를 기울였다.

"그래서 나보고 어쩌라고? 날더러 어쩌라고 이 아침에 찾아와서 야단이야!"

현재의 목소리가 점점 더 차가워졌다.

"네, 네가 만나주질 않으니까……. 그러니까……. 찾아올 수밖에 없잖아."

차가운 현재의 반응에 주눅이 들었는지 여자의 목소리가 점점 작아지기 시작했다.

"이리라! 너 내 생일 아냐?"

피곤한 듯, 현재의 목소리가 들려왔다. 역시 리라가 맞구나!

"그, 그럼. 1992년 2월 29일생이잖아."

"너희 부모님은?"

"응?"

당황한 리라의 목소리가 들리더니 곧이어 차가운 현재의 목소리가 따랐다.

"네 부모님 생신."

"그, 그게……."

"부모님 생신 몰라?"

현재의 까칠한 재촉이 이어졌다.

"겨울, 겨울이야!"

"겨울 언제? 12월, 1월, 아님 2월?"

"아, 아마 1월이 맞을 거야."

"이리라!"

자신 없는 리라의 목소리와 짜증 가득한 현재의 목소리가 연달아 들려왔다.

"남자 쫓아다닐 시간 있으면 부모님 생년월일이나 잘 챙겨. 직접 미역국까지 끓여 드리면 더 좋고. 그리고 혹시 착각할까 봐 말해두는데, 난 너한테 티끌만큼도 관심 없으니 더 이상 귀찮게 하지 마라."

잠시 침묵이 흐르더니 '별꼴이야!'를 수도 없이 외치며, 씩씩거리고 돌아가는 리라의 움직임이 들려왔다.

오늘 이슈에 출근한 아르바이트생들, 여럿 죽겠네.

리라가 사라지는 것을 확인한 미래가 고개를 흔들며 복도로 나섰다. 그의 현관문을 똑똑, 두드리자 찌푸리며 현관문이 열렸다.

"어라?"

미래를 발견한 현재의 얼굴이 단박에 밝아졌다.

"리라 왔다 갔나 봐."

"이렇게 반가울 수가."

"엊저녁엔 안 들어온 것 같더니. 언제 왔어?"

미래의 물음에 그의 얼굴에 함박 웃음꽃이 피었다.

"오늘 새벽. 나 보고 싶었구나?"

"왜 딴소리야? 리라 왔다 갔냐고 묻잖아."

"오호! 송미래. 지금 질투하는 거야?"

"헐! 내가 지금 묻는 건, 절대 질투나 의심 따위가 아니라 순수한 호기심일 뿐이야."

단호한 미래의 말에 현재가 김새는 표정으로 고개를 끄덕였다.

"흐흠. 별일 아니야."

"리라는 엄청 열받아서 뛰어가던데?"

"그건 내가 상관할 바가 아니고. 당신은 언제 일어났어? 집에 막 들어서는데 불이 꺼져 있기에 자는 줄 알았어."

"응. 좀 전에 일어났어."

가까이 다가가자 현재에게서 청량한 비누 향기가 났다. 이제 막 샤워를 마친 모양인지 물기에 젖어 있는 그의 모습에 심장 속에 숨어 있던 작은 꽃들이 요란하게 꽃망울을 피워대기 시작했다.

아침부터 이렇게 설레고 들뜨면 안 되는데. 그래도 서현재, 참 멋지다!

미래는 마음을 다잡고 차분한 눈으로 현재를 바라보았다.

"송미래! 나 시간 많은데, 전에 말한 데이트 오늘 할까?"

현재가 미래의 눈치를 살피며 물었다.

그렇겠지. 국대에서 떨어졌으니 이젠 좀 한가해지겠지. 미래는 자신 때문에 중요한 경기를 놓친 현재를 아픈 눈으로 바라보았다.

"그래도 돼? 너 경기 중에 많이 다쳤다며?"

아버지에게 맞은 상처를 시합 중에 생긴 상처라고 둘러대는 현재의 마음을 지켜주고 싶었다.

"응. 많이 좋아졌어. 조심해서 다니면 될 거야."

"벌써?"

"간호사 누나들이 짐승 같은 회복력이래."

현재의 말에 미래는 웃음을 터트렸다. 아무리 힘들고 복잡한 문제가 있어도 현재만 보고 있으면 별일 아닌 것처럼 가벼운 마음이 된다. 스스로가 생각해도 참 신기한 현상이었다.

"좋아. 근데, 난 오후부터 다시 작업해야 해. 이달 중순에 있는 공모전에 응모해 보려고 준비 중이거든. 그런데 아시다시피 사고 때문에 시간을 너무 낭비했어. 마음이 급해."

미래가 아쉬운 듯 말했다.

"그럼. 당연히 조급하겠지. 그래도 하루 종일 집 안에만 있으면 집중이 안 되잖아. 머리도 식힐 겸 가볍게 다녀오자. 디자인하려면 옷도 많이 보고 해야 하잖아. 필요하면 쇼핑도 같이하면 되고. 어때?"

그의 유혹에 더 이상 버틸 수가 없었다. 한참을 망설이던 미래는 결국 고개를 끄덕였고, 신이 난 현재는 어서 서두르자며 집으로 얼른 들어가 버렸다.

1시간 뒤, 본격적인 데이트에 나선 두 사람은 먼저 명동으로 향했다. 중국인 관광객이 많은 명동은 여러 종류의 디자인을 한꺼번에 관찰할 수 있는 훌륭한 장소였다. 사람들의 인파가 쉬지 않고 이동하고 있었고 미래는 틈이 날 때마다 사진을 찍고 스케치를 할 수 있었다.

"송미래, 뭐야?"

일에 열중하고 있는 미래를 한참 동안 관찰하던 현재가 미래의 수첩을 뺏으며 인상을 찌푸렸다.

"뭐가?"

"이 밑그림들."

수첩을 넘길 때마다 더 험악해지는 현재를 보며 미래가 물었다.

"이게 왜?"

"죄다 사내새끼들밖에 없잖아. 너 스케치 핑계로 남자 구경하러 온 거야?"

"남자 구경이라니. 정신 차리셔!"

"내가 지금 정신 차리게 됐어? 내 여자가 딴 새끼들 그려대고 있는데."

"쯧쯧. 심한 질투의 끝은 병원행이야."

미래는 어이가 없어 피식거리며, 그가 쥐고 있는 수첩을 뺏어 들었다.

"안 돼! 이제부터 여자만 그리던지 스케치를 중단하고 나만 보던지 선택해."

"헐! 서현재. 난 지금 남성복을 준비하고 있다고. 어떻게 여자만 그려?"

"안 된다니까. 둘 중에 하나만 선택해."

아이처럼 떼를 쓰는 현재를 보며 미래는 할 수 없이 수첩을 접었다.

"휴우. 그럼 그렇지. 네가 일을 도와준다고 뻥칠 때 알아봤어야 했는데."

"무슨 소리! 충분한 휴식을 취할 수 있도록 돕는 것이야말로 업무 능력을 높이는 데 필요한 진정한 외조지."

"하여간, 입만 살아서는."

그를 노려보면서도 웃음이 터지는 것을 참지 못했다. 결국 스케치를 포기한 미래는, 여느 연인들처럼 이것저것을 구경하고 돌아다니며 시간을 보냈다. 수첩에 메모하지 않아도 눈으로 보고 즐기며 함께하는 시간이 무척이나 소중하게 느껴졌다.

"참! 나 진짜 하고 싶었던 일이 있는데."

길거리에서 산 아이스크림을 먹고 있던 현재가 갑자기 벌떡 일어났다.

"뭔데?"

"따라와 봐!"

현재가 미래를 데리고 간 곳은 꽤 고급스러운 여성의류 매장이었다.

"여긴 왜?"

"옷 보자고."

"여기 무지 비싸!"

미래가 머뭇거리며 말했다. 솔직히 값이 꽤 비싸 구입하지는 못했지만, 여건만 허락한다면 전체적인 바느질과 안감과 겉감의 결합 상태, 소매와 겨드랑이 부분의 이음 등을 자세히 관찰해 보고 싶은 옷들 중 하나였다.

"그래도 난 이런 거 진짜 해보고 싶었어."

"뭘? 여자 친구 옷 쇼핑하는 거?"

"왜 있잖아. 탈의실 앞에 서서 기대에 찬 눈으로 여자 친구를 기다리는 남친 코스프레. 오늘 드디어 해볼 수 있겠다."

해맑게 웃는 현재를 보며 미래 역시 저도 모르게 웃음이 터져 나왔다. 별일 아닌 것에도 들뜨고 기뻐하는 현재와 함께하는 시간이 참 좋았다. 이대로 이렇게 영원히 행복할 순 없는 걸까?

"그니까 들어가자."

"그래. 그러자."

몇 벌의 옷을 고른 미래는 탈의실로 옷을 갈아입으러 들어갔고, 혼자 남은 현재는 그렇게 해보고 싶었던 의류 감상 코스프레를 하기 위해 기대에 가득 찬 모습으로 미래를 기다리고 있었다.

"어때?"

잠시 후, 탈의실의 문이 열리고 미래가 걸어나왔다. 현재는 자신에게로 다가오는 미래를 보며 넋이 나간 듯 혼자 중얼거렸다.

"예뻐. 완전 예뻐!"

은은한 매장의 조명을 받으며 다가오는 그녀는 무릎까지 오는 하얀색 프릴 원피스를 입고 나타났다. 희다 못해 투명한 피부와 촉촉한 눈망울이 오가는 사람들의 시선을 모으기에 충분할 정도로 아름다웠다.

거기다 가슴부터 허벅지까지 파도 같은 레이스를 줄줄이 내려오게 만든 하얀색의 프릴 원피스는 날씬하고 맵시 있는 미래를 더 돋보이게 만들었고 나풀나풀거리는 파도 모양의 레이스는 그녀를 더 여리고 약하게 보이게 했다. 늘씬한 키에 여윈 몸매. 긴 팔다리는 패션모델을 해도 손색이 없을 정도다. 거기다 자꾸만 신경이 가게 하는 탐스러운 입술은 당장이라도 덮쳐 버리고 싶을 정도로 매력적이다.

"진짜?"

"완전!"

"그럼 이걸로 할까?"

"다른 것도 입어봐야지. 설마 한 번 입어보고 살 건 아니지? 내 기쁨을 뺏어가지 말아줘."

그가 내미는 다른 옷들을 바라보며 미래는 또 웃음을 터트렸다.

미래는 그 뒤로 세 벌의 옷을 더 갈아입었고, 현재는 매번 예쁘다며 감탄을 했다.

"그래서? 어느 게 젤 나아?"

"네 개 다 예뻐. 하나도 안 예쁜 게 없네."

"헐! 그럼 안 돼! 하나만 골라봐!"

"음……. 이거랑 이거!"

고심하던 현재가 두 벌의 옷을 골랐고, 미래는 고개를 끄덕였다.

"네 옷도 볼래?"

"내 옷도?"

"응. 내가 골라줄게."

미래의 말에 현재가 가만히 고개를 끄덕였다.

"여자랑…… 같이 옷 사러 오는 거, 처음이야."

"진짜?"

"응. 어릴 때는 엄마가 사다 주셨고. 커서는 우리 새엄마…….
많이 바쁘시잖아. 그래서 대부분 동하 녀석이랑."

그의 말에 미래의 가슴이 찌르르 아파왔다.

다른 사람보다 더 많이 가졌다고 해서, 다른 사람보다 월등히
잘생긴 외모를 가졌다고 해서 그 사람의 삶이 풍족한 건 절대 아
니었다.

"알았어. 오늘 이 누나가 완전 근사하게 꾸며줄게."

사실, 그는 오늘 다른 날보다 훨씬 더 근사하게 보였다. 쭉 뻗
은 긴 다리는 블랙진이 멋스럽게 감싸고 있었고, 단추가 두 개 달
린 하늘색 티셔츠는 자르르 윤기가 흘렀다. 짧지만 현재와 잘 어
울리는 헤어스타일과 너무 단정해서 정기적으로 손질을 하는 것
은 아닐까, 의심이 가는 눈썹. 맑다 못해 푸른 기가 도는 흰자위
와, 심연을 연상시키는 속 깊은 눈동자, 조각처럼 보이는 코와 부
드러운 곡선을 그리고 있는 입술이 보였다. 잡지에서 막 빠져나
온 것같이 근사한 현재가 이렇게 함께 있다니, 정말 꿈같은 일이
었다.

"이걸로 주세요."

현재가 골라준 옷을 가리키며 종업원에게 카드를 건네자 종업

원이 싱긋 웃으며 고개를 흔든다.

"남자 친구분이 벌써 계산하셨어요."

"야! 너 왜 그래?"

"퇴원 기념이야."

"그래도 이러지 마."

"대신 밥 사면 되잖아. 내 옷은 나중에 사고 일단 밥부터 먹자. 나 배고파!"

현재가 웃으며 팔을 내밀었다. 미래는 어쩔 수 없다는 듯, 살짝 웃으며 그의 팔에 팔짱을 꼈다.

그들이 함께 간 곳은 근사한 이태리 식당이었다. 두 사람은 종업원이 추천해 준 스파게티와 피자를 맛있게 먹었다.

식사를 마친 두 사람은 커다란 소프트 아이스크림을 들고 기분 좋게 거리 구경을 시작했다. 점점 어두워져 가는 거리를 밝게 비추는 형형색색의 네온 등불이 눈부시게 아름다웠다.

꽤 오랜 시간을 걸었지만 두 사람 모두 다리가 아프다는 것을 느끼지 못했다. 그저 화려한 상점과 복작거리는 거리. 그리고 그 사이에 가득한 서로의 존재가 가슴 벅차게 느껴졌을 뿐이다.

"우리 매운 떡볶이 먹으러 갈까?"

미래가 장난스럽게 말을 꺼내자 현재가 잠시의 머뭇거림도 없이 고개를 끄덕였다.

"그래."

"풋! 너 지금 괜히 허세 부리는 거지? 너, 매운 거 못 먹잖아?"

현재와 함께 음식을 만들면서 알게 된 사실은 그는 지독히도 매운 것을 못 먹는다는 것이었다. 조금만 매워도 얼굴이 붉어지며 물을 들이켜는 것이 우습기도 하면서 애처롭기도 했었다.

"괜찮아. 당신이 좋아하잖아."

"오호라. 큰소리치다가 울어도 난 모른다."

"괜찮다니까."

인터넷에서 소개하는 유명한 맛집으로 간 두 사람은 매운 떡볶이를 시켰다.

"맛있게 드세요."

종업원이 내려놓고 간 간 접시에서 매운 내가 확 풍겨왔다.

"먹어봐!"

미래의 권유에 떡볶이 하나를 크게 베어 문 현재의 얼굴이 점점 빨갛게 달아오르더니 곧이어 식은땀을 줄줄 흘리기 시작했다.

"괜찮아?"

"으응."

"정말?"

미래는 그의 얼굴을 보며 자꾸 새어 나오는 웃음을 참을 수가 없었다. 얘는 왜 이렇게 귀여운 거야.

"잠시만. 나 화장실 좀."

"으응. 빨리 와!"

"응. 금방 올게."

미래는 애처로운 표정으로 바라보는 현재를 남겨두고 곧장 편의점으로 향했다. 하얀 우유를 산 미래가 다시 떡볶이 집으로 들어서자, 멀뚱히 앉아 자신을 기다리는 현재의 모습이 보였다. 어디에 있어도 눈에 확 띄는 외모. 근처의 여자들이 힐끔거리며 현재에게 신호를 보내고 있었지만, 그녀가 간다고 한 화장실로만 향해 있는 현재의 눈길은 움직일 줄 몰랐다.

미래는 개선장군처럼 의기양양하게 사랑하는 현재에게로 다가갔다.

"마셔."

"와! 역시 송미래밖에 없네."

"미안해. 괜히 매운 거 먹자 그래서."

"괜찮아. 맛있었어."

괜찮다는 말과는 달리 쉬지 않고 우유를 마시는 현재를 보며 미래는 미안해서 어쩔 줄을 몰랐다.

"미안해. 미안해. 입술이 정말 많이 부었어."

"윽. 그 말 들으니까 더 아픈 것 같아."

그가 부은 입술을 만지며 투덜거렸다.

"이리 와봐. 내가 불어줄게."

아무 생각 없이 그의 얼굴을 향해 '호' 부는데, 갑자기 현재가 뒷머리를 당겼다.

"어……. 어."

미처 뭐라 할 틈도 없이 그의 입술이 부드럽게 맞닿아졌다. 심장이 터져 버릴 것처럼 뛰기 시작했다. 온몸에 소름이 돋았다.

뭐야?

저기, 저기 봐!

대박! 뭐 하는 거야?

키득거리는 웃음소리와 웅성거리는 소음에 정신이 번쩍 들었다. 미래는 현재를 밀어내고 떡볶이 집을 벗어났다. 화끈거리는 두 볼이 터져 버릴 것만 같았다.

"같이 가!"

언제 나왔는지 뒤따라 나온 현재가 미래의 손을 잡았다. 꼭 잡은 손에서 그의 열기가 고스란히 느껴졌다.

"혼자 내버려 두고 가냐?"

"미안! 창피해서."

"흠. 나보다 주위 사람들 눈이 더 신경 쓰인다?"

"아니. 그런 건 아니고. 참, 내일은 뭐 해?"

"음. 내일은 봐야 알아. 오늘 저녁에 본가에 들러야 하거든."

"응. 그렇구나. 난 그럼 우리 아파트에서 기다릴게. 일 보고 와!"

"알았어. 집에 데려다 줄게. 가자."

"고마워!"

순순히 대답하는 미래를 보며 현재가 빙그레 웃었다. 매일매일 이렇게 지낼 수만 있다면 얼마나 좋을까? 두 손을 꼭 잡은 두 사람은 연신 웃음을 터트리며 집으로 향했다.

12. 또 다른 시작

본가로 들어서던 현재는 소파에 앉아 책을 보고 있는 새어머니 박소희 검사를 보며 걸음을 멈추었다.

"저 왔습니다."

"왔니?"

"……네."

"짐 가지러 왔구나? 오늘부터 아파트로 들어가는 거니?"

"네."

현재가 덤덤하게 대답했다. 녀석이…… 참 재미있단 말이야. 박 검사는 그렇게도 원하던 국가대표 자리를 헌신짝처럼 버리고 결승전을 포기해 버린 아들을 물끄러미 바라보았다.

"김천 숙부님이 멜론을 보내오셨더구나. 좀 잘라주련?"

"생각…… 없습니다."

평소와 달리 기분이 좋아 보이는 박 검사였다. 무슨 일이지? 전에 없는 새어머니의 반응에 현재는 아랫배에 힘을 주며 신경을 곤두세웠다.

"그렇구나."

현재는 흥미로운 눈으로 자신을 바라보는 새어머니를 마주 보았다. 뭔가 재미난 사건이라도 생긴 걸까?

"무슨 할 말이라도 있으신 겁니까?"

"아니다. 그냥 네 마음이 변한 이유가 뭘까 생각했었단다. 넌 꼭 국가대표가 되어서 네 친모를 찾겠다고 다짐했었잖니. 그런데 국가대표를 눈앞에 두고 포기해 버렸어. 그 이유가 뭘까? 생각했었어."

전에 없이 관심을 가지는 새어머니의 의도가 뭘까? 현재는 잠시 생각에 잠겼지만, 곧이곧대로 대답을 할 수는 없었다.

"사람 마음은 원래 변하는 겁니다."

"사람 나름이겠지. 넌…… 쉽게 변하는 아이가 아니잖니. 물건이건 사람이건, 난 너처럼 한결같은 아이는 보지 못했단다."

"갑자기 제게 관심을 갖게 된 이유가 궁금한데요. 요즘 한가하신가 봅니다."

현재는 날카롭게 자신을 바라보는 박 검사의 시선을 담담히 마주하며 물었다.

"글쎄다. 그렇게 한가한 것도 아닌데, 아들의 일이니 신경을 안 쓸 수가 없구나."

"이쯤에서 본론으로 들어가시죠."

"의도가 불분명한 상대방과 이야기를 할 때는 먼저 속내를 드러내는 것도 좋은 방법이지. 우호적인 접근은 누구나 좋아한단다. 하지만 뭔가를 이겨야 하는 협상에서 그렇게 성급하게 굴다가는 손해를 볼 확률이 높아."

"새어머니와 협상하고 싶지 않습니다. 할 말 없으시면 이만 들어가겠습니다."

냉소적인 미소를 지으며 돌아서는 아들을 박 검사가 눈살을 찌푸리며 빤히 쳐다보았다.

"버릇이 없구나. 누가 먼저 일어서라고 했니?"

"함부로 나대지 말 것, 속내를 먼저 드러내지 말 것, 내 손에 들린 것이 아무것도 없을 때는 상대가 먼저 나서게 만들라고 하신 분은 어머니잖습니까? 전 어머니의 가르침대로 한 것뿐입니다."

도전적인 아들의 시선에 박 검사가 입꼬리를 올리며 웃었다.

현재는 잠자코 새어머니의 웃음을 바라보았다. 새어머니는 무슨 생각을 하고 있는지 지금 기분이 어떤지 도무지 종잡을 수가 없는 사람이었다.

"좋은 자세야. 상대방이 무슨 생각을 하는지 알아차리지 못하게 해야 하는 것도 잊지 말거라. 좋아. 그럼 이제 본론으로 들어가 보자꾸나. 어제는 하루 종일 뭘 하고 다녔니? 1년에 두 번 모이는 가족 모임을 대신해서 널 보러 오신 분들이야. 친척들 방문보다 더 중요한 일이더냐? 부산에서 올라오신 당숙께서도 많이 섭섭해 하셨다. 일산 왕고모님도 오시는 자리였어. 어른들이 너를 얼마나 걱정하고 계시는지는 네가 더 잘 알지 않니."

박 검사가 말하는 가족모임은 자칭 대한민국의 상위권이라고 하는 서씨 일가가 모여 자신들의 명예와 권력과 부를 과시하는 그런 모임이었다. 그런 피곤한 모임과 미래와의 데이트를 바꿀 수는 없었다.

"아주 중요한 일이 있었습니다."

"김천 숙부님 댁에 막둥이가 네 팬이라고 하더구나. 사인을 받으려고 큰 시험을 앞두고도 왔었어."

은근한 질책이 이어졌다.

"앞으로 주의하겠습니다."

"그래. 그래 주면 고맙겠구나."

박 검사가 아들의 말에 고개를 끄덕였다.

"몸은 좀 어떠니?"

"괜찮습니다."

"생각보다 훨씬 빨리 회복되기는 했지만, 그래도 너무 무리하지 마라."

"네."

"그래. 그만 가서 쉬렴. 나도 피곤하구나."

"그럼. 쉬십시오."

"참! 그 아이…… 는 퇴원을 했더구나."

자리에서 일어서려던 현재에게 박 검사가 물었다.

"그 아이라면 미래를 말씀하시는 겁니까?"

"그래. 그 아이. 송미래 말이다."

"어머니가 미래를 어떻게 아십니까?"

도전적으로 묻는 아들을 보며 박 검사의 미간이 모아졌다.

"아들의 여자 친구이니 당연히 알아야지. 됐다. 오늘은 그만 자거라."

의미심장한 미소를 짓는 새어머니를 보며 현재는 깊은 한숨을 내쉬었다.

"미래는…… 건드리지 마십시오. 하루하루 열심히 살아가는 착한 여자일 뿐입니다."

"그래. 그래 보이더구나. 참! 내일 저녁은 비워둬라. 아버지와 약속이 있으니 오늘 모임처럼 빠질 생각은 절대 하지 말라는 아버지 명령이야!"

여전히 미소 띤 얼굴의 박 검사가 정이라고는 하나도 느껴지지 않는 목소리로 선포하더니 자리에서 일어나 서재로 들어가 버렸다.

"네. 명령이라니 따라야죠."

아무도 없는 텅 빈 거실에서 현재는 혼자 대답을 한 뒤, 자신의 방으로 향했다. 어서 짐을 챙겨 미래가 있는 자신의 보금자리로 돌아가고 싶다는 생각밖에 들지 않았다.

새벽 2시, 잠도 잊은 채 정신없이 작업에 몰두하고 있는 미래의 귓가에 휴대 전화기의 진동 소리가 들려왔다. 이 시간에 전화를 할 사람…… 은 역시나 현재뿐이었다.

[안 자고 뭐 해?]

전화기를 통해 들리는 감미로운 목소리에 미래는 두 눈을 감고 그의 목소리에 집중했다.

"이제 자야지."

[공모전 준비한 거야?]

"응. 넌 여태 안 자고 뭐 했어?"

[이제 자려고. 베란다에 바람 쐬러 나왔는데 당신 방에 불이 켜져 있어서 전화해 봤지. 작업은 잘돼가?]

깊은 밤처럼 가라앉은 현재의 목소리가 귓가에서 속삭이고 있었다.

"으응. 이제 거의 마무리가 됐어. 공모전까지 가까스로 완성할 수 있을 것 같아."

짝짝짝! 전화기를 통해 우렁찬 박수 소리가 들려왔다.

[장해!]

"아냐. 희수가 많이 도와줬어. 우리의 공동 작품이야."

[그렇구나. 잘했어. 다 잘될 거야. 너무 무리하지 말고 이제 자.]

"으응! 잘 자."

아쉬운 목소리가 사라졌다.

"휴우. 보고 싶다."

그의 목소리가 주는 여운에 잠시 취해 있던 미래는 짧은 한숨을 내쉰 뒤 마지막 마무리에 총력을 기울였다. 병원에 입원해 있던 3주 동안, 희수의 몫까지 열심히 디자인을 연구했다. 밤을 새워 그리고 지우기를 반복하며 포트폴리오를 완성하고 수정을 반복하는 가운데, 마지막 결과가 모습을 드러내고 있었다.

잠시 열중한 것 같은데 또다시 새로운 하루가 시작되고 있었다.

공모전 마감까지 막바지 박차를 가하는 동안 현재가 보낸 금촌댁 아주머니는 매일매일 그녀의 식사를 챙겨주었고 동하는 수시로 드나들며 그녀의 건강을 체크했다.

이웃사촌이며 둘도 없는 친구이자, 애인이기까지 한 서현재는 매일 훈련을 나간다며 집을 나섰고, 저녁이 되면 초췌해진 모습으로 집으로 돌아왔다.

"대체, 얼마나 힘든 훈련을 받기에 이렇게 얼굴이 상하는 거니?"

걱정스레 물어보면 아무 말 없이 씨익, 웃기만 하는 현재를 보며 미래는 안타까움을 금치 못했다. 국가대표 전에서 떨어진 그가 얼마나 힘든 상황일지 어렴풋이나마 짐작이 갔지만, 먼저 말하지 않는 그를 위해 입을 다물고 있을 수밖에 없었다.

공모전 마감을 사흘 앞둔 날, 찌뿌드드한 어깨를 풀기 위해 잠시 목욕을 다녀온 미래는 집 안에 와 있는 뜻밖의 손님을 보며 인상을 찌푸렸다.

"이리라! 네가 여긴 어쩐 일이니?"

마치 제집처럼 편안하게 앉아 리모컨을 돌리고 있던 리라가 한쪽 입술을 올리며 미래를 바라보았다.

"어쩐 일이냐고? 병문안 온 손님에게 그게 할 소리야?"

"아주머니는?"

미래가 주위를 두리번거리며 물었다.

"내가 가시라 그랬어. 그런데 너 돈이 어딨어서 아주머니까지 쓰는 거니? 돈 많은 스폰서라도 물었어?"

"이상한 소리 하지 말고 어서 나가."

"웃겨! 손님 대접을 이렇게 하는 법이 어딨어? 이거라도 다 마시고 가야지."

리라가 탁자 위에 놓인 커피 잔을 들어 올리며 입을 살짝 갖다

대는 시늉을 했다.

"빨리 마시고 가! 대체 우리 집은 어떻게 안 거야?"

"나우 집에 왔다가 우연히 알게 됐지. 네 주제에 어떻게 우리 나우를 꼬셨나, 이해가 안 됐었는데……. 이렇게 옆집에 살면서 우리 나우를 꼬신 거야? 아님, 이미 대놓고 동거를 시작하셨나?"

리라의 입가에 가득한 비웃음을 보니 그녀가 무슨 생각을 하고 있는지 알 수 있을 것 같았다.

"말 같지 않은 소리 하지 말고 그만 돌아가."

병문안을 왔다는 리라의 말에 금촌댁 아주머니가 아무 의심 없이 문을 열어주신 모양이었다. 다음부터는 절대 집 안에 들이지 말라고 말씀드려야지. 미래는 현관문을 열어젖혔다.

"나쁜 년! 알았어. 이만 갈게. 잘 있어."

의미심장한 미소를 흘리며 현관문을 나서는 리라의 모습이 이상하게 마음에 걸렸지만, 미래는 괜히 기분 탓이리라, 생각하며 문을 닫았다.

성탄절을 열흘 앞둔 날, 드디어 공모전에 제출할 작품을 마칠 수가 있었다. 작품을 제출하고 나서며 미래는 또르르 눈물 한 방울을 흘렸다.

바람마저 잠잠한 겨울 공기를 마시며 미래는 하늘을 올려다보았다. 맑고 청명한 하늘이 환하게 웃는 희수의 모습을 닮아 있었다. 그래서일까? 준비하는 내내 희수와 함께한 기분이 든 것은.

희수야! 고마워!

희수의 눈동자처럼 맑은 하늘을 향해 중얼거렸다.

우리끼리 조촐하게 파티를 하자는 현재의 제의를 뒤로 미룬 채 미래는 희수의 사촌 동생인 경준을 찾았다.

만약이라도 강 교수에게서 부모님의 유산을 돌려받을 수만 있다면 희수 어머님의 노후와 여동생의 학비를 책임지고 싶다는 뜻을 전하자 경준은 잠시 움직임을 멈춘 채 그녀를 바라보았다.

"왜 그렇게 바라봐?"

"누나, 죄책감 때문이라면 그렇게까지 하지 않으셔도 돼요. 지난번에도 말씀드렸지만, 그 사고는 누나 책임이 아니에요."

"죄책감 때문이 아니야. 희수는 나에게 가족이나 다름없는 소중한 존재였어. 어머니 역시 마찬가지시고. 그래서 나는 희수 대신 어머니에게 조금이나마 도움을 드리고 싶을 뿐이야."

미래의 진심을 느꼈는지 한참을 말없이 바라보던 경준이 드디어 고개를 끄덕였다.

"너무 인사치레 같지만, 고마워요. 우리 누나 위해서 이렇게까지. 좋아요. 그럼 일단, 누나의 권리를 찾아야 하는데, 문제는 저쪽에서 순순히 내줄 리가 없다는 거네요."

"응. 아마도 그럴 거야."

"흠. 조금 애매한 게…… 누나 부모님의 마지막을 함께하시고 유언을 들으신 분이 하필이면 강 교수님이라는 거예요."

희수의 사촌 동생 경준이 서류를 들여다보며 심각하게 말했다. 아직은 법대생이지만, 희수를 통해 그가 촉망받는 미래의 법조인이라는 이야기를 전해 들은 적이 있다.

"나는 시험 중이라 휴대폰을 꺼놓은 상태였거든. 부모님이 사고를 당하신 것도, 병원에 실려 간 것도 시험이 끝나고 휴대폰을 켰을 때 알았어."

"네. 부모님께서 사고를 당하시고 병원으로 실려 오셨을 때, 경찰에서는 당연히 보호자를 찾았을 것이고 누나와 연락이 되지 않자 담당 보험직원을 불렀을 거잖아요. 그래서 달려온 사람이 강 교수님의 동생이라는 거죠. 동생의 연락을 받고 강 교수님도 달려오시고. 그 두 분이 어머님의 유언을 들으셨을 텐데⋯⋯. 그 내용을 정확하게 전달했는지는 당사자들인 강 교수님 자매만이 알고 있겠죠."

"그렇지."

"그러니까 강 교수님 입장에서는 친구 부부가 죽으면서 그 딸을 돌봐달라고 했다. 집도 땅도 친구 딸 명의로 되어 있고 신탁도 25세까지 관리하다 넘겨줄 것이다. 사업자금에 끌어다 쓴 돈은 친구가 살아생전에 빌려준 거다. 내가 하도 급하다고 하니까, 보험 대출금과 은행 융자를 받아서 빌려줬다. 우리는 둘도 없는 친한 사이다. 여기 차용증도 있다. 대체 뭐가 문제냐? 이렇게 나오실 수 있다는 거죠."

경준이 머리를 긁적이며 말을 이었다.

"저쪽에 가장 큰 힘을 실어줄 것은 누나 부모님들께서 누나를 돌봐달라는 유언을 남기신 거예요. 거기다 그분이 누나를 돌보며 딸처럼 여긴다고 입버릇처럼 말하고 다니니, 그 말을 들은 사람도 많고, 증명해 줄 증인도 많고. 보험도 애매하고. 무엇보다 증명할 자료가 좀 부족해요."

경준의 말에 미래는 낮은 한숨을 내쉬었다.

"그럼 엄마의 가게를 찾을 가능성은 영영 없는 거니?"

"일단 제가 누나 문제를 담당 교수님께 상의를 드렸거든요. 교수님께서 이쪽으로 실력 있는 변호사도 구해주시고 힘닿는 데까지 도와주신다고 했으니까 너무 걱정하지 마시고 기다려 보세요."

경준의 말에 미래는 잠시 머뭇거렸다. 이제는 정말…… 사람을 믿고 신뢰하기가 아주 어려운 일이 되어버렸다.

"그 교수님은 믿을 수 있는 사람이지?"

"가난하고 돈 없는 사람들을 위해 정직하고 양심 있는 법조인이 되겠다, 다짐하고 법을 공부하신 분이니까요."

경준의 말에 떨어지지 않는 발걸음을 옮겨 돌아오기는 했지만, 왠지 마음이 편치는 않았다. 이상하게 불안한 이 마음은 뭘까?

미래를 찜찜하게 했던 문제는 예상외로 다른 곳에서 터져 버렸다.

크리스마스를 하루 앞둔 이브 날 아침, 요란하게 전화벨이 울려 댔다.

"네."

[송미래 씨 되십니까?]

"네. 그렇습니다만."

[반하패션입니다. 제출하신 작품집에 관해 상의드릴 일이 있으니 본사로 한 번 방문해 주시죠.]

"네? 제가 제출한 디자인에 무슨 문제라도?"

[전화로 드릴 말씀은 아닌 것 같습니다. 일단 방문하신 뒤 다시

얘기하죠.]

전화를 끊은 미래는 당장 외출 준비를 서두르고 반하패션을 찾았다. 무슨 일이 생긴 거지? 불안한 마음을 다잡고 건물 안으로 들어서자, 30대쯤 보이는 낯선 남자가 그녀에게로 다가왔다.

"송미래 씨?"

"네. 그렇습니다."

"이쪽으로 오시죠."

미래는 다소 고압적으로 보이는 남자의 뒤를 따라 '이벤트 사업부'란 팻말이 붙은 방으로 들어갔다. 꽤 넓은 사무실 안에서 업무를 보던 사람들이 들어서는 남자와 미래를 힐끔거리며 귓속말을 중얼거리고 있었다.

싸한 기분이 들었다. 뭐가 잘못된 거지?

"이쪽으로 앉으십시오."

의아해하는 미래를 향해 남자가 사무실 안쪽에 자리한 소파를 가리켰다.

"일단, 많이 놀라셨죠? 저는 반하패션의 최경수 대리입니다. 음…… 먼저 차 한잔하시겠습니까?"

고압적인 분위기를 풍기던 조금 전과 달리, 다소 부드러워진 눈빛의 남자가 차를 권했지만, 미래는 고개를 흔들었다.

"아뇨. 저를 찾으신 용건부터 말씀해 주세요. 무슨 일이신지?"

"일단 이것부터 확인해 주시죠."

남자가 두 장의 종이를 내밀었다. 별생각 없이 프린트물을 받아 확인하던 미래의 눈동자 속에 경악에 가까운 놀라움이 떠올랐다.

"이…… 이게 대체 어떻게……."

프린터 물에서 눈을 떼지 못하던 미래가 믿어지지 않는 듯, 중얼거렸다.

"저희도 이런 경험은 처음이라 좀 곤란한데요. 송미래 씨가 제출하신 작품과 거의 흡사한 작품이 응모되어 있습니다. 물론 포트폴리오까지도요."

"대체 이런 일이 어떻게 생겼을까요?"

미래가 넋 나간 목소리로 물었다. 가슴이 철렁 내려앉을 정도로 놀라운 일이었다. 자신이 잘못 본 것은 아닐까? 미래는 몇 번이나 두 장의 그림을 번갈아 바라보았지만 두 디자인은 카피라도 한 듯 닮아 있었다.

"잘 아시겠지만, 창작물 표절은 최고 징역 3년형이 적용되는 엄중한 사건입니다. 혹시라도 이번 공모전에 기권을 하고 싶으시다면······."

"아뇨. 그럴 일은 없을 겁니다."

단호하게 말하는 미래를 보며 최경수 대리가 고개를 끄덕였다.

"좋습니다. 다른 한쪽에서도 같은 반응을 보이셨습니다. 저희도 이번 일을 마무리 짓고 결과를 발표하는 것이 좋을 거라는 결론을 내렸습니다. 최종 결론은 28일 날 내리도록 하겠습니다. 그동안 작업하셨던 과정과 표절이 아니라는 증거나 증인이 될 만한 사람이 있으시면 함께 동반하셔도 좋습니다. 동의하시겠습니까?"

"알았습니다."

최경수의 설명을 듣고 미래는 자리에서 일어났다. 인사를 나누고 회사를 벗어나며 미래는 생각에 잠겼다.

이제 어떻게 해야 하지?

재판까지 갈 수 있을 것이라 생각은 했지만, 그래도 덜컥 겁이 났다. 현재에게 연락을 해볼까? 많은 생각들이 오갔지만, 혼란스러운 마음은 진정되지 않았다.

❖

크리스마스 날에는 아침부터 하루 종일 전화가 울려댔다. 이슈의 직원들도 학과 동기들도 어떻게 된 일인지 궁금해하며 그녀를 찾아댔다. 이 좁은 바닥에서 비밀은 결코 있을 수가 없는 모양이다.

미래는 하루 종일 섬에 갇힌 사람처럼 꼼짝도 하지 못하고 집 안에 처박혀 있었다. 무엇을 어떻게 해야 할지, 차근차근 순서를 정하며 마음을 다독였다.

저녁 무렵, 현관벨이 다시 울렸다.

거실로 나와보니 그리운 얼굴이 모니터 속에서 다정하게 웃고 있었다.

헉! 미래는 정신 나간 여자처럼 달려나가 문을 열었다. 그리고 안전한 피난처를 찾은 고아처럼 현재의 품에 안겼다.

"무슨 일이야?"

머리 위로 걱정스러운 목소리가 들려왔다.

"일이 좀 생겼어."

그의 품에 얼굴을 묻으며 미래는 자신이 처한 상황을 설명했다.

한참 동안 말없이 듣고 있던 현재가 그녀의 머리를 조심스레 쓸어주었다.

"다 잘될 거야. 걱정하지 마."

크리스마스를 함께 보내기 위해 집으로 찾아온 현재는 자신의 품 안에 안긴 미래를 꼭 끌어안아 주며 낮은 한숨을 내쉬었다. 이런 멍청한 놈을 봤나……. 대한유도협회에서 내린 사회봉사를 빨리 끝내느라 자신이 지켜야 할 여자를 방치하고 있었던 모양이다.

미래가 걱정할까 봐 말은 하지 않았지만, 아침부터 저녁까지 협회에서 지정한 초중고에서 아이들에게 유도를 가르치고 있었다. 봉사활동은 난생처음이라 온몸이 쑤시고 힘이 들었지만, 자신이 어긴 규율이니 정당한 대가를 치러야 했다. 이제 겨우 마무리가 되어가는 시점에 이런 일이 터지다니. 힘든 일을 미래 혼자 겪게 한 것이 몹시도 미안해졌다.

"미안해. 이렇게 힘들 때 당신 혼자 있게 해서."

"아니. 어차피 예상한 일이야."

"새어머니에게 상의를 해볼까? 좀 차가운 분이시긴 하지만, 이런 일에 대해서는 아주 유능한 분이시거든."

"아니. 넌 신경 안 써도 돼. 도움이 필요하면 내가 말할게."

"우리 새어머니의 장점은…… 공과 사가 아주 확실하다는 거지. 일에 대해서는 철저한 프로야. 의붓아들을 싫어하시긴 하지만, 어려움에 처한 사람을 그냥 두고 보시진 않을 거야. 일면식도 없는 변호사를 찾아가는 것보다는 어머니의 의견을 한 번 들어보는 것도 나쁘지는 않을 것 같아."

"응. 내가 부탁하면 그때 도와줘."

알았다는 말 대신, 미래를 꼭 껴안고 다독여 주는 현재의 품에서 미래는 하루 동안 쌓였던 피곤이 사르르 풀리는 것을 느꼈다.

"네가 있어서 참 좋아. 서현재!"

미래를 껴안은 현재의 두 팔에 힘이 더해졌다.

다음날, 미래는 현재의 어머니, 박 검사로부터 만나자는 연락을 받았다. 현재가 말을 했을 리가 없는데⋯⋯ 생각하다 문득 반하패션이 선우그룹의 계열사라는 것을 깨달았다.

그의 어머니가 모를 리가 없겠구나.

미래는 차분해진 마음으로 박 검사와의 약속 장소를 찾았다. 약속 시간보다 5분 일찍, 우아하고 지성적으로 보이지만, 왠지 차가운 인상의 중년 여성이 카페로 들어오는 것을 발견했다.

"송미래 씨?"

가까이 다가온 중년 여성이 우아한 목소리로 미래의 이름을 불렀다.

"네."

현재의 새어머니는⋯⋯ 현재의 말처럼 아주 유능하고 거침이 없어 보이는 사람이었다. 50대가 넘는 피부라고는 믿어지지 않을 정도로 깨끗하고 말끔한 피부결과 늘씬한 몸매는 자기 관리에 철저한 사람이라는 것을 말해주고 있었고, 단정하게 맞춰 입은 고가의 회색빛 투피스는 우아하고 세련되어 보였다.

"자. 앉읍시다."

박 검사가 미래의 맞은편에 앉으며 그녀의 두 눈을 똑바로 바라보았다. 사람을 꿰뚫어 볼 듯이 날카로운 눈빛이었다. 매일 이런 눈과 마주해야 하는 현재의 입장이 조금은 이해가 갈 정도로 사람을 불편하게 하는 능력이 있는 듯 보였다.

"반가워요. 박소희 검사예요."

"처음 뵙겠습니다. 송미래라고 합니다."

"갑자기 보자고 해서 놀랐죠?"

"아닙니다."

의례적인 인사가 오고 간 뒤, 박 검사가 본격적으로 질문을 하기 시작했다.

"회사 공모전에서 표절 건에 휘말렸다고 들었어요."

"네."

박 검사가 묻는 말에 미래는 고분고분 대답을 했다.

"좋아요. 그전에 하나 물어봅시다. 내가 왜 미래 씨를 보러 나왔는지 알아요?"

"표절 건도 있고, 또 현재와 사귀는 제가 궁금하기도 하셨겠죠."

또박또박 말하는 미래를 보며 박 검사가 고개를 끄덕였다.

"좋아요. 아주 현명한 아가씨네. 그럼 이것도 알려나? 이제 아가씨가 해야 할 일은 뭐겠어요?"

박 검사가 느긋하게 말했다.

"네? 제가…… 뭘 해야 하죠?"

"내 말에 협조를 잘하는 거예요. 묻는 말에 대답도 잘하고, 거짓없이 자세히. 알겠죠?"

"네."

"그리고 또 한 가지, 이게 진짜 중요한데, 내가 아가씨의 결백을 증명하도록 도와주면 아가씨는 우리 현재와 헤어지는 걸로 내 신세를 갚도록 해요. 어때요? 내 제안이?"

빙그레 웃으며 말하는 박 검사를 멍하니 바라보던 미래가 겨우 고개를 저었다.

"아뇨! 현재와 헤어질 순 없습니다."

단호한 표정으로 야무지게 말하는 미래를 보며 박 검사는 피식, 웃음이 나려는 것을 억지로 참아야 했다. 흥미로운 새 아드님이 정말 흥미로운 연애를 하고 있는 모양이다. 어린양을 닮은 이 참한 아가씨는 어쩌다 그런 골치 아픈 일에 휘말렸을까?

"당연히 그래야겠죠. 너무 쉽게 헤어지겠다고 나오면, 뭔가 꿍꿍이가 있어서 사귀는 것 같으니까."

"저흰 아직…… 어리잖아요. 그냥 믿고 봐주시면 안 될까요?"

간절히 말하는 미래를 보며 박 검사가 천천히 고개를 흔들었다.

"아무리 새엄마라고는 하지만, 그래도 아들인데 아들이 잘못되기를 바라겠어요? 이게 다 우리 현재를 위해서 이러는 거예요. 우리 현재…… 안하무인에다 폭력적인 제 아버지 밑에서 너무 불쌍하게 자랐어요. 게다가 유도까지 하느라 아버지와 많이 소원해졌고. 그런데 그 모든 것을 포기하고 선택한 아가씨가 송미래 씨예요. 서 회장이 아가씨를 곱게 받아줄 거 같아요? 아마 죽지 않을 만큼 맞고 집에서 쫓겨날 거야. 물론 호적에서도 파일 거고요."

박 검사의 말에 미래는 뭐라 할 말이 없었다.

"자, 지금 아가씨에게 제일 중요한 것은 시간이에요. 시간이 별로 많지 않으니 깊이 생각하고 신중하게 결정을 하세요. 물론 이렇게나 저렇게나 우리 현재와 아가씨는 안 될 거예요. 우리 남편인 서 회장이, 그러니까 현재 아버지가 보통 양반이 아니거든요."

차분하게 말하는 박 검사를 보며 미래는 고개를 숙였다. 무슨 일이 있어도 현재와 헤어질 순 없었다.

"자! 그럼 이만 일어날까요? 아가씨 마음이 정해지면 바로 전화 줘요."

박 검사가 시원하게 웃으며 자리에서 일어났다.

박 검사의 뒷모습을 보는 내내 마음이 무거웠다. 굳이 현재에게 알리지 말고 혼자 오라고 한 박 검사의 의도를 알 수 있을 것 같았다.

무슨 일이 있어도 현재와 헤어질 수는 없어. 이제는 정말 혼자서 싸워야 할 시간이었다. 미래는 마음을 다잡고 커피숍을 벗어났다.

"그동안 수고하셨습니다. 서현재 선수는 대한유도협회에서 정한 근신 기간 동안 충분한 자숙의 시간과 봉사활동을 마쳤으므로 2014년 12월 27일 금일부로 서현재 선수에 대한 선수활동정지 처분을 철회하기로 했습니다. 이후로는 협회의 질서와 규율을 철저히 준수하셔서 이런 불미스러운 일이 없기를 바랍니다."

협회 관계자가 전해준 공문을, 현재 대신 동하가 또박또박 읽어 내려가기 시작했다.

"우와! 협회가 언제부터 이렇게 말랑말랑해졌냐? 이 정도면 영구제명감 아니냐? 경기 도중 뛰쳐나갔는데 말이지. 완전 서현재 편애모든데. 어찌 됐던 수고했다. 훈련은 언제부터 나오라냐?"

"글쎄다. 코치가 아무런 연락도 안 주네."

"헐! 미운털이 단단히 박혔구만."

"이참에 푹 쉬지 뭐."

"장하다. 아파트는 언제 들어가나?"

미래가 눈치챌까 봐 본가에서 봉사활동을 마친 현재의 지극정성을 못내 신기해하면서 동하가 물었다.

"오늘 당장 가야지. 요즘 많이 힘들 텐데 혼자 놔두면 안 될 것 같아."

"맞다. 누나 요즘, 이래저래 속 시끄러울 거야."

"응."

이제는 정말 자유의 몸이 되었다. 미래의 앞에 떳떳하게 설 수 있게 되었다. 들뜬 마음으로 미래의 집을 찾은 현재는 문을 열어주는 금촌댁의 안색을 보며 뭔가 일이 생겼음을 직감했다. 그리고 거실에 들어서자, 눈앞에 펼쳐진 상황에 충격을 받았다.

"어찌 된 일입니까?"

"아이고, 왜 이제야 와요. 미래 아가씨에게 연락도 안 되고, 현재 학생 오기만을 얼마나 기다렸는데."

금촌댁 아주머니가 파랗게 질린 얼굴로 말했다.

"난 아무것도 모르고 그냥 법원에서 나왔다니까 열어줬지. 공무집행이라니까 안 열어줄 수가 있나. 어찌 된 일인지 물어보니까, 강 교수라는 사람이 차압을 걸었대요. 밀린 빚 대신 이 집을 경매로 넘기겠다나 뭐라나. 웬만하면 좋게 합의를 보지 이렇게 딱 지까지."

마치 자신이 잘못한 것처럼 미안해하는 금촌댁 아주머니를 보며 현재는 고개를 끄덕였다.

"네. 잘하셨어요. 아주머니, 오늘은 이만 돌아가셔도 돼요."

"아가씨 괜찮을까요?"

"그럼요. 제가 알아서 해결해요. 그러니 걱정하지 마시고 들어가세요."

마음이 놓이지 않는 모양인지 연신 뒤를 돌아보며 발걸음을 떼지 못하는 금촌댁 아주머니를 배웅하고 혼자 남은 현재는 빨간 딱지가 붙어 있는 소파에 가서 털썩 주저앉았다.

강 교수가 차압을 걸어?

현재는 두 눈을 감고 이런저런 생각에 잠겼다. 집중을 해야 했다. 어떻게 하면 미래의 것들을 다시 찾을 수 있을까? 한참 만에 자리에서 일어난 현재는 휴대 전화기를 꺼내 번호를 누르기 시작했다.

13. 우리

집을 나와 반하패션으로 향하는 내내 코끝이 지독히도 시렸다.

맵고 싸한 기분. 미래는 금방이라도 눈물이 터져 나올 것처럼 공허하고 초조해지는 마음을 애써 다잡아야 했다. 환하게 웃으며 파이팅을 외치던 희수의 얼굴을 떠올리며 없는 힘마저 끌어 올렸다.

"괜찮아?"

함께 동행하겠다며 따라나선 현재와 동하가 미래의 안색을 시시각각 살피며 물었다.

"응."

"다 잘될 거야."

미래의 손을 꼭 잡아주며 현재가 힘을 실어주었다.

정각 10시, 반하패션으로 들어서던 미래는 앞에 가는 무리들을 보며 발걸음을 멈추었다. 부산스럽게 로비를 가로질러 화장실로 들어가는 그들을 보며 미래는 침착하게 한숨을 내쉬었다.

강 교수와 리라를 위시한 그녀가 아는 몇몇 사람들.

놀랍지도 않았다. 표절 사건이 생겼다는 말에 당연히 리라일 것이라 짐작을 했었다. 공모전을 앞둔 얼마 전, 리라 혼자 아무도 없는 빈집에 앉아 커피를 마시고 있던 그날이었을 것이다. 그때 미래를 바라보던 리라의 웃음이 심상치가 않았었다.

"저기, 나 화장실 좀."

핸드폰을 주머니에 넣은 미래는 현재와 동하에게 양해를 구한 후, 앞서 가는 모녀를 따라 화장실 안으로 들어섰다.

"안녕하세요!"

태연하게 인사를 건네는 미래를 보며 거울 앞에 서서 화장을 고치고 있던 강 교수가 가소롭다는 듯, 짧은 웃음을 토해냈다.

"너였구나! 표절을 했다는 도둑년이."

남의 집을 쑥대밭으로 만들어놓고도 강 교수는 아무 일도 없었다는 듯, 멀쩡해 보였다. 부모님의 재산을 도둑질하고, 이제는 그 딸이 남의 디자인을 도둑질했음에도 죄책감이라고는 전혀 느껴지지 않는 멀건 얼굴이었다.

"나쁜 년! 우리 엄마가 널 얼마나 챙겼는데, 은혜를 원수로 갚아?"

옆에 있던 리라가 미래를 노려보며 소리쳤다.

한 치도 다르지 않는 모녀를 보며 참을 수 없는 분노가 치밀어 올랐지만, 미래는 침착하게 강 교수와 리라를 마주했다.

"이리라, 양심이 있다면 넌 입 닥쳐!"

그녀의 말에 리라의 두 눈이 휘둥그레졌다.

"저 도둑년이 말하는 것 좀 봐!"

"쯧쯧. 리라야! 저런 애랑은 아예 상대를 하지 말라니까. 물들어요."

딸을 감싸고도는 강 교수를 보며 미래가 물었다.

"어제 법원에서 사람들이 다녀갔다고 하네요. 어제도 그렇고, 오늘도…… 꼭 이렇게까지 하셔야 해요?"

"그건 내가 묻고 싶은 말이야. 꼭 이렇게까지 뒤통수를 쳐야 했니?"

강 교수는 태연한 얼굴로 태평스럽게 대답을 했다.

"뒤통수를 치다뇨? 그건 교수님과 리라가 한 짓이죠."

찰싹!

가까이 다가온 강 교수가 매섭게 미래의 따귀를 갈겼다.

"입 닥쳐! 짓이라니? 내가 무슨 짓을 했는데? 여태 키워주고 먹여주고 공부시켜 주고 취직까지 시켜줬더니 은혜를 원수로 갚아? 이렇게 막돼먹은 앤지도 모르고 며느리로 삼으려고 했으니. 쯧쯧. 내가 미쳐도 단단히 미친 게지."

막바지에 다다르자 본성을 드러내는 강 교수를 보며 미래는 허무함을 느껴야 했다. 겨우 이런 사람이었나? 가슴이 바짝 타버릴 정도로 배신감이 밀려왔다.

"사람이…… 어떻게 그럴 수가 있어요? 키워주고 입혀주고, 먹여주신 그 모든 것이 저희 부모님 돈이었잖아요."

"어머, 어머. 쟤가 지금 무슨 소릴 하는 거야? 저 버릇없는 눈초리 좀 봐. 역시 부모 없이 자란 것들은 티가 나요."

뒤에 서서 팔짱을 끼며 사태를 지켜보던 리라가 비웃듯 말했다.

"말조심해! 다시 한 번만 더 우리 부모님 얘기 입에 올리면 가만 두지 않을 거니까."

분노를 억누르며 말하는 미래의 살벌한 눈빛에 리라가 겁을 먹은 듯 흠칫거렸다.

"돼먹지 않은 게 어디서 내 딸에게 협박이야! 그래! 내가 네 엄마 돈 좀 썼다. 그게 뭐가 어때서? 누가 네 말 따위 믿어주기나 한다니?"

"정말 양심이 없는 사람이네요. 부모님 재산으로 호의호식하고 리라 유학까지 보내고……. 최소한 양심이 있다면 저에게 사과하셔야 하는 거 아닐까요?"

"사과 같은 소리 하고 있네. 네가 사는 그 집, 엄밀히 따지면 네 집은 아니지. 아무튼, 그 집 대출금 갚을 궁리나 해라. 그리고 집에 대한 차압은 여태 네가 빌려 쓴 돈에 대한 이자라고 생각해라."

"빌려 쓴 돈이라뇨?"

호들갑스럽게 굴던 강 교수가 비릿한 웃음을 띠며 미래를 노려 보았다.

"송미래! 너 정말 웃기는 애구나. 너 부도로 쓰러져 가는 네 엄마 가게를 살릴 수만 있다면 무슨 방법이든지 돕겠다고 했잖니. 그때 네 아파트 담보로 대출받아 줬잖아."

참으로 끝이 없는 모녀였다.

"무슨 말씀을 하시는 거예요? 교수님 아파트를 담보로 돈을 빌려 급한 대출금을 갚을 테니, 엄마 가게를 당신에게 넘겨달라면서요. 가게를 담보로 다시 대출을 받으면, 그러면 엄마 가게와 당신

집을 동시에 지킬 수 있다고 그러셨잖아요. 일단 아파트를 찾으면 나중에 싼값에 건물을……."

"어머. 애 좀 봐! 네 엄마 가게를 왜 내 아파트로 살려. 네게 좋은 아파트가 멀쩡히 있는데. 너 정말 웃기는 애구나."

재밌다는 듯, 비웃던 강 교수가 가방에서 서류를 꺼내 미래의 앞으로 던졌다.

"확인해 봐! 네 명의로 된 대출이니까. 그 이자도 내가 꼬박꼬박 내다가 네가 하는 짓이 하도 괘씸해서 그만뒀다. 감히 리라의 남자를 넘봐?"

콧방귀를 뀌는 강 교수를 보면서도 미래는 아무 말도 할 수가 없었다. 도대체가 말이 통해야 대화를 나누는 거지. 거짓말을 진실처럼 말하는 강 교수의 정신세계를 도무지 이해할 수가 없었다.

"참! 은행에서 이자 독촉이 심하더구나. 이달 말까지 안 내면 네가 살고 있는 그 집을 경매로 넘길 예정인가 보더라."

미래는 아무 말 없이 거울 앞에 섰다. 그리고 자신의 앞에서 떠벌리고 있는 강 교수의 얼굴을, 거울을 통해 물끄러미 바라보았다. 욕심이 가득한, 탐욕스럽고 가증스러운 얼굴을 가만히 보고 있자니 분노를 넘어선 동정심마저 일려고 했다.

"대체…… 왜 이렇게까지 하는 거예요?"

예상외로 차분한 미래를 보며 강 교수가 섬뜩하게 미소를 지었다.

"먼저 시작한 건 너다. 감히 나를 상대로 재산 반환 소송 준비를 해?"

이 모든 사단이 법률 자문 때문에 생긴 일이구나. 미래는 한숨을 내쉬었다.

"어떻게 아셨어요?"

"내가 그 학교 교수인 걸 잊었니? 뭔가 오해가 있는 게 아니냐고 법대 교수가 나를 찾아왔었어. 우리가 친분이 있었기에 망정이지 안 그랬으면 얼마나 망신을 당할 뻔했었니."

절대 믿을 수 있다던 경준의 지도 교수님이 흘린 모양이었다.

"망신이라뇨? 다 진실이잖아요."

"이 어리석은 것! 표절 구설수에나 오르내리는 네 말을 누가 믿어주니? 아무도 네 말에 귀를 기울여 주지 않을 거야."

"글쎄요. 진실은 결국 밝혀지겠죠."

"쯧쯧. 난 좋게 끝내고 싶었어. 휴우. 좋다. 한 번 더 기회를 주지. 지금이라도 늦지 않았어. 상록이와 다시 한 번 더 생각해 보는 건 어떠니? 네 앞으로 된 신탁이며 보험금은 다 나에게 넘겨주는 조건으로."

"부모님의 재산을 넘기라고요? 결국 돈이 문제였네요. 돈 때문에 그렇게 친절한 척, 다정한 척 굴었어요? 부모님 유산이 탐이 나서?"

"무슨 소리니? 난 정말 너를 내 딸 리라와 똑같이 사랑했어. 내 사랑을 배신한 건 너라고. 휴우. 미래야! 어차피 한 가족이 될 건데 네 재산이면 어떻고 내 재산이면 어떠니? 어린 너보다는 내가 가지고 있는 게 안전할 거야. 그리고 오늘 표절 건도 순순히 잘못을 시인하면 다 용서해 주마. 다시 우리 가족으로 받아들여 줄게. 미래야! 사랑하는 내 딸! 우리 그렇게 원만하게 끝을 내자꾸나."

사납기만 하던 강 교수의 눈빛이 금세 부드럽게 잦아들었다. 그녀의 표정은 리모컨 조작으로 채널이 변하는 것처럼 시시각각 변하고 있었다. 시시각각 진심이 바뀌는 사람……. 그녀를 신뢰할 수 없는 또 다른 이유였다.

"아뇨. 그럴 순 없어요. 그러기 싫어요."

한동안 침묵이 흘렀다. 부드러워졌던 강 교수의 눈빛이 단계를 조절하는 버튼을 돌리는 것처럼 천천히 독기가 서리기 시작했다.

"그래? 그럼 할 수 없지."

다정하던 강 교수의 목소리가 칼같이 날카로워졌다.

"네가 잘 모르는 모양인데, 은행 이자뿐만이 아니라 내게도 빚이 있단다. 여태 키워준 양육비며 생활비, 학비와 용돈까지 다 계산해서 갚도록 해라. 이번 달까지 못 갚으면 경매절차 밟도록 할 거니까. 알아서 하고. 나중에 잘못했다고 빌어도 소용없을 줄 알아라."

적반하장 격으로 나오는 강 교수의 말에 미래는 지그시 입술을 깨물었다.

"교수님 마음대로 될 것 같아요?"

"후후. 글쎄다. 누구 마음대로 될지는 두고 봐야 알겠지. 참! 혹시나 해서 하는 말인데 어디 취직할 생각도 하지 않는 게 좋을 거야. 넌 오늘 절대 우릴 이길 수가 없어. 내가 그 공모전 자문위원인 건 알고 있는지 모르겠구나."

"지금 치사하게 지위를 이용하시는 거예요?"

"입 닥쳐라! 어리석은 것! 내가 패션계 쪽으로는 다 연락해 놨으니까. 네가 얼마나 몰염치하고 배은망덕한 사기꾼인지 이미 알 만한 사람은 다 알고 있을 거야! 넌 이제 이 바닥에서 끝이야!"

"잘 알았으니까, 이만 나가죠!"

강 교수의 도발에도 미래는 침착하게 화장실을 벗어났다. 뚜벅 뚜벅, 걸음을 옮기며 자신을 기다리고 있는 현재에게로 향했다.

만감이 교차했다. 그래도 지금까지 믿고 의지했던 사람들의 실체를 마주한 기분은 더럽고 비참했다.

"괜찮아?"

가까이 다가오는 미래를 보며 현재가 걱정스레 물었다.

"응. 가자."

"잠시만!"

미래의 얼굴을 살피던 현재의 얼굴이 순식간에 굳어갔다.

"얼굴이 왜 이래? 누구에게 맞은 거야?"

"아냐. 아무것도 아냐. 그냥 나오다 좀 부딪혔어."

"누구야?"

미래의 변명은 통하지 않는 모양인지 현재가 화난 목소리로 물었다.

"현재야! 여기서 일, 더 크게 벌이고 싶지 않아. 지금은 우리가 처리해야 할 일들이 너무 많잖아."

"내 생각도 그래. 현재야, 지금은 참고 한꺼번에 갚아주자. 응?"

걱정스레 보고 있던 동하도 현재의 팔을 잡았다. 미래와 동하의 말이 맞았다. 금방이라도 폭발할 것처럼 끓어오르는 화를 삼키며 현재가 크게 심호흡을 했다.

"가자."

"응."

미래는 자신의 손을 따뜻하게 쥐어주는 현재와 함께 긴 복도로 걸었다.

현재와 함께여서 그런지 처음 이 건물을 찾았을 때의 막막한 두려움이 하나도 느껴지지 않았다.

"이쪽으로 오시죠!"

다시 찾은 이벤트 기획실 안에는 중앙을 바라보도록 세팅되어 있는 회의용 탁자와 의자가 들어서 있었다. 이미 자리한 십여 명의 사람들 중, 몇몇이 미래와 함께 들어서는 현재의 존재를 보며 웅성거렸다. 현재는 자신을 알아보는 사람들에게 가볍게 목례를 한 뒤, 미래의 옆자리에 자리를 잡았다.

"자, 이제 두 분 다 오셨으니 본격적으로 표절시비를 가려보도록 하겠습니다. 다들 아시겠지만, 이번 저희 공모전에 불미스러운 일이 발생했습니다. 두 후보자인 이리라 양과 송미래 양의 작품이 거의 흡사한……."

안면이 있던 최 대리가 앞으로 나서서 사건의 추이를 설명하기 시작하자, 모두의 시선이 미래와 리라를 향하고 있었다. 근엄한 그들의 눈빛에 가슴이 떨려왔지만, 미래는 큰 심호흡을 하며 마음을 진정시켜 나갔다.

"자 그럼, 두 분은 서로 증거 자료를 제출해 주시기 바랍니다."

최 대리의 말에 리라와 미래는 서로 가지고 온 자료를 제출했다.

"먼저 이리라 씨, 본인의 결백을 주장할 수 있는 시간을 드리겠습니다."

처연한 표정의 리라가 눈물을 훔치며 모두의 앞에 섰다.

"저는 디자이너 강숙희 교수를 어머니로 둔 이리라라고 합니

다. 이태리와 파리에서 의상 디자인을 공부한 적도 있고요. 유학
파 출신에다 어머니의 명예가 있는 제가 어떻게 표절이라는 파렴
치한 짓을 할 수가 있겠습니까?"

"어머니가 강숙희 교수님이시라고요?"

누군가의 호의적인 질문에 리라는 울먹이며 고개를 끄덕였다.
가증스럽게도 눈물을 글썽이며 동정을 호소하는 리라를 향한 따
뜻한 시선들이 곳곳에서 느껴지기 시작했다.

"뿐만 아니라, 제가 디자인을 완성해 가는 과정을 지켜본 분들
도 계십니다. 그들은 저의 디자인 진행 과정을 처음부터 끝까지
지켜본 사람들이기도 하죠. 제 디자인에 많은 조언을 주시고 실제
로 피팅 모델이 되어 도와주시기도 하신 분들입니다. 저의 결백을
위해 그분들은 필요하다면 증인도 되어주시겠다고 약속하셨습니
다."

평소의 리라를 알 리가 없는 관계자들은 예의 바르고 차분한 그
녀의 말에 약속이라도 한 듯 고개를 끄덕였다. 뿐만 아니라 패션
에 관계된 사람들 대부분이 리라를 응원하는 듯 힘을 내라며 격려
를 해주고 있었다.

"자, 그럼 송미래 씨! 발언해 주세요."

최 대리의 말에 미래는 사람들의 앞에 섰다.

떨리고 두려운 마음이 앞섰지만, 자신을 믿어주고 자신의 편이
되어주는 현재와 동하를 보며 마음을 진정시켰다.

"그럼 제 작품에 대한 설명을 하도록 하겠습니다."

차분한 미래의 말에 장내는 순식간에 잠잠해졌고 미래는 계속
해서 말을 이어갔다.

"제 작품은 저 혼자만의 아이디어가 아닙니다."

"혼자만의 작품이 아니라뇨? 지금, 다른 사람의 아이디어를 도용했다, 표절을 시인하시는 겁니까?"

미래의 말에 또 다른 이가 물었다.

"표절이라뇨. 절대 아닙니다. 제 작품명은 '우리' 입니다. 말 그대로 저와 제 친구가 함께 작업을 했습니다."

"그럼 그 친구분은 지금 어디 계십니까?"

"친구는 지금 이 자리에 올 수가 없습니다."

"송미래 씨! 지금 장난하시는 겁니까?"

"저와 함께 작업을 준비하던 친구는…… 지금 이 세상에 없습니다. 그래서 이 자리에 올 수가 없었습니다."

뜻밖의 말에 미래를 의심하던 웅성거림이 서서히 잦아들기 시작했다.

"대신…… 친구가 남겨놓은 선물이 있습니다."

미래가 고개를 끄덕이자, 신호를 기다리던 동하가 노트북을 조작해 대형 스크린 위로 프로젝트 빔을 쏘기 시작했다. 하얀 스크린 안에는 밝게 웃고 있는 희수와 미래가 디자인을 하는 모습이 담겨 있었다.

빠르게 돌아가는 화면 속에서 두 사람은 때와 장소를 가리지 않고 디자인을 하고 있었다. 식당에서 밥을 먹을 때도, 카페에서 차를 마시면서도, 길을 걷다가도, 그리고 지우고 또다시 그리기를 반복하는 짧은 영상 속의 스케치북 안에는 미래가 제출한 디자인이 점점 완성되어 가고 있었다.

"정말…… 우연찮게도 다큐멘터리를 찍고 있던 제 친구가 저희의 디자인 일상을 담고 싶다 부탁을 해왔습니다. 그래서 저희의 지난 4개월간의 기록이 고스란히 영상 속에 담겨져 있습니다. 관계자 여러분! 영상 속의 날짜와 디자인을 자세히 확인해 주시기 바랍니다."

미래의 말에 화면이 정지되었고, 스크린 속에 나타난 날짜가 정확하게 보이기 시작했다. 날짜는 정확하게 4개월 전부터 계속 이어져 있었다.

"이게 어떻게 된 일이지?"

"그럼 강 교수 딸이 범인인 건가?"

사람들의 웅성거림이 더 커지기 시작했다.

"이건 조작이에요!"

파랗게 질린 리라의 날카로운 음성이 회의실 안을 빠르게 퍼져 나갔다.

"저런 날짜와 영상 조작은 쉽게 할 수 있단 말이에요."

여유롭게 앉아서 사태를 관망하고 있던 강 교수 역시 자리에서 일어났다. 그녀는 언제나처럼 인자하고 다정한 목소리로 미래에게 씁쓸히 말을 했다.

"미래야! 넌 어쩜 키워준 은혜를 이런 식으로 갚니? 네 부모님 돌아가시고 내가 너를 얼마나 아끼고 사랑했는데. 동생 같은 리라의 디자인을 빼돌려서 저런 거짓 영상이나 만들어야 하니?"

눈물을 삼키며 안타까워하는 강 교수의 모습은 미래가 봐도 아주 감동적이었다.

"저를 아끼고 사랑하셨다고요? 언제요?"

"언제라니. 난 한시도 널 남이라고 생각해 본 적이 없어. 널 위해 기도하고 후원하며 노력을 아끼지 않았다. 내 딸인 리라보다 널 더 믿었어. 그런데 네가 이런 짓을 벌이다니. 정말 머리 검은 짐승은 거두지 않는다더니. 옛말이 하나도 틀린 것이 없구나."

희생자인 척, 안타깝게 소리치는 강 교수를 보며 미래는 코웃음을 쳤다.

"정말이세요? 정말 절 딸처럼 생각하셨어요? 제 부모님 재산이 탐나서 그런 건 아니고요?"

이건 또 무슨 소리야?

둘 사이에 뭔가 있는 모양인데.

사람들의 웅성거림이 조금씩 커져 가기 시작했다.

"후우. 어째서 그런 오해를 하게 됐는지는 모르지만, 하늘에 맹세코…… 네 부모님 재산을 탐내본 적은 없어. 미래야! 제발, 우리 이러지 말고 용서를 빌고 잘못을 구하자꾸나. 응?"

그때 인자한 목소리로 타이르는 강 교수의 목소리가, 회의실 스피커에서도 함께 들리기 시작했다.

[돼먹지 않은 게 어디서 내 딸에게 협박이야! 그래! 내가 네 엄마 돈 좀 썼다. 그게 뭐가 어때서? 누가 네 말 따위 믿어주기나 한다니?]

[정말 양심이 없는 사람이네요. 부모님 재산으로 호의호식하고 리라 유학까지 보내고……. 최소한 양심이 있다면 저에게 사과하셔야 하는 거 아닐까요?]

[사과 같은 소리 하고 있네. 네가 사는 그 집, 엄밀히 따지면 네 집은 아니지. 아무튼, 그 집 대출금 갚을 궁리나 해라. 그리고 집

에 대한 차압은 여태 네가 빌려 쓴 돈에 대한 이자라고 생각해라.]

　[사람이 어떻게 그럴 수가 있어요?]

　[흥! 뒤통수를 친 건 바로 너야! 어디서 감히 나를 상대로 재산 반환 소송 준비를 해?]

　[그, 그걸 어떻게 아셨어요?]

　[내가 그 학교 교수인 걸 잊었니? 뭔가 오해가 있는 게 아니냐고 법대 교수가 나를 찾아왔어. 우리가 친분이 있었기에 망정이지 안 그랬으면 얼마나 망신을 당할 뻔했었니.]

　[망신이라뇨? 다 진실이잖아요.]

　[이 어리석은 것! 표절 구설수에나 오르내리는 네 말을 누가 믿어주니? 아무도 네 말에 귀를 기울여 주지 않을 거야.]

　[글쎄요. 진실은 결국 밝혀지겠죠.]

　[쯧쯧. 난 좋게 끝내고 싶었어. 휴우. 좋다. 한 번 더 기회를 주지. 지금이라도 늦지 않았어. 상록이와 결혼을 생각해 보는 건 어떠니? 네 앞으로 된 신탁이며 보험금은 다 나에게 넘겨주는 조건으로.]

　[부모님의 재산을 넘기라고요? 결국 돈이 문제였네요. 돈 때문에 그렇게 친절한 척, 다정한 척 굴었어요. 부모님 유산이 탐이 나서.]

　[무슨 소리니? 난 정말 너를 내 딸 리라와 똑같이 사랑했어. 내 사랑을 배신한 건 너라고. 휴우. 미래야! 어차피 한 가족이 될 건데 네 재산이면 어떻게 내 재산이면 어떠니? 어린 너보다는 내가 가지고 있는 게 안전할 거야. 그리고 오늘 표절 건도 순순히 잘못을 시인하면 다 용서해 주마. 다시 우리 가족으로 받아들여 줄게.

미래야! 사랑하는 내 딸! 우리 그렇게 원만하게 끝을 내자꾸나.]

　[아뇨. 그럴 순 없어요. 교수님과 타협하기 싫어요.]

　[그래? 그럼 할 수 없지. 네가 잘 모르는 모양인데, 은행 이자뿐만이 아니라 내게도 빚이 있단다. 여태 키워준 양육비며 생활비, 학비와 용돈까지 다 계산해서 갚도록 해라. 이번 달까지 못 갚으면 경매절차 밟도록 할 거니까. 알아서 하고. 나중에 잘못했다고 빌어도 소용없을 줄 알아라.]

　잔인하고 표독스러운 목소리였다. 강 교수를 알고 있는 사람도, 모르던 사람도 강 교수에게서 눈을 떼지 못하고 있었다. 그들의 눈빛이, 소곤거림이 강 교수를 향하고 있었다. 뜻밖의 사태에 놀란 강 교수가 멍한 눈으로 미래와 스피커를 번갈아 바라보고 있었다.

　"아니야! 이건 다 쟤의 조작이에요. 그럴 리가 없어."

　깜짝 놀란 리라가 소리를 지르며 미래에게 달려들다 현재에게 잡혔다.

　"어디다 손을 대?"

　살을 에는 듯한 차가운 목소리에 리라는 흠칫거렸고 사태를 수습하기 위한 직원들이 리라와 강 교수를 데리고 밖으로 나가 버렸다.

　"나쁜 년! 다 거짓말이야! 다 거짓말이라고! 아아악!"

　끌려 나가면서까지 비명을 질러대는 리라의 악다구니를 들으며 사람들은 놀란 표정으로 서로를 바라보았다.

　그들의 목소리가 들리지 않을 만큼 멀어지자, 회의실 안은 비로소 안정을 되찾기 시작했다.

"송미래 씨. 진실을 밝히신 걸 축하합니다. 먼저 가신 친구분도 좋아하시겠네요."

최 대리가 미래를 격려하듯 인사를 했다.

"아닙니다. 최 대리님께서 도와주셔서 가능한 일이었어요. 음향 장비 쓰게 해주셔서 정말 고맙습니다."

회의실에 오자마자, 현재와 동하는 최 대리를 찾아 미래가 넘긴 휴대 전화기를 건네주며 스피커를 통해 들을 수 있게 해달라고 부탁했고, 강 교수의 인간성을 밝히는 도구로 사용할 수 있게 되었다.

신기한 구경을 한 사람들이 하나둘씩 빠져나가고 회의실 안에는 현재와 동하, 미래만이 남았다.

"모든 진실을 밝혀낸 거, 축하해!"

현재가 손을 내밀었다.

"고마워!"

"미래 누나! 정말 대단해요. 어떻게 녹음을 할 생각까지."

"사람이 급하니까, 그렇게 되네."

"수고했어. 당신 정말 장해!"

쓸쓸히 미소 짓는 미래를 현재가 따뜻하게 안아주었다.

14. 우리 잠시 이별하자

시간은 아무 일도 없었다는 듯, 무심하게 흘렀다.

그렇게 폭풍 같은 12월이 지나고 새해가 밝았다.

반하패션 공모전의 결과, 미래는 우수상의 영광을 누리게 되었다. 공모전 수상으로 받은 상금과 보험회사에서 강 교수에게 고소를 걸어 받아낸 미래 몫의 보험금을 시골에 계신 희수의 어머니께 전달해 드리고 오는 길은, 내내 따스한 햇살이 비치고 있었다.

"어머니가 평안해 보이셔서 정말 다행이야."

나긋나긋한 미래의 말에 현재는 아무런 대답도 하지 않았다. 특전으로 주어진 유학 기회를 놓치지 않겠다는 자신의 결정 때문에 아이처럼 잔뜩 심술이 나 있는 현재를 보며 미래는 슬며시 미소를 지었다.

그에게 미안했지만, 그래도 이번 기회를 놓치기는 싫었다. 어쩌면 그가 절대 변하지 않을 것이라는 믿음이 있었기에 가능한 일인지도 몰랐지만, 어쨌든 미래는 유학의 기회를 포기하지 않았다. 그토록 가고 싶어했던 희수를 위해서라도 꼭 가야 했다.

고집을 피우는 미래가 답답한 모양인지 현재가 라디오를 켜자, 이문세의 노래가 흘러나왔다. 평화로운 오전에 울려 퍼지는 감미로운 음악은 코끝이 시리도록 달콤했다. 아름다운 선율이 귀를 통해 심장까지 흘러들더니 곧 심장박동에 맞추어 몸 구석구석까지 퍼져 나갔다.

"아, 좋아!"

저도 모르게 감탄사를 내뱉자, 앞만 보며 운전을 하던 현재가 굳은 목소리로 물었다.

"정말 갈 거야?"

"가야지. 어떻게 얻은 기횐데."

"그럼 난? 당신 혼자 떠나면 난 어떻게?"

"고작 2년이야. 2년은 금방 가버리는걸."

"하루 이틀도 아니고 2년이 어떻게 금방 가나?"

현재가 여태 참아왔던 불만을 터트렸다.

"금방 가. 내가 장담할게."

"당신은 기본적으로 나에 대한 사랑이 부족한 거야. 안 그러면 어떻게 2년이나 떠나 있을 생각을 해?"

"방학 때나 휴일, 시간 날 때마다 와. 같이 거리도 걷고 밥도 먹고. 거기서 데이트하고 그러면 되지."

"그건 아주 가끔 할 수 있는 일이잖아."

"어차피 한국에 있어도 마찬가지잖아. 너 전지훈련 가거나 합숙 들어가면 못 보는 건 매한가지야. 응? 오랜만에 보면 그만큼 반갑고 좋지 않을까?"

미래가 달랬지만 현재는 화를 풀지 않았다.

그녀의 말이 틀리지는 않았지만, 이렇게 예쁜데 동양 여자라면 환장을 하는 서양 남자들 틈에 있으면 얼마나 눈에 띌지, 근사하게 잘생긴 놈이 미래에게 작업을 거는 모습을 상상만 해도 울화가 치밀었다.

"화내지 마. 응? 참! 오늘 상록 오빠랑 리라 출국하는 날 아냐?"

"몰라."

"헉! 이러다 늦겠다. 어서 밟아봐."

강 교수와 그녀의 동생인 강 실장은 결국 구속수사를 피할 수 없게 되었고 이 박사는 아내가 저지른 횡령과 공문서 위조 등의 죄를 알고 이혼을 요구했다.

"리라는 괜찮을지 몰라."

"한두 살 먹은 애도 아니고. 시간이 좀 지나면 괜찮아지겠지."

엄마와 새아빠를 잃고 충격을 받은 리라는 강 교수님의 구속 뒤로는 아무 말도 하지 못한 채 눈물만 흘리고 있었고, 그런 동생을 보다 못한 상록은 리라와 함께 필리핀으로 떠날 결심을 굳혔다.

"낯선 곳에서 잘 적응할까?"

"오빠가 있잖아. 뭐가 걱정이야."

퉁명스럽지만, 그래도 꼬박꼬박 대답을 하는 현재를 보며 미래는 한시름 마음의 짐을 내려놓았다.

"그나저나, 난 돌아올 곳이 없어서 어떻게 하지?"

능청스럽게 묻는 미래를 보며 현재가 피식, 웃음을 흘렸다.

"집이 없어서 걱정이야? 우리 집도 있고, 이슈도 있구만."

"맞다! 이슈가 있었네."

다시 돌려받게 된 이슈의 은행 대출을 갚느라, 미래는 어쩔 수 없이 부모님의 집을 처분해야 했다. 그녀의 이름 앞으로 된 신탁은 학비가 없어서 공부를 못하는 의상 디자인학과 학생들을 위한 장학기금으로 내놓았다.

"이슈라고 안심할 수 있을 줄 알아? 원래 주인이 없으면 월급 받는 직원들은 나태해지기 마련이라고."

어떻게 해서든 미래를 보내기 싫은 현재가 트집을 잡았지만, 미래는 여유로운 웃음을 지으며 고개를 흔들었다.

"걱정하지 마. 이슈는 연두 언니랑 수훈이가 잘 보살펴 줄 거야."

유학을 가 있는 2년 동안 믿을 수 있는 디자이너인 연두와, 현수가 이슈를 관리하기로 약속을 했다. 그들은 월급 대신 판매 수익의 일정 부분을 갖기로 했고, 또 다른 수익의 일부분은 시골에 계신 희수의 어머니께 보내 드리기로 했다.

"너 그러다 또 뒤통수 맞으면 어쩌냐?"

"무슨 걱정이야. 서현재가 있는데."

이래저래 나누어 주고 보내고 하다 보니 미래의 손에는 이슈라는 건물 외에 아무것도 남지 않게 되었다. 이슈는, 그 건물의 값어치를 떠나 부모님의 시작을 함께한 그곳만은 손을 댈 수가 없었다.

"당신은 이슈 생각밖에 없지? 난? 나는 누가 보살펴 줘?"

"2년만 기다려 줘. 내가 다녀와서 자아알 지켜줄게. 응?"

2년이나 홀로 보내야 되는 남자 친구가 걱정도 되지 않는 모양인지 해맑게 웃는 미래를 보며 현재는 휴우, 한숨을 내쉬었다.

❖

토요일 오후라 그런지, 인천공항은 수많은 인파로 정신을 차릴수가 없었다. 주차장에서 기다리겠다는 현재를 놔두고, 혼자 내린미래는 출국을 앞둔 상록 남매를 찾았다. 강 교수와 그녀의 동생에게는 용서하겠다는 마음이 생기지 않았지만, 상록과 리라는 또달랐다. 친오빠처럼 의지가 되었던 상록과 얄미운 짓만 골라 하고버릇없이 굴긴 했지만 그래도 꽤나 정이 들었던 리라를 그냥 보낼수는 없었다.

"잘 다녀와!"

미래가 건넨 돈 봉투를 물끄러미 바라보던 상록이 힘없이 웃으며 봉투를 받았다.

"고맙다. 염치없지만 잘 받을게."

그의 말처럼 염치는 없지만, 맥을 놓고 있는 동생을 위해서 자존심이나 체면을 차릴 여유가 없었다.

"오빠가…… 내게 진심이었다는 거 잘 알아."

미래가 작은 목소리로 말했다. 강 교수님과 달리 상록은 진심으로 자신을 대했다는 것을 잘 알고 있었다. 힘들고 지칠 때마다 힘이 되어주었던 사람. 뒤돌아보면 언제나 같은 자리에 있던 사람, 그래서 더 미안하고 더 고마운 사람이 상록이었다.

"그동안 고마웠어. 그리고 일이 이렇게 돼서 유감이야."

"미안하다. 내가 어머니 대신해서 용서를 빌게. 나 역시 네 앞에서는 씻을 수 없는 죄인인 거 알아. 시간을 돌릴 수만 있다면 정말 정직하게 잘해보고 싶다."

"알아. 오빠 마음. 미안한 그 마음, 잘 간직했다가 필리핀 가서 잘살면 돼. 나 걱정되지 않도록. 리라도 잘 돌보고."

두 사람이 이야기를 나누는 중에도 리라는 아무 말 없이 창밖만 바라보고 있었다. 미래는 며칠 사이 몰라보게 야윈 리라의 손을 잡아주려다 머뭇거렸다. 상록과 달리 리라에게는 아직 허물없이 대할 만큼 마음이 열리지 않는다.

"이리라! 잘살아. 아프지 말고. 예전보다 더 씩씩하게 잘살아야 해."

진심이었다. 미래는 리라가 잘살아줬으면 좋겠다고 진심으로 바랐다.

"전에 말한 그 사람."

여태 입을 닫고 있던 리라가 작은 목소리로 중얼거렸다.

"응?"

"전에 말한 그 여자. 립 이어에 아들을 낳았다는 여자."

리라의 말에 미래는 두 눈을 동그랗게 떴다. 맞아! 그 여자. 일본에서 일을 한다는 그 여자. 정신없이 닥친 일들 때문에 까맣게 잊고 있었다.

"응. 기억나."

"그 여자 한국 사람 맞아. 내가…… 일본으로 가서 봤어. 존의 변심에 화가 머리끝까지 나서 일본으로 쫓아갔었어. 그 여자 만나면 머리채라도 잡고 흔들어주려고 했는데 엄마 또래의 여자더라. 차마 머리채는 못 잡고, 옷 사러 온 손님인 척 진상만 떨다 왔어. 나이도 많은데 참 예쁘고 착하더라."

리라라면 그렇게 하고도 남을 성격이었다. 그나마 머리채를 쥐고 흔들지 않은 것이 천만다행한 일인지도 모른다.

"네가 뭘 생각하는지 알아. 나도 최근에야 기억났어. 나우의 생일이 2월 29일인지. 어쩌면…… 네 생각이 맞을지도 몰라. 물론 가서 확인은 해봐야 알겠지만…… 그래도 그 여자…… 굉장히 키가 컸어. 마치 모델처럼."

가슴이 철렁 내려앉았다. 어쩌면 현재에게 더없이 좋은 선물을 해줄 수 있을지도 몰랐다.

"그분…… 일하는 직장……. 내게 알려줄 수 있어?"

"여기. 그렇지 않아도 적어왔어."

독기를 빼고 차분히 쪽지를 건네는 사람이 정말 리라가 맞는지, 미래는 놀랄 정도로 차분해진 리라를 보며 가만히 웃어주었다.

"고마워. ……이제 정말 어른이 된 것 같네."

"친한 척하지 마. 넌 여전히 재수 없고 나쁜 년이니까."

독기가 빠졌어도 할 말 다 하는 리라를 보며 미래는 작게 웃음을 터트렸다. 오늘 보니 리라와 상록은 더 이상 걱정하지 않아도 될 것 같았다. 왠지 마음의 짐이 한결 가벼워진 느낌이었다.

"그래도…… 미안해. 내가…… 잘못한 거 알아. 난 예전에 우리 집이 가난했을 때 너한테 쩔쩔맸었는데, 넌 가난해도 너무 당당하니까. 그래서 네가 얄미웠어. 네가 기가 죽는 모습을 보고 싶어서 그렇게 못되게 굴었었어."

미래는 힘없이 속삭이는 리라를 꼭 안아주었다. 그녀의 마음을 조금은 이해할 수 있을 것 같았다.

"잘 다녀와. 건강하고!"

잠깐 동안의 인사가 끝이 나고, 그들이 타야 할 마닐라행 비행기의 탑승을 알리는 방송이 공항터미널 안으로 울려 퍼지기 시작했다.

"잘 있어. 송미래!"

"미안했다. 미래야!"

진심이 담긴 인사를 나누며 상록과 리라는 그렇게 미래의 곁을 떠났다.

출국장으로 빠져나가는 두 남매를 보며 미래는 길고도 길었던 그들과의 악연을 마무리 지었다. 알고 보면 나쁜 사람은 하나도 없는 법이다. 서로의 이해관계와 자신의 것을 좀 더 챙기려는 욕심이 얽히고설키면서 상처를 주고받는, 아픈 관계가 되어버리는 것 같았다.

"잘 가요들. 행복하게 잘살길 바랄게."

들어올 때보다 한결 가벼워진 마음으로, 미래는 공항 청사를 벗어나 현재가 기다리는 주차장으로 향했다. 빼곡히 들어차 있는 곳에서도 단번에 눈에 띄는 현재의 랜드로버에 오르며, 미래는 작게 속삭였다.

"다녀왔습니다."

"왔어?"

눈을 감고 있던 현재가 슬며시 눈을 뜨더니 자세를 바로잡고 시동을 걸었다.

"좀 잤어?"

"응."

"기분은 좀 나아졌고?"

"휴우. 내 기분은 당분간 나아지지 않을 것 같아. 밥 먹고 갈래?"

정말이지, 미안해서 죽을 것만 같았다. 미래는 현재의 눈치를 살피며 고개를 저었다.

"미안. 오늘 반하패션에서 당선자들 미팅이 있어."

"알았어. 데려다 줄게. 가자."

긴 한숨과 함께 시동을 거는 현재를 미래는 미안한 마음으로 바라보았다.

차는 1시간여를 달려 반하패션 건물에 다다랐다.

"같이 갈래?"

"아니. 난 여기 있을게. 다녀와."

현재가 힘없이 말했고 미래는 맥 빠진 음성으로 대답하는 현재를 물끄러미 바라보았다. 조금만 기다려. 네게 아주 기쁜 선물을 줄 테니까. 그때까지 조금만 참아. 서현재!

입 밖으로 내지 못한 다짐을 하며 미래는 천천히 건물 안으로 들어섰다.

"처음 뵙겠습니다. 송미래입니다."

"으흠. 자네가 송미래 양이군."

현재의 아버지 서 회장은 소문처럼 잘생기고 매력적인 외모의 소유자였지만, 그에게서 풍기는 분위기는 차갑고 삭막했다. 가끔 새어머니에 대해서는 말을 했지만, 아버지에 대해서는 전혀 언급이 없던 현재의 심정을 조금이나마 알 수 있을 것 같았다.

이사들과 만나고 난 뒤, 잠시 기다리라는 회장님의 전갈을 건네받은 미래는 홀로 회장실로 안내가 되었고 그곳에서 현재의 아버지이자 선우그룹의 회장인 서재우 회장을 만날 수가 있었다.

"그래. 이번 공모전에서 아주 좋은 성과를 얻었다고?"

서 회장이 서류에서 눈을 떼지 않은 채 물었다.

"운이 좋았다고 생각합니다."

겸손한 미래의 말에 서 회장이 서류에서 시선을 떼며 미래를 바라보았다. 현재와 꼭 닮은 깊고 매서운 눈빛.

"이번 수상이 단순히 운 때문이란 말인가?"

서 회장의 눈동자 속에 비웃음이 얼핏 비치다 사라졌다. 그의 눈빛에 오기가 생긴 미래는 아랫배에 힘을 주었다. 이렇게 큰 기업의 회장이 되시는 분이니, 얼마나 많은 사람을 만나고 부려봤겠는가? 마음에 없는 가식이나 입바른 소리보다는 자신의 생각을 솔직히 말하는 게 나을 거라는 판단이 들었다.

"솔직히 말하면, 운만으로는 당선이 어렵겠죠. 운을 받쳐 줄 수 있는 능력이 되니까 가능한 일이었다고 봅니다."

당돌한 미래의 말에 서 회장의 입가에 의미를 알 수 없는 미소
가 어렸다 사라졌다.

"능력이 된다? 재밌는 친구구만. 자신만만한 모습 아주 보기 좋
소. 좋아요. 앞으로 기대해 보겠소."

"감사합니다."

"흐흠. 집사람을 만났다지? 이번 공모전에서 뭔가 잡음이 있었
다고 들었는데."

"네. 별일 아니었습니다."

재산을 몽땅 빼앗길 뻔한데다 디자인 도용까지 당할 뻔했는데
도 아무 일도 아니라며 담대하게 말하는 미래를 서 회장은 기특하
게 바라보았다.

"어렵게 찾은 재산을 다시 환원했네요. 일부는 죽은 친구 어머니께,
또 일부는 후배들 장학금으로. 아주 흥미로운 아가씨예요. 뭔가…… 매
력이 있어."

집사람의 말이 틀리지 않았다. 아들 녀석이 홀딱 빠졌다는 송미
래는 배포도 크고 마음 씀씀이도 큰, 아주 특별한 아가씨였다.

재산 환원이나, 순수한 국내파 당선자로서 언론 홍보용으로 나
쁘지 않은 카드였다. 게다가 외모까지 받쳐 주니 반하패션으로서
는 아주 남는 장사가 될 터였다.

"차…… 들어요."

"감사합니다."

차분하게 인사를 하는 미래를 보며 서 회장은 회심의 미소를 지

었다.

'결혼까지는 몰라도, 잠시 사귀는 상대로는 나쁘지 않겠군.'

한 발, 한 발. 내딛을 때마다 저절로 한숨이 나왔다.

부드러운 바람이 그를 위로하기 위해 머리를 쓰다듬으며 지나 갔지만, 현재의 기분은 풀리지는 않았다.

"대체, 여길 왜 온 거야?"

유학을 앞두고, 일본으로 여행을 가자는 미래의 말에 들떠서는 미친놈처럼 날뛰었던 자신의 모습이 바보처럼 느껴졌다.

"패션쇼 좋잖아. 나, 이번 쇼 무지 보고 싶었다고."

천연덕스럽게 대꾸를 하는 미래를 노려보며 현재는 또다시 한 숨을 내쉬었다.

처음, 여행을 계획할 때만 해도 그렇게 기쁠 수가 없었다. 함께 관광을 하고, 맛있는 음식도 먹고, 멋진 밤도 보내리라 계획을 했 건만, 그의 계획대로 이루어진 것은 하나도 없었다. 어제 오전, 동경에 도착한 두 사람은 디즈니랜드에서 구경을 하고 오후에는 동경 시내의 옷집을 구경했다. 여자 친구 직업이 의상 디자이너 니 그러려니 참았지만, 저녁의 패션쇼까지 끌려오자 맥이 빠졌 다.

"당신은…… 도대체 나를 사랑하기는 하는 거야?"

자신이 듣기에도 유치한 투정이었지만, 묻지 않을 수가 없었다.

"세상에서 제일로 사랑해. 나보다 더 서현재를 사랑하는 사람은 없을걸."

자신만만하게 대답하는 미래를 보며 현재는 한숨을 내쉬었다. 그러니까 그 사랑을 보여달라고. 옷에만 시선을 두지 말란 말이야!

"쉿! 시작한다."

미래가 그에게서 시선을 돌리고 무대로 관심을 쏟았다. 쇼가 펼쳐지는 내내 그녀의 관심은 오로지 런웨이에 꽂혀 있었다. 걸레조각처럼 해진 옷을 입고 나오는 남녀를 보며 감탄을 하고 박수를 치는 미래를 보며 현재는 쓸쓸함을 느껴야 했다.

미래는 갈수록 이상해진다. 자신을 조금도 사랑하지 않는 사람처럼 무심하게 구는 그녀의 모든 행동이 그에게 상처가 되었다. 이러다 자신을 버린 엄마처럼 떠나버리지는 않을까? 생각만 해도 무섭고 끔찍한 일이었다.

영원처럼 느껴지는 쇼가 끝이 나고 사람들이 우르르 패션쇼장을 빠져나갔다.

"우리도 갈까? 배고프지?"

미래가 배시시 웃으며 그에게 손을 내밀었다. 무시하려 했지만, 습관처럼 그녀의 손을 잡아버렸다.

'소바&우동'이라는 이름을 가진 식당은 빼곡히 들어차 있는 사람들에 비해 너무나도 조용한 곳이었다. 개방되어 있는 주방에는 스시집에서 흔히 볼 수 있는 대나무 무늬의 조리사복을 입은 남자들이 분주하게 움직이고 있었고, 김이 모락모락 나는 큰 솥단지와 깨끗한 색색의 도마와 행주들이 제각각 규모 있게 분포되어 있었다.

주방과 홀의 경계는 길게 늘어서 있는 스낵바였는데 혼자, 혹은 둘이 온 사람들은 그곳에 앉아 세숫대야만 한 그릇에 얼굴을 박고 열심히 먹고 있었다.

"이곳이 아주 유명한 곳이야. 미리 예약을 해놔서 그렇지 평소에는 1시간 정도는 기본으로 기다려야 한대."

"그래서 뭐?"

미래가 신이 난 듯 우쭐거렸지만, 현재는 여전히 시큰둥한 반응이었다.

주문한 음식이 나오고 그들은 열심히 우동을 먹었다. 가츠오부스의 국물 맛이 일품인 튀김 우동은 정말 맛있었다. 탱탱한 새우 튀김과 야채튀김은 갓 튀겨낸 고소함이 가득했고 면발 또한 쫄깃 쫄깃한 것이 참 맛있었다. 개운한 국물을 마시고 나니 속이 든든해졌다.

"맛있지?"

"응."

"네가 좋아할 줄 알았어."

뿌듯하게 웃는 그녀를 보자 기분이 조금 나아지는 듯했다.

"이제 뭘 할 거야?"

현재가 다소 나긋해진 음성으로 물었다. 별다른 계획이 없다면, 동경 타워에 가서 함께 야경을 보고 근사한 칵테일을 마시며 사랑을 속삭……

"음……. 패션쇼 한 번만 더 보면 안 돼?"

……이자고 할 참에 그녀가 또다시 산통을 깨고 있었다.

"또?"

"응. 이번엔 정말, 꼭 가야 하는 곳이야!"

"꼭 가야 하는 거야?"

"응. 도쿄 외곽에 있는 작은 호텔에서 열리는 패션숀데 안 보면 두고두고 후회가 될 거야."

간곡한 미래의 부탁에 현재는 할 수 없이 고개를 끄덕였다.

택시를 타고 30분이 걸려 도착한 패션쇼장은, 경험이 없는 현재가 보기에도 아주 작은 소규모 패션쇼였다.

"이렇게 작은 쇼도 있어?"

관객들이 십여 명 정도밖에 되지 않는 작은 쇼장으로 들어온 현재가 당황해하며 물었다.

"그럼."

"휴……. 별의별 쇼를 다 보는구나. 내가."

현재가 미래를 자리에 앉히며 체념한 듯 한숨을 내쉬었다.

그들이 착석하기를 기다렸다는 듯, 바로 쇼가 시작되었다. 특이하게 편곡된 아리랑 선율에 맞추어 나오는 모델들은 보통의 패션쇼장에서 본 모델들과는 판이하게 다른 일반인들이었다. 키가 큰 사람, 작은 사람, 뚱뚱한 사람, 날씬한 사람들이 차례로 나왔다 들어가며 옷을 선보였다. 그들이 선을 보인 옷은 편안한 운동복이었는데, 디자이너가 아무래도 운동복 전문의 디자인을 하는 사람 같았다.

"우와! 저 사람 봐. 완전 근사해!"

옆자리의 미래가 흥분한 듯 소리를 질렀다.

현재는 근사한 남자 모델에게 시선을 떼지 못하는 미래에게 은근히 화가 났다.

"송미래! 눈 안 돌려? 그렇게 황홀한 표정 짓지 마."

"뭐?"

넋을 놓고 있다 현재의 귓속말에 정신을 차린 미래가 멍하니 물었다.

"질투 나. 그런 표정은 내 앞에서만 지으라고."

미래는 두 눈을 동그랗게 뜨고 그를 보았다. 말도 안 되는 질투를 하고 있는 현재가 어이없으면서도 우습기도 했다.

"이건 질투할……."

"아무리 생각해도 내가 미쳤나 봐. 너에게."

쪽! 현재가 웃음기를 머금은 미래의 입술에 재빨리 입을 맞추어 버렸다. 그의 대담한 애정표현에 할 말을 잃은 듯 귓불까지 빨개진 미래가 고개를 숙였다. 쪽. 쪽. 이번은 드러난 그녀의 목덜미에 연거푸 입을 맞춘 현재가 작게 속삭였다.

"사랑해."

아직은 부끄럽기만 한 그의 고백. 세상을 전부 가지면 이런 포만감이 들까? 미래는 행복감에 두 눈을 감았다.

"너도."

"응?"

"너도 사랑한다고 말해줘."

현재가 떼를 썼다. 스스로가 생각해도 미련 팔푼이 같았지만 미래가 무대에서 눈을 뗄 수 없듯이 그 또한 미래에게서 눈을 뗄 수가 없다. 자신의 유치함에 웃음이 났지만 그의 사랑은 이미 이성을 초월한 지 오래였다.

"어서."

"······나도."

귀 기울여 듣지 않으면 흘려버릴 정도의 작은 목소리로 고백하는 미래의 수줍음에 현재의 가슴이 뭉클해졌다.

"나도 그래."

현재는 미래를 뚫어지게 바라보았다. 그리고 수줍은 고백의 여운을 즐겼다. 이미 그의 귀에는 온갖 소음과 요란한 음악이 떠난 지 오래다. 그는 오직 미래의 목소리에만 온 신경을 쏟아부었다. 이렇게 좋은데. 이렇게 사랑스러운데. 미래를 만나지 못했더라면 어떤 삶을 살았을까?

"그만 봐."

자신을 바라보는 현재의 눈가가 아련하게 젖어들자 미래는 어쩔 줄을 몰라 하며 손을 뻗었다. 그리고 그의 얼굴을 무대로 돌려버렸다. 때마침 사회자의 신호와 함께 디자이너의 등장을 알리는 신호가 떨어졌다.

"디자이너신가 봐. 너도 잘 봐!"

미래가 몸을 돌리며 중얼거렸다. 다시 무대로 시선을 돌리는 미래를 어쩔 수 없다는 표정으로 바라보던 현재는 그녀를 방해하지 않기 위해, 숨을 죽이며 무대를 바라보았다.

드디어, 오늘의 주인공인 디자이너가 무대 위로 모습을 드러냈다. 키가 크고 우아한 여성이 춤을 추듯 인사를 하자, 얼마 되지 않는 관중들이 모두 자리에서 일어나 박수를 치며 그녀를 환영했다.

"감사합니다. 감사합니다. 오늘은 저에게 아주 뜻깊은 의미가 있는 날이에요."

뜻밖에도 디자이너가 일본말과 한국말을 번갈아 하며 인사를 했다.

건성으로 보고 있던 현재는 자석에 이끌리듯 미간을 모으며 시선을 집중시켰다.

"오늘의 모든 의상들은 제가 세상에서 가장 사랑하고 그리워하는 사람을 생각하며 만든 것입니다. 저는 그가 키가 큰지, 작은지, 뚱뚱한지, 날씬한지 잘 몰라요. 그래서 모든 체형의 옷을 다 만들었어요."

그녀의 말에 관중석에서 웃음소리가 터져 나왔다. 왠지 디자이너와 관객들이 하나가 되는 듯, 따뜻하고 특이한 느낌의 패션쇼였다.

"감사합니다. 오늘…… 이곳을 찾아주신 모든 분들께 진심으로 감사드리고 싶어요. 이상, 이하경이었습니다."

디자이너가 떨리는 목소리로 마지막 인사를 마치자 뜨거운 박수가 터져 나왔다.

"이하경!"

"이하경!"

사람들이 디자이너의 이름을 외치며 환호성을 터트리고 있을 때, 현재는 홀로 숨을 삼키며 무대를 뚫어지게 노려보았다.

"이하경……?"

분명 이하경이라는 이름을 알고 있다.

온몸이 부들부들 떨려왔다.

숨을 쉴 수 없을 만큼 가슴이 벅차올랐다.

현재는 오늘 이곳까지 자신을 끌고 온 미래를 가만히 바라보았다. 당신의 계획이었어? 말하지 않아도 통하는 그의 물음에 미래는 가만히 고개를 끄덕여 주었다.

"응. 그분이 맞아……."

"허헉."

충격을 감추지 못하고 휘청거리는 현재를…… 미래가 꼭 안아 주었다.

"정말이지?"

"응."

"정말 어머니야?"

심장이 터져 버릴 것처럼 벅차올라 숨을 제대로 쉴 수조차 없었다. 현재는 미래의 품 안에서 낮게 흐느꼈다.

얼마나 그리웠던 어머니였는데…….

얼마나 보고 싶었던 어머니였는데…….

어린 시절의 원망은 아주 잠깐이었다. 아버지에게 무자비한 폭행을 당할 때마다, 다행이다. 맞고 있는 사람이 어머니가 아니라 나여서 다행이다. 부디 먼 곳에서 행복하시기를 바라며 스스로를 위로했었다.

엄마가 봐주실지도 모른다는 희망을 안고 미친 듯이 매트 위를 구르며 또 굴렀다.

나는 이렇게 잘 크고 있으니 걱정하지 마세요.

부디 엄마나 행복하시라고요.

매트에 오를 때마다 그렇게 기도하며 이를 악물었었다. 연락이 오지 않아도 되니 나를 봐달라고. 이렇게 잘 있으니 부디 안심하시라고.

그런 어머니를 이제야 겨우 만나게 되었다.

"어머니 기다리시겠다. 어서 가자."

그의 머리를 쓰다듬어 주던 미래가 울음기 가득한 목소리로 속삭였다.

사랑하는 미래의 품 안에서 오랜 회한을 풀어낸 현재는, 떨리는 마음을 감추지 못하며 하경이 기다리는 숙소로 걸음을 옮겼다.

"어떻게 안 거야?"

"그동안 파리며 이태리를 돌아다니셨대. 그러다 2년 전에 이곳에 정착을 하시고. 리라 덕에 우연히 알게 됐어."

"리라가?"

"응. 아주 우연히."

"고맙다고…… 전해줘."

"응. 그럴게. 자, 이제 제일 중요한 마무리가 남았네."

어머니의 대기실 앞에 선 현재에게, 미래가 용기를 주듯 어깨를 꼭 쥐어주었다.

"축하한다고 인사드리고 와. 진심을 다해서."

"응."

"난. 로비에서 기다리고 있을게."

"으-응. 송미래."

다정하게 웃으며 돌아서는 그녀를 그가 불렀다.

"왜?"

"사랑해."

"나도 그래."

쑥스러운지 살며시 웃으며 돌아서는 미래의 뒷모습을, 현재는 물끄러미 바라보았다.

"휴우……."

미래가 시야에서 완전히 벗어나고 현재는 깊은 한숨을 몰아쉬며 심호흡을 했다.

똑똑!

노크를 하자마자, 벌컥 문이 열리며 하경이 뛰어나왔다. 커다란 두 눈에 눈물이 가득 고여 있는 그녀의 얼굴은 온통 물기에 젖어 있었다.

"현재니?"

"네. 현잽니다."

"우리…… 우리…… 현재구나."

하경은 아무런 말도 하지 않았다. 그저 현재를 꼭 끌어안고 흐느끼기만 했다. 가녀린 몸이 흔들릴 때마다 현재의 마음도 같이 흔들리고 있었다.

꼭 끌어안은 두 팔의 힘이 얼마나 센지, 그녀의 오랜 한이 두 팔에 다 담긴 것처럼 그렇게 현재를 끌어안고 쓰다듬었다.

"우리 현재 아주 잘 키워었구나."

아주 한참 만에야 하경이 현재의 얼굴을 바라보며 말했다.

"아주 잘 컸어."

다정하고 부드러운 목소리, 여리지만 따뜻했던 몸……. 엄마였다. 정말 엄마가 맞았다.

"너무 늦게 찾아뵈어서 죄송합니다."

현재가 젖은 눈으로 하경을 마주 보자, 눈물을 글썽이며 인자한 눈으로 바라보는 여인이 다시 눈물을 쏟아냈다.

"아니야. 아니야. 이렇게 와줘서…… 정말 고마워."

"정말 보고 싶었습니다. 어머니!"

아들의 말에 하경이 통곡을 하듯 다시 울음을 터트렸다.

"울지 마세요."

현재가 조심스레 손을 뻗어 어머니의 눈가를 닦아주었다.

"나를 용서해 주겠니?"

"용서라뇨. 이렇게 계신 것만으로도 너무 감사한걸요. 이렇게 살아 계시고, 이렇게 근사하게 계셔주셔서 정말 고마워요. 그것만으로도 진짜 행복해요."

"엄마는 밤마다, 네가 보고 싶어서 눈이 짓물렀어. 네가 너무 보고 싶어서. 어린 네가 너무 그리워서 한 번도 깊이 잠이 들지 못했었어. 너를 보러 한국으로 들어갔지만, 네 아빠가 다시 한 번만 네 앞에 얼씬거리면 너를 절대 찾지 못하도록 아주 먼 외국으로 보내버리겠다고 했어. 차도 없고 전기도 없는 아주 깊은 산골에 너를 가둬놓고 절대 못 찾게 하겠다고 협박했어. 어리석은 나는 바보처럼 네 아빠의 말에 굴복했어."

하경이 흐느끼며 말했다.

자신을 꼭 안고 온몸이 흔들리도록 흐느끼는 여인의 품에서 현재 역시 눈물을 흘렸다. 아버지는 충분히 그런 말을 하고도 남을 분이었다. 그렇게 정적이 흐르는 대기실 안에는 두 사람의 낮은 흐느낌만이 들릴 뿐이었다.

"참! 그 아가씨는?"

젖어 있는 아들의 뺨을 닦아주며 어머니가 물었다.

아들과 자신의 은인인 미래가 처음 자신에게 전화를 걸어왔을 때는 얼마나 놀랐는지 모른다. 자신이 현재의 여자 친구라며 인사를 하는 미래의 앞에서 엉엉, 통곡을 했었다.

"밖에서 기다리고 있을 거예요."

"함께 식사라도 할 수 있을까?"

기대하며 묻는 어머니에게 현재는 고개를 끄덕였다.

"그럼요. 그 사람도 좋아할 거예요."

"아. 정말 다행이구나. 난 미래 씨가 아주 마음에 들어. 그러니 제발 자주 찾아오렴. 나도 이제는 네 아빠의 협박에 굴복할 만큼 어리석지 않으니. 이렇게 네가 먼저 찾아와 줘서 얼마나 고마운지 모르겠다."

하경이 다정하게 현재의 머리를 쓰다듬으며 말했다.

"네. 그럴게요."

현재는 어머니의 품에서 평안을 맛보며 착한 아이처럼 대답을 했다.

친어머니와의 이별 여파가 의외로 컸는지, 로비로 나온 현재의 안색이 창백했다. 미래는 안쓰러움에 깊은 한숨을 내쉬었다.

"왔어?"

미래가 다가오는 현재를 따뜻하게 안아주었다.

"응."

"어머니 문자 받았어. 오늘 저녁 같이하기로 했다면서? 그동안 우리 잠시 산책이나 할까?"

"응."

어머니를 만나고 온 탓인지, 아니면 기운이 빠져서인지 현재는 고분고분 미래의 말을 따랐다. 두 사람은 호텔 주변에 있는 한적한 공원을 천천히 걸었다. 공원을 걷는 내내, 현재는 미래의 허리에 둘린 팔을 풀지 않았다.

"내가 고맙다는 말 했어?"

한참 만에 그가 쑥스러운 듯 말했다.

"그 노래 몰라? 말하지 않아도 알아요~"

미래가 작게 흥얼거리자 허리에 두른 그의 팔에 힘이 들어갔다.

"송미래. 당신이…… 참 좋아!"

"나도 서현재가 겁나 좋아. 참. 나도 고마운 거 있다."

"뭐가?"

"우리 집 차압 풀어준 거. 그때 네가 빨리 손을 안 썼으면, 우리 집은 벌써 날아가고 없었을 거야. 보험회사 개입하도록 도와준 것도 고맙고. 근데 보험 조사관이 그렇게 유능한지는 어떻게 알았어?"

"영화."

"뭐?"

"영화 보면 나오잖아. 형사보다 더 유능한 보험 조사관 얘기들. 아무래도 보험 관련 일이니, 형사들보다는 보험 조사관이 훨씬 나을 거란 생각이 들었지."

"오홀! 우리 남친 완전 똑똑해!"

미래의 집에 차압이 들어온 그날, 현재는 자신이 가진 유산으로 재빨리 차압을 풀었다. 그리고 선우그룹의 일을 도맡아 하는 변호사의 도움을 받아 보험 조사관에게 사건을 의뢰했다. 현재의 제보를 받은 보험회사에서도 자체 조사에 들어갔고, 강 자매의 죄는 낱낱이 밝혀지게 되었다.

"꺄아아악!"

"아아아악!"

짧은 교복 치마를 입은 한 무리의 여고생들이 지나가는 현재를 보며 비명을 질러댔다. 키가 크고 잘생긴 그를 연예인으로 착각이라도 한 듯했다.

"좋것어. 인기 많으셔서."

미래가 입술을 비죽거리자 현재가 쪽 입을 맞춘 채 속삭였다.

"그러니 앞으로 잘 좀 해봐. 앞으로 바짝 긴장하고 남친을 지켜보란 말이야. 절대 한눈팔지 말고."

"알았어."

그가 씩 웃으며 말했고, 미래는 사랑하는 현재를 향해 열심히 고개를 끄덕였다.

"있지, 이건 좀 쑥스러워서 말 안 하려고 했는데…… 서현재를 만나서 얼마나 다행인지 모르겠어."

미래가 수줍게 고백을 하자 천천히 걸어가던 현재가 걸음을 멈추었다. 그리고 사랑이 가득 담긴 눈빛으로 미래를 꼭 끌어안았다.

"나야말로 송미래를 만나서 얼마나 다행인지, 내 인생이 얼마나 따뜻하고 훈훈해졌는지 당신은 절대 모를 거야."

미래를 가슴에 품고 현재가 나지막하게 속삭였다.

꼭 껴안은 채, 서로의 존재에 감사하는 현재와 미래를 보기 드물게 크고 환한 달이 은은하게 감싸주고 있었다.

에필로그

2년 후.

2016년 2월 29일.

기어코 프랑스까지 데리러 오겠다는 현재의 지극정성에 미래의 룸메이트 로라는 '대박!'을 외치며 놀라워했다.

"한국에서 여기까지 미래를 데리러 온단 말이야? 정말? 완전 대박이야!"

미래가 가르쳐 준 '대박!'이라는 단어를 수시로 사용하는 로라는 현재를 실물로 만났을 때도, 그가 손을 내밀어 악수를 청했을 때도 빠지지 않고 대박을 외쳐대다 눈치 빠르게 자리를 비켜주었다.

"휴우. 이제 드디어 함께 있을 수 있게 된 거야?"

현재가 미래를 꼭 껴안으며 한숨 쉬듯 중얼거렸다.

"응. 그러네."

"으으. 송미래. 완전 그리웠어."

"나도. 서현재가 완전 그리웠어."

한참을 껴안은 채 서로를 향한 그리움에 젖어 있던 두 사람은 해가 질 무렵 손을 꼭 잡고 에펠탑으로 향했다.

"파리에 2년 동안이나 있으면서도 에펠탑 한 번 마음 놓고 보질 못했네."

"난 서울 토박인데 여태 남산 타워도 안 가봤어."

자조 섞인 미래의 말에 현재가 맞장구를 쳤다.

"맞아. 언젠가는 한 번 가야지 하면서도 일부러 시간이 내지지가 않지?"

"응."

"마음만 먹으면 언제든지 갈 수 있다고 생각하는 거야. 우리가."

"그렇지."

"내일, 무슨 일이 일어날지 아무도 모르는데 말이지."

미래의 말에 현재가 고개를 끄덕였다.

"희수랑도 그랬어. 우리 성공하면 꼭 에펠탑 꼭대기에서 서로를 축하해 주자고 그렇게 약속했었어. 그런데 이렇게 너랑 오게 됐네."

"당신은 충분히 축하받아도 돼. 남들보다 두 배는 열심히 공부했잖아."

희수 몫까지 해내기 위해 얼마나 열심히 노력해 왔는지 잘 아는 현재가 미래의 손을 꼭 잡아주었다.

"현재야!"

자신의 손을 꼭 쥐고 있는 현재의 손을 부드럽게 쓸어주며 미래가 작게 속삭였다.

"응."

"여기 있는 2년 동안 내내 생각했어. 빨리 오늘이 왔으면 좋겠다고."

"나도. 빨리 당신 만나고 싶어서 오늘이 오기만을 기다렸어."

현재가 한숨을 내쉬며 미래를 꼭 껴안았다 풀어주었다.

"난 이거 주고 싶어서!"

"이게 뭐야?"

미래가 건넨 작은 선물 상자를 현재가 받아 들었다.

"생일 선물! 4년 만에 돌아온 생일을 진짜진짜 축하해!"

"우와! 내 생일을 기억하고 있었던 거야?"

"그럼. 사랑하는 사람 생일인데 잊으면 안 되지."

현재가 겸연쩍은 듯 웃었다.

"풀어봐도 돼?"

"응."

조심스레 포장을 풀어 선물을 확인한 현재의 두 눈이 커다랗게 벌어졌다.

"이, 이게 뭐야?"

"오늘은 립 이어야! 절대 거절할 수 없는 거 알지?"

현재는 작은 상자에 담겨 있는 깔끔하고 소박한 반지를, 차마 만지지도 못한 채 가만히 들여다보기만 했다.

"이, 이런 법이 어딨냐?"

"어디 있긴. 여기 있지. 어서 껴봐. 보기는 이래도 내가 직접 디자인한 거야."

감격으로 말을 잇지 못하는 현재를 보며 미래는 해사하게 웃었다.

"이걸 어떻게 만져. 보기만 해도 가슴이 떨리는걸."

"싫어? 싫음 말고."

"누가 싫대?"

얼른 반지를 껴보는 현재를 보며 미래는 커다랗게 웃음을 터트렸다.

"송미래! 당신은 참…… 대단한 여자야!"

두 눈에 고이는 눈물을 감추기 위해 현재는 얼른 두 팔을 뻗어 미래를 꼭 껴안았다.

"태어나 줘서, 이렇게 내 옆에 있어줘서…… 정말 고마워."

"나도 고마워. 이렇게 함께 해줘서. 나를 사랑해 줘서."

꼭 껴안은 두 사람의 주위로 마법처럼 찬란한 어둠이 천천히 내려앉기 시작했다.

한국으로 돌아온 미래가 안정을 찾을 무렵, 두 사람은 집안의 반대에도 불구하고 결혼식을 강행하기로 했다.

절대 반대하던 현재의 집안에서는 침묵으로 일관했다. 드라마나 영화에 나오는 것처럼 돈을 주며 회유를 하거나 으쓱한 곳으로 끌려가 폭행을 당하는 일은 없었지만, 시댁 식구 중 그 누구도 결혼식장에 나타나지 않음으로 미래를 며느리로 인정하지 않겠다는 완강한 그들의 뜻을 보여주었다.

현재와 미래는 개의치 않았다. 아들의 결혼 소식을 듣고 그 누구보다 기뻐하며 일본에서 날아오신 친어머니만으로도 그들은 행복해했다.

어머니를 위해 일본으로 신혼 여행지를 정한 두 사람은, 어머니를 모시고 동경으로 날아갔다. 좋은 밤을 보내라며 축복해 주시는 시어머니와 이별을 한 후, 두 사람은 그들을 위해 준비된 그들만의 룸으로 향했다.

샴페인으로 가볍게 목을 축인 후, 발그레 달아오른 미래에게 가볍게 입을 맞춘 현재의 눈빛이 점점 깊어지기 시작했다.

미래는 크게 심호흡을 했다. 긴장이 갑자기 밀려왔다. 바들바들 떨리는 손을 주체할 수가 없을 정도였다.

"씻고 올게."

수줍게 말한 뒤, 미래는 현재의 품을 벗어나 욕실로 향했다.

부드러운 비누 거품으로 몸을 문지른 후, 따뜻한 물에 씻어냈다. 정성껏 머리를 감고 커다란 거울을 보며 말렸다. 고슬고슬, 긴 머리를 기분 좋게 말린 뒤, 동하가 선물로 준 진주 단추 잠옷을 입었다. 민소매에 허벅지가 드러나는 짧은 잠옷이었지만, 실크 감촉이 좋으니 꼭 첫날밤에 입으라며 당부를 한 옷이다.

"휴우."

좀처럼 주체할 수 없는 마음을 깊은 심호흡으로 조절하며 문을 열었다. 딸깍, 욕실의 문을 열고 밖으로 나서자 기다렸다는 듯 현재의 팔이 그녀를 낚아챘다.

"휴……. 기다리다 죽는 줄 알았다."

하얀 가운을 입은 그가 그녀를 번쩍 들어 올리며 중얼거렸다.

"무겁지 않아?"

"무거워. 너 정말 68킬로 아냐?"

그와 알게 된 지 얼마 되지 않은 무렵에 나누었던 농담을 기억하며 미래가 키득거렸다.

현재는 침대에 누운 아내를 사랑스럽게 내려다보았다. 보고 또보고, 그녀의 모든 것을 가슴에 새겨놓듯이 그렇게 오랫동안 보았다.

"송미래."

"응."

"당신은 이제 내 아내야."

"응."

부끄러운 듯, 수줍게 미소를 짓는 그녀에게 현재가 인상을 찌푸렸다.

"다른 남자들 보고 웃지 마. 당신 웃음 고약해."

그의 손끝이 미래의 눈썹에 닿았다. 조심스레 눈썹을 따라 손가락을 움직이던 그가 그녀의 콧등에서 손가락을 멈춘다.

"다른 남자들 앞에서 찡그리지 마. 당신이 찡그릴 때마다 생기는 콧등에 주름을 보면, 세고 싶어지고 입 맞추고 싶어지니까."

그의 손가락이 콧등을 지나쳐 입술로 내려왔다. 숨이 막혀왔다. 숨을 쉴 수가 없다.

"다른 남자들하고 얘기도 하지 마. 당신 목소리도 고약해."

그의 손가락이 닿아 있던 입술에 그의 입술이 천천히 다가오기 시작했다.

"나만 보고, 내게만 웃고, 나에게만 얘기해."

"응. 그럴게."

가볍고 조심스럽게. 파르르 여린 떨림이 미래의 피부를 통해 온몸으로 스며들었다. 미래는 그의 손길을 좀 더 가까이 느끼기 위해 고개를 움직였다.

"사랑해."

현재의 얼굴이 다가왔다. 그의 눈이 너무 뜨거워 마주 볼 수가 없다. 미래는 두 눈을 감았다.

"사랑해. 사랑해. 사랑해."

마주 닿은 피부가 뜨겁다 못해 타버릴 것만 같았다.

툭. 첫 번째 단추가 풀리자, 희고 흰 미래의 쇄골이 드러났다. 현재는 조심스레 미래의 속살에 입을 맞추었다. 향긋한 미래의 냄새가 났다. 툭. 두 번째 단추가 풀리며 가슴의 골이 드러났다. 현재는 다시 입을 맞추며 다음 단추를 풀어가기 시작했다.

세 번째, 네 번째 단추가 풀어지고 미래의 봉긋 솟은 가슴이 그의 앞에 고스란히 드러났다. 도자기처럼 흰 피부는 손을 대면 금이라도 갈 듯 곱고 아름다웠다. 그의 손이 닿는 곳마다 붉은 꽃이 피어나기 시작한다. 손을 대면 움츠러드는 수줍은 꽃을 닮은 미래의 피부. 현재는 미래에게서 눈을 뗄 수가 없었다. 얇은 잠옷 사이로 봉긋 솟아오른 가슴과 날씬한 허리. 그 밑으로 쭉 뻗은 다리를 바라보던 그의 잘생긴 미간이 갑자기 찌푸려졌다.

"이건 뭐야?"

"응? 뭐가?"

조심스레 눈을 뜬 미래가 물었다.

"이…… 단추들……. 이거 다 풀어야 하는 거야?"

"응."

스무 개에 가까운 진주 단추 잠옷을 바라보며 만족스럽게 고개를 끄덕이는 아내를 보며 현재는 숨 가쁜 한숨을 토해냈다.

"이런 잠옷은 어디서 팔아?"

"이거? 동하가 선물로 준 건데."

"내 이 새끼를 그냥!"

억눌린 신음을 토해내며 현재는 아내의 입술을 다시 찾았다. 그리고 부지런히 손을 놀려 단추를 풀어가기 시작했다.

드드드.

온몸을 흔들어대는 전화 소리에 현재는 급히 몸을 일으켰다. 피곤에 지친 미래가 깨어날까, 재빨리 침대를 벗어나 거실에서 조용히 전화를 받았다.

"왜 전화질이야?"

[아. 미안하다. 좋은 시간 방해했나 보구나.]

동하가 급히 사과를 했지만 목소리에는 웃음기가 가득하다. 나쁜 새끼!

"알면서 전화한 티가 역력하다."

[눈치챘나?]

"새끼. 용건만 빨리 말하고 끊어라."

[이거 왜 이러냐? 걱정돼서 전화한 친구에게.]

"걱정? 무슨 걱정?"

[흐흐흐. 어젯밤 내 선물 마음에 들었냐?]

능글맞은 동하의 웃음소리에 젠장맞을, 고약한 단추 잠옷이 생각났다.

"오냐! 아주 환장하게 마음에 들더라."

[큭큭. 다행이네.]

"얼른 용건만 말하고 끊어라. 안 그럼 죽는다."

[자식. 까칠하기는. 그러니까 용건은 말이지. 지금 묵고 있는 호텔방 넘버가 어떻게 되냐?]

은근한 동하의 물음에 갑자기 등줄기로 소름이 끼쳤다. 이것들이 우리 신혼여행을 훼방 놓으러 올 셈이란 말이지? 현재는 주위를 둘러보며 의심스러운 목소리로 물었다.

"룸 넘버는 왜?"

[그냥. 꽃이나 한 다발 보낼까 하고.]

그런 흰소리에 속을 현재가 아니었다. 현재는 콧방귀를 뀌며 친구에게 말했다.

"고맙다. 내 한국 가서 받으마."

[그래? 그렇담 할 수 없고. 재수씨에게 좋은 시간 보내라고 전해주라.]

이렇게 순순히 물러날 놈이 아닌데. 현재의 한쪽 눈썹이 살짝 치켜 올라갔다.

"알았다."

전화를 끊는 순간, 큭큭거리는 동하의 웃음소리에 현재는 왠지 불길한 기분으로 침실로 뛰어들었다.

"안 돼. 미래야! 전화 받지 마!"

이불 밑에 파묻혀 막 전화를 끊으려던 미래가 놀란 눈으로 현재를 바라보았다.

"왜? 무슨 일이라도 난 거야?"

"금방 전화. 누구야? 한국에서 온 거지?"

"응. 연두 언니."

"룸 넘버 물어봤어?"

"응. 어떻게 알았어?"

"그래서, 그래서 알려줬어?"

"그럼. 꽃을 보내주신다는데 알려줘야지."

사랑스러운 미래가 해맑게 웃으며 대답했다.

이것들이 당장 쳐들어오겠구나!

얼른 미래를 일으켜 호텔을 빠져나가야 했으나, 드러난 한쪽 어깨를 보는 순간 현재는 이성을 잃어버렸다.

"에이 씨."

현재는 사랑하는 아내에게 열정적으로 달려들었다.

"아아악! 야! 너 갑자기 왜 이래?"

아내가 내지르는 외마디 비명을 들으며, 현재는 참을 수 없는 행복감에 젖어들었다.

송미래! 당신을 사랑하게 돼서 참…… 좋다!

The end☆

예원북스에서는
로맨스 작가님의 소중한 원고를 기다립니다.

투고해 주실 메일 주소는
yewonbooks@naver.com 입니다.
많은 관심 부탁드립니다.